U0857052

20th

1998-2017

太阳鸟文学年选

2017中国最佳随笔

主　编｜王　蒙
分卷主编｜潘凯雄
王必胜

辽宁人民出版社

图书在版编目（CIP）数据

2017中国最佳随笔/潘凯雄，王必胜主编．—沈阳：辽宁人民出版社，2018.1
（太阳鸟文学年选/王蒙主编）
ISBN 978-7-205-09149-1

Ⅰ．①2…　Ⅱ．①潘…　②王…　Ⅲ．①随笔—作品集—中国—当代　Ⅳ．①I267.1

中国版本图书馆CIP数据核字（2017）第275676号

出版发行：辽宁人民出版社
地址：沈阳市和平区十一纬路25号　邮编：110003
电话：024-23284321（邮　购）　024-23284324（发行部）
传真：024-23284191（发行部）　024-23284304（办公室）
http://www.lnpph.com.cn
印　　刷：阜新市宏达印务有限责任公司
幅面尺寸：170mm×240mm
印　　张：16.5
字　　数：257千字
出版时间：2018年1月第1版
印刷时间：2018年1月第1次印刷
责任编辑：赵维宁　艾明秋
装帧设计：丁末末
责任校对：吴艳杰　耿　珺
书　　号：ISBN 978-7-205-09149-1

定　　价：45.00元

太阳鸟文学年选
编辑委员会

智识传播：随笔书写的新功能

潘凯雄

一年一度地奉命选择出所谓“最佳”随笔，也就有了一年一度的“心虚”和一年一度地声明自己的选文未必就是“年度最佳”。我可以负责任地说：自己的这种声明是真诚的；我甚至也还可以狂妄地说：不仅自己的选择谈不上“最佳”，且但凡打上“最佳”字样的选文至少也不可能全都是“最佳”，准确的说法应该只是各位选家的见仁见智而已。

号称“最佳”却未必就是“最佳”，面对这种“名实不符”的行为，自己内心不免会有一些歉疚，便总想设法予以弥补。思来想去，自己既然做不到名副其实地选择“最佳”，那能否在这年复一年的选择中相对集中地突出年度随笔写作中的一两个特色或一两个主题呢？事实上，近几年本人在所谓“年度最佳”的选择上就一直在进行着这样的尝试，这样一来，就年度随笔写作的整体而言，读者虽不能窥一斑而见全豹，但至少能将这一豹身上的某一两个斑迹看得清晰一点儿。

今年入选的“最佳”随笔，读者或许会有这样的质疑：入选的这些篇什从文体上看每一篇都是“货真价实”的随笔吗？我承认，读者发出这样的质疑不无道理。今年入选“最佳随笔”阵容的不少篇什与过往人们心目中的随笔模样确实是有点儿不那么太像。尽管我们现在也未必能够准确地说出随笔作为一种特定的文体究竟应该长得啥样，但我们又不得不承认传统的认同和约定俗成的力量，所谓随笔在人们的印象中或许就是介乎散文与杂文间的那种模样：抒情的、形象的成分多了些就成了散文，讽刺的、鞭挞的色彩重了点儿就成了杂文。本次入选的这些个“最佳随笔”有些的确难逃散文之嫌，但更多的本人也说不清到底应该归入哪类文体更为妥帖。但无论它们的外观长得像什么，从功能角度看，以传播“智识”为己任则无疑是一个突出的共同点，这也恰是本人今年选文时有意而为之的关注点和着意浓墨重彩描出的那一斑。

我这里所说的所谓“智识”传播客观上已成为近些年来随笔书写中比较集中呈现的一种现象。如果将“智识”作进一步肢解，那么所谓“智”更多地指向思想与智慧，所谓“识”则更多地聚焦知识与识见。这种“智识”的传播手段可以是叙事、可以是说文、可以是写史、可以是言理……读这类随笔，我们获取的信息可能是对一位思想家或哲学家的综合评说，就这些思想家与哲学家某一个观点、某一种学说或某一部著述的解读；可能是对一段尘封往事的发掘、就一段已成定论历史的再认识；可能是对一位过往人物的重新评说或局部修补、对某些被历史遗忘了的人物的钩沉；可能是对某种域外风情的描摹与感悟，对日常生活某种细枝末节的察幽探微……而上述内容所涉时空也十分宽广，古今中外无所不包。如此海阔天空、“放荡不羁”倒也应验了“随笔”中的那个“随”字，看似随性而为、随意为之，实则落笔处又各有所企各有所究。对照上述描述，再来看今年入选的这些个被冠以“年度最佳”的随笔恐怕也就不难明白本人如此选择的用心之所在了。

这些个以“智识”传播为主旨的随笔所涉及的话题及题材在我们以往的阅读与写作习惯中，首选的承载文体当非论文、传记之类莫属，这当然不错，但同样的话题和题材以随笔这样的文体来呈现，少了那些起承转合的结构限制、没有了逻辑缜密的叙述要求、隐藏起对史实史料的考据标引，以一种看似漫不经心的结构和平白质朴的语言娓娓道来，接受的程度和传播的范围无疑会大大地拓宽。从这个意义上说，这类随笔出现的意义与效果总体上终究还是积极与正面的。特别是在当下以互联网背景为由的所谓“轻阅读”“碎片化”泛滥的背景下，这类以“智识”传播为旨归的随笔集中出现或许就是这样一种时势的驱使，它们很像是一种介乎专业论文与“轻阅读”“碎片化”之间的“中阅读”，也正是在这个意义上，我将其理解为随笔书写的一种新功能并将其作为今年入选“年度最佳”的一条重要标准。

最后的三层意思是每年完成这篇文字时必须要重复的：首先，一些作家对本书的成稿予以禀力支持，对此本人深表谢意；其二，恕本人孤陋寡闻，少数入选作品之作家一时还未能联系上，唯因不忍割爱，故未先征得其同意就冒昧将其大作入选，在深表歉意与请求他们宽恕之时，也请其在见到本书后及时与出版社联系；第三，限于本人学识及阅读量所限，特别是面对各种新媒体的海量，遗珠之大憾是肯定的，敬请广大读者见谅。

是为序。

2017岁末于北京

马的眼镜

◎莫　言

1984年解放军艺术学院创办文学系，徐怀中老师是首任主任，我是首届学员。我们是干部专修班，学制两年。怀中老师只担任了一年主任，便被调到总政文化部任职去了，但他确定的教学方针以及他为这届学员所做的一切，却让我们一直牢记在心。今年3月初，文学系邀请怀中老师去讲课，因老人家年近九秩，怕他太累，便让我与朱向前学兄陪讲。讲座上，我忆起北京大学吴小如先生给我们讲课的事，虽寥寥数语，但引发了怀中师的很大感慨，于是，我就写下这篇文章，回忆往事，以防遗忘。

吴先生为我们讲课，应该是在1984年的冬季，前后讲了十几次。他穿着一件黑色呢大衣，戴一顶黑帽子，围一条很长的酱紫色的围巾。进教室后他脱下大衣解下围巾摘下帽子，露出头上凌乱的稀疏白发，目光扫过来，有点儿鹰隼的感觉。他目光炯炯，有两个明显的眼袋，声音洪亮，略有戏腔，一看就知道是讲台上的老将。因为找不到当年的听课笔记，不能准确罗列他讲过的内容。只记得他第一节讲杜甫的《兵车行》。杜诗一千多首，他先讲《兵车行》，应该是有针对性的，因为我们是军队作家班。这首诗他自然是烂熟于心，讲稿在桌，根本不动，竖行板书，行云流水——后来才知道他的书法也可称“家”的——他的课应该是非常精彩的，他为我们讲课显然也是十分用心的，但由于我们当时都发了疯似的摽劲儿写作，来听他讲课的人便日渐减少。最惨的一次，偌大的阶梯教室里，只有五个人。

这也太不像话了，好脾气的怀中主任也有些不高兴了。他召集开会，对我们提出了温和的批评并进行了苦口婆心的劝说。下一次吴先生的课，三十五名学员来了二十多位，怀中主任带着系里的参谋干事也坐在了台下。吴先生一进教室，炯炯的目光似乎有点儿湿，他说：“同学们，我并不是因为吃不上饭才来给你们讲课的！”这话说得很重，许多年后，徐怀中主任说：“听了吴先生的话，我真是感到无地自容！”吴先生的言外之意很多，其中自然有他原本并不想来给我们讲课，是徐怀中主任三顾茅庐才把他请来的意思。那一课大家都听得认真，老先生讲得自然也是情绪饱满，神采飞扬。记得在下课前他还特意说：我读过你们的小说，发现你们都把“寒”毛写成了“汗”毛，当然这不能说你们错，但这样写不规范，接下来他引经据典地讲了古典文学中此字都写作“寒”，最后他说，我讲了这么多课，估计你们很快就忘了，但这个“寒”字请你们记住。

现在回想起来，吴先生让我们永远记住这个“寒”字，是不是有什么弦外之音呢？是让我们知道他寒心了吗，还是让我们知道自己知识的浅薄？

其实，我从吴先生的课堂里，还是受益多多的。他给我们讲庄子的《秋水》和《马蹄》，我心中颇多合鸣，听着他绘声绘色的讲演，我的脑海中便浮现出故乡一望无际的荒原上野马奔驰的情景，还有河堤决口、秋水泛滥的情景。后来，我索性以“马蹄”为题写了一篇散文，以“秋水”为名写了一篇小说。《马蹄》发表在1985年的《解放军文艺》上，《秋水》发表在1985年的《莽原》上，这都是听了吴先生的课之后几个月的事儿。

这两篇作品对我来说都有非常重要的意义：《马蹄》表达了我的散文观，发表后颇受好评，还获得了当年的“解放军文艺奖”。《秋水》中，第一次出现了“高密东北乡”这个文学地理名称，从此，这个“高密东北乡”就成了我的专属文学领地。我在很长一段时间内都以为我是在《白狗秋千架》这篇小说中第一次写下了“高密东北乡”这几个字，在国内外都这样讲，后来，我大哥与高密的几位研究者纠正了我。《秋水》写了在一座被洪水围困的小土山上发生的故事，“我爷爷”“我奶奶”这两个“高密东北乡”的重要人物出现了，土匪出现了，侠女也出现了，梦幻出现了，仇杀也出现了。应该说，《秋水》是“高密东北乡”的创世纪篇章，其重要意义不言自明。

吴先生讲庄子《秋水》篇那一课，就是只来了五个人那一课。那天好像还下着雪——我愿意在我的回忆中有吴先生摘下帽子抽打身上的雪花的情景。我们的阶梯教室的门正对着长长的走廊，门是两扇关不严但声响很大的弹簧门。吴先生进来后，那门就在弹簧的作用下“哐当”一声关上了。我们的阶梯教室有一百多个座位，五个听课人分散开，确实很不好看。我记得阶梯教室南侧有门有窗，外面是礼堂前的很大一片空场。因为我坐在第七排最南边的座位上，侧面便可见到窗外的风景，那天下雪的印象多半由此而来。我记得我不好意思看吴先生的脸，同学们不来上课造成的尴尬却要我们几个来上课的承受，这有点儿不公平，但世界上的事情就是这样。有一次学校组织学员去郊区栽树，有两位同学躲在宿舍里想逃脱，被我揭发了，从此这两人再也没跟我说过一句话。毕业十几年后，有一次在街上碰见了某一位，我热情地上前打招呼，他却一歪头过去了，让我落了一个大大的没趣。由此我想到，揭发别人，是一件得罪人最狠的事，但不揭发，心里又恨得慌，这也算做人之难吧。

虽然只有五个人听讲，但吴先生那一课却讲得格外的昂扬，好像他是赌着气讲。我当时也许想到了据说黑格尔讲第一课时，台下只有一个学生，他依然讲得慷慨激昂的事，而我们有五个人，吴先生应该满足了。

“秋水时至，百川灌河，泾流之大，两涘渚崖之间，不辩牛马。于是焉，河伯欣然自喜，以天下之美为尽在己……”先生朗声诵读，抑扬顿挫，双目烁烁，扫射着台下我们五个可怜虫，使我们感到自己就是目光短浅不可以语于海的井蛙、不可以语于冰的夏虫，而他就是虽万川归之而不盈、尾闾泄之而不虚，却自以为很渺小的北海。

讲完了课，先生给我们深深鞠了一躬，收拾好讲稿，穿戴好衣帽，走了。随着弹簧门“哐当”一声巨响，我感到这老先生既可敬又可怜，而我自己，则是既可悲又可耻。

因为当时我们手头都没有庄子的书，系里的干事便让我将《秋水》《马蹄》这两篇文章及注解刻蜡纸油印，发给每人一份。刻蜡纸时我故意将《马蹄》篇中“夫加之以衡扼，齐之以月题”中“月题”的注释刻成“马的眼镜”，其意大概是想借此引逗同学发笑吧，或者也是借此发泄让我刻版油印的不满。我没想到吴先生还会去看这油印的材料，但他看了。他在下一课讲完时说：“月题”，是马辔头上状如月牙、遮挡在马额头上的佩饰，不是马的眼镜。然后他又说——我感到他的目光盯着我说——“给马戴上眼镜，真是天才!”——我感到脸上发烧，也有点儿无地自容了。

毕业十几年后，有一次在北大西门外遇到了吴先生，他似乎老了许多，但目光依然锐利。我说：吴先生，我是军艺文学系毕业的莫言，我听过您的课。

他说：噢。

我说：我听您讲庄子的《秋水》《马蹄》，很受启发，写了一篇小说，题目叫《秋水》；写了一篇散文，题目叫《马蹄》。

他说：噢。

我说：我曾在刻蜡纸时，故意把“月题”解释成“马的眼镜”，这事您还记得吗？

此时，正有一少妇牵着一只小狗从旁边经过，那小狗身上穿着一件鲜艳的毛线衣。吴先生突然响亮地说：

“狗穿毛衣寻常事，马戴眼镜又何妨？”

（原载《文汇报》2017年3月14日）

大 树

◎李敬泽

他看什么呢?

看天塌。

看罢了杜牧、马远、文徵明。看一只鸟站树梢，回头望上方一方朱印，顺着鸟的目光，辨认了印文。他也累了，山荫道上闲看花，有一眼没一眼地走，猛然间看见了那棵树。

那棵树，竟是红的，如铜铸。九千九百九十九吨暹罗红铜，在风霜雨雪中炼，在烈日骄阳下炼，炼成了硬骨头，炼成铮铮金石之声。

树无叶。叶凋尽了，只余干干净净的树干和虬枝。那是雄浑挺立的树干，自在安稳，无可置疑。而那些枝丫，是挣扎的手，是痛极的呼号，是怒气勃发的肌腱。

绝对的静封固着狂风、封固着翻腾的海。

他呆住了。他不曾被一幅画如此压倒。他也曾在殿堂上仰望大画，真大呀，那些画的好处就在于大，大到了不讲理。而这棵树，这幅画，他想，可悬于逼仄的书房，但这幅画是真正的大，大到擎天拄地。

然后，他才注意到树下立着一个人，长袍，背对着他，一支短杖，举头望着远处，远处是苍茫的山。

这是谁?他看什么呢?

夜寒如水。坐在院子里。听台上唱《武家坡》。薛平贵是唱得好的，但王宝钏据说妈妈病了，回了家，换一个王宝钏却和薛平贵不般配。薛平贵的老生并不真老。顾盼自喜间，有一种天朗气清的贵气，而这王宝钏呢，竟是一味地寒酸了。

看着夫妻见面不相认。他想，这故事其实也难成立。就算是征战十八载，风刀霜剑，容颜大改，且古时又没有相机没有微信发不得自拍，但心心念念，万种相思，何至于对面不相识呢？

也许是想不到吧。想不到就今日和那狠心的贼陌路相逢。

但也许古人真的不斟酌此事。古人讲这个故事，要害不在容貌，薛平贵和王宝钏，陌上重逢，所认的不过是心。

试一试心还在否。

试过了，在着。然后便是花好月圆。恩深情重。薛平贵和王宝钏从此度日，他们近视老花散光，竟始终没看见白发、皱纹、眼袋。

他想，这如今已是不可信的故事，拍成电影不可信，拍成120帧更不可信。但戏里戏外的古人，却都是信着。因为心中先存大信。信这世上终究是有情有义。

《武家坡》之前，听教授讲《会饮》。

当初在杂志上开了个专栏，编辑说，要起个栏名。

这却比文章还难。想来想去，走投无路，被编辑逼得急了，想着也不过是茶余酒后的闲话，阿猫阿狗随便叫个什么便好，那就叫“会饮”吧。

编辑是有学问的博士：好啊好啊，柏拉图就有《会饮》！

哦，老司机哪走得出什么新路，原来心里早有了柏拉图的《会饮》。

——多年前，在雅典，车在公路上开得风快，朋友忽然一指窗外：

看！那块石头！

哪还来得及，石头不等人，早过去了。

那块石头，就是苏格拉底进城时歇脚的那块。据说，苏格拉底就坐在那上面，和那什么什么洛斯谈论真理。

他笑了，你大概是想起了安哲罗普洛斯，那是个希腊人，但和苏格拉底无关。《对话录》里的名字都是要人命的，我是横竖记不住。

忽然又想，其实他恰好记住了一个，阿波罗多洛斯。那是《会饮》的讲述者。

他醒了。他做了一个很长的梦。他站在奥林匹亚的剧场里，与一群穿着希腊式长袍的人争辩。人都是熟人，他滔滔不绝，一边还为对面的李洱担忧。他想他太瘦了，而这身长袍太宽太长，一阵风来他会被吹走，然后，在地中海的海边，人们打开一个从天而降的口袋，惊见李洱在焉。

他永远只做一种梦。和各种各样的人争辩。有一次，他和一个戴着白围裙的人辩了一夜，眼看着那人油尽灯干没了话，大爽。但同时疑惑着，他是谁?他为什么戴着白围裙?晨起，走在街上，站下买一套煎饼馃子，猛然认出，原来是他，昨夜的对手就是这位开煎饼摊儿的兄弟。

多少年了，羞与人言。他竟从未做过超现实的梦，从未进入异度空间，他从未飞翔过，梦里只有他的话在飞，在课堂上、办公室里、会场上或者酒桌上与人争辩。

予岂好辩乎?非也。醒着的时候，他是一个话少的人，越来越少。也许是夜里听得太多，说得太多。他累了。即使面对最好的朋友，他也常常苦于无话可说，好吧，天气很好，身体也很好，让我们安静一会儿，别为说什么发愁，就这么坐着便是好的。

但只要躺下，睡了，他却变成了一个喧嚣的剧场或会场。他是演员又是观众，他情不自禁地为自己喝彩：说得太好了！无坚不摧的逻辑，像推土机！多么锐利！他由衷地赞叹：除了鲁迅，我就没再见过这么快的刀！他听着剧场或会场中人们的赞成与反对、惊叹或哄笑，像海浪一样翻腾起伏，他如同冲浪，在那亢奋的、恐惧的、紧缩的顶端，他忽然意识到他即将醒来，他拼命叮嘱自己：要记住，千万要记住，醒来后，要记住自己说了什么。

就在这时，他醒了，他静静地躺着，他沮丧地眼看着他说的话在大脑沟回中正像海水退潮一样退去。

沙滩上平滑如镜。

然后，他隐隐听到一阵阵的海浪。是海浪，这是海边吗?

不，他终于想起来。这是雅典。

他起身走到窗边，拉开了窗帘。

天还黑着，但是星星点点，灯火闪烁。他看了看手机，夜里三点多了，这个城市还醒着，那不是什么海浪，那只是喧嚣嘈杂的人声，近处的一座楼上，音乐如一颗巨大的心脏在跳动，人们在跳舞，哄笑和尖利的口哨。楼下一个看不见的地方，一群人正在激烈地争辩。希腊语，他不知道他们在吵什么。

有一瞬间，他想，那其中有没有苏格拉底的声音?

后来很多年，他在电视上看到那个国家正被沉重的债务压垮。他想，这可能不像中国人所想的那样严重，债务不能拖住他们的舞步，他们将在通宵达旦的会饮中将债务讨论到无限接近于无。

教授端坐在宝座上。这里据说曾是宫廷饮宴的场所，但它的每一个细节都在不知羞耻地暴露它不过是粗糙的赝品。

他想，事情就是这样，我们在这里同时想象中国和希腊的会饮，我们把真的变成了假的，在皇帝的宝座上谈论苏格拉底。

教授在介绍《会饮》的由来。在这篇对话中，柏拉图记述了祭神的狂欢大醉之后，雅典的一群诗人、政治家、戏剧家，当然还有哲人苏格拉底关于EROS（爱欲）的讨论。时在公元前416年，孔子死后六十二年，苏格拉底大约五十二岁。据说，这是西方哲学史上第一次对爱欲展开系统的形而上学思辨，而在施特劳斯和刘晓枫看来，事情还不止于此，鉴于这是一群人依据商定的论题和规则进行辩论，所以，这也是雅典民主政治语境的一次再现。

好吧，他想，这也是一次酒后长谈，酒与爱欲的关系不言而喻，其实我们还可以谈谈酒与民主的关系。除了苏格拉底，那群人都喝醉了，他们在说醉话。而孔子，他想不起来，孔子是否喝酒？他会喝一点儿的吧。在祭礼中，当古酒缓缓地从一束茅草中流下，浑浊的酒液被茅草过滤而清澈澄明，这也即是神明降临。

但孔子不说醉话。他也不像苏格拉底这样饶舌，尽管没有喝醉，但苏格拉底在《会饮》中说的话已经够得上一本《论语》。

而教授已经由《会饮》的思想史意义，不知怎么就谈到了“弯”和“直”的问题。显然他认为他应该为苏格拉底辩护，他断言苏格拉底实际上反对同性恋。于是，话题又转向了政治正确，以及希拉里和特朗普，以及美国最高法院关于同性婚姻的判决，以及这个判决实际上是年高德劭的大法官们受了他们身边那些哈佛耶鲁法学院毕业的年轻助手们的影响，这些孩子，他们是同性恋，可他们都是好孩子呀……

坐在他旁边的袁小姐听得兴起，拉上她爸爸做注脚：是啊，老爷子学好也好不到哪去了，学坏可快呢。自从开了微博，现在说话完全像个“〇〇后”，最近还居然迷上了全姐！

谁是全姐?

他有点儿兴趣了，他以为那是老爷子家里的保姆。袁小姐的父亲在他那个领域里也差不多算个大法官了。

全智贤啊！

哦。他笑了，这可不是“○○后”的品位。难得有件事，你和老爷子意见一致。

袁小姐一撇嘴：被他一喜欢，我都有点儿不太喜欢了。

站在廊下抽烟。他们各点了一根烟，风很大。袁小姐接着说：

我觉得吧，至少比他迷上广场舞好些。

广场舞也没什么不好啊。我的理想就是，退休后，再不理什么苏格拉底，天天在花园里和一班阿姨大妈跳舞。

他指了指院子：

这个院子，我看就也很合适。

她笑了：我也觉得合适。你想想，皇上当年就在这儿，带着一群老嫔妃跳起来，好看。

然后，说到了前几天的一顿饭：怎么没吃完就走了?

他想了想说：

那几位站得高，想得远，我干坐着也搭不上话。

她说：后来，老路和老刘差点儿吵起来。

他笑：就这么说吧，让他们五位去办一件事，没过三天就会分成至少四派，然后呢，事儿是不了了之，话倒说了一地。所谓天下，对他们来说，也不过就是那张酒桌。

这么说，你还是赞成里边这位——

她下巴指了指会场。教授和施特劳斯都认为，城邦注定被无穷无尽的“意见”所毁坏。

他想了想：在下山沟里人，岂敢言必称希腊?

他被这树镇住了。

这棵树浑不似明清之树。它和这厅堂里的烟波渔舟、春花秋月、松竹鸥鸟全不相干，它孤零零地挺立在这儿。这厅堂中，一切都在相互阐释相互说明，一切都是上文和下文，唯有此树无来由、不可说。

他仰着头，张望右上方的题跋，行书五行：

> 风号大树中天立，
> 日落西山四海孤。
> 短策且随时旦莫，
> 不堪回首望菰蒲。
> 项圣谟诗画。

项圣谟。他知道此人。他是明代项元汴的孙子，而项元汴是艺术史上不世出的藏家，当日嘉兴天籁阁所藏书画，据说抵得上故宫一半。

他的孙子，竟是一个伟大的画家。

《大树风号图》，2016年的秋天，挂在武英殿里。

这是武英殿啊，狂风本由此起。1644年4月29日，李自成在武英殿即皇帝位，次日发兵山海关，一片石一战大溃。5月2日，清兵占领北京，席卷而下，明年，1645年闰六月二十六日，嘉兴陷落，项氏家藏“半为践踏、半为灰烬”。项元汴携母亲、妻子远窜江湖，从此落叶飘零。他画下了这幅《大树风号图》，活到了顺治十三年。1656年。至死，他是大明遗民。

然后，不知何时，这幅画竟流入清宫。

他想，真是有意思啊。这殿堂，烧了塌了，又立起来，原是为了今日立此一棵树。

给我讲讲《大树风号图》吧。

他和她本不相识，通过一个画家朋友的介绍约到了她。

她笑了：你不是说那是最好的画吗？

是，那是最好的。我知道它的好。有眼睛都会看出它的好来。它就挂那儿，不是什么显眼的地方，但是你一眼看见它，你就一定知道它的好！你再回头看看，那些画，包括八大的白眼鸟儿，就挂在它斜对面，你一下子就知道，那鸟小了。你知道八大的身世，所以那是亡国的牢骚。要不知道呢，还以为这鸟在单位受了什么鸟气。

她笑了：我可不敢在我们行里这么说，人家会说我疯了。

他也笑了：当然，我这个行里也是一样，每个封圣的大师都是势家豪门，门下走狗一群，忠心护主。所以，死人也不能得罪。画，我不懂，就是想听你说说，为什么我会觉得它好？

她想了想：我也觉得好。鲁迅也觉得好。这件事上，你和鲁迅意见一致。

但鲁迅一直不曾想起这画的作者是谁。

据鲁迅日记，1913年2月12日购得《神州大观》第一集，中有《大树风号图》。

二十一年后，1934年4月10日，他将此画题诗与成条幅寄赠南宁博物馆，跋云："偶忆此诗而忘其作者。"

1935年12月5日，他又把这首诗抄赠杨霁云："此题画诗忘其为何人作，亥年之冬，录应，霁云先生教。"

第二年，鲁迅就死了。

黄昏落日里，先生反复记起这首诗。他也一定反复想起那棵树。

雅典的夜晚，睡不着了。便在隐隐的喧闹中读完了《会饮》。

柏拉图是一位伟大的、具有绝对原创性的小说家。是的，他是小说家。看看他是怎么干的吧。《会饮》开头，阿波罗多洛斯上来就是一句："我觉得吧，你们打听的事情，我并非没琢磨过。"

——"你们"是谁，却不曾说。"你们"就是我们，我们这些读者、听众、看客。然后，阿波罗多洛斯告诉我们，格劳孔向他打听那天晚上会饮的事，而阿波罗多洛斯其实也不在场，他所知的都是从参加了会饮的阿里斯托得莫斯那里听来。所以，整个《会饮》，是转述的转述的转述。阿波罗多洛斯向我们转述他向格劳孔转述的阿里斯托得莫斯对会饮过程的讲述。但同时，这个大喇叭阿里斯托得莫斯另外还告诉了弗依尼科斯，弗依尼科斯又告诉了"有人"，这不知名的“有人”又告诉了格劳孔，格劳孔从郊区进城，路上碰见阿波罗多洛斯，一把揪住：快说说，那天晚上都说了些啥？

这真是个绕口令般的迷宫。现在，捧着这本书，你会觉得你已经要晕掉了，你已深中怀疑之毒，你不仅听到了各种各样听上去很是有理而又南辕北辙相互辩驳的“意见”，而且你还得知对这些“意见”只能信不信由你，反正它们都是经过层层转述才抵达你这可怜的格劳孔的耳朵。

柏拉图意识到，面对世界的任何讲述在根本上必是相对和有限的，它出于特定的名字，出于特定的声音，它介于可信与不可信之间，它是个人“意见”，它必是“小说”。

他想。这即使在21世纪依然是小说的根本命题。

但为什么要读这样的“小说”？永不承诺什么，公然不可信，把不可信作为美德，呈现的永远是被意见割裂的世界，在这个世界上，每个自作聪明的家伙都在挖空心思地炮制知识发明真理，他们在喋喋不休地说啊说写啊写，即使是苏格拉底，他真的相信人们能够并且愿意穿过这无边的沼泽？

所以，希腊世界终于沉沦。在沉船上他们还在争辩，但是已经无人听。所有的耳朵朝向一个超越的、整全的、不可争辩和不证自明的声音。奥林匹亚聒噪的诸神退位，上帝来了。

世界归于绝对的大信，归于圣言。

她吃惊地看着他：你该不是说，项圣谟的那棵树就是大信之树，是圣言之树？

他笑了：我疯了吗？我跟他根本不熟，查了百度才知道他爷爷喜欢在画上盖章，盖章之多都快赶上乾隆了。后来他们家的画被清兵烧了，被马踏了，还有一部分被一个叫汪六水的清兵千夫长抢了。这个王八蛋，我们还得谢谢他，他要不抢去，可能就全被八旗大爷们烧了火了。然后，我就刚刚听你说。他好像是个近视眼？

是啊，不过那时候已经有眼镜了。

我知道。他喝了一口茶。说：

鲁迅忘了他的名字，这真是好。你想想，真正站在那儿，站在鲁迅记忆里的只是那棵树，树下那个人也只是人，没有名字。

你想想吧。那真是白茫茫大地真干净，天塌了、地陷了，华夏文明之浩劫，那个晚明，他们可真是说够了，他们可真能说啊，上下五千年，晚明之人最能吵架，他们意见纷纷，他们有东林复社，他们的会饮无止无休，可是终有一日，千里搭长棚，筵席散了——

什么都没了。马踏过、火烧过，抢过，杀过，叶落了，风吹过，然后，你就看见了那棵树。

那是劫火之后依然挺立的，再无可疑之后的大树。天地茫茫，唯这树在、人在。你说不清那是什么，但是你知道，那必是绝对的信，是最后的信。

它竟然在那儿，所以你必须想，那是什么。

（原载《十月》2017年第1期）

松浦居随笔

◎张　炜

葡萄园

我不知还有什么比一座葡萄园更好。拥有这样一片园子将是幸福的。它是生机盎然和甜美的代名词，是和平与安怡、勤奋与劳动的代名词。如果这片葡萄园在半岛地区，享受了湿润的海风和明丽的阳光，那么简直就是无与伦比的美好了。

什么人拥有这样的一片园子更好？首先是种植葡萄的行家里手。半岛上有许多这样的人，他们的一辈子劳作就为了北风吹出的葡萄香气，为了人们口中的甜汁和酒厂的佳酿。他们因为日日操劳而变得肤色黢黑，脸上闪着光亮。

如果一个读书人做了葡萄园，那可能也是上上之选。为了不致太孟浪，这样一个人最好和老葡萄把式合伙干，这样才稳妥一些。这种工作不像想象般的浪漫，它甚至一点儿都不浪漫。这是一种辛苦的农活，也是技术含量很高的园艺。如果只看到一片茂盛的葡萄树而忽略了其中的奥秘，那是太天真了。以为施用了充足的肥水就可以享用适时而至的收获，那也太过奢望了。这是古老而神秘的种植，从地球的另一面算起，关于它的记载汗牛充栋。圣卷典籍上的尤其要注意，那些神圣的记录不可不牢记在心。

葡萄园会被学贯中西的人士看成某种象征。这个意思自然是存在的。这不是书生意气，更不是偏见。有葡萄园的地方该有完全不同的气氛，似乎属于另一种生活。这种生活质地甚至在现代工业化浪潮中也无法改变。

大量收获物都运到了酒厂。这是葡萄的合理归宿。也有一部分运到了鲜果市场上，由包着头巾的妇人看护和照料，向客人时不时地夸耀。葡萄产自哪片园子是重要的，葡萄摊前的人从不忘申明这一点。

有一些很大的园子工业化的痕迹很重。这除了它与酒厂有一种联合的关系，再就是整齐划一的机械化操作、一望无际的矮架，一切都给人这样的感觉。现代化的工业生产形式将古老的葡萄园的诗意冲洗净尽，这里就像大农场上等待大型收割机的麦田差不多。

开进畦垄里的小型施肥机、一架架自动喷雾器，都向人展示了规模生产的最新方式。这样的葡萄园告别了古老的诗句，也从圣典记录中剥离了。

我们在心底奢求的那种葡萄园还有吗？它在何方？

在半岛地区的确还有一些小型的葡萄园，它们安安静静地待在一些角落，同样茂盛或更加茂盛。由于拥有园子的人往往把这里当成了自己的家，所以总有一幢不大的屋子，有水井，有堆房，有看护园子的狗和无所事事的猫。这儿鸟雀比较多，它们好像更喜欢这里的烟火气，这里的错落有致。它们或许在这里看到了古老记忆中的园子。

小型的葡萄园一般并不使用中大型机械，所以并没有统一的矮架，而是矮架与高大的棚架兼备。比如那些园中的宽道就由高高的棚架罩起来，这样既可通行车辆又可收获果实。这样的棚架使园子看上去更加神秘庄重，增加了层次感和立体感，绝不像一片矮架那样单调、一览无余。

一座园中小屋就紧依在一道道棚架旁，像童话中的情形差不多。绿色移到、攀爬到高处，人们可以更好地享受它的荫护。夏天和秋天都是这里的好季节，园子凉爽、繁茂、朴素而静谧。每一座这样的园子都有花椒之类的矮树围成的栅栏，上面还有密密的蔷薇或凌霄。这是一道厚实的彩色镶边，加强和美化了一座葡萄园的概念。

侍弄这样一片园子，因为更多地倚靠传统的手工，所以会更加辛苦。这辛苦本身也透露出一点儿古典信息。辛苦是愉快的组成部分，正像劳动是幸福的组成部分一样。

夜晚，点亮一盏桅灯，在小屋的白木桌前记下一些文字。粗手捏住小小的笔杆有些吃力，但显然更加有力了。一笔一笔画在厚厚的笔记本上，像是用刀子刻字一样。许多事情需要写下来：园子里的事，往事回忆，某本书，对朋友的思念，愤愤不平的心绪。很多很多。

只有葡萄园而没有记述，这对于某些种植者来说是极大的缺失。除了夜晚还有雨天，只要是不适宜在园里劳作的时刻，种植者都要在屋子里书写。

消逝的灯火

现在的灯比过去更亮也更多了。城街的灯璀璨逼人，形状各异，是现代城市最得意的装饰，已经超出了实际照明的需要。这是一种浪费，还是适得其所的艺术，还得好好讨论一下才好。

增多的灯饰使一切场所变得更亮，在给人方便和享受的同时也似乎有了另一种不适。白天无阴之日就已经很亮了，夜晚如果太亮，就使夜与昼的区别减少了。我们还会想念朦胧的灯火，想念街巷里的阴郁感。大树滴着夜露，月亮爬上来，地上的一层莹光。这一切都会被强大的现代照明给破坏。

另有一些灯火消失了。它们曾经也是先进和文明的象征，不久又成为落后的代表。煤油灯，罩灯，桅灯，油气灯，它们当年使人产生了多少惊喜，连关于它们的回忆都是温暖和亲切的。

在野外，那些远远闪亮的灯火可能是看林人的煤油灯，也可能是鱼铺老人的桅灯。在瓜田里，看瓜老汉的灯也是桅灯，它就挂在草铺的柱子上。神秘可人的夜之原野，有多少美好的感觉是源自这些闪烁的、若有如无的灯火？如果没有它们，那么原野就是空洞的，没有眼睛的，没有召唤的，没有希望的。

夜晚的点点灯火从遥远处透出来，那是多么好的安慰和期许。只要走近它就有故事，有水甚至有吃的东西，有未知的一切。孩子们像天上的星星一样单纯，他们不会过多地想到其他危险，而只会热情地兴冲冲地走过去。如豆的光明也有更大的感召力，他们只需迎向它。

鱼铺里的老人是最有意思的，他们让童年百读不厌。老人日夜伴着海浪，听着噗噗的声音，孤独了只会抽烟喝酒。太孤独了，所以他们的酒喝得太多，烟也抽得太多。他们的酒气直顶人的鼻子，见了小孩子两眼发亮，像打鱼的人发现了大鱼。他们捉住小孩，想让他哭。小孩不哭，他们就掀开羊皮大衣，把他收到衣襟内，然后往他头上喷出浓浓的烟。一番捉弄之后，小孩就哭了。为了哄得小孩止住哭声，他们就拿出鱼干和地瓜糖之类，小孩就笑了。之后就是讲故事，讲有头无尾的妖怪的故事，小孩又吓哭了。

看林人的铺子比鱼铺高爽，主人个个有枪。他们的故事总是与枪有关。这些人的枪筒子上堵了一撮棉花，这个印象让人永远不忘。看林子的人身体比鱼铺老人强壮，因为他们常常要离开铺子去林中追赶什么。这些人到了夜晚就把大狗唤进铺子里，让它挨紧他睡觉。大狗偶尔抬头谛听，嘴里发出一声："哞！"大人就丢下一句："毛病！"大狗于是又垂头睡了。主人讲故事时，大狗又抬起了头，听着，再高一点抬头，叫："哞？哞哞！"主人于是说："又来人了。"他迎出一看，又来了几个少年。

瓜铺里的老人烦烦的，把一切夜间来玩的人都当成了不怀好意的人。他们吝啬之极，这是职业的特征。来的人逗他说："口渴了，给咱点儿水喝吧！"他说："喝水水不开。""那就给咱个瓜吃吧！"他恶声恶气的："吃瓜瓜不熟！"不过他偶尔也有高兴的时候，那会儿整个人就像全变了似的，轻手轻脚出去一趟，回来时就抱着一个又大又亮的瓜。在灯光下，这个瓜真好看，还散发出浓浓的香味。他不是用刀，而是用拳：嘭一声将瓜击碎。不规则的瓜片格外甜。看瓜老头说："知道吗？瓜一沾了刀，就有一股馊味儿。什么都不能沾铁器。"

桅灯是野外才有的，它不怕风。它挂在木柱上，提在手上，无论怎样都让人喜欢。

我有三十多年没有见过桅灯了。

一些美好的树

相信人人都有关于树木的记忆，或一片，或一棵，或几株，是它们的故事和印象，甚至是一份情感。它们大半在远处，在依稀可辨的遥远之地，或早已经模糊了，消逝了。

一些美好的树留在了昨天，在原地，而我们自己移动了。有时候正好相反，是我们自己留在了原地，而树木离开了，不见了。

总之我们与它们的故事，是分别离散的故事，是伤感的故事。这种分离往往是人间最不幸的，它或许根本就不该发生。想想看，当我们离开一片土地很久之后，归来时一眼又看到了它们待在原地，那是怎样的欣喜。这时会有一句滚烫的话在胸间泛动：又回来了。它像昨天一样沉默、含蓄、深情，也像昨天一样细语和注视。你想听清它的每一句话，你抚摸它，亲近它。它从不主动对你说些什么，现在仍旧如此。但是它镇定自尊地站在那儿，满怀期待或一无所求。

我还记得少年时代的那片白杨。它们高大，洁净，挺立在白色的沙滩上。每一株都英姿勃发，树干粗粗的，泛着鸭蛋青色，叶片油亮。它们相互之间并不密挤，而是恰到好处地疏离，相距有五六米或十几米不等。它们组成了不大的一片疏林， 自成一个世界。这是我度过了许多美好时光的地方，我迷恋关于它们的一切。冬天春天，夏秋，它们都有自己的故事，自己的表情和模样。洁净的沙地上偶尔走过一只小虫，它在树下徘徊一会儿，然后就沿树干爬向高处。蝴蝶飞来了，从这一棵飞向那一棵，亲近过一株白杨才离开。有五个大喜鹊窝建在了树顶，这些一尘不染的大鸟与这些白杨是最好的朋友。牵牛花开了，一朵朵仰向天空，似乎要与高大的白杨对视。

如果穿过这片白杨树往西北方向走，五六华里的地方，还会遇到七棵高大的橡树。人们都说这七棵树是年纪最大的了，到底多大年纪谁也不知道。它们是兄弟七人，从很远的地方走啊走啊，一直走了几千里，直至看到了这片沙滩。它们大吸一口清新甘甜的空气，看看脚下和四周，决定就生活在这里了。它们驻足不前，从一棵棵不到碗口粗的小树，长成了如今这样的苍劲大树。它们不像白杨那样笔直，而是略带弯曲，看上去就像探身说话一般。它们相距也有五六米的样子，每到了风大起来，就要大声地费力地说话。它们是兄弟，它们总是有说不完的话。

在我的心目中，没有什么树比橡树再严肃的了。它们黑黑的粗粗的皮肤，说明这是一种在风霜里毫不畏惧的生命。它们一律都是男子汉，刚直，坚定，眼神沉重。树木像人一样，有目光。我试感受过不同的目光。柳树的眼神是顽皮的，白杨的神色是温暖的，槐树的眼睛是闪烁的。橡树有时严厉地看着我，让我小心翼翼地挨近它，或退开一点儿。但我喜欢它们，有些离不开它们。我每隔几天一定要来看望这七棵橡树。

我们居所正北方是园艺场。在场部的边缘那儿有东西一排大银杏树。它们奇异而旺盛，漂亮极了，那么神奇的叶子，简直是画出来的一样。我看过了多少树木的叶子，就从来没见过一种叶子像银杏的一样美丽。每一片叶子就像一面小小的扇子，又像一只小巴掌。它有均匀的掌纹，有涩涩的手感。银杏的表情就来自叶子，这叶子是娟秀而羞涩的。

银杏树从第一眼看到就是那么高大。它们一定是先于我很多年来到这片沙滩上的，那时这里可能是清静的，没有多少人烟的。它们见证了这里的一切，将所有的故事都记在心里。我不知道它们与那片白杨和橡树是否互通消息，只知道不同的树林是难以相见的，因为它们无法像人一样移动，只要生在了哪里，差不多也就要待在那里一辈子，直到生命的结束。

我认为银杏树全都是女性。它们温柔细腻，有和善的面容。它们的身材高爽而美丽，几乎比人世间一切的生灵都要好看。是的，植物和植物、植物和动物，所有的都可以比较，比性格，比容貌和身材，比力气和品德。当然这种比较是十分困难的，有时真的难以判断。比如一只洁白的小羊和白杨之间，它们谁更洁净和可爱？再比如一头青牛和一棵橡树，它们谁更有力和顽强倔强？还有，我们班新来的女老师，她不知为什么越看越像一棵银杏树。

在离我们家不远处有一棵紫叶李。它长得有屋檐那么高的时候，简直茂盛到了极点。叶子浓浓的，枝条疏密有致。我几乎每天都要从它身边走过，除了高兴也没有什么其他的感觉。可是这一年夏末的一天，大约是黄昏时分，我正从它的西面走来，当走到它的旁边时，突然就将脚步放慢了。我在看它，渐渐一动不动了，我觉得它太美了，太可爱了。我这时才意识到：我爱上了这棵紫叶李。

一连许多天，我都要远远近近地望向这棵紫色的树。我甚至觉得我们之间彼此拥有。我有许多话要向它倾诉，而它也不停地向我诉说。我在依偎它的时候，感受到了来自它的痒痒的抚摸。那时我已经清晰无误地明白了，这是发生在人与树之间的一场爱恋。这也算初恋。

时光飞逝，转眼十年二十年过去了，三十年四十年过去了。我走向远方，树木们留在原地。我向它们告别，然后一步步远去。我在几年后也曾回过那片沙滩，那时就有一次难忘的相逢。后来我越走越远，返回的机缘越来越少。我在异地他乡想念着那些树。

我特别想念那棵紫叶李。

我想念我的白杨林，七棵橡树和一排高大的银杏。我想念所有的树。

直到有一天，我又一次归来了。这是可怕的遭遇，因为那无边的沙滩上所有的一切都在改变，时代之劫终于开始了。我看到了塔吊、围墙、人流。唯独没有了树木。荒原被剖开，一条条壕沟里是铁锈色的水，让人想起血汁。那棵紫叶李早就没有了，我甚至无处指认它原来的、具体的生长之地。七棵橡树没了，一排银杏没了，一小片白杨没了，一切都没了。

那些可爱的树都没有了，它们因为完美和正直，所以难以存活人间。人世间的杀伐是如此惨烈，以至于没有留下什么。当几十年过去之后，谁能在故地找到记忆中的大树？一片，一株，一丛？都没有了。

管理一片林子

看来我这一生是没有这样的幸运了。人生来可以做许多工作，它们对于一个人的意义是多么不同。比如说如果有这样的机缘，我能否拥有和管理这样的一大片树林？拥有是一种自由，是为了更好地管理；不拥有而管理，那也不错，但会发生与管理者的意志相去很远的事情。那将十分痛苦。

这片林子很大很大。多么大？开车或骑马走上一会儿才行。树木很高大，树种很杂，有的地方稀疏，有的地方密挤，密挤处望上去黑乌乌吓人。有林中空地，那是到了冬天泛出金色的草地。

所有的植物都长得健硕生旺，因为这片土地太肥沃了。剖开泥土就是油黑发亮的所谓膏壤，有一种沃土才有的美感逼近。林中气息厚重而沉郁，是大林子大树木大沃土才会滋生孕育的，走贫瘠之地是绝不会有这种嗅觉感受的。

柳树林有一种闲适感，让人想起春天，想起朴素的民居和不远处的庄稼。松树沉穆踏实，冷，和冬天的意象混在一起。多么好的威严的大橡树，至少有五十年的树龄，苍黑的枝干给人无以匹敌的力量感。没有大橡树就让人想不起北方，想不起严肃的辽阔的北方。最美的树木大概是白杨，它的挺拔和树干的颜色，都像青年英气勃发的一个。白杨既不过分严厉，又没一丝嬉闹，温煦而庄重，是最舒展最优雅的树木了。

这是一片北方的树林，大部分树木冬天都要落叶。在秋天的苍凉里，如果没有风，就会感受一种异样的肃穆。即便是夏天，浓重的荫色深处也不会有令人烦恼的湿热。林子里时常看到深棕色的兔子，还有在枝叶下闪烁一双美目的狐狸。黄鼬胆子很大，许多时候并不怕人，在离人十几米远处提起一对前爪观望。野鸽子在远处鸣叫，这使林子变得更加幽深。

有一条浅渠从林子里流过，清澈见底，渠边长满了长胡须般的草叶，那里藏了各种鱼。一些大一点儿的鱼如河鳗在渠底无声地滑过，水面的小蜻蜓循着鱼迹飞过。渠水在最茂密的杂树林那儿拐弯，旋出小小的半月形的沙地。这片沙地洁净得一尘不染，是最适合驻扎帐篷的地方了。

在不冷不热的中秋，一顶小帐篷坐落在渠边。帐篷里有折叠床，有一些日用杂物，有老茶和烈酒，还有一只装满了书籍的木箱。在帐篷外边一点儿，离开渠水三五米的地方有一只炉灶，它用来兴炊。老茶煮得发黑了，浓浓的香气一直飘进帐篷。

帐篷离林中小屋有六华里。那座小屋才是主要居所。小屋由老树桩做墙，内壁涂抹了厚厚的草泥；屋顶是苫草做成的，风雨把它洗成了苍黑色。院墙由碗口粗的木桩和砖块一样厚的木板围起来，将小屋和一旁的堆房绕在一起。鸡舍也离得不远，它们需要依傍着主人。鸡舍旁的一条小路连接起一片空地，那里是一个打理得很好的菜园，里面的豆角和韭菜长得油旺旺的。

在这片树林的东南部，有一块更大些的空地，那里经过了几年的操劳，已经成为一个人人羡慕的葡萄园、一个小果园了。这是林子里的大芳香和大甘甜，是让林子主人最骄傲的地方。主人有几个帮手，这些人和他的家里人是同样亲密无间的。从形貌上看不出哪个才是主人，因为林中生活让这些人变得皮肤一样，黑中透红。他们都常常打赤膊，绑裹腿，手粗，眼亮， 口角常常被野果染上颜色。

在靠近葡萄园处有另一处稍大些的屋子，它也是草顶，只不过是粗石做基的泥墙，窗户开得也大。原来这个屋子除了住人，还包括一个小小的葡萄酒作坊、一个豆腐坊。一条和善的大狗在屋子近旁走来走去。

因为要在这片大林子里做没完没了的工作，所以每个人都很忙碌。这种忙碌也使他们心情愉快，只偶尔有些小厌烦，比如不小心被马蜂蜇了、一些有害的杂草疯长之类。常常有一些外面的人走入林子，他们一般都是采药人、养蜂人和猎人。猎人是不受欢迎的，结果总是被不无严厉地劝走。还有采蘑菇的，这些人都受到了和气对待。其实在林子里常年劳作的人最擅长采药之类，他们知道怎样医治自己的病，很少到林子外边求医。

在外来养蜂人的帮助下，林子主人也有了几箱蜜蜂，于是也就有了吃不完的甜蜜了。

他们还尝试过做了个很大的暖窖，这样就能在冬天栽种嫩绿的蔬菜了。除此而外还试种过茶树，结果失败了。

说不定什么时候会有一两个有趣的客人。这些人来自天南海北，大致是主人的朋友。他们需要和林子里的主人席地而坐说说话，或者在木桌旁喝茶聊天。最受欢迎的礼物是客人的新茶和书，主人回报的大致是蘑菇和草药之类。

那条日夜不息的水渠在林子北部积起了一个大水潭，经过林中人几个季节的挖掘修整，已经成为一个水面开阔的小湖。湖边林木蓊郁，湖心水浪微微，时不时还有跳鱼。夏天的小湖是大家的最爱，几乎每个人都能横渡湖水，顺便逮一两条鱼回家。小湖中有蛤蜊和毛蟹，有细细长长的银鱼。

林子主人有忠诚的大狗，还有顽皮的猫儿。猫儿分别在主居所、葡萄园屋安家，还随主人蜷在帐篷里呼呼大睡。这是林子里最幸福的生灵，它一天到晚工作轻闲，尽情玩耍，爬树或钻灌木丛，有吃不完的东西。所有的猫儿都洁净、聪慧、有一张俊俏的脸。

春天繁花，夏天浓绿，秋天果实，冬天冰雪。比起前三个忙碌异常的季节，冬天的林子要悠闲多了。不过在北方的冬天，的确需要好好对付这些极严肃的日子。大风吹拂几天之后，严寒就凝结在白杨树梢了。大橡树愈加沉默，它们脸色如铁。柳树、白蜡树、火炬松、苦楝、洋槐，都抱紧了自己的衣服。

渠水结冰，一路结到那个小湖。小湖亮闪闪的，真的成了一面镜子。林子里的人有一两个会滑冰的，他们试着滑到湖心，听到嘎嘎一响，又赶紧滑向岸边。

小屋是不怕严寒的，因为里面有一个泥坯垒成的大炕，它连了灶口，并且有长长的烟道通着墙壁的空腔。灶火燃起来时，半个墙壁都是热的。灶口上滚动沸水，煮了糯香的吃物。白天在暖融融的屋子里喝茶，讲前三个季节积累的故事，真是惬意至极。冬天的夜晚太长了，这样的时光被一盏桅灯照亮，让人尽情享受。该把自酿的米酒和葡萄酒端出来了，还有自制的鱼冻和香肠。

身上的热力

从心上漫开来，继而涌遍全身的一股热力，会让人坚持和不倦地去做一件事、做成一件事。这种热力是由生命力的强弱来决定的，拥有强大的生命力，涌遍全身的灼热感就会频频出现。这也可以看成是生命的冲动。但冲动的性质和结果会是不同的，强有力的冲动会把一个人的行动推向很远。

随着年龄的增长，人会变得沉稳和迟缓。一般来说年轻人是更长于行动而少些顾虑的。从生理上讲年轻的心脏推动血流更有力，生命还是簇新的，外部的世界也是簇新的。一个人在渐渐走向衰老之后，会涌起多少年轻的记忆，总是回忆翻过的一座座山岭、跋涉的一条条长路。

为什么要动身？就因为心头一热，再也不能停息，于是就行动起来。去结识、去倾诉、去辩论，去劳作、去寻找、去歌唱。汗水浸湿了浓密乌黑的头发，迎着冰凉的北风毫不畏惧。这就是青春的优势，青春很少叹息。

还记得那些黑漆漆的夜晚，因为月光还没有升起，所以丛林和沙地显得神秘吓人。听多了鬼怪故事，认定所有的鬼怪都在这样的夜晚。可是心口发热，这热力一点点散到全身，当从胸部扩展到双腿双脚的时候，也就再也按捺不住了。

不管随时从黑暗里溜出的鬼魅，也不在乎荆棘刺破双腿，翻过一座座沙岭，穿过一片片丛林，还要过一条河，去对岸找一个能够聆听的人。这个人是少年伙伴，他能够欣赏我刚刚写出的这篇文字。

一路上想象着灯下诵读和倾听的情景，那是多么有趣又多么幸福啊。不记得还有什么比这样的经历更诱人，它可以深深地吸引我，并让我久久地记在心底。

因为走得急促，我的衣服很快汗湿了，头发粘在前额上。月亮刚刚升起，黑影处有什么沙哑地叫了一声。不知是否看花了眼，好像有一只大鸟扎到了旁边的灌木中。天上的星光渐渐稀了，这个夜晚清明极了。

终于踏上了窄窄的独木桥。这小桥滑滑的，走到中间就颤颤悠悠的。因为心急和兴奋，我几乎是跳着跑着过了河的。

小村紧紧伏在河岸不远处，差不多没有什么灯火。我多么喜欢这样的小村和夜晚，甚至喜欢它的气味：有一股白杨花的气息从小巷里飘出，一直钻到鼻子深处。鸡鸭入窝了，它们为了缓解一天的辛劳而不断发出哼哼声。狗打哈欠的声音尽管不大，但十分清晰。猫在院墙上守候了一会儿，开始扭动着走路，偶尔止步，自信地望着远方。

敲开了朋友的门。啊，不吭一声，一只手搭到肩上，就接通了最隐秘的暗号。我们急急地奔到小屋的东半间里，脱鞋上炕，炕上有一面小木桌，桌上是如豆的油灯，我们盘腿相对坐下。

我读起来，声音不高，就像深夜里的溪水在流淌。他垂睫倾听，一会儿发出轻到不能再轻的一声：“啊！”他的嘴巴微微张开，露出稍大一点儿的门牙。我只停了一秒，然后又让溪水流动起来。

当诵读完毕的那一刻，我已经知道了他将说出的一切。他的话在腹中跃动时，我就能一字不差地捕捉它们。这事多么奇怪，可差不多是真的。他赞叹，重复我说过的一些句子，找出我自己最得意的字句和段落。我知道，任何有趣的字眼儿和意思，都别想逃过它的耳朵。有时我想把最好的东西藏在文字的丛林里，再盖上一层茅草，可是一切都没用，他全能翻找出来。

这是少年的至宝，彼此都将对方作为至宝，珍惜，庆幸，依赖，羡慕。真不知道人世间还有什么能够抵得上这种相知和友谊、和这一切的价值。一人因为感激和幸福，鼻尖上生出了汗粒；另一个在特别的冲动中，使劲扭动着双手。

夜深了。但是必须离去，因为第二天还要起早上学。再说家里大人一旦发现孩子彻夜不归一定会分外焦急。

就像去的时候一样，回程再次经过那条河、那些起伏的沙岭，还有丛林。不过最大的不同是月亮更高了，整个大地都笼罩在晶莹的光色里，而且四野愈加安静了。

我心上充满了异样的感觉，这是语言难以表述的压抑了的冲动，一种表面上的满足和平静。我正为自己的创造而自豪和得意，并像一个领取了最大奖赏的人那样，用自信和欣喜的目光打量周围的一切。

道德楷模

几十年之后，我再次回到这个镇子。街巷变化不大，这让人一下想起往昔。匆忙的生活让人无暇回返，甚至连思绪也要紧随脚步。我熟悉这里的人和事，许多故事在短时间一齐涌入心头。这是一种热辣辣的感觉。

镇子上中年以上的人才认识我。这里出现了这么多青春的、陌生的面孔。于是我只能和中老年人说话，共话当年。那些熟悉的人和事成为今天的话题，说了一件又一件。令人神伤的是，那么多人死去了，他们已经永远离开了这个镇子。这是我始料不及的。扳指算一下，他们的年纪的确不小了，在六十至七十之间，个别是八十岁左右。

可是我发现有一些年纪更大的人还活着。这其中的几个还出现在街巷上，张大嘴巴看着我，然后就笑了。他们的笑容还像昨大一样顽皮。这些人的记忆力都很好。

在镇子上度过的第一个夜晚久久不能入睡。我在想往事，想那些离开的人。我后来突然觉得有什么不对劲，就打开灯坐起来。我在想：真是奇怪啊，这简直有点儿巧合了。我发现那些离开镇子的人，大多是中规中矩的人，他们口碑很好，受人尊敬，可以说是镇子上的道德楷模。而今天仍然健在的几个老家伙，当年都是令人厌恶皱眉的。这几个家伙几乎个个不太正经，时常流出不雅的传闻，简单点说就是有“生活作风问题”。可就是这样的几个人，他们尽管年龄这么大了，还要赖在这个镇子上，久久不愿离去。

如果说生活中有太多的不公平，那么这个镇子就是最好的例子了。平时常说的一句话是“仁者寿”，难道这几个行为不端的家伙是“仁者”吗？

我想不明白。

遗弃与忠诚

黄昏时分的岔路口，有一只土黄色的小狗在遥望。这是一座矮山，石砌的三岔路口上，这只小生灵在专注地望向一个方向。它大概记得主人是从那个方向消失的。它望得那么专注，歪着头一动不动，以至于我们叫了它第二声时才转脸看了我们一次。它依旧定定地望向原来的方向，竟丝毫不顾我们怎样从它身旁走过。

我在不远处观察了一会儿，认为一定是它的主人让其待在这儿，他要离开一会儿。我们疑惑的是，这位主人为什么要让它独自等待？要知道它和儿童是差不多的，如果在山野上独处的这段时间走丢了或被他人领走了怎么办？我们还不忍心想别的，真的没有想过它会被主人遗弃在山路上。我们的同类会做出这样的恶行，但最好先不要这样想。

我们往前走去，在山路上游玩了一个多小时才转到原路。我们发现那只小狗还待在原地，还在望向那个岔路口。我们终于怀疑，可能是主人把它扔在了这儿。那个可怕的时刻主人也许欺骗了它，让它先在这儿待一会儿，说自己很快就回来，然后就溜掉了。

它于是等下去。它牢牢记住主人还会返回。它以为人类像自己一样，一定会信守诺言的。

我们仔细端量了这只狗。它的体量比中型狗小一些，已经成年，也许有两三岁了，总之是很成熟的样子。严肃，善良，无助和可怜。它很有自尊地看看我们，然后仍旧看着那条岔路。天色很晚了，山路上已空无一人。

在它身旁耽搁的半个多小时里，我们开始讨论怎么办，是不是将它领回？当我们之中有人试图这样做时，它严厉地表示了拒绝。

它还在等待那个人，等它的主人践行诺言。

来了一群大清的人

比我年长四五岁的朋友告诉了一个令人吃惊的故事，这是他亲自经历的，没有一丝夸张的。他说：

有一年秋天，是初秋，天还有点儿燥热，六七岁的他正在一家路边饭店里玩。那饭店空空荡荡，食客不多。大约是接近中午时分，突然杂杂沓沓进来了一帮挑担子的人，一色中青年男子，都很壮实。他再次注目立刻有些惊讶，还有点儿小小的害怕，因为他看清了，这帮人打扮差不多，老式布扣衣褂，宽松的黑裤：最主要的是个个剃光了前额那儿的毛发，扎了长长的独根辫子；这辫子有的缠在颈上，有的搭在背上。

他这样端量时，店里一点儿声音没有。所有人都在看着这群客人，见他们轻撂担子，擦汗，坐下来准备吃饭。旁边有人半晌才轻轻吐出一句："大清的人！"

这一伙打扮完全是清朝式样的人不是来自舞台，而直接就来自现实之中，这在现场的所有人看来都是新奇而怪异的。听口音这伙人其实并不远，问了问，原来来自泰山周边的山村。

我的朋友说，他和身边的几个人好奇极了，一直盯着这伙人，看他们怎样吸烟、买饭，怎样说话和吃饭。他发现这伙人礼礼道道的，互相像敬酒那样举碗，然后才喝下一口白水。这些人不太笑，嗓门也不高，话不多。

后来时间长了一点儿，他和几个人才试着问他们话，这一问才知道是进城担东西的。他们常年住在偏远的山村里，那里交通不便，这回是头一次被人领出来。原来在当地，许多人都是这样的穿戴，所以这对他们来说一切都是自自然然的。

这个故事让我久久难忘。像朋友说的那种装束，而今只有在电视剧中才看得到。这真是不可思议。要知道朋友口中的那个场景，就发生在20世纪50年代初的济南，具体点儿说是靠近城市西郊的一家小吃店里。

这使我想到了服饰的演变，它的许多诡谲之处。服饰与方言古语一样，只保留在商业文化活动不够剧烈的偏僻之地，在那里留下几处标本。时间在那里不是停滞了，而是大大放慢了。

不同的时间流速，使历史的印记更清楚有序地展示出来。不同的印记叠加在一起，让匆忙的历史从容一些，驻足观察的机会也就来了。

比如说，除了大清的人涌入50年代的街头，更早的人可不可以？如果仅从观感而论，我们不少人都喜欢明代的服装，赞叹它的五光十色，华美和大方。我们街头出现一些明代打扮的人，且又不是为了表演而来，那该是多么美、多么动人。

看来这是不可能的。人总要趋新就时，要跟上时尚，只要时新就是美，美没有什么固定不变的客观标准。人如果能真正自由地选择，真正独立持守地生活，将是难而又难的事。

仅仅就服饰打扮来说，人也不是自由的。

一位兄长

因为一次工伤，他成了瘸子。那还是十八九岁的时候。这个英俊的青年从一个大工业城市回到了故乡，可能认为一个伤残之人更适合生活在乡村吧。这种认识大概是一种错误。反正万般辛苦都让他经历了。他的一生实在是不幸的。我认识他的时候他已经二十多岁了，真正算得上一位兄长。他结婚很晚，主要原因是他长得十分俊美，但却是一个瘸子，这就有碍于农事生产，所以极不利于婚配。他虽然伤残，但人还没有彻底颓丧，心气也算高，在择偶方面也就挑剔了。

这位兄长的女人肥胖和善，面庞淳朴，大概这是最可爱的方面，也由此而博得了男人的爱护。他们一生相伴相持，非常和美。

但是这并不意味着这位兄长的始终专一。随着日月的延长，风气多变，风俗也不尽相同，喜欢兄长的女子终于不少。她们与他交往和爱恋，因为没有了不利劳动生产的担心，只专注于爱的本身，所以也就觉得这个男子卓越了。男女之爱没有附加地位及其他条件，这爱也就单纯了。于是这位兄长在海边，在河的两岸，都有一些爱慕者。这些女子在许多年后议论起他，还咂着嘴说："那真是一个好人!"她们越是到了年长，越不忌讳什么。

这位兄长善良，自尊，热烈，拖着一条瘸腿在人世间寻找爱情的样子，许多年后都让我记得清晰。开始不知道是怎么一回事，最后才明白其目的所在。因为观念的不同，个别时候他会受到严厉的指责，这时他就表现出了巨大的痛苦。他不安而胆怯地问我："怎么办呢，我?"我认真地批评他，自认为有责任保护他的贤妻，让她免受伤害。他叹息说："我这方面到死才能改吧。"

对于善良的妻子，他无微不至地关怀，嘘寒问暖，唯恐她悲伤。她也多少知道男人的行为，却并不狠责，只皱着眉头对我说："愁死人了啊。"

这位兄长因为青年时代在工厂工作过，所以对一切机械都表现出热情，也比大多数人显得内行。他懂电、拖拉机、压面机、钟表，对一切有齿轮的东西都大感兴趣。儿童的电动玩具坏了，必定要找他修，他会将一些小小的齿轮摊在桌上，非常享受地忙上半天。对于机械方面他确有专长，这更多的不是知识的多少，而是一种罕见的天赋。比如当时极为少见的手表戴在一位女教师手上，它坏了，对方就找到了他。没有修表的工具是不可能完成这次修理的，但这位兄长毫不畏惧地收下了它，然后闷在家里琢磨工具。我亲眼见他怎样打开了这只表，马上对复杂无限的精微内部感到了恐惧。我知道，这一次兄长遇到了大麻烦。

谁也难以想象后面的事情。兄长笑眯眯地看了一会儿，用一根细小的铁锥触动了一下，说："看到了吧，这么多小齿轮！"我听明白了，正因为齿轮多，他的兴趣才大，也变得信心无限了。他从一旁取出一个不大的油布包，打开它，是一小堆长长短短的工具，如小螺丝刀、小镊子、小钢针之类。他还取来一只长柄放大镜。从镜子后边看着他的眼睛，真是大得吓人，就像牛眼。

几天之后，手表修好了。他将手表戴在自己手上，去找那位女教师了。对方是因为丈夫出身问题遣返到农村的，从打扮到长相都美得出奇。兄长把修好的表还给她，她感谢了他。

后来我不止一次看到黄昏的光色里，兄长一拐一拐地陪女教师散步。他们竟然好上了。当我知道这个之后，简直吃惊极了。我第一次觉得兄长配不上女教师，因为对方不仅美丽，而且芬芳四溢。而这位兄长，在常年的奔波操劳中，已经相当憔悴了。他的指甲因为经常摆弄机械的缘故，差不多天天都是黑的。我表示不解，说："她怎么会同意、愿意？"兄长咬咬嘴唇说："这个，需要好好商量的。"

"这种事也能商量？""能，总能的。"

我因为上学和工作，离开兄长一段时间了。这中间回来几次，因匆匆来去并没有见面。相隔二十多年了，我总算有机会好好地看一次兄长了，问了问大吃一惊：人早不在了，他和妻子都不在了。

原来那位女教师随着落实政策就返回了城里，兄长失去了她。这中间他虽然也千里迢迢去寻过她，但总是难得一见。就这样，兄长的身体一天不如一天。他的妻子用各种好饮食滋补男人，结果还是无济于事。

在一个冬天，兄长去世了。他离世前手腕上戴着一只表，那是女教师赠予的。

夜 访

在荒野上有一座小土屋，它的四周光秃秃的，少树木，更无邻居。土屋平时静静的，无声无息。一天里的某个时候，会有一个老男人从屋里出来，在屋外忙些什么：搬搬屋旁堆的碎木，从屋前的土井里提一桶水。

这个老人脸黑黑的，戴了一个黑线小帽，嘴闭得紧紧的，看上去有些吓人。谁也不认识他，都认为这个不属于任何村庄的人太奇怪了。我们几个一直观察他的少年觉得，这人足够可怕。大家甚至打赌，说谁如果敢于一个人进到他的小屋，那就是极了不起极勇敢的；谁如果敢在夜间进屋，那更是了不起的。大家谁都不敢逞强。

我从未想过独自一人去小屋探险，因为这太可怕了，也实在没有必要。

怪就怪在有一天夜晚我走在月光下，不知为什么一抬头看见了黑魆魆的小屋，心里立刻痒了起来。我端量了一会儿，竟然不太畏惧地迎着它走了过去。

小屋没有围墙，只有半截豆角架子简单做了标界，走过它，就算进了小院。小窗上灯光阴暗，肯定点了一盏煤油灯。我在门口站了一瞬，然后敲了一下，还没等里面的人应声就推开了门。一股浓浓的煮红薯味儿。

老男人坐在炕上抽烟，好像刚刚醒过神来。他看着我，烟斗含在嘴里。他不说话，偶尔发出一声“哼哼”。我在离他三四步远的地方站住，没有勇气靠前。我并不知道为什么来这儿，只是想进来。

他从炕角端过一个小筐，里面是黑乎乎的东西。灯光下我努力看着，看清是小半筐炒煳了的红薯条，就是当地人所说的“地瓜糖”。它的做法是将红薯煮熟，然后切条晒干，最后放在锅里，埋入大量细沙炒熟。地瓜糖是过年时家家必备的，平时倒也少见。他的眼神送来鼓励，我就取了一个。地瓜糖在我嘴里咬得咔咔响。

他抽出烟锅，也捏了几个地瓜糖。

余下的时间我一边吃地瓜糖，一边端量这小屋里的一切。只有小一间，被一个大炕占去了一半。炕上是油滋滋的蓝被子，枕头。屋角有紫穗槐编成的小囤子，里面装了半囤红薯。有两只小木凳。还有一些不起眼的杂物，如一个生锈的老鼠夹子、一把小镰刀、一个玻璃瓶。好像再也没有别的东西了。

他咀嚼地瓜糖的声音真响。我这会儿觉得他的食物主要是地瓜糖。这就使我明白了，他为什么不到别处去，很少出门，也不需要邻居和其他亲人，因为他的生活是最简单的，只要有水、有地瓜糖就可以了。

在屋里待了一会儿，我终于坐在了那只小木凳上。老人一直看我，吸烟，不时抓一块地瓜糖放进嘴里。

我要走了。当我一脚踏进小院时，觉得外面的月亮真大啊。他站在背后，说："哼哼。"

我离开了。刚跨出小院我就飞跑起来。跑了足有四五里路我才站下。我发现自己的衣服全都湿透了。回身望那座黑魆魆的小屋，它在月光下竟然微微活动，就好像一只大动物在呼吸似的。我搓搓眼，小屋不动了。

（原载《十月》2017年第5期）

“病还不肯离开我”
——鲁迅的疾病史

◎阎晶明

作为一位经典作家，鲁迅具备这样一种不无魔幻色彩的特点，当我们强调什么东西重要时，总会说：鲁迅终生没有离开过这样东西。2016年年末的一次会议上，大家在讨论一篇文稿，坐在我旁边的一位资深翻译家举手发言，他说，要重视文学翻译家的作用，中国现代伟大作家鲁迅，十分重视并用力于文学翻译，其翻译作品在字数上等同于创作。

何止是翻译，当我们强调传统文化重要时，我们会说，鲁迅终其一生在读古籍、抄古碑，写出了《中国小说史略》。当我们说文学和艺术从来都不可分时，会强调，鲁迅从青年时就重视美术，讲解美术，晚年更将大量精力投入到美术特别是木刻发展当中。以此类推，鲁迅经常看电影，经常去演讲，时而写古诗，特别擅书法；鲁迅关心青年成长，关注妇女命运，关心农民疾苦，关注知识分子困境……他的小说、散文、散文诗、杂文、书信，关注生，关注死，写到梦，写到痛，“过去的生命已经死亡”，“死亡的生命已经朽腐”，天地万物，无不在鲁迅的生命中和创作里得到充分体现。小到终生不离烟、不厌酒，大到改造“国民性”、畅想“中国的将来”，仿佛每一样事情在鲁迅身上都是说不尽的话题。

不过，要说鲁迅一生没有离开过，即使自己努力“避趋之”却仍然终生相伴的，却是疾病。他短短的五十六年生命历程，有很大一部分精力用来对付疾病，应对病痛。鲁迅的专业是医学，而他自己，却是个不折不扣的——病人。

“胃病无大苦”与“牙痛党之一”

鲁迅是多病的。人们通常的印象，鲁迅是肺病的长期患者，他也逝世于此病，这是的确的。不过从鲁迅自己的记述中可知，他长期且受困扰最多的却是另外两种病：胃痛和牙痛。《鲁迅日记》从1912年5月进入北京始，让后人可知其日常生活情形之片段，而他得病治病的经历就是其中很重要的一部分。1912年10月至12月，鲁迅日记里记载了数次“腹痛”“胃痛”的经历。10月12日“夜腹忽大痛良久，殊不知其何故”，13日“腹仍微痛”；11月9日“夜半腹痛”，10日“饮姜汁以治胃痛，竟小愈”，23日“下午腹痛，造姜汁饮服之”；12月5日，医生“云气管支及胃均有疾”，6日则“觉胃痛渐平，但颇无力”。

鲁迅的胃痛（腹痛）经常发生在夜里，“夜腹痛”是日记里常见的表述。在鲁迅自己看来，胃痛并不算致命的病，所以他的措施也多是克服痛状而非谋求根治，大都是去医院或药店买药服用，有时甚至自己用偏方治疗。这也许是因为他自认为可以判断出胃痛或腹痛的原因。如1913年2月26日日记，“夜胃小痛，多饮故也”，同年11月3日又记“夜腹小痛，似食滞”。1934年5月29日致母亲信中说，“胃痛大约很与香烟有关，医生说亦如此”。在北京时，即使记录“胃大痛”也多是以服药治胃说明，并未见针对性的专门药名。晚年在上海居住，1931年后日记里又频繁出现“胃痛作”“腹痛”表述，不过此时他似乎有了专治胃病的药物，所以时常后缀服药情况，如1931年12月28日记有“胃痛，服海儿普锭”，1932年6月15日记“胃痛，服海尔普”，1933年12月15日、16日分别记有“胃痛，服Bismag”。

鲁迅将胃病称为“老病”。这个伴随了他至少二十年的病痛，并没有在他心里造成多大担忧。1934年4月13日致母亲信中说道：“男亦安，唯近日胃中略痛，此系老病，服药数天即愈，乞勿远念为要。”5月4日信中又安慰母亲说，“男胃痛现已医好，但还在服药，医生言因吸烟太多之故，现拟逐渐少”。这一年，他在致山本初枝、曹靖华、徐懋庸信中，分别告知了对方自己已经痊愈或“胃病无大苦”的消息。

除了“胃痛”“腹痛”，鲁迅还有多次“腹写（泻）”经历，有时甚至“夜半腹写（泻）两次，服Help八粒”。

其实，作为学医出身的人，鲁迅不会不知道胃病本身的致命性。1925年9月，朱安身患胃病，鲁迅在29日致好友许钦文信中讲道：“内子进病院约有五六天出（现）已出来，本是去检查的，因为胃病；现在颇有胃癌嫌疑，而是慢性的，实在无法（因为此病现在无药可医），只能随时对付而已。”1934年7月9日致徐懋庸信中说："胃病无大苦，故患者易于疏忽，但这是极不好的。"鲁迅知道自己身有其他疾患，他却把自己的胃病当成"并发症"或"伴随性"疾病对待。他是这么认为的，或者是这么安慰自己的。他对疾病的危害性和治愈可能，时常流露出自我安慰的感觉。

鲁迅自称是"牙痛党之一"。他长期受到牙痛的折磨，让他产生格外强烈的身体意识。1925年10月，鲁迅作杂文《从胡须说到牙齿》，说道："我从小就是牙痛党之一，并非故意和牙齿不痛的正人君子们立异，实在是'欲罢不能'。听说牙齿的性质的好坏，也有遗传的，那么，这就是我的父亲赏给我的一份遗产，因为他牙齿也很坏。于是或蛀，或破，……终于牙龈上出血了，无法收拾；住的又是小城，并无牙医。"鲁迅的母亲鲁瑞、二弟周作人，都有时常治疗牙痛的记录。也是在这篇文章里，鲁迅说"虽然有人数我为'无病呻吟'党之一，但我以为自家有病自家知，旁人大概是不很能够明白底细的"。牙痛就是典型的自己有痛、别人漠然的疾病，而且这病自幼伴随，"我幼时曾经牙痛"（《忽然想到》）。1913年5月1日，鲁迅日记第一次记述牙痛就颇具"力度"："夜齿大痛，不得眠。"1915年12月18日"夜齿大痛，失睡至曙"。被牙痛折磨得难以入眠，这可真的是别人不明白"底细"而只有"自家知"的痛苦了。鲁迅齿痛的原因多是龋齿之痛。1915年7月24日"往徐景文寓治龋齿"，1917年12月29日"下午以齿痛往陈顺龙寓，拔去龋齿，付泉三元。归后仍未愈，盖犹有龋者"。故30日"复至陈顺龙寓拔去龋齿一枚，付三元"。齿痛还会引发牙齿周围病症，1929年7月19日在上海，就因"上龈肿，上午赴宇都齿科医院割治之"。

自幼就是"牙痛党"的鲁迅，因牙齿所受苦痛是多重的。1923年3月25日，鲁迅一大早"往孔庙执事"，不料"归途坠车落二齿"。此事，鲁迅在《从胡须说到牙齿》里曾有详述。不过因为文章写于1925年10月，所以在时间上有误，"民国十一年秋"应为民国十二年春。

> 民国十一年秋，我"执事"后坐车回寓去，既是北京，又是秋，又是清早，天气很冷，所以我穿着厚外套，戴了手套的手是插在衣袋里的。那车夫，我相信他是因为磕睡，胡涂，决非章士钊党；但他却在中途用了所谓"非常处分"，以"迅雷不及掩耳之手段"，自己跌倒了，并将我从车上

摔出。我手在袋里，来不及抵按，结果便自然只好和地母接吻，以门牙为牺牲了。于是无门牙而讲书者半年，补好于十二年之夏，所以现在使朋其君一见放心，释然回去的两个，其实却是假的。

那次受伤后，鲁迅从6月到8月多次到伊东医院“治齿”亦“补齿”，8月8日“往伊东寓治齿并补齿毕”，同月25日“上午往伊东寓修正补齿”。鲁迅几乎每一年都会受到牙痛困扰，日记中多有疗齿记录，主要是制服“齿痛”和“补牙”“造义齿”。其中例如：1926年7月10日“午后往伊东寓补牙讫”；1929年7月20日“午前往宇都齿科疗齿讫”；1930年3月24日“下牙肿痛，因请高桥医生将所余之牙全行拔去，计共五枚”，4月21日“午后往齿科医院试模”；1933年5月1日“往高桥齿科医院修义齿”；1935年4月6日“至高桥医院治齿”，8日、10日“治齿龈”。1936年未有治齿记录，但并非牙已无痛，而是身体实在有了更致命的疾病，使他顾不得继续做“牙痛党之一”了。

可以说，自青年时代起，胃病和牙痛或交替或并发地困扰着鲁迅，他不得不经常去应对。鲁迅日记里，提及“牙”或“齿”超过百次，提及“胃”“腹”疾病的也逾半百。时有小病捣乱，让鲁迅对身体及其健康常有感受并产生格外敏感。

“自家有病自家知”

除了胃病和牙痛，鲁迅还常被其他疾病“关照”。感冒以及与之相关的头痛、发热、中寒、咳嗽，是寻常人都有过的体验，也是鲁迅的经常性疾病。1913年正月6日，“晚首重鼻窒似感冒，蒙被卧良久，顿愈，仍起读书”。那一年，初到北方的他似乎很容易感冒。3月18日，“夜颇觉不适，似受凉”；19日，“头痛身热”。8月20日，“咳，似中寒也”。1914年5月12日，又有“下午大发热，急归卧”，13日“热未退尽”。初到北京的两年里，鲁迅除了“老病”胃痛和“自幼”而来的“牙痛”，对环境的不适造成的感冒也是常事，可见其身体面对不适与病痛的频率。对感冒这样的病，鲁迅似乎完全可以自我判断其原因，“似感冒”“似受凉”“似中寒”，都是自我诊断。这种诊断当然并不显示其医学出身的高明，普通人也会对感冒做出类似判断。这里需注意的是，鲁迅受各种互不关联的小病、大痛困扰，但大多以自我判断，上医院、药店买药对付。直到去世前两年，鲁迅每说到感冒、发热之类症状，总以“蒙被卧”“急归卧”“小睡”等休息法应对，不做事而已，但也并不特别吃药。这也是他对待疾病的一种常态，以减轻痛感、缓解不适为主，而非四处求药，更不过度治疗。

1934年，是鲁迅身体健康状况的转折之年。这一年3月，上海、天津的小报上说他患上“脑膜炎”将“辍笔十年”；6月，“贱躯如常，脑膜无恙，唯眼花耳”，既辟谣却也添新烦。7月，“上海近十日室内九十余度，真不可耐，什么也不能做，满身痱子，算是成绩而已”（致郑振铎，340706[①]）。这一年，他的胃病持续发作，书信中多有探讨。牙齿方面，也有“义齿已与齿龈不合，因赴高桥医师寓，请其修正之”。日记表明这一年更频发“胁痛”“背痛”症状。8月，“胁痛颇烈”，11月，“肋间神经痛”，12月曾有“夜脊肉作痛，盗汗”，“夜涂茛菪丁几以治背痛”。大大小小，此起彼伏，日记、书信里关于身体的记述明显增多。

然而，这些老病、小病都还可依旧例对待，唯感冒发热已不能像以前一样轻视。7月还是“生了两天小伤风”，到了11月中旬始，持续近二十天身体发热，11日记“三七.二度”，14日已达“三八.三度”，一直到12月1日仍有发烧记录。这一次热病显然不是一般病症，当然鲁迅无论是安慰自己还是安慰亲友，坦承发热不退的同时，仍然试图轻描淡写。18日致母亲信中说：“男因发热，躺了七八天，医生也看不出什么毛病，现在好起来了。大约是疲劳之故，和在北京与章士钊闹的时候的病一样的。”19日致信李霁野又说道：“天天发热，医生详细检查，而全身无病处发现，现已坐起，热度亦渐低，大约要好起来了。”25日致曹靖华：“这回足足生了两礼拜病，在我一生中，算是较久的一回。”27日致许寿裳：“从月初起，天天发热，不能久坐，盖疲劳之故。”鲁迅还是把病因解释为一时之困且可以自愈。除了“疲劳”，他也认为这不过是一次流行性感冒，时称“西班牙感冒”。他自己病愈后对此略有调侃，25日致日本友人

① 本文所引鲁迅书信均见《鲁迅全集》，人民文学出版社，2015年版；括号内前为书信名，后为写信时间，如340706即意指写于1934年7月6日。本文其他此类书信引文格式，意指相同。

增田涉时谈道，“我每晚仍稍发热，弄不清是因为疲劳还是西班牙流行感冒。大概是疲劳罢，倘是，则多玩玩就会好的罢”。12月11日致曹聚仁信时，热已退，语气更显轻松，“一月前起每天发热，或云西班牙流行感冒，观其固执不已，颇有西班牙气，或不诬也”。其实，这回的发热并非那么简单，也不能以“卧”治病了。11月15日，“下午须藤先生来诊，并携血去验”，次日“上午得须藤先生信，云血无异状”。可见，“自家有病自家知”的鲁迅，还是知道此次热病的可能隐患的。经历了这场热病，鲁迅的身体状况总体上开始走明显的下坡路，其后的两年时间，病已成常态，缓释成为间隙所求所得。

除了胃、齿及呼吸道疾病，鲁迅还经历了其他一些病痛。严重者如1932年8月28日记“右腿麻痹，继而发疹”，“医云是轻症神经痛”，而症状其实不轻，“上月竟患了神经痛，右足发肿如天泡疮，医至现在，总算渐渐地好了起来，而进步甚慢，此大半亦年龄之故，没有法子”（致曹靖华，320911）。轻者如肩痛，“晚因肩痛而饮五加皮”（1916年正月22日），“背痛，休假，涂松节油”（1920年1月14日），“项背痛，休息”（1923年3月8日），1923年6月2日“痔发多卧”，1932年8月底出现“带状匐行疹”，1932年以后每年夏天因暑热而“满身痱子”。这些小痛苦每有伴随，包括失眠，在北京时“半夜后邻客以闽音高谈，狺狺如犬相啮，不得安睡”（1912年8月12日）、“两佣妪大声口角惊起失眠，颇惫”（1923年12月18日），在上海也会因“孺子啼哭，遂失眠”（1931年9月13日），还有多次因牙痛等原因导致的失眠难睡。

在鲁迅的日常生活中，除了来自身体内部的疾病，还偶尔会遇到外伤，从这些经历可以感知他既是无所畏惧的战士，也是“有血有肉”的普通人。这里不妨根据日记列举几例。1919年12月24日，“夜灯笼焚，以手灭之，伤指”，一次小小的烧伤。1923年3月那次前述过的“坠车”可谓一次事故，鲁迅因此失去了两颗牙，门牙。同年11月25日是个周末休息日，鲁迅难得在家做点儿家务，结果“上午击煤碎之，伤拇指”。1924年7月24日，那天上午小雨，鲁迅当晚“与五六同人出校游步”，本是享受雨后清爽，却不料鲁迅“践破砌，失足仆地，伤右膝，遂中止，购饼饵少许而回，于伤处涂碘酒”。鲁迅有记载的外伤似乎都发生在北京，1932年11月，最后一次回北京探望母亲时，于19日在家中“午后因取书触扁额仆，伤右踇，稍肿痛”。次日复许广平信中说“唯昨下午因取书，触一板倒，打在脚趾上，颇痛，即搽兜安氏止痛药，至今晨已全好了”。鲁迅同日日记也确有“上午趾痛愈”的表述。但其实，这伤到29日仍然“夜足痛复作”，并未速好。12月12日致曹靖华信中说，“但在北平又被倒下之木板在脚上打了一下，跛行数日，而现在又已痊愈，请勿念”。这次意外可能是本人扑倒外加木板砸到脚趾，可谓严重。

鲁迅一生所经历的身体病痛，让人难以想象，他是怎样在克服病痛的过程中进行自己顽强不息的种种事业；而读者又应该以怎样的态度去想象，他如何克服诸多身体病痛与内心痛苦进行着写作。

“弃医”者的治愈幻想及其医学观

“弃医从文”是鲁迅第一次重大的人生转折，意义已被解释、放大到非凡。他学医是要疗救国民的病苦，他弃医是为了彻底地从精神上疗救他们。在仙台医专，当鲁迅向恩师藤野严九郎告别时，以改学生物学敷衍，并非不想让人知道自己打算“首推文艺”，而是不相信对方可以明白其中的重大性。然而鲁迅本人，对医学究竟持有怎样的态度，包括他对中医究竟持何种看法，这还得要看他的疾病治疗史，看他真正遇到病痛时的抉择。

鲁迅是医院的常客。在北京的14年间去过的医院就在10所以上。初到北京的1912年至1920年，去得最多的是池田医院；1921年到离开北京的1926年，最常去的是山本医院。1926年8月26日离开北京，8月21日最后一次“上午往山本医院续行霍乱预注射”，他去这所医院的次数至少在五十次以上。为了治疗牙齿，鲁迅曾多次去过“王府井徐景文医寓”、陈顺龙牙科医院、伊东牙医院、伊藤医寓等处。此外还去同仁医院、德国医院、法国医院、北京医院、城南医院等多所医院看病或探视亲友。池田医院和山本医院是鲁迅在北京看病的固定医院。据萧振鸣先生《鲁迅与他的北京》一书解释，“池田医院位于石驸马大街东口路北，是日本人池田友开办的私立医院”，鲁迅早期住在绍兴会馆，“到教育部上班必经过池田医院”。萧著还介绍，“山本医院在北京西单牌楼旧刑部街，院长是日本人，名叫山本忠孝”。自1920年开业，鲁迅及其母亲鲁瑞、二弟周作人、三弟周建人的夫人芳子等家人都曾在这里看病。

到上海居住后，鲁迅也不得不经常出入医院。有时是他自己看病，也有时是陪同许广平、海婴等家人视诊。仅看牙齿就去过“佐藤牙医寓”、宇都齿科医院、上海齿科医院、高桥齿科医院、前园齿科医院等多处。鲁迅初到上海时就诊最多的是福民医院，1932年后多去篠崎医院，1934年后直至逝世，则更信任须藤五百三开设的私人医院。此外还曾去“平井博士寓”、石井医院等处看病或陪诊。鲁迅与福民医院的医生多有交往，常去看病，并多次介绍亲友往诊。其后多次前往的篠崎医院，是一家历史更久的医院，鲁迅1932年一年内所去次数即逾五十次以上，至1934年，近一百次到过这家医院。之后所去的须藤医院以及交往从密的须藤本人，往还更是不计其数。

除了频繁出入医院，鲁迅也时去各地药房购药，北京的信义药房、广州的永华药房、上海的仁济药房，就是他买平常杂药品的药店。其中，1930年7月24日，鲁迅日记有“仁济药房买药中钱夹被窃，计失去五十余元”一条，损失不小，亦是趣事。

无论是从医院还是从药房买来药品，鲁迅服用过的药物不在少数。他长期服用规那丸、金鸡那丸用以退热；服用阿司匹林治疗感冒。胃痛时服用海尔普、海儿普锭、Bismag；腹泻时服用撒酸铋重曹达。须藤接手后至少三次为其抽肺部积水，注射一种叫Tacamol的药。鲁迅也曾经服用中药如“胃散”，更曾用姜汁治疗胃痛，也曾在腹痛时用“怀炉温之”，而且这些偏方常常有效。他曾用饮酒法治疗病痛，如“因肩痛而饮五加皮酒”，又如“夜失眠，尽酒一瓶”。他对自己的身体，有出入医院药房的呵护，也有在家自己对付的放松，偶尔还会有无所谓的放纵。他的健康理念里，有医学科学的严谨，也有豁达大度的坦然。

鲁迅区分医生好坏的标准，最主要的是看其认真或不认真，其次是看他对待疾病的治愈态度，再次还要看所需价格。1928年6月6日致章廷谦信中说道：“朱内光医生，我见过的，他很细心，本领大约也有，但我觉得他太小心。小心的医生的药，不会吃坏，可是吃好也慢。”“不过医院大规模的组织，有一个通病，是医生是轮流诊察的，今天来诊的是甲，明天也许是乙，认真的还好，否则容易模模胡胡。”“我前几天的所谓‘肺病’，是从医生那里探出来的，他当时不肯详说，后来我用‘医学家式’的话问他，才知道几乎要生‘肺炎’，但现在可以不要紧了。”正是由于有学医背景，才使他可以问话时使用“医学家式”。1929年3月15日致章廷谦信中又说：“石君之炎，问郎中先生以‘为什么发炎？’是当然不能答复的。郎中先生只知道某处在发炎，发炎有时须开刀而已，炎之原因，大概未必能够明白。他不问石君以‘你的腿上筋为什么发炎’，还算是好的。”“郎中”一说，是指中医无疑。

鲁迅本人更相信西医。如1930年9月20日致曹靖华信中谈道：“你的女儿的情形，倘不经西医诊断，恐怕是很难疗治的。既然不傻不痴，而到五六岁还不能说话，也许是耳内有病，因为她听不见，所以无从模仿，至于不能走，则是‘软骨病’也未可知。1934年4月30日致曹聚仁信中也谈过西医：“习西医大须记忆，基础科学等，至少四年，然尚不过一毛坯，此后非多年练习不可。我学理论两年后，持听诊器试听人们之胸，健者病者，其声如一，大不如书上所记之了然。今幸放弃，免于杀人，而不幸又成文氓，或不免被杀。”然而无论西医中医，认真不认真，医生对病人的态度很重要，至少不能敲竹杠。“上海的医生，我不大知道。欺人的是很不少似的。先前听说德人办的宝隆医院颇好，但现在不知如何。”（致章廷谦，280606）“中国普通所谓肝胃病，实即胃肠病。药房所售之现成药，种类颇多，弟向来所偶服者为‘黑儿补’，然实不佳，盖胃病性质，亦有种种，颇难以成药疗之也。鄙意不如首慎饮食，即勿多食不消化物，一面觅一可靠之西医，令开一方，病不过初起，一二月当能全愈。但不知杭州有可信之医生否，此不在于有名而在于诚实也。在沪则弟识一二人，倘有意来沪一诊，当绍介也。且可确保其不敲竹杠，亦不以江湖诀欺人。”（致邵文熔，350522）这里所关注的已不是医术高明与否，而是诚意几何了。

笃信西医的鲁迅对中医的态度早已为人所知，但他的中西医观，并非简单的医学之争，在“五四”那样一个提倡科学的时代，以中医的东方哲学甚至玄学理论基础之上的医学，加之以家人所为中医耽误疗治的刻骨铭心经历，鲁迅的医学观并不适用于今日之中西医论争。

其实，鲁迅批评中医，主要是批评中医中那些近乎愚弄人的迷信成分。散文《父亲的病》，与其说是记述父亲临终前的情景，不如说是在讨论“医者，意也”说的不可捉摸，集中嘲讽某些医生故弄玄虚的“药引”。而那个被认为是S城最有名的中医陈莲河，不过是对“药引”的要求玄幻到荒唐地步而已。“最平常的是‘蟋蟀一对’，旁注小字道：‘要原配，即本在一窠中者。’似乎昆虫也要贞节，续弦或再醮，连做药资格也丧失了。”这位医生的说法只能是骗人害人。“凡国手，都能够起死回生的，我们走过医生的门前，常可以看见这样的扁额。现在是让步一点儿了，连医生自己也说道：‘西医长于外科，中医长于内科。’但是S城那时不但没有西医，并且谁也还没有想到天下有所谓西医，因此无论什么，都只能由轩辕岐伯的嫡派门徒包办。”然而，“轩辕时候是巫医不分的”，“中西的思想确乎有一点儿不同。听说中国的孝子们，一到将要‘罪孽深重祸延父母’的时候，就买几斤人参，煎汤灌下去，希望父母多喘几天气，即使半天也好。我的一位教医学的先生却教给我医生的职务道：可医的应该给他医治，不可医的应该给他死得没有痛苦。——但这先生自然是西医。”正是这样的经历，让他对中医产生难以转变的成见。“到现在，即使有人说中医怎样可靠，单方怎样灵，我还都不信。自然，其中大半是因为他们耽误了我的父亲的病的缘故罢，但怕也很挟带些切肤之痛的自己的私怨。”（《从胡须说到牙齿》）

鲁迅对中医里的“食疗”说也不看好，他认为“海参中国虽算是补品，其实是效力很少（不过和吃鱼虾相仿佛）”（致曹靖华，300920）。他还劝道：“石君最好是吃补剂——如牛奶、牛肉汁、鸡汤之类，而非桂圆莲子之流也——那么，收口便快了，但倘脓未去尽则不宜吃。这一端，不大思索的医生，每每不说，所以请你转告他。”（致章廷谦，290315）

鲁迅本人平常也服用保健品，以鱼肝油最多。早在1919年8月13日在致钱玄同信中就很内行地说道：鱼肝油“并非专医神经的药，但身体健了，神经自然也健，所以也可吃得的，这药有两种，一种红包瓶外包纸颜色，对于肺病格外有效，一种蓝包是普通强壮剂，为神经起见，吃蓝包的就够了”。鱼肝油也是鲁迅服用时间最久的补品，“唯有服鱼肝油，延年却病以待之耳”（致台静农，320815）。“现身体亦好，因为将届冬天，所以遵医生的话，在吃鱼肝油了。”（致母亲，341030）“散那吐瑾未吃，因此药现已不甚通行，现在所吃的是麦精鱼肝油之一种，亦尚有效。”（致母亲，350104）可见，即使在养生保健上，鲁迅也更靠近西药成品而非中医补品，人参之类的神话在他更是不以为然。但不能因为鲁迅反对中医就一定笃信西医，面对具体的医生，抉择也是很难的。“中医，虽然有人说是玄妙无穷，内科尤为独步，我可总是不相信。西医呢，有名

的看资贵，事情忙，诊视也潦草，无名的自然便宜些，然而我总还有些踌躕。”（《马上日记》）

对于人生，鲁迅有时难免流露绝望和悲凉，但对自己的疾病却常要显露乐观的态度。这种乐观有时为了安慰家人朋友，如“男自己也不喜欢多讲，令人担心，所以很少人知道”（致母亲，360903）；有时是为了不给敌手以“仇者快”的机会，如“我的可恶有时自己也觉得，即如我的戒酒，吃鱼肝油，以望延长我的生命，倒不尽是为了我的爱人，大大半乃是为了我的敌人”（《坟·题记》）；也有时果真是出于他对自己自愈能力的信心，这信心甚至不免有幻想的成分，如“肺病是不会断根的病，全愈是不能的，但四十以上人，却无性命危险，况且一发即医，不要紧的，请放心为要”（致母亲，360903）。无论是胃痛、感冒、发热等顽症的反复，还是牙痛的长期伴随，无论是胁痛、背痛的可能隐患，抑或头痛、失眠的偶发，他似乎从未真正从语气里担忧过。他不回避疾病，却总想在不回避的表述中淡化其严重性。他没有刻意去预防疾病，也不曾因病而彻底放弃写作。即使他把自己的病因归结为“疲劳”，却也停不下前行的脚步。从他的书信里，可以感受到他有时会像个寻常人一样，希望自己能停下来，歇一歇，玩一玩，可是他做不到。不说在北京时期的诸事繁杂，即使在上海成了“自由撰稿人”，他也因为个人生存和社会担当，仍然不能有片刻停歇。一方面是身体越来越衰弱，另一方面是无尽的工作和生存压力；一方面是坚持不放下手中的笔，另一方面是渴求找个地方彻底休息一下的愿望越来越强烈。身体和心灵，产生了极大的矛盾。

1928年，刚到上海一年时间，鲁迅就说过“我酒是早不喝了，烟仍旧，每天三十至四十支。不过我知道我的病源并不在此，只要什么事都不管，玩他一年半载，就会好得多。但这如何做得到呢。现在琐事仍旧非常之多”（致章廷谦，280606）。

到了1934年，鲁迅的身体已引起周围亲友的担心，希望他到异地休养的劝说也动摇了鲁迅的心，但最终未能成行。或者是因为条件达不到，“上海的空气真坏，不宜于卫生，但此外也无可住之处，山巅海滨，是极好的，而非富翁无力住，所以虽然要缩短寿命，也还只得在这里混一下了”（致王志之，340524）。尽管深知“上海多琐事，亦殊非好住处也”（致许寿裳，341127），也无法真正离开。直到1936年逝世前几个月，“一次说走就走的旅行”仍然只是一个无职业者的幻想。“我的气喘原因并不是炎，而是神经性的痉挛。”“大约能休息和换地方，就可以好得多，不过我想来想去，没有地方可去。”（致王冶秋，360504）“这回又躺了近十天了，发热，医生还没有查出发热的原因，但我看总不是重病。不过这回医好以后，我可真要玩玩了。”（致曹靖华，360523）

他有过有目标的旅行打算，最终也不过想想、说说而已。“青岛本好，但地方小，容易为人认识，不相宜；烟台则每日气候变化太多，也不好。现在在想到日本去，但能否上陆，也未可必，故总而言之：还没有定。”“现在略不小心，就发热，还不能离开医生，所以恐怕总要到本月底才可以旅行，于九月底或十月中回沪。地点我想最好是长崎，因为总算国外，而知道我的人少，可以安静些。离东京近，就不好。剩下的问题就是能否上陆。那时再看罢。”（致王冶秋，360711）直到8月，这样的计划仍然在筹谋中而终难决定。“医师已许我随意离开上海。但所往之处，则尚未定。先曾决赴日本，昨忽想及，独往大家不放心，如携家族同去，则一履彼国，我即化为翻译，比在上海还要烦忙，如何休养？因此赴日之意，又复动摇，唯另觅一能日语者同往，我始可超然事外，故究竟如何，尚在考虑中也。”（致沈雁冰，360802）他也曾向母亲流露过同样的心迹。“男病比先前已好得多，但有时总还有微热，一时离不开医生，所以虽想转地疗养一两月，现在也还不能去。到下月初，也许可以走了。”（致母亲，360825）此时他已自感离不开医生，即使有了理想的地方，也无法启程了。“但因此不能离开医生，去转地疗养，换换空气，却亦令人闷闷，日内拟再与医生一商，看如何办理。”（致曹靖华，360827）到了9月，外出休养的念头就开始放弃了。“一直医了三个月，还没有能够停药，因此也未能离开医生，所以今年不能到别处去休养了。”（致母亲，360903）“至于病状，则已几乎全无，但还不能完全停药，因此也离不开医生，加以已渐秋凉，山中海边，反易伤风，所以今年是不能转地了。”（致曹靖华，360907）不能远行而只能身陷病痛、烦闷与嘈杂中，绝望之情已现。“我至今没有离开上海，非为别的，只因为病状时好时坏，不能离开医生。现在还是常常发热，不知道何时可以见好，或者不救。北方我很爱住，但冬天气候干燥寒冷，于肺不宜，所以不能去。此外，也想不出相宜的地方，出国有种种困难，国内呢，处处荆天棘地。”（致王冶秋，

360915）这样的心理轨迹，随着病情的加重，一日一日地朝着束手无策的境地滑落着，令人唏嘘。

伟大的创作多在病痛中完成

鲁迅文章里写到“疾病”，虽说写的是“病态”，但也有表达上的某种“诗意”，这“诗意”是文字上的精彩和生趣，也含着对某种国民性或“病态”文化的批判。“记得幼小时，有父母爱护着我的时候，最有趣的是生点小毛病，大病却生不得，既痛苦，又危险的。生了小病，懒懒的躺在床上，有些悲凉，又有些娇气，小苦而微甜，实在好像秋的诗境。”（《新秋杂识（三）》）

他视“小病”为生命体验的机会，但也用这个来调侃富贵者的“优雅”生活。其《病后杂谈》说：

> 生一点病，的确也是一种福气。不过这里有两个必要条件：一要病是小病，并非什么霍乱吐泻，黑死病，或脑膜炎之类；二要至少手头有一点现款，不至于躺一天，就饿一天。
>
> 这二者缺一，便是俗人，不足与言生病之雅趣的。
>
> 我曾经爱管闲事，知道过许多人，这些人物，都怀着一个大愿。大愿，原是每个人都有的，不过有些人却模模胡胡，自己抓不住，说不出。他们中最特别的有两位：一位是愿天下的人都死掉，只剩下他自己和一个好看的姑娘，还有一个卖大饼的；另一位是愿秋天薄暮，吐半口血，两个侍儿扶着，恹恹的到阶前去看秋海棠。这种志向，一看好像离奇，其实却照顾得很周到。第一位姑且不谈他罢，第二位的“吐半口血”，就有很大的道理。才子本来多病，但要“多”，就不能重，假使一吐就是一碗或几升，一个人的血，能有几回好吐呢？过不几天，就雅不下去了。

鲁迅终生在面对各种疾病，他的创作也与“疾病”有着“不解之缘”。鲁迅希望中国的将来是正常的社会，人们可以享受应有的幸福，然而面对现实并将之在小说里表现，他所看到和写下的却多是“病态”的人生。这里无法展开详述，不妨简要提点一下鲁迅小说中关涉“疾病”或“病态”的元素：

《狂人日记》——精神患者，受迫害狂。

《孔乙己》——致残者。

《药》——肺痨患者及其死亡。

《明天》——热病致死的孩子。

《白光》——病态狂想症。

《祝福》——被命运摧残使精神、身体俱毁者。

《长明灯》——疯子引发的惊慌。

《孤独者》——病死的魏连殳。

《弟兄》——病与治病的全程描写。

其实，鲁迅小说描写的无论是极端的性格还是悲苦的人生，无论是“哀其不幸”的角色，还是虚伪的文士，笔下人物大都有着某种程度不等的精神病态。

鲁迅的创作很多是伴随着自身疾病进行的。以鲁迅小说里标注具体写作日期的几篇为例吧，写《风波》是1920年8月5日，那天的日记：“午前往山本医院取药。小说一篇至夜写就。”《祝福》篇末注明日期是1924年2月7日，而2月6日日记有“夜失眠，尽酒一瓶”。1924年3月，鲁迅全月“往山本医院诊”十余次，其中就包括22日完成小说《肥皂》那一天。

1925年9月23日“午后发热，至夜大盛”，实为鲁迅肺病复发，直到次年1月转愈。而这期间，仅就写作，鲁迅完成了小说《孤独者》《伤逝》《弟兄》《离婚》以及《野草》中的数篇、与陈西滢论争最为激烈的多篇杂文。

直到1936年，鲁迅病重并自感难以好起来的境况下，仍然不能放下手中的笔。“大病初愈，才能起坐，夜雨淅沥，怆然有怀，便力疾写了一点短文”（《关于〈白莽遗诗序〉的声明》，1936年5月）。“从去年起，每当病后休养，躺在藤躺椅上，每不免想到体力恢复后应该动手的事情：做什么文章，翻译或印行什么书籍。想定之后，就结束道：就是这样罢——但要赶快做。”（《死》，1936年9月）

鲁迅最后两年的病主要是经须藤五百三诊治的，1933年年初认识须藤，7月开始请须藤为海婴看病，直到1934年4月，鲁迅才第一次请须藤为自己诊治胃病。到11月，须藤频繁到鲁迅寓所为其看病。无论是鲁迅"往视"还是须藤来家"诊视"，两人的"医患"关系始终没有解除。直到逝世前的两年间，鲁迅请须藤为自己看病应在150次以上。他对须藤非常信任，认为"他是六十多岁的老手，经验丰富，且与我极熟，决不敲竹杠的"（致许寿裳，341127）。

1934年11月初开始，鲁迅持续发热近一个月，体温时常高达38℃以上，其间还伴有剧烈"胁痛""肋间神经痛"等症状。这实际上已经预示了他的健康趋向。1935年，尽管无重病发作，但过的也是"体弱多病"的一年。到了1936年，身体状况急转直下，神经痛剧烈，咳嗽，"面色恐怕真也特别青苍"（致沈雁冰，360108），很快又"骤患气喘"，"气管痉挛"；到了6月，去医院拍了X光片，发现两肺都有病；到8月1日，体重已只有38.7公斤。须藤经常为其用注射法解除症状和痛感，抽去肋间积水，但根治已无可能；8月中曾吐血数十口，尽管他自己解释说"不过断一小血管"，"重症而不吐血者，亦常有也"（致曹靖华，360827），但这明显已是安慰亲友的说法了。他已知道自己得的正是"大家所畏惧的肺结核"（致杨霁云，360828）。日渐重病不起的鲁迅，一方面接受着自己仍然信任的须藤医生的各种治疗，一方面竭力向周围关心自己的人们报告着病重但正在好转的消息，"但我不大喜欢嚷病，也颇漠视生命，淡然处之，所以也几乎没有人知道"（致杨霁云，360828），就是此时心态。

"漠视生命，淡然处之"，这是一个战士的品格和勇气，也是通透者的生命认知。1936年9月5日，鲁迅写下那篇类似于"遗嘱"式的文章《死》，其中就讲道：

> 直到今年的大病，这才分明的引起关于死的豫想来。……大约实在是日子太久，病象太险了的缘故罢，几个朋友暗自协商定局，请了美国的D医师来诊察了。他是在上海的唯一的欧洲的肺病专家，经过打诊，听诊之后，虽然誉我为最能抵抗疾病的典型的中国人，然而也宣告了我的就要灭亡；并且说，倘是欧洲人，则在五年前已经死掉。这判决使善感的朋友们下泪。我也没有请他开方，因为我想，他的医学从欧洲学来，一定没有学过给死了五年的病人开方的法子。然而D医师的诊断却实在是极准确的，

后来我照了一张用X光透视的胸像，所见的景象，竟大抵和他的诊断相同。

语气间没有对死亡的恐惧，却透露出一种淡然中的凛然。但毕竟，鲁迅不是神而是人，是身体有痛就有感的常人，也是因感知病痛直至死亡而影响心境的普通人，他接着说道：

> 我并不怎么介意于他的宣告，但也受了些影响，日夜躺着，无力谈话，无力看书。连报纸也拿不动，又未曾炼到“心如古井”，就只好想，而从此竟有时要想到“死”了。

生命有如一盏灯，感受光的人不知道里面还有多少油，生命更如一支蜡烛，燃烧的过程比想象的要快，而且命运的风会随时吹过来，没有人知道那力量是只使火苗晃动还是令其熄灭。1936年10月18日，鲁迅逝世的前一天，他已无力探讨病情，只求尽快缓解难以忍受的痛苦。他用极其潦草的笔迹写下最后一封信，请内山完造速请须藤前来：

> 老版几下：
>
> 没想到半夜又气喘起来。因此，十点钟的约会去不成了，很抱歉。
>
> 拜托你给须藤先生挂个电话，请他速来看一下。草草顿首
>
> L拜　十月十八日

已经创造了“五年”生命奇迹的鲁迅，感知着病痛甚至难以忍受，面对死亡却并无畏惧。他不想死，为了自己未完成的工作，为了给家人糊口，为了让亲友们安心，有时很显然也是为了不给敌手以畅快的机会。他顽强地活着，但绝不是苟活，不是懦弱地求生。他要给世界留下更多光亮和力量，也要向黑暗投出最后一击。但是，他终于还是抵不过病痛的折磨，怀着太多的留恋、遗憾，带着漠然而又无畏的表情离开了这个世界。即使在最后一封告急信里，他也不忘记首先向朋友表达不能如约赴会的抱歉。即使他想到过死亡，写下了以“死”为题的文章，但他仍然没有做向这个世界告别的打算。自幼的“牙痛

党”，长期的胃病患者，青年时就累积下肺病隐患的清瘦之人，在自己搭建的“老虎尾巴”里和闷热阁楼上写作的作家，生活没有规律、烟酒常伴随其日夜的写作者，必须以超负荷的劳作去换取众多家庭支出的承担者，一个无私帮助青年、文友的热心人，一个绝不与敌手讨论“宽恕”问题的不屈者，突然间放下了一切，包括放下了缠绕他一生的种种病痛。

鲁迅的生命史，在一定程度上，也是他的疾病史。他的逝世，是一个民族的创痛，就他个人而言，也是对种种疾病的彻底抛弃与“治愈”！

（原载《人民文学》2017年第3期）

我的书在世界

◎余　华

为了这个题目，我统计了迄今为止在中文以外的出版情况，32种语言，35个国家。国家比语种多的原因主要是英语，北美（美国和加拿大）、英国、澳大利亚和新西兰，葡萄牙语有巴西和葡萄牙，阿拉伯语分别在埃及和科威特出版；也有相反的情况，西班牙出版了两种语言，西班牙语和加泰罗尼亚语，印度出版了两种地方语，马拉雅拉姆语和泰米尔语。

回顾自己的书游荡世界的经历，就是翻译—出版—读者的经历。我注意到国内讨论中国文学在世界上的境遇时经常只是强调翻译的重要性，翻译当然重要，可是出版社不出版，再好的译文也只能锁在抽屉里，这是过去，现在是存在硬盘里，然后是读者了，出版后读者不理睬，出版社就赔钱了，就不愿意继续出版中国的文学作品。所以翻译—出版—读者是三位一体，缺一不可。

1994年，法国的两家出版社出版了《活着》和中篇小说集《世事如烟》，出版《活着》的是法国最大的出版社，出版《世事如烟》的很小，差不多是家庭出版社。1995年我去法国参加圣马洛文学节时，在巴黎访问了那家最大的出版社，见到了那位编辑，当时我正在写《许三观卖血记》，问他是否愿意出版我的下一部小说，这位编辑用奇怪的表情问我："你的下部小说会改编成电影吗？"我知道自己在这家出版社完蛋了。我又去问那个家庭出版社是否愿意出版我的下一部小说，他们的回答很谦虚，说他们是很小的出版社，还要出版其他作家的书，不能这么照顾我。当时我觉得自己在法国完蛋了。这时候运气来了，法国声望很高的出版社Actes Sud设立了中国文学丛书，邀请巴黎东方语言学院的汉学教授何碧玉（Isabelle Rabut）担任主编，她熟悉我的作品，《许三观卖血记》在中国的《收获》杂志刚发表，她立刻让Actes Sud买下版权，一年多后就出版了。此后Actes Sud一本接着一本出版我的书，我在法国终于找到了自己的出版社。

遇到好的译者很重要，意大利的米塔（M.R.Masci）和裴尼柯（N.Pesaro），德国的高立希（Ulrich Kautz），美国的安道（Andrew Jones）和白睿文（Michael Berry），日本的饭冢容，韩国的白元淡等，都是先把我的书译完了再去寻找出版社，我现在的英文译者白亚仁（Allan Barr）当年就是通过安道的介绍给我写信，翻译了我的一个短篇小说集，结果十年后才出版。像白亚仁这样热衷翻译又不在意何时才能出版的译者并不多，因为好的译者已经是或者很快就是著名翻译家了，他们有的会翻译很多作家的书，这些著名翻译家通常是不见兔子不撒鹰，拿到出版社的合同后才会去翻译，所以找到适合自己的出版社更加重要。我在法国前后有过四位译者，出版社一直是Actes Sud，在美国也有过四位译者，出版社也一直是兰登书屋，固定的出版社可以让作家的书持续出版。

《活着》（译者白睿文）和《许三观卖血记》（译者安道）20世纪90年代就翻译成了英语，可是在美国的出版社那里不断碰壁，有一位编辑还给我写了信，他问我："为什么你小说中的人物只承担家庭的责任，而不去承担社会的责任?"我意识到这是历史和文化的差异，给他写了回信，告诉他中国拥有三千年的国家的历史，漫长的封建制抹杀了社会中的个人性，个人在社会生活中没有发言权，只有在家庭生活里才有发言权。我告诉他这两本书在时间上只是写到70年代末，90年代以后这一切都变了，我试图说服他，没有成功。然后继续在美国的出版社碰壁，直到2002年遇到我现在的编辑芦安（LuAnn），她帮助我在兰登书屋站稳了脚跟。

找到适合自己出版社的根本原因是找到一位欣赏自己作品的编辑，德国最初出版我的书的是KLETT-COTTA，90年代末出版了《活着》和《许三观卖血记》之后他们不再出版我的书，几年后我才知道原因，我的编辑托马斯去世了。我后来的书都去了S.Fischer，因为那里有一位叫库布斯基（Kupski）的好编辑，每次我到德国，无论多远，她都会坐上火车来看望我，经常是傍晚到达，第二天凌晨天没亮又坐上火车返回法兰克福。

2010年我去西班牙宣传自己的新书，在巴塞罗那见到我的编辑埃莲娜（Elena），晚饭时我把1995年与法国那家最大出版社编辑的对话当成笑话告诉她，结果她捂住嘴瞪圆眼睛，她的眼神里似乎有一丝惊恐，她难以相信世界上还有这样的编辑。那一刻我确定了SaixBarral是我在西班牙的出版社，虽然当时他们只出版了我两本书。

下面我要说说和读者的交流了，我经常遇到这样的问题：中国读者和外国读者的提问有什么区别？这个问题在外国会遇到，在中国也会遇到。然后一个误解产生了，认为我在国外经常会遇到社会和政治方面的提问，而在国内不会遇到。其实国内读者提问时关于社会和政治的问题不比国外读者少。文学是包罗万象的，当我们在文学作品里读到有三个人正在走过来，有一个人正在走过去时已经涉及到了数学，3加1等于4；当我们读到糖在热水里溶化时已经涉及到了化学；当我们读到树叶掉落下来时已经涉及到了物理。文学连数理化都不能回避，又怎能去回避社会和政治？但是文学归根结底还是文学，无论是在中国还是在外国，读者最为关心的仍然是人物、命运、故事等这些属于文学的因素。只要是谈论小说本身，我觉得国外读者和国内读者的提问没有什么区别，存在的区别也只是这个读者和那个读者的区别。当我们中国读者阅读外国文学作品时，吸引我们的是什么？很简单，就是文学。我曾经说过，假如文学里真的存在神秘的力量，那就是让读者在不同时代、不同民族、不同文化、不同历史的作家的作品中读到属于自己的感受。

在和国外读者交流时常常会出现轻松的话题，比如会问在中国举办这样的活动和在国外举办有什么不同？我告诉他们，中国人口众多，中途退场的人也比国外来的全部的人要多。还有一个问题我会经常遇到，与读者见面印象最深的是哪次？我说是1995年第一次出国去法国，在圣马洛文学节的一个临时搭起的大帐篷里签名售书，坐在一堆自己的法文版书后面，看着法国读者走过去走过来，其中有人拿起我的书看看放下走了。左等右等终于来了两个法国小男孩，他们手里拿着一张白纸，通过翻译告诉我，他们没有见过中国字，问我是不是可以给他们写两个中国字。这是我第一次在国外签名，当然我没有写自己的名字，我写下了“中国”。

（原载《小说评论》2017年第2期）

在哪里写作

◎刘庆邦

幸运的是，我比较早地理解了自己，意识到自己喜欢写作。每个人都只有一生，在短短的一生里，不可能做很多事情，倾其一生，能把一件事情做好就算不错，就算没有虚度光阴。文章千古事，写作正是一件需要持之以恒的事，只有舍得投入自己的生命，才有可能在写作这条道上走到底，并写得稍稍像点儿样子。

老一代作家，如鲁迅、萧红、沈从文、老舍他们，所处的时代不是战乱，就是动乱，不是颠沛流离，就是横遭批斗，很少时间可以持续写作。而我们这一代作家赶上了国泰民安的好时候，不必为安定和生计发愁，写作时间可以长一些，再长一些。其实在安逸的条件下，我们面临的是新的考验，既考验我们写作的欲望和兴趣，也考验我们的写作资源和意志力。君不见，有不少作家写着写着就退场了，不知是哪个环节出了问题。

还好，自从我意识到自己喜欢写作，就把笔杆子牢牢抓在自己手里，再也没有放弃。几十年来，不管是在煤油灯下，还是在床铺上；不管是在厨房，还是在公园里；不管是在酒店，还是在国外，我的写作从未中断。其间也遇到了一些困难和干扰，我都及时克服了困难，排除了干扰，咬定青山，硬是把写作坚持了下来。我并不认为自己的写作天分有多高，对自己的才华并不是很自信，但我就是喜欢写作，且对自己的意志力充满自信，相信自己能够战胜自己。

在煤油灯下写作

我在老家时，我们那里没有通电，晚间照明都是用煤油灯。煤油灯通常是用废弃的墨水瓶子做成的省油的灯，灯头缩得很小，跟一粒摇摇欲坠的黄豆差不多。我那时晚上写东西，都是借助煤油灯的光亮，趴在我们家一张老式的三屉桌上写。灯头小光线弱不怕，年轻时眼睛好使，有一粒光亮就够了，不会把黑字写到白纸外头。

我一九六四年考上初中，应该一九六七年毕业。我心里暗暗追求的目标是，上了初中上高中，上了高中上大学。但半路杀出个断路的，一九六六年“文化大革命”一来，我的学业就中断了，上高中上大学的梦随即破灭。无学可上，只有回家当农民，种地。说起来，我们也属于“老三届”的知青，城里下乡的叫下乡知青，从学校就地打回老家去的，叫回乡知青。可我一直羞于承认自己是个知青，好像一承认就是把身份往城市知青身上贴。人家城里人见多识广，算是知识青年。我们土生土长，八字刚学了一撇，算什么知识青年呢！不过出于自尊，我也有不服气的地方。我们村就有几个开封下来的知青，通过和他们交谈，知道他们还没有我读过的小说多，他们不但一点儿都不敢看不起我，还非常欢迎我到他们安在生产队饲养室里的知青点去玩。

回头想想，我和别的回乡知青是有点儿不大一样。他们一踏进田地，一拿起锄杆，就与书本和笔杆告别了，而我似乎还有些不大甘心，还在到处找书看，还时不时地涌出一股子写东西的冲动。我曾在夜晚的煤油灯下，为全家人读过长篇小说《迎春花》，小说中的故事把母亲和两个姐姐感动得满眼泪水。那么，我写点儿什么呢？写小说我是不敢想的，在我的心目中，小说近乎神品，能写小说的近乎神人，不是谁想写就能写的。要写，就写篇广播稿试试吧。我家安有一只有线舌簧小喇叭，每天三次在吃饭时间，小喇叭吱吱啦啦一响，就开始广播。除了广播中央和省里的新闻，县里的广播站还有自办的节目，节目内容主要是播送大批判稿。我端着饭碗听过一次又一次，大批判广播稿都是别的公社的人写的，我所在的刘庄店公社从没有人写过，广播里从未听到过我们公社写稿者的名字。怎么，我们公社的地面也不小，人口也不少，难道就没有一个人写稿子吗?！我有些来劲，别人不写，我来写。

文具都是从学校带回的，一支蘸水笔，半瓶墨水，作业本上还有剩余的格子纸，我像写作业一样开始写广播稿。此前，我在煤油灯下给女同学写过求爱信，还以旧体诗的形式赞美过我们家门前的石榴树。不管我写什么，母亲都很支持，都认为我干的是正事。我们家只有一盏煤油灯，每天晚上母亲都会在灯下纺线。我说要写东西，母亲宁可不纺线了，也要把煤油灯让给我用。我那时看不到报纸，写稿子没什么参考，只能凭着记忆，按从小喇叭里听来的广播稿的套路写。我写的第一篇批判稿是批判“阶级斗争熄灭论”，举本村的例子说明，阶级斗争还存在着。我不惜鹦鹉学舌，小喇叭里说，阶级敌人都是屋檐下的洋葱，根焦叶烂心不死。我此前从没见过洋葱，不知道洋葱是什么样子。可人家那么写，我也那么写。稿子写完，我把稿子装进一个纸糊的信封，并把信封剪了一个角，悄悄投进公社邮电所的信箱里去了。亏得那时投稿子不用贴邮票，要是让我投一次稿子花八分钱买邮票，我肯定买不起。因买不起邮票，可能连稿子也不写了。稿子寄走后，对于广播站能不能收到，能不能播出，我一点儿信心都没有。我心里想的是，能播最好，不能播拉倒，反正寄稿子的事只有我自己知道，我有能力把失败嚼碎咽到肚子里去。让我深感幸运的是，我写的第一篇广播稿就被县人民广播站采用了。女广播员在铿锵有力地播送稿子时，连刘庆邦前面所冠的贫农社员都播了出来。贫农社员的字样是我自己写上去的，那可是我当年的政治标签，如果没有这个重要标签，稿子能不能通过都很难说。一稿即播全县知，我未免有些得意。如果这篇广播稿也算一篇作品的话，它可是我的第一篇公开发表的作品哪！我因此受到鼓励，便接二连三地写下去。我接着又批判了“唯生产力论”“剥削有功论”“读书做官论”等。我弹无虚发，写一篇广播一篇。那时写稿没有稿费，但县广播站会使用印有沈丘县人民广播站大红字样的公务信封，给我寄一封信，通知我所写的哪篇稿子已在什么时间播出。我把每封信，连同信封，都保存下来，作为我的写作取得成绩的证据。

煤油灯点燃时，会冒出黑腻腻的油烟子，长时间在煤油灯下写作，油烟子吸进鼻子里，我的鼻孔会发黑。用小拇指往鼻孔里一掏，连手指都染黑了。还有，点燃的煤油灯会持续释放出一种毒气，毒气作用于我的眼睛，眼睛会发红，眼睑会长小疮。不过，只要煤油灯能给我一点儿光明，那些小小不言的副作用就不算什么了。

在床铺上写作

一九七〇年夏天，我到河南新密煤矿参加工作，当上了工人。一开始，我并没有下井采煤，而是被分配到水泥支架厂的石坑里采石头。厂里用破碎机把石头粉碎，掺上水泥，制成水泥支架，运到井下代替木头支架支护巷道。

当上工人后，我对写作的喜好还保持着。在职工宿舍里，我不必在煤油灯下写作了，可以在明亮的电灯光照耀下写作。新的问题是，宿舍里没有桌子，也没有椅子，面积不大的一间宿舍支有四张床，住了四个工友，我只能借用其中一个工友的一只小马扎，坐在低矮的马扎上，趴在自己的床铺上写东西。我们睡的床铺，都是用两条凳子支起的一张床板，因我铺的褥子比较薄，不用把褥子掀起来，直接在床铺上写就可以。我以给矿务局广播站写稿子的名义，向厂里要了稿纸，自己买了钢笔和墨水，就以床铺当写字台写起来。八小时上班之余，就是在单身职工宿舍的床铺上，我先后写了广播稿、豫剧剧本、恋爱信、恋爱抒情诗和第一篇被称为小说处女作的短篇小说。

怎么想起写小说呢？还得从我在厂里受到的打击和挫折说起。矿务局组织文艺会演，要求局属各单位都要成立毛泽东思想文艺宣传队。厂里有人知道我曾在中学、大队、公社的宣传队都当过宣传队员，就把组织支架厂宣传队的任务交给了我。我以自己的自负、经验和组织能力，从各车间挑选文艺人才，很快把宣传队成立起来，并紧锣密鼓地投入节目排练。我自认为任务完成得还可以，无可挑剔。只是在会演结束、宣传队解散之后，我和宣传队中一名女队员交上了朋友，并谈起了恋爱。我们都处在谈恋爱的年龄，谈恋爱应该是正常现象，无可厚非。但不知为什么，车间的指导员和连长（那时的车间也叫民兵连）千方百计阻挠我们的恋爱。可怕的是，他们把我趴在床铺上写给女朋友的恋爱信和抒情诗都收走了，审查之后，他们认为我被资产阶级的香风吹晕了，所写的东西里充满小资产阶级情调。于是，他们动员全车间的工人批判我们，并分别办我们的学习班，让我们写检查，交代问题。厂里还专门派人到我的老家搞外调，调查我父亲的历史问题。我之所以说可怕，是后怕。亏得我在信里无涉时政，没有任何可授人以柄的不满言论，倘稍有不慎，被人找出可以上纲上线的阶级斗争新动向，其恶果不堪设想。因为没抓到什么把柄，批判我们毕竟是瞎胡闹，闹了一阵就过去了。如果没有批判，我们的恋爱也许显得平淡无奇，正是因为有了多场批判，才使我们的爱情经受了考验，提升了价值，并促进了我们的爱情，使我们对来之不易的爱情倍加珍惜。

既然找到了女朋友，既然因为爱写东西惹出了麻烦，差点儿被开除了团籍，是不是从此之后就放弃写作呢？是不是好好采石头，当一个好工人就算了呢？不，不，我还要写。我对写作的热爱就表现在这里，我执拗和倔强的性格也在写作问题上表现出来。我不甘心只当一个体力劳动者，还要当一个脑力劳动者；我不满足于只过外在的物质生活，还要过内在的精神生活。还有，家庭条件比我好的女朋友之所以愿意和我谈恋爱，主要看中的就是我的写作才能，我不能因为恋爱关系刚一确定就让她失望。

恋爱信不必再写了，我写什么呢？想来想去，我鼓足勇气，写小说。小说我是读过不少，中国的、外国的，古典的、现代的都读过，但我还从没写过小说，不知从哪里下手。我箱子里虽藏有从老家带来的《红楼梦》《茅盾文集》《无头骑士》《血字的研究》等书，那些书当时都是禁书，一点儿都不能参照，只能蒙着写。有一点我是知道的，写小说可以想象，可以编，能把一个故事编圆就可以了。我的第一篇小说是一九七二年秋天写的。小说写完了，它的读者只有两个，一个是我的女朋友，另一个就是我自己。因为当时没地方发表，我也没想着发表，只把小说拿给女朋友看了看，受到女朋友的夸奖就完了，就算达到了目的。后来有人问我最初的写作动机是什么，我的回答是为了爱，为了赢得爱情。

转眼到了一九七七年，全国各地的文学刊物纷纷办了起来。此前我已经从支架厂调到矿务局宣传部，从事对外新闻报道工作。看了别人的小说，我想起来我还写过一篇小说呢！从箱底把小说翻出来看了看，觉得还说得过去，好像并不比刊物上发表的小说差。于是，我改巴改巴，抄巴抄巴，就近寄给了《郑州文艺》。当时我最想当的是记者，没敢想当作家，小说寄走后，没怎么挂在心上。若小说寄出后无声无息，会对我能否继续写小说产生消极影响。不料编辑部通过外调函对我进行了一番政审后，我的在箱底沉睡了六年的小说竟然发表了。不但发表了，还发表在《郑州文艺》一九七八年第二期的头条位置，小说的题目叫“棉纱白生生”。

在厨房里写作

一九七八年刚过罢春节，我被借调到北京煤炭工业部一家名叫“他们特别能战斗”的杂志编辑部当编辑。一年之后，我和妻子、女儿举家正式调入北京。其实，对于调入北京，当初我的态度并不是很积极，当编辑部负责人征求我的意见时，我所表达的明确意见是拒绝的。负责人不解，问为什么？我说我想从事文学创作，想在煤矿基层多干些时间，多积累一些生活。负责人认为我做编辑还可以，没有发现我在文学创作方面的才能。对于这样的判断，我无可辩驳。因为我拿不出像样的作品证明自己的文学才能，同时，对于能不能走文学这条路，我只有愿望，并没有多少底气。我想我还年轻，才二十多岁，有年龄优势，愿意从头学习，所以还是坚持要回到基层去。可作为一个下级工作人员，我的坚持最终还是服从了上级的坚持。

到了北京，实现了当编辑和记者的愿望，好好干就是了。是的，我没有辜负领导的信任和期望，确实干得不错。编辑部里的老同志比较多，只有我一个年轻编辑，我愿意多多干活儿，有时一期杂志所发的稿子都是我一个人编的。我还主动往基层煤矿跑，写一些有分量或批评性的稿子，以增加刊物的影响力。那时我们刊物每期的发行量超过了十万份，在全国煤矿的确很有影响。

不必隐瞒，在做好本职工作的前提下，我利用业余时间，一直在悄悄地写小说。一九八〇年，我在《奔流》发表了以三年困难时期的生活为题材的短篇小说《看看谁家有福》。一九八一年，我的第一部中篇小说《在深处》，登上了《莽原》第三期的头条位置。前者引起了争议，被翻译到了美国，《剑桥中华人民共和国史》还介绍了这篇小说；后者获得了河南省首届优秀文学作品奖。因《看看谁家有福》这篇小说，单位领导专门找我谈话，严肃指出，小说的内容不太健康。我第一次听说用健康和不健康评价小说，觉得挺新鲜的。我并不认为自己的小说有什么不健康。改革开放的大幕已经拉开，我对领导的批评没有太在意，该写还是写，该怎么写还怎么写。

到了一九八三年年底，我们的杂志先是改成了《煤矿工人》，接着由杂志变成了报纸，叫《中国煤炭报》。报纸一创办，我就要求到副刊部当编辑。这时，报社开始评职称。因我没读过大学，没有大学文凭，报社准备给我评一个最初级的助理编辑职称，还要对我进行考试。这让我很是不悦，难过得哭了一场。在编辑工作中，我独当一面，干活儿最多；要评职称了，我却没有评编辑的资格。那段时间，大家一窝蜂地去奔文凭。要说我也有拿文凭的机会，比如煤炭记者协会先后在复旦大学和武汉大学办了两次新闻班，去学个一年两年，就可以拿到一个新闻专业的毕业文凭。可是，我的两个孩子还小，我实在不忍心把两个孩子都留给妻子照顾，自己一个人跑到外地去学习。一个负责任的顾家的男人，应该使自己的家庭得到幸福，而不是相反。我宁可不要文凭，不评职称，也要和妻子一起共同守护我们的一双儿女。同时我认准了一个方向，坚定了一个信念，那就是我要著书，通过著书拿到一种属于我自己的别样的“文凭”。我已经写过几篇短篇小说和几篇中篇小说，但还没出过一本书。我要向长篇小说进军，通过写长篇出一本属于自己的书。我明白写一部长篇小说的难度，它起码要写够一定字数，达到一定长度，才算是一部长篇小说。它要求我必须付出足够的时间、精力和耐心，并做好吃苦和失败的准备。这些我都不怕，千里之行，始于足下，只管干起来吧。

虽说从矿区调到了首都北京，我的写作条件并没有得到多少改善。刚调到北京时，我们一家三口住在六楼一间九平方米的小屋，还是与另外一家四口合住，我们住小屋，人家住大屋，共用一个卫生间和一个厨房。过了一两年，生了儿子后，我们虽然从六楼搬到了二楼，小房间也换成了大房间，但还是两家合住。只是住小房间的是刚结婚的小两口，人家下班后只是在房间里住宿，不在厨房做饭，厨房归我们家独用。这样一来我就打起了厨房的主意，决定在厨房里开始我的长篇小说创作。

写小说又不是炒菜，无须使用油盐酱醋味精等调料，为何要在厨房里写作呢？因为不做饭的时候，厨房是一个相对安静的空间。想想看，我的两个孩子还小，母亲又从老家来北京帮我们看孩子，屋子里放了两张床，显得拥挤而又凌乱，哪里有容我静心写作的地方呢！到了晚上十点以后，等家里人都睡了，我倒是可以写作。可是，白天上了一天班，我也是只想睡觉，哪里还有精力写作。再说，我要是开灯写作，也会影响母亲、妻子和孩子睡觉。我别无选择，只能一大早爬起来，躲进厨房里写作。

我家的厨房是一个窄条，恐怕连两个平方米都不到，空间相当狭小。厨房里放不下桌子，我也不能趴在灶台上写，因为灶台的面积也很小，除了两个煤气灶的灶眼，连一本稿纸都放不下。我的办法是，在厨房里放一只方凳，再放一只矮凳，我坐在矮凳上，把稿纸放在方凳上面写。我用一只塑料壳子的电子表定了时间，每天凌晨四点，电子表里模拟公鸡的叫声一响，我便立即起床，到厨房里拉亮电灯，关上厨房的门，开始写作。进入写作状态，就是进入自己的内心世界，也是进入回忆、想象和创造的状态。一旦进入状态，厨房里的酱油味、醋味和洗菜池里泛上来的下水道的气味就闻不见了。在灶台上探探索索爬出来的蟑螂，也可以被忽视。我给自己规定的写作任务是，每天写满十页稿纸，也就是三千字，可以超额，不许拖欠。从四点写到六点半，写作任务完成后，我跑步到建国门外大街的街边为儿子取牛奶。等我取回预订的瓶装牛奶，家人就该起床了，大街上也开始喧闹起来。也就是说，当别人新的一天刚刚开始，本人已经有三千字的小说在手，心里觉得格外充实，干起本职工作来也格外愉快。

在地下室和公园里写作

在我写第一部长篇小说时，还没有双休日，一周只休息一天，只有星期天休息。星期天对我来说是宝贵时间，我必须把它花在写小说上。除了凌晨在厨房里写一阵子，还有整整一个白天，去哪里写呢？去办公室行吗？不行。我家住在建国门外的灵通观，而我上班的地方在安定门外的和平里，住的地方离办公室太远了。上班的时候，我和妻子每天都是早上坐班车去，下班时坐班车回。星期天没有班车，我如果搭乘公共汽车去办公室，要转两三次车才能到达，需要自己花钱买票不说，差不多有一半时间都浪费在路上了，实在划不来。

只要想写，总归能找到地方。我们住的楼楼层下面有地下室，我到地下室看了看，下面空空洞洞，空间不小，什么用场都没派。别看楼上住那么多人，楼下的地下室却是无人之境。我在地下室里走了一圈，稍稍有些紧张。地下室里静得很，我似乎听到了自己的呼吸。这么安静的地方，不是正好可以用来写东西嘛！我对妻子说，我要到地下室里写东西。妻子说，你不害怕吗？我说，那有什么可怕的！我拿上一个小凳子，背上我的黄军挎，就到地下室里去了。我把一本杂志垫在双膝并拢的膝盖上，把稿纸放在杂志上，等于在膝盖上写作。在地下室里写了两个星期天，给我的感觉不是很好。地下室的地板上积有厚厚的像是水泥一样的尘土，用脚一踩就是一个白印。可能有人在地下室撒过尿，里面弥漫着挥之不去的尿臊味。加之地下室是封闭的，空气不流通，让人感觉压抑。写作本身也是一种呼吸，呼吸不到好空气，似乎自己笔下也变得滞涩起来。不行，地下室里不能久待，还是换地方好。

我家离日坛公园不远，大约一公里的样子。我多次带孩子到公园里玩过，还在公园里看过露天电影。公园不收门票，进出都很方便。又到了星期天，我就背着书包到日坛公园里去了。那时的日坛公园内没什么建筑，也没怎么整理，除了一些树林子，就是大片大片长满荒草的空地。我对那时的日坛公园印象挺好的，觉得人为的因素不多，更接近自然的状态。我踏着荒草，走进一片柿树林子里去了。季节到了秋天，草丛里开着星星点点的野菊花，一些植物高高举起了球状的果实。柿子黄了，柿叶红了，有的成熟的柿子落在树下的草丛里，呈现的是油画般的色彩。熟金一样的阳光普照着，林子里弥漫着暖暖的成熟的气息。我选择了一棵稍粗的柿树，背靠树干在草地上坐下，开始了我的公园写作。公园里没有多少游人，环境还算安静。有偷吃柿子的喜鹊，刚在树上落下，发现树下有人，赶紧飞走了。有人大概以为我在写生，画画，绕到我背后，想看看我画的是什么。当发现我不是写生，是在写字，就离开了。

就这样，我早上在厨房里写，星期天到公园里写，用了不到半年的业余时间，第一部长篇小说《断层》就完成了。这部二十三万字的书稿，由郑万隆推荐给刚成立不久的中国文联出版公司的文学编辑室主任顾志成，由秦万里做责任编辑，书在一九八六年八月出版。书只印了九千册，每本书的定价还不到两元钱，我却得到了六千多块钱的稿费。这笔稿费对我们家来说可是一笔大钱，一下子改善了家里的经济状况，使我们可以买电视机和冰箱。说到稿费，我顺便多说两句。发第一篇短篇小说时，我得到的稿费是三十元。妻子说，这个钱不能花，要保存下来做个纪念。发第一篇中篇小说时，我得到的稿费是三百七十元。当年我们的儿子出生，我们夫妻因超生被罚款，生活相当拮据。收到这笔稿费，岳母说是我儿子有福，儿子出生了，钱就来了。还有，这本书获得了首届全国煤矿长篇小说“乌金奖”。也是因为这部书的出版，我被列入青年作家行列，参加了一九八六年年底在北京京丰宾馆召开的全国青年文学创作会议。

在办公室里写作

我家的住房条件逐步得到改善。一九八五年冬天，我们家从灵通观搬到静安里，住房也由一居室变成了两居室。还有一个有利条件是，新家离办公室近了，骑上自行车，用不了二十分钟，就可以从家里来到办公室。

这样，我早上起来就不必窝蜷在厨房里写作了。长时间在厨房里写作，身体重心下移，我觉得自己的肚子有些下坠，好像要出毛病似的。搬到新家以后，妻子给我买了两个书柜，把小居室布置成一间书房，让我在书房里写作。到了星期天和节假日，为了寻找比较安静的写作环境，我也不用再去公园，骑上自行车，到办公室里写作就是了。

在煤炭报工作将近二十年，每年的劳动节、国庆节和春节，在一分钱加班费都没有的情况下，在别人都不愿意值班的情况下，我都主动要求值班。值班一般来说没什么事，我利用值班时间主要是写小说。煤炭工业部是一座“工”字形大楼，《煤炭报》编辑部在大楼的后楼。在工作日，大楼里工作人员进进出出，有近千人上班。而一到节假日，整座大楼变得空空荡荡，寂静无声。有一年国庆节，我正在办公室里写小说，窗外下起了雨，秋雨打在窗外发黄的杨树叶子上哗哗作响。抛书人对一枝秋，一时间我对自己的行为有些质疑：过节不休息，还在费神巴力地写小说，这是何苦呢！质疑之后，我对自己的解释是：没办法，也许这就是自己的命吧！还有一年春节的大年初一，我一个人在办公室里写小说时，听着大街上不时传来的鞭炮声，甚至生出一种为文学事业献身的悲壮情感。

尽管我只是业余时间在办公室里写小说，有人还是对我写小说有意见，认为新闻才是我的正业，写小说是不务正业。有时我在办公室里愣一会儿神，有人就以开玩笑的口气问我，是不是又在构思小说呢！不管别人对我写小说有什么样的看法，我对文学创作的信念没有改变。有一年报社改革，所有编辑部主任要通过发表演说进行竞聘，才有可能继续上岗当主任。我在竞聘副刊部主任时明确表态：文学创作是我的立身之本，不管在什么情况下，我都不会放弃文学创作。这个部主任我可以不当，要是让我从此不写小说，我做不到。听到我这样的表态，有的想当主任的人就散布舆论，说刘庆邦既然热衷于写小说，主任就让别人当呗！我已经做好了当普通编辑的准备，当不当主任无所谓，真的无所谓。好在当时报社的主要领导比较开明，他在会上说，办报需要文化，报社需要作家，作家当副刊部主任更有说服力，也更有影响力。竞聘的结果，让我继续当副刊部主任。

在国外写作

国家改革开放以后，我曾先后去过马来西亚、泰国、日本、埃及、希腊、意大利、丹麦、瑞典、冰岛、加拿大、肯尼亚、南非等二三十个国家。去了，也就是浮光掠影地走一走，看一看，回头顶多写上一两篇散文，或什么都不写，就翻过去了。我从没有想过在外国住下来写作。可到了二〇〇九年春天，美国一家以诗人埃斯比命名的写作基金会，邀请中国作家去美国进行为期一个月的写作，中国作家协会派我和内蒙古的作家肖亦农一同前往。

我们来到位于西雅图奥斯特维拉村的写作基地一看，觉得那里的环境太优美了，空气太纯净了。我们住的地方在海边的原始森林里，漫山遍野都是高大的古树。大尾巴的松鼠在树枝上跳跃，红肚皮的小鸟在树间飞行。树林下面是草地，一两只野鹿在草地上悠闲地吃草。那里的气候是海洋性的，阴一阵，晴一阵；风一阵，云一阵；雪一阵，雨一阵，空气一直很湿润。粉红的桃花开满一树，树叶还没长出来，长在树枝上的是因潮湿而生的丝状的青苔。我们住的是一座木结构两层楼别墅，我住在二楼的一个房间。房间的窗户很大，却不挂窗帘，我躺在床上，即可望见窗外的一切。窗外是草地，草地里有一堆堆像是土拨鼠翻出的新土，每个土堆上都戴着一顶雪帽。再往远处看，是大海。海的对岸是山，山上有积雪，一切都像图画一样。

然而，我们不是单纯去看风景的，也不是专门去呼吸清新空气的，我们担负的使命是写作。于是，我尽快调整时差，跟着美国的时间走，还是一大早起来写东西。除了通过写日记，把每天的所见所闻记下来，我还着手写短篇小说和散文。每天写一段时间，看到外面天色微明，我就到室外的小路上去跑步。跑步期间，小路上静悄悄的，一个人影都没有，我未免有些紧张。因为树林边有标示牌提醒，此地有熊出没，我害怕突然从密林里冲出一只熊来，把我拖走。还好，我没有遇到过熊。只有一次，我遇到了一位穿着头帽衫遛狗的男人，他的巨型狗看见我，不声不响向我走来。狗要干什么，难道要咬我吗？我吓得赶紧立定，大气都不敢出。狗只是嗅了嗅我的手，就被它的主人唤走了。

我们在美国写作遇到的困难是，美国朋友把我们两个往别墅里一放，只发给我们一些生活费，就不管了，没人给我们做饭吃。两个大老爷们儿，一时面面相觑，这可怎么办？肖亦农说，他在家里从来没做过饭，我说我做饭水平也一般。人以食为天，总归要吃饭，我只好动手做起来。我蒸米饭、做烩面、烧红薯粥，还摸索着学会了烤鸡和烤鱼，总算把肚子对付住了。利用那段时间，我写了一篇短篇小说《西风芦花》，还写了两篇散文。其中一篇散文《漫山遍野的古树》，写的就是奥斯特维拉的原始自然生态。

有了在美国写作的经历，以后再出国，我都会带上未写完的作品，走到哪里写到哪里。我一般不参加夜生活，朋友晚上拉我外出喝酒我也不去，我得保证睡眠，以免影响写作。从文后所记的写作时间和地点可以看出，我在摩洛哥的卡萨布兰卡和莫斯科都完成过短篇小说。

在宾馆里写作

写作几十年，多多少少积累了一些名声。有外地的朋友愿意在吃住行等方面提供便利，让我到他们那里写作。我感谢朋友们的美意，同时也婉言谢绝了他们的邀请。

有一种说法是，现在有的作家住在宾馆里写作，吃饭有美食，出门有轿车，生活安逸得几乎贵族化了。说这样的作家因脱离了劳苦大众，不了解人民的疾苦，很难再写出有悲悯情怀、与大众心连心的作品。对于这样的说法，我并不认同。托尔斯泰郊区有庄园，城里有楼房，服务有仆人，本身就是一位贵族，但他的作品始终保有对底层劳动人民的同情，充满宗教情怀和人道主义精神。看来问题不在于在什么条件下写作，而在于有没有一颗对平民的爱心。

我自己之所以不愿到外地宾馆写作，在向朋友们解释时，上面这些话我都不会说，我只是说，我习惯在家里写作，金窝银窝都不如自己的臊窝。只有在自己家里，闻着自己房间的气味，守着自己的妻子，写起来才踏实、自在。

无奈的是，作为一个社会人，我有时必须到宾馆里去住。比如说，作为北京市的一名政协委员，十五年了，每年的年初我都会去宾馆参加会议，每次一住就是六七天。在宾馆里住这么长时间怎么办？还要不要写东西呢？去开会之前，我手上一般都会有正在写的作品，如果不带到宾馆接着写，我就会中断写作。三天不写手生，倘若中断了写作，回头还得重新找感觉。为了不中断写作，我只好把未完成的作品带到宾馆继续写。因为我的习惯是一大早起来写作，所以并不影响按时参加会议和写提案履职。算起来，我在宾馆里写的作品也有好几篇了。例如我手上正写的这篇比较长的散文，在家里写了开头，就带到酒店去写。在酒店里仍没写完，拿回家接着写。

此外，我在西安、上海、广州、深圳等地的宾馆，也写过小说和散文。

总之，一支笔闯天下，我是走到哪里，写到哪里。我说了那么多写作的地方，其实有一个最重要的地方我还没说到，那就是我的心，我一直在自己的心里写作。不管写作的环境怎么变来变去，在心里写作是不变的。心里有，笔下才会有。只要心里有，不管走到哪里，我们都能写出来。我尊敬的老兄史铁生说得好，我们的写作是源自心灵，是内在生活，写作的过程，也是塑造自我、完善自我的过程。

（原载《人民文学》2017年第5期）

幸运和坚持

◎叶兆言

“文革”后期，在上海住眼科病房，那种大房间，一个房间就一病区。当时这家医院的眼科，上海最好，华东地区最有名。有位留学德国或者奥地利的老专家，水平极高，号称“远东第一把刀”。病友们背后议论他的传奇，留下的最深印象，“文革”初期被打倒，老专家天天打扫厕所，有个年轻的清洁工十分照顾。如何照顾不重要，重要的是小伙子好心得到回报，被老专家看中，偷偷地收为弟子，把自己的绝学都传授给他，结果这名不起眼的清洁工，便成了当时医院中最好的眼科医生。

情节很武侠小说，后“文革”时期，类似故事非常励志。年轻人写大字报，写着写着，拜老先生为师，后来成了书法家。写“批林批孔”文章，古文方面有疑难，向老先生请教，“文革”后恢复高考，这些年轻人成了大学生、研究生。都说那几届大学生货真价实，不知道很多都是“文化大革命”所赐。

话题回到年轻的清洁工身上，病友们都觉得他运气太好，逃避了轰轰烈烈的上山下乡，又学会一门非常好的医术。不容置疑，年轻人现在肯定已是国内顶级眼科专家。

其实我更想说的是学习机会，近水楼台先得月，向阳花木易为春，不讨论年轻的清洁工是否逃避了上山下乡修地球，大家羡慕的只是他获得的绝佳机会。人生最难得的是机会，我上大学时，大学还看不上当代文学，教现代文学的许志英老师总喜欢拿北京的社科院文研所说事，他觉得自己出身复旦没啥了不起，可是弄这个现代文学，跟在大名鼎鼎的唐弢屁股后面干过，这个经历非常牛，见识会完全不一样。许老师的名言，文学研究所出来的人，就算没吃过猪肉，也是见过猪跑。

记得刚考上大学，父亲很不屑地说读文科要上什么大学，祖父同样不屑，说我们老开明的人最看不起大学生。很长时间，我弄不明白为什么要这样说，觉得他们是出于嫉妒，父亲和伯父没上过大学，祖父也没上过大学。

后来才想清楚，因为他们都长期做编辑，跟无数大学生打过交道，知道大学生的分量，见过太多糟糕的大学生，同时也知道，学文的人只要自己有心，只要认真和想学，在编辑岗位上好好干活，很可能是最好的修行。

民国年间老开明书店，出过很多厉害的编辑，1949年以后，搞教育的去人民教育出版社，搞文学的去中国青年出版社，搞古典文学的去中华书局。老开明的人在什么地方都出色，都是第一流编辑，都能发光。

说这些是因为手头在读的两本《鸣沙习学集》，我的同学徐俊所著，他写别的书没读过，这两本书已让人彻底折服。当然，说是同学还有些套近乎，徐俊比我低一届，我们学校中文系是小系，77级78级79级，三届学生加在一起，也没几个毛人，弄古典文学玩出名堂的，更是凤毛麟角。他是79级，大学毕业后分配到中华书局，一干就几十年。说老实话，也可能是我孤陋寡闻，少见多怪，论起做古典文学的学问，还真找不出比中华书局更好的地方。

不由得想起我非常佩服的周振甫老先生，这位开明的老编辑一直是心目中楷模。我们家说是编辑之家并不为过，祖父编辑，父亲和伯父编辑，唯一的姑姑在北京人民广播电台当编辑，堂姐和表姐是编辑，侄女和侄子也是编辑。我最差劲，当了四年小编辑，便成为逃兵。

若论资格和水平，应该是伯父最好。伯父非常反对编辑只是“为人作嫁”的说法，他觉得干什么事，都应该是为人作嫁，都是为人民服务，强调“为人作嫁”，骨子里还是轻视编辑。每个人都应该做好自己的本职工作，都应该是个好的编辑，好的教师，好的作家，好的政治家，好的法律工作者，好的运动员，好的领导，好的群众。

譬如周振甫先生，就是一名非常优秀的编辑，大家都知道，他是钱锺书先生的《管锥编》的责任编辑，有着非常好的业务能力。

一个好编辑的厉害，三言两语说不清楚，钱锺书说“校书者如观世音之具千手千眼不可”，又说自己的《管锥编》“蒙振甫兄雠勘，得免于大舛错，得赐多矣”。一本书遇到好编辑实属幸运，然而这个好编辑，也不是单单一个人品够好就行，本事就是本事。

一个好编辑必须要有观世音菩萨那样的慈悲心，还要有千手千眼，也就是说要有超凡的业务能力，这绝不是一句简单的“为人作嫁”就能打发。在我们家提起周振甫先生，永远会带着一分敬意。

我这个编辑没当好，半途而废，一方面自己太想当作家，一方面也是心目中好编辑标准太高，高山景行，觉得怎么努力都到不了周先生那境界。

《鸣沙习学集》的文章大多与敦煌有关，敦煌文献是专门学问，展现出来的是一种十足的冷板凳功夫。作为一名外行，我对敦煌学的认识无非两点，也就是陈寅恪先生所说的，“敦煌学者，今日世界学术之新潮流也”，“敦煌学者，中国学术之伤心史也”。

敦煌学，最初因为洋人喜欢而时髦，因为洋人重视而成为显学。时髦和显学也是说说而已，一般人心目中，敦煌最直观的印象是那些飞天壁画，其次就是被洋人买去的那些珍贵文物。这年头一说起文物，人们首先想起的不是它的价值，而是它的价格，敦煌文献都是无价之宝。

敦煌文献并不是谁想研究就能研究，会受到许多限制，你必须要具备这个专业的能力，你要能看得明白那些天书。当然，你还要有能接触这些破纸片的好机会，我们都知道，很长一段时间，敦煌文献不是落在洋人手里，就是躲在私人藏家的密室。得有机会遭遇它们，你要花大把的银子漂洋过海，去大英博物馆，去巴黎国立图书馆，去俄罗斯科学院圣彼得堡东方研究所。

时至今日，经过一代代学人努力，想接触这些文献，无论一手还是二手，再不像过去那么困难。机会还是会有的，然而今人做学问的耐心，对待学术的态度，已完全不能与前人相比。

徐俊兄在中华书局当编辑，一不小心进入了敦煌学研究的前沿阵地，我不知道他本来就有浓厚兴趣，还是因为工作关系，逐渐对这谜一样的文献入迷，像鸦片烟瘾一样，沾上了便欲罢不能，迷住了就神魂颠倒。反正所著作的两卷《鸣沙习学集》，绝对专业，内行看门道，外行看热闹，我是外行，有关专业的话不敢多说，至多也就是捧捧场。最想说的还是他的幸运，大学毕业去了一个藏龙卧虎之地，耳闻目睹，不知不觉功力飙升，山中一日，世上千年。

当然，关键就是一个坚持，要能够活下来。板凳要坐十年冷，说起来容易，在如今这个与时俱进的现实世界，很显然并不容易。因此说一千道一万，徐俊兄最让人羡慕，不只是所获得的机遇，更重要的还是他的坚持，是几十年如一日地坚持下来。

（原载“腾讯·大家”2017年7月8日）

买书小史

◎丁　帆

小时候随祖父去夫子庙，除了去洗澡和吃小吃外，便是去东市西市看魔术、杂耍和相声之类的节目，但是，给我印象最深的却是路过夫子庙一带最为壮观的“秦淮书肆”。最集中的是贡院西街到东西市，那些旧书店把卸下的门板搭成的书摊沿街排成长阵，各色人等都是站在那里翻书，行状各异，看久了，有的就讨价还价地买下，有的则姗姗离去。当然，你看完就走，也无人过问，店家也绝无摆脸色的意思。直到二十世纪九十年代初，我给北京出版社编那本民国《老南京》文人散文时，才在纪果庵的《白门买书记》里知晓南京书肆在古代至民国的繁盛，“贡院西街在夫子庙，书坊历历……”许多线装的善本和珍本书籍也许就在我的眼皮底下滑过，可惜那时我不懂书，更不懂聚财买书的乐趣和意义，如今想来，大有此生晚矣之叹。

第一次去南京新街口的新华书店买书，大约是一九六四年，那时正是我自小学六年级升入初中之际，哥哥已经要上初中二年级了，他的嗜好是将平时攒下的零用钱全部用来买小人书，可是他生性胆小，怕与生人接触，怕购物，所以我就成了他的“买办”。我一次一次地跑新华书店的连环画柜台采购小人书，从单本的到成套的，最后聚集成一整纸箱。那时流行的小人书大多数都是满足少年儿童英雄情结的内容，古代的如《岳飞》《杨家将》《三国演义》《水浒传》《西游记》等，现代的大多数都是根据抗日战争和解放战争题材小说改编的，如《铁道游击队》《敌后武工队》《红日》《红岩》《野火春风斗古城》等，说实话，当时那些卿卿我我的爱情小说是我们本能抵制的“下流”作品，如《红楼梦》《三家巷》等。家里的小人书多了，也惹来了不少麻烦事，小兄弟们借去看后，有许多人就赖着不还了，于是就不外借，要看就在我家里看，哪知就有个哥们儿一直赖在我家不走，有时一直看到半夜十二点，待他家人找来才怏怏离去。等到一九六八年年底，我们兄弟二人都去插队后，那一箱小人书就如黄鹤白云一样杳无踪迹了。

告别小人书的时代也就是我购买它的时代，为什么会出现这样奇异的事情呢？道理却是十分简单，因为我发现小人书里所讲的故事是不全面的，尤其是省略了许多精彩的情节和细节。这个发现来自于大院里的图书馆，我从那里借来了大量的小说，读着原版的“巨著”，就有资本向那些从小人书里获得知识的伙伴们炫耀他们所不了解的故事情节和细节。那时，除了买小人书外，我们绝对没有购书和藏书的半点儿意识。

也许，我们这一代人所遭遇的正是狄更斯所说的最好的时代，也是最坏的时代吧。“文革”开始了，大量的图书在“破四旧”的热浪中被销毁，我只是在懵懵懂懂之中觉得这事情好像不太对头。直到我们下乡插队时，才真正体会到一个人没有书读时的精神困厄，于是，便在回城探亲时趁着月黑风高夜与哥们儿一起去大院图书馆“购买”了一批中外小说。这样的“购买”，应验的是读书人孔乙己的理论，“窃书不能算偷”，盗的是文化也，与其销毁、禁锢、闲置，还不如借来一阅快之。如今看来，我们的这次“购书”行动，是思想“盗火者”的行为，算得上是一次不掏钱包的成功“买书”罢，其中对我人生影响最大的一本书就是那时窃得的《牛虻》。那个时代啊，买书难，窃书易。

在农村，尤其是农闲时节，当我“吃”完了所有带来的文字时，就觉得有书真好！那时极有创作的欲望，除了天天苦思冥想构思小说外，就是按格律来寻字觅词，造几句古诗。那时书籍的营养补给主要是靠我婶婶，她是外文出版社的编辑，是当时“熊猫丛书”和杨宪益、戴乃迭英文版《红楼梦》（那十分漂亮的三本精装版本书籍至今仍然静静地躺在我的书架上）的责编，经常给我寄文学作品来。当然，她寄来的书除了浩然的《春歌集》、李瑛的诗集和他们编辑部主任蔡其矫的诗集一类的当时准许阅读的文学作品外，剩下的全部是鲁迅先生著作的各种选本。老是给我寄书，让我有一种深深的愧疚感，作为一个收入微薄的知青，我无以回报她的恩情。

于是，我就想着自己省下生活费买书去。记得第一次去县城新华书店买书，是七十年代初一个晴朗的秋日，我来回奔波八十里的崎岖山路，回到家时已经是一轮新月高高悬在冷寂的空中了。我不顾饥寒疲惫，净手打开那本郭沫若的新著《李白与杜甫》，一直读到鸡鸣不已。这本书是我在热衷“创作”古代诗歌时期的参考书籍，这本一九七〇年初版的红皮书至今也赫然站立在我的书架上，虽然我后来著文诟病过郭沫若的这本应景谄媚之作。

最难忘的一次买书是在浩然的小说《西沙儿女》出版之际，中央人民广播电台播送了这条消息，于是我就连夜奔袭，去县城新华书店购买此书。路过一片坟滩时竟迷路了，当地人俗称为“鬼打墙”，细雨霏霏，树影幢幢，只见远处磷火闪烁，耳边仿佛响起了厉鬼的尖叫声，《聊斋》里的情境再现。为了给自己壮胆，我怒吼着样板戏《智取威虎山》里的唱词：“穿林海，跨雪原，气冲霄汉……”能够不惧夜行，让我在远离人群时克服孤独的恐惧，增强自信心，或许是这次买书的意外收获。那个年代能够公开阅读的作品就是“鲁迅走在金光大道上”，浩然是当时最走红的作家，其次就是张永枚、王老九、李瑛等几个诗人，所以我几乎通读了浩然的作品，觉得《西沙儿女》（含《正气篇》和《奇志篇》两个中篇）与浩然一贯的风格完全不同，是散文诗的写法，是唯美主义的尝试，客观地说，这也许就是浩然的巅峰之作了。后来我给一九九〇级上当代文学史课，一个江苏省的文科状元责问我为什么批评与鲁迅同样伟大的当代作家浩然时，我只无奈地苦笑。看着我书架上还残存的一些浩然的书籍和研究资料，我庆幸自己阅读了它们却没有被它们影响。

二十世纪七十年代的书看似不贵，一本书也就一块多钱，然而当时一个大学毕业生的工资也就三四十块，而我插队的那个水荡地区最低的工分值是三分八厘，也就是说，一个壮劳力起早贪黑地干上一天，挣不到两盒火柴，而一本书的价格却是要一个农民辛辛苦苦干上一个月。买书是奢侈的，在生计危难的环境中，乡亲们的一句话就让你对买书望而却步：书能当饭吃吗？殊不知，饭是有两种的。

当我大学毕业后，真的把书籍当成饭碗的时候，买书就成了家常便饭。那时我是一条光棍，又有教研室编教材远远高于工资的外快，于是就将每个月的工资划出一半来买书。随着七十年代末至八十年代初的书市开放，许多原来视为“封资修”的书籍大量上市，我也逐渐感觉到囊中羞涩、财力不逮了，虽然那时已经有了藏书的意识，但毕竟还是不敢随性买书。记得七十年代末的一天，在汶河路的扬州新华书店门前排起了长长队伍，大家等着买新版的《唐诗三百首》，碰到的许多熟人皆为教师，其中我的老师谭佛雏、李廷先、曾华鹏等先生也在行列之中。那是一个读书的春天，买得那样的书籍，真是一种快乐，拥有自己喜欢的书籍，更是让每一个读书人感到自豪。

一九七九年我在南京大学做进修教师，住在教研室里，每天三点一线：教研室、图书馆、食堂。与董健先生一起泡在教研室里读书写作，那时董先生是教研室主任，正在与郭志刚先生主编那部《中国当代文学史初稿》，我也帮他看稿，深感查阅资料不方便，于是，他就建议教研室购买一九四九年以后创刊的所有《人民文学》《文学评论》《文艺报》《文艺学习》等刊物。他打电话给在省新华书店当领导的哥哥，让南京旧书店负责人为我们操办此事，最后便嘱我去采办。

我蹬着三轮货车，怀揣着千元面额的支票，前往杨公井那个民国时期就很有名，且招牌也是我们系前辈学者胡小石题写的南京旧书店去买书。虽是买旧刊，但价格不菲，这也是我生平唯一为公家直接用现金支票买书的经历，心想，还是公家买书爽啊。

而为自己大规模成捆成捆买书的经历却是在人民文学出版社当编辑的日子里。一九八四年的春天，韦君宜批准出版了供高级干部“内部阅读”的删节本《金瓶梅》，规定允许社内每个编辑买一套，十二元大洋，谁都不眨眼买下了。社里便宜处理了一大批中外作品和资料集，各种各样的书籍堆在会计室的门口，大家像过节得到凭证供应的福利券一样欢欣鼓舞地排队购书。便宜不占白不占，带着这样的心境，我早早地排队在前三名，以获得优选权。于是乎，每样都来一本，加起来总有好几十本，结账以后感到浑身通泰，就像做完了一笔可观的大生意，自己扎扎实实地赚了一大把那样痛快淋漓。

买书是可以成瘾的，当你踏进书店的门槛，驻足、流连和穿梭于书架之间时，你的钱包就不由你的理性思维支配了，看到好书，你就会不由自主地产生一种购买的冲动，也许你买下的书不一定会仔细阅读，但是，想拥有这本书的欲望往往是先于和大于阅读的快感的，这也许就是藏书家的占有心理吧。男人的私房钱用于买书，大约妻子是无话可说的，然而一旦失控，也是会起纠纷的。有一段时间，我借口写文章急需，从新华书店成捆成捆地买书回来，以至于那时的小小书房成了书库，于是家庭矛盾便围绕着书籍展开，读书人以兹事为大，哪有退让的余地呢，只是有点对不起家庭开支了。

一九八八年年底，我得到了第一批国家社科基金青年项目资助，经费竟然有四千大洋，这在当年是一个十分可观的数字，更可喜的是经费可以用以购置图书，于是我就买了大量书，也算是“中饱私囊”了，心中却不免戚戚：窃书不能算偷，这更不能算是明火执仗吧？从此，项目不断，进书渠道也就犹如源头活水一样流畅，此番则是彻底消除了家庭矛盾。再后来，也用不着经常去买书了，因为许多出版社都定期给我寄新出版的书籍，当然，有些书籍非讨要而不得的。但是，买书的生涯断了，生活中似乎缺少了一些乐趣，偶尔路过书店，也还情不自禁地径直走进去买上一两本，算是过一过买书的干瘾。

随着几次搬家，书房是越来越大，妻子一直抱怨，我们家换房是给书住的，先书后人，书本主义——以书为本。但是，再大的书房也禁不住日进好几本书的增速叠加堆砌，看着堆满书籍的书房，唯一的选择就是处理淘汰掉部分书籍和刊物，于是我便痛下决心，壮士断腕。分流去向有二：一是将所有的刊物赠给需要的学生；二是把一些觉得没有什么阅读价值的书籍处理掉。当然，在已经淘汰的两千多本杂志中，包括一九四九年以来的《人民文学》和《文学评论》那样齐全的、绝对有收藏价值的杂志，它们的离去，让我欲哭无泪，终也无可奈何。而那些一九四九年以后的许多政治、经济和历史类别的书籍，以及与本专业相去甚远的“废书”，共一千多本，也随着三次迁徙而消失了。望着书房内外满地狼藉的景象，心中不免怅然若失，五味杂陈，难以名状。

买书难，卖书更难！

（原载《人民文学》2017年第2期）

执子之手

◎梁鸿鹰

收回我的手，倘若你们伸手相握；如瀑布的迟疑，在倾下时犹迟疑的——我这么饥饿地需要恶。

——（德）尼采：《苏鲁支语录》

手与人有很强的行为构成关系。手作为一个器官，人的任何行为它都难辞其咎，都要负有一些责任。所谓“一手造成”，想必有很深的原因。执行、放弃以及犹疑，手要么难逃其咎，要么首当其冲。不仅如此，手引起的情感连锁反应，往往最强烈。

很久以前，他读过蒋子龙的一篇散文——题目是不是“执子之手”，给忘记了。在这位作家看来，夫妻能够十指相扣，便是最大的幸福。在一个阳光灿烂的周末上午，我们的主人公把车停在北三环一段辅路的人行道旁，坐在车里，调整好观察角度，发现接连有好几对男女十指相扣地迎面走来。那怀着身孕的未来母亲的陶醉，那个与男友低声细语的小女生的羞怯，那位穿着整洁入时的长发姑娘的由衷自豪，点亮了人行道，让人感到人世间的美好。活在这个世界上，人会有多少不顺遂、不如意啊，但无论作为一种表达，还是一种冲动，无论出于习惯，还是出于偶然，“执子之手”，或者有机会能与心爱的人十指相扣地携手，算是修来的福祉与缘分，算得上是一个人在世上最感人的经历之一。

“执子之手”固然是一个举动，更是中国人独有的言说方式，在汉语所有的表达中，“执子之手”这四个字是最有分量的。即使找遍全世界所有语汇，难道还能有别的音节、词语的组合，能够换得比这四个汉字更撼动人心的效果吗？这四个字有种潜在魔力，可以触动感官，令人怦然心动，猝不及防地心有戚戚；这四个字仿佛有本事把依恋、不舍、忘我之意浇注在一起，给人一种混成的、走心刻脑的感动。这四个字的音节、字形、笔画不出众，简简单单、素面朝天，可一旦并置与组合在一起，便会产生难被忽略的意韵。

“执子之手”，这让人无法躲藏的“表达”，时时令他的灵魂返回过往的岁月，思绪飞升于躯体之外，唤回“山河故人”的幽深之感。人的肉身行走于世间，原本赤手空拳，若能“执子之手”，则足够骄傲与自豪，是对抗孤独的获得、安顿与自足。

1

事物的文学背景愈丰富，愈足以温暖陶泽人的心情，对某事物如毫不知道其往昔，则会兴味索然。中外文学中关于手的表达，恰恰构成了手的异常多彩的认知背景。李渔在其《闲情偶寄·声容部》里说：“选人选足，每多窄窄金莲；观手观人，绝少纤纤玉指。”这位内心丰富的家伙强调，手之于女性，紧要在“或嫩或柔”“或尖或细”。翻检古今中外遗留于世的浩如烟海的文字，你会发现，以写手之特色而令人满意、足以流芳百世的，其实凤毛麟角，好在还有《古诗十九首·青青河畔草》，是这样写手的：

青青河畔草，郁郁园中柳。
盈盈楼上女，皎皎当窗牖。
娥娥红粉妆，纤纤出素手。

是的，“纤纤出素手”，五个字里仅仅“纤”“素”“出”，道尽了诗人对美好女性的想象与赞赏，又是“河畔草”，又是“园中柳”，又是“盈盈”“皎皎”“娥娥”，统统是这三个字的陪衬，着一“手”字风流尽现。

时间一下子回到现代，在小说这个园地里，你再度发现，把手作为题材，写得精彩、流芳于世的，原来也是那样的少。

汪曾祺有个短篇小说名字叫作“陈小手”，如今已成为“小小说”的典范。作品写旧时代有个在乡间专门给人接生的产科男医生，“他的手特别小，比女人的手还小，比一般女人的手还更柔软细嫩”。这医生骑一匹当地并不多见的白马，人称“白马陈小手”。他有一次被叫到庙里，给新近来到当地的一个军阀手下团长难产的姨太太接生。“这太太杀猪也似的乱叫，几个女接生婆都弄不下来。因为这女人身上的脂油太多。”陈小手费了九牛二虎之力，总算把孩子“掏出来”了。团长好好招待一顿，给了二十块大洋，但待陈小手上马之后，团长掏出枪来从后面一枪把他打了下来，并且恶狠狠地说：“我的女人，怎么能让他摸来摸去！她身上，除了我，任何男人都不许碰！”这只灵巧的“手”，最终引来的是杀身之祸。

对女性的手，茅盾先生在其小说《过年》里有这样的描写：

> 两三只白嫩的手抢着一束其黄如蜜的腊梅花。老赵的眼光暂时被这两三只手吸住：涂得猩红的指甲像是些红梅，而凸起在水葱般的纤指上的宝石戒指，绿得就跟老赵去年咯血后吐出来的臭痰仿佛，晶光闪灿的又和今天早上老赵的孩子饿慌了挂在眼边的泪珠相似。

著名女作家萧红有个短篇小说叫《手》，这样写手：

> 在我们的同学中，从来没有见过这样的手：蓝的，黑的，又好像紫的；从指甲一直变色到手腕以上。她初来的几天，我们叫她“怪物”。下课以后大家在地板上跑着也总是绕着她。关于她的手，但也没有一个人去问过。

还有：

> 我们从来没有看到她哭过，大风在窗外倒拔着杨树的那天，她背向着教室，也背向着我们，对着窗外的大风哭了。那是那些参观的人走了以后的事情，她用那已经开始在褪着色的青手捧着眼泪。

作品写的是20世纪30年代初北方一个染衣匠女儿王亚明的遭际，她憧憬、渴望知识，来到城里读书，是为了学好了可以回去教妹妹，可由于劳作而染成的一双黑手，成为她洗刷不掉的耻辱，使她始终未能融入到学校的生活和学习中去，受尽各种歧视创伤之后，连考试资格都没得到，就被校长无情地赶出了校门。据说这些描写，来自萧红个人的亲身经历。

山西作家赵树理有篇朴实的小说叫《套不住的手》，则透过一个学生的眼睛写手：

那个学生，一边揉着自己的中指，一边看着陈老人的手，只见那两只手确实和一般人的手不同：手掌好像四方的，指头粗而短，而且每一根指头都展不直，里外都是茧皮，圆圆的指头肚儿都像半个蚕茧上安了个指甲，整个看来真像用树枝做成的小耙子。不过他对这一双手，并不是欣赏而是有点儿鄙视，好像说“那怎么能算‘手’哩”。

奥地利作家茨威格《一个女人一生中的二十四小时》，写了一个四十二岁的寡居贵妇，她在蒙特卡洛赌场里看到赌徒各种千变万化的手，手反映着他们的不同情绪：

贪婪者的手抓搔不已，挥霍者的手肌肉松弛，老谋深算的人两手安静，思前虑后的人关节跳弹；百般性格都在抓钱的手式里表露无遗，这一位把钞票揉成一团，那一位神经过敏竟要把它们搓成碎纸，也有人筋疲力尽，双手摊放，一局赌中动静全无。我知道有一句老话：赌博见人品；可是我要说：赌博者的手更能流露心性。因为所有的赌徒，或者说，差不多所有的赌徒，很快就能学到一种本领，会驾驭自己的面部表情——他们都会在衬衣硬领以上挂起一副冷漠的假面，装出一派无动于衷的神色——他们能抑制住嘴角的纹缕，咬紧牙关压下心头的惶乱，镇定眼神不露显著的急迫，他们能把自己脸上棱棱突暴的筋肉拉平下来，扮成满不在乎的模样，真不愧技术高妙。然而，恰恰因为他们痉挛不已地全力控制面部，不使暴露心意，却正好忘了两只手，更忘了会有人只是观察他们的手，他们强带欢笑的嘴唇和故作镇静的目光所想掩盖的本性，早被别人从手式里全部猜透了。而且，在泄露隐秘上，手的表现最无顾忌。

而她深深着迷的，是一位二十四岁年轻人的双手：

这两只手像被浪潮掀上海滩的水母似的，在绿呢台面上死寂地平躺了一会儿。然后，其中的一只，右边那一只，从指尖开始又慢慢儿倦乏无力地抬起来了，它颤抖着，闪缩了一下，转动了一下，颤颤悠悠，摸索回旋，最后神经震栗地抓起一个筹码，用拇指和食指捏着，迟疑不决地捻着，像是玩弄一个小轮子。忽然，这只手猛一下拱起背部活像一头野豹，接着飞快地一弹，仿佛啐了一口唾沫，把那个一百法郎筹码掷到下注的黑圈里面。那只静卧不动的左手这时如闻警声，马上也惊惶不宁了，它直竖起来，慢慢滑动，真像是在偷偷爬行，挨拢那只瑟瑟发抖、仿佛已被刚才的一掷耗尽了精力的右手，于是，两只手惶惶悚悚地靠在一处，两只肘腕在台面上无声地连连碰击，恰像上下牙打寒战一样——我没有，从来还没有，见到过一双能这样传达表情的手，能用这么一种痉挛的方式表露激动与紧张。

在这双手的牵引诱惑之下，女主人公与这个浪荡子度过了一生中充满激情、悲伤与挣扎的二十四小时，蕴含的社会生活内容非常丰沛。

法国有部电影叫《雷诺阿》，已到垂暮之年的老画家雷诺阿新聘了一个年轻美貌的模特儿，他见到这个女孩，第一个要求就是让对方把两只手伸出来给他看。

2

我们主人公的双手大小适中，除了手背覆盖着浓重的汗毛，比例、肤色、形状等看上去完全算得上匀称了。在他早年留下的印象中，妈妈的双手比一般的女性较大——修长而骨感，他的这双手与母亲的手很相像，不像父亲的手那样白嫩而短窄。特别是掌纹，左、中、右三条清晰而富于美感，蜿蜒而不失中规中矩。遇到过那么几回，不同年龄的女性争着翻看他的左右手，过分急切、过分地认真与投入，让他颇感窘迫。她们说话啰里啰唆，除了废话还是废话，用了类似算命行话的词汇，却还是属于聊天，她们把事业、爱情和金钱的运气一股脑搬出来，与他手心上的纹路联系起来，但不同的人有不同的版本。他生平最怕算命，因为他不自信，太当真，太把什么话都留在心里，不管是大同小异的话，还是随口而出的话，别人后来记不得的具体内容，他往往会惦记很久。

他的手很容易脏，这经常令他恼火。他老觉得自己的手很难洗干净，洗干净也很容易脏，特别是指甲缝，长得快、爱塞东西、容易变黑。泥垢、脏土是指甲的密友，变着法儿躲到指甲缝里，让指甲缝黑得见不得人。他向来勤快，干活不惜力，手脏得快，洗干净了也不管用；指甲长得也特别快，而且越剪长得越疯狂，剪了没几天，指甲里便又容留了许多深色污垢。有个名人说过，一个人的传记要由他诚实的敌人来写，只有敌人才了解对方的优势和短处，但这个敌人必须诚实，必须能够诉说真相。他指甲缝容易脏，这个真相倒没有谁比他自己知道得更清楚。

女性一旦手美，必定使她的美增加几倍。他不敢肯定，手丑是否一定导致自卑，但手美必会长精神、长志气，从而步伐轻盈、姿态优美，自信心变强。

头一次阅读曹禺先生的剧本《雷雨》时，别的印象都没了，记得最牢的是四凤的手，剧本这样描写四凤：

> 四凤约有十七八岁，脸上红润，是个健康的少女，她整个的身体都很发育，手很白很大。

四凤的“手”，很白很大，“白”，或因青春期的到来，脂肪开始多起来，性征蓬勃而至；“大”则是体力劳动的结果。恩格斯有句名言：“手不仅是劳动器官，它还是劳动的产物。”手作为仆人的安身立命的工具，劳作必使之壮硕与过分发达，家仆主要从事室内劳动，因此依然可以不断地白下去。

握女性的手，对心理冲击大，他握过不少女性的手，但握的最让他难忘的手，是摄影展酒会上一位天津旅德女摄影家的手——柔若无骨、冰滑甜腻，让人想入非非。但这同样是只最无情无义、最急于疏离他人的手，其主人漂亮超群，身材傲然，只需站在那里，就凹凸有致、摇曳生姿。她性格怎样？有什么喜好？是否已经结婚？这些都不重要。你立马会断定她知道自己的美所携带的分量与威力，长相、身段、肤色，令她自以为在任何时候都凛然、傲然、岸然。她脸蛋的完美和身材的出色，使她的手有足够的理由吝啬于男性的触碰。

她的摄影集明白无误地告诉人们，这双手曾经造就了不少近乎完美的黑白或彩色照，上面的人体，无论独立、纠缠、无奈，抑或闲适、无聊、沉醉，均美轮美奂，为超然物外的氛围所笼罩，让人分神。而与她握手的时候，她那双漂亮双眼皮下面的漂亮眼仁似乎并不情愿停留在他脸上，而是急切地向着门口人来人往的方向张望，并莫名其妙地连声说，“今天这里太吵了”或者“我今天下午就要回天津了”之类，让人发窘。

女性的手会比男性还男性，这是他没想到的。有次他在一个重要会议的间隙与一位全国非常有名的女作曲家握手，对方的热情与直率让他顿生敬仰之情，但女作曲家那只手之坚硬、粗糙、有力，实在出乎意料，让他久久难忘。手与手所产出的东西居然可以有那样大的差距，那些哀婉、缠绵、回味无穷，原来出自如此坚硬不堪的手。是由于早年下乡、长期劳动所致，还是遗传？他无处获知。

爱尔兰作家乔治·莫尔有次遇到一位像其名字一样美丽的法国女人，有着特殊的法国风味，这位颇解风情的少妇经常把手放在莫尔触手可及的地方，惹他多次喃喃而语地赞赏说：“多美的手。”而对方总是回答“这双手至少五百年没有干过家务了”。家务确实是手的天敌。我们的主人公在小的时候曾经见到邻居一对年龄相差悬殊的老夫少妻的口角。场景是压水井旁。在塞北的深秋季节，年轻妻子在井边淘洗酸菜，一盆酸菜有烂掉的，有能吃的，白皙的少妻撅着屁股在那里翻拣、淘洗，而丈夫却在唠唠叨叨地阻止，大意是说，拣点破菜发不了财，别给我丢人，赶快回家吧。而妻子红着脸忍耐着，用尽自己的力气不停洗、翻、拣，使着粗糙、发红、无奈的双手，与丈夫默默执拗对抗。少妇到底经历了怎样的困苦与磨炼，双手如何与依然动人的美貌形成强烈对比？他没有找到答案。

一位著名作家及翻译家女儿的手也曾给他强烈冲击。这双手之硕大粗糙与身材之纤细精致形成的对比，恰似穿着之粗疏马虎与相貌之细腻婉约形成的对比。这位昔日的大家闺秀，长期从事文字工作，退休后面对多年抱病卧床的母亲，以及大量亲力亲为的家务，她忘记自己年近七十的高龄，以瘦弱之躯，顶狂风、冒严寒，骑自行车参加聚餐，领取过年补贴。就在她立于一辆老式二八自行车旁，在寒风与沙尘中掏出手套的时候，他才发觉，这位女同事的手大得不成比例——骨骼巨大、关节突出，粗糙、红润、莽撞，好像肿过之后再也无法复原的样子。他想，唯一的原因应该就是辛劳，亲力亲为的体力劳碌使这双手，代替自己的主人，告白生活的真实，倾诉了一切。

医院病房里一位女同事那双依然白嫩纤细的手，曾让他痛且尴尬。在北京大学肿瘤医院一间昏暗狭小的病房里，他试图去握自己第二个工作单位一位女同事精致的手，以表达自己的善意。没想到手被女同事迅速抽回，她虽已病入膏肓，但依然好强，大概无法接受这种在她看来过于显然的同情或怜悯，她像被动物咬到了一样，瞬间将手撤回到一个足够“安全”的距离。她是笔记本的密友，从她的双手，曾经流淌出的如“钢板字”一般规整、划一的文字，到底有多少，谁也不知道。她酷爱记日记，长时间用活页纸不倦地记，记满一年就订成册收藏起来，积累了许多本。但电脑让她戒掉了手写日记的习惯，并且花时间把所有日记一一录入电脑，分门别类地整理得井井有条。这些文字如今安在？会有谁关心写了些什么呢？

把手抽回到被子的女同事声气虚弱地说，千万要把身体搞好啊，没有身体，就什么都没有了。作为一个以工作为唯一乐趣的人，说这话想必百感交集吧。此时，她那双修长细腻、纤细苍白的手，正躲在被子里，无声地作着证。身体和身体上的器官是专门用来出了毛病才被意识到的，它们永远是人的奴隶。比起人的雄心、冲动、欲望，身体上的部件永远站在下风口，是十足的承受者。陈耳导演的《罗曼蒂克消亡史》有个情节，为了给不顺从的谈判者颜色看，黑社会老大卸下了对方姨太太一只风姿绰约的手，当这只手被呈现在人们眼前的时候，依然戴着用以说服的价值不菲的玉镯，他没有想到，这手居然还能那么仪态万方。

3

“手足无措”，作为情态与词语同样很奇妙。他自认是这个词不折不扣的实践者与诠释者。因生来腼腆、害羞，小时候经常见了生人面红耳赤、说不出话来。大姑家一位表姐有一次问他，见到陌生人的时候，感觉最难办的事情是什么，他毫不犹豫地说，不知道手该放在哪里！在生人面前，他感到双手插到兜里不好，放在面前碍事儿，背起来更不像话。与人谈话他很紧张，手会添乱；犹豫不决、拿不定主意，手也捣乱。他觉得手里拿个东西会有效缓解紧张，拿上一支笔最管用。上大学时每逢女同学来访，他会与她们边交谈边摆弄钢笔，尽量不凝视对方的脸庞或双眼，他把笔帽拔下来再安上，笔管拧开再拧住，不知什么时候，“修钢笔”的段子不胫而走，男同学间一说他“修钢笔呢”，就说明他宿舍刚刚来过女生。

手的痛感很强，大概手上的感觉神经系统极为丰富。其实，别的器官同样如此，只不过没有经历过，痛感不会有。初中时期的“学农”活动中，手曾经成为他身上受害最大的器官。有次搬运砖瓦，他的右手不小心卷进砖瓦与车帮的缝隙间，凶狠、突然的挤压使中指指甲盖当场脱落，在场的女数学老师花容失色，尖声大叫，急出满头汗，心疼得几乎掉下泪来。其实当时并没有痛感，过了几分钟，伴随着血液的到来，疼痛袭来，难以忍受。手的使用率高，很难保持干燥，这个手指经过很久才痊愈、长出新指甲。手伤导致的后果是各种各样的。高中时候，一位中指被锐器划破的同学，为了向严厉的父母掩盖闯下的祸端，把中指紧紧贴在相邻的无名指上，天天如此，就在大家的眼皮底下，两个手指长在了一起，当双方融为一体的时候，倒霉的伙伴再也瞒不过父母，到医院开刀后才分割开来。

人的手会有很多表情吗？女作家周晓枫在《墓衣》一文里曾说，散文家秋子热衷拍摄手，她利用朋友聚会时抓拍，唯特写手，并不选取五官等，周晓枫发现，“被凝固的瞬间，独立的手更具表情：自然率性的，做作扭结的，阴谋的，克制的，颓废的，害羞的，因渴望而喜悦或不安的，那么多的手，在数量和丰富性上都倍于人脸”。

在恩格斯看来，骨节和肌肉的数目和一般排列，在两只手中是相同的，然而即使最低级的野蛮人的手，也能做几百种为任何猿手所模仿不了的动作。没有一只猿手曾经制造过一把哪怕是最粗笨的石刀。恩格斯将之归结为劳动的力量——人经过几十万年的劳动，手获得了自由，而且将这种灵活性遗传下来，一代一代地增加着手的功用和感觉能力等。感觉能力的获得告别了手作为劳作主体的从属地位。这是长期进化中的一个必然，手与人的情感联系起来，使之获得了与表情、语言、目光同等的价值，手会“说话”，手能够表达与探索，是手得到巨大解放的结果。手在满足欲望的过程中，作用越来越大，能力越来越强。英文finger一词，既是作为器官的手指，也是指触碰、拨弄、抚摸，可以表达用手指去感觉、探寻乃至满足欲望等意思。在春宵一刻值千金的深夜里醒来，手触枕边人，恰值对方滑润似玉，静如处子，必然激起胸中波澜。中国古人无数次吟咏过这样的场景。同时，手最能传达一个人的意愿。我们的主人公在父亲火化前的追悼仪式上，在与继母并肩而立的时候，隔着大衣的袖子，此生第一次用力握了一下继母的手，传导出自己极度悲伤中的冲动，也注入了太多的意义——悲伤、怜悯、决心以及承诺。重要的是，他马上意识到，对方的呼应非常及时，这个呼应释放和传达出来的信息极为丰厚：惧怕、疑虑、感激以及企求。人的求生本能是第一的，会自然而然流露出来，不用任何刻意。

（原载《上海文学》2017年第6期）

杜甫埋伏在中年等我

◎潘向黎

上苍厚我，从初中开始，听父亲在日常中聊古诗，后来渐渐和他一起谈论，这样的好时光有二十多年。

父女两人看法一致的很多，比如都特别推崇王维、李后主，特别佩服苏东坡；也很欣赏三曹，辛弃疾；也都特别喜欢“孤篇横绝”的《春江花月夜》……也有一些是同中有异，比如刘禹锡和柳宗元，我们都喜欢，但是我更喜欢刘禹锡，父亲更喜欢柳宗元；同样的，小李和小杜，我都狂热地喜欢过，最终绝对地偏向了李商隐，而父亲始终觉得他们两个都好，不太认同我对李商隐的几乎至高无上的推崇。

最大的差异是对杜甫的看法。父亲觉得老杜是诗圣，唐诗巅峰，毋庸置疑。而当年的我，作为80年代读中文系、满心是蔷薇色梦幻的少女，怎么会早早喜欢杜甫呢？

父亲对此流露出轻微的面对“无知妇孺”的表情，但从不说服，更不以家长权威压服，而是自顾自享受他作为“杜粉”的快乐。他们那一代，许多人的人生楷模都是诸葛亮，所以父亲时常来一句“诸葛大名垂宇宙”“万古云霄一羽毛”，或者“三顾频烦天下计，两朝开济老臣心”，然后由衷地赞叹：“写得是好。”

他读书读到击节处，会来一句：“语不惊人死不休！”——这是杜诗；看报读刊，难免遇到常识学理俱无还要无赖的，他会怒极反笑，来一句：“尔曹身与名俱灭，不废江河万古流”——这也是杜诗；看电视里不论哪国的天灾人祸，他会叹一声：“眼枯即见骨，天地终无情！”——这还是杜诗；而收到朋友的新书，他有时候读完了会等不得写信而给作者打电话，如果他的评价是以杜甫的一句“庾信文章老更成”开头，那么说明他这次激动了，也说明这个电话通常会打一个小时以上。

父亲喜欢马，又喜欢徐悲鸿的马，看画册上徐悲鸿的马，有时会赞一句：

“一洗万古凡马空，是好。”——我知道“一洗万古凡马空”是杜甫《丹青引赠曹将军霸》中的一句，可是我总觉得老杜这样夸曹霸和父亲这样夸徐悲鸿，都有点儿夸张。我在心里嘀咕：人家老杜是诗人，他有权夸张，那是人家的专业需要，你是学者，夸张就不太好了吧？

有时对着另一幅徐悲鸿，他又说：“所向无空阔，真堪托死生。着实好。”“所向无空阔，真堪托死生”——杜甫《房兵曹胡马》中的这两句，极其传神而人马不分，感情深挚，倒是令我心服口服。我也特别喜欢马，但不喜欢徐悲鸿的画，觉得他画得“破破烂烂的”（我曾当着爸爸的面这样说过一次，马上被他“逐出”书房），而人家杜甫的诗虽然也色调深暗，但是写得工整精丽，我因此曾经腹诽父亲褒贬不当；后来听多了他的以杜赞徐，又想：他这“着实好”，到底是在赞谁？好像还是赞杜甫更多。

父亲有时没来由就说起杜甫来，用的是他表示极其赞叹时专用的“天下竟有这等事，你来评评这个理”的语气——“你说说看，都已经‘一舞剑器动四方’了，他居然还要‘天地为之久低昂’。”我说：“嗯，是不错。”父亲没有介意我有些敷衍的态度，或者说他根本无视我这个唯一听众的反应，他右手平伸，食指和中指并拢，在空中用力地比画了几个“之”，也不知是在体会公孙氏舞剑的感觉还是杜甫挥毫的气势。然后，我的父亲摇头叹息了：“他居然还要‘天地为之久低昂’！着实好！”我暗暗想：这就叫“心折”了吧。

晚餐后父亲常常独自在书房里喝酒，喝了酒，带着酒意在厅里踱步，有时候踱着步，就念起诗来了。《琵琶行》《长恨歌》父亲背得很顺畅，但是不常念——他总是说白居易“写得太多，太随便”，所以大约不愿给白居易太大面子。如果是“春江潮水连海平”，父亲背不太顺，有时会漏掉两句，有时会磕磕绊绊，我便在自己房间偷偷翻书看，发现他的“事故多发地段”多半是在“可怜楼上月徘徊，应照离人妆镜台。玉户帘中卷不去，捣衣砧上拂还来。此时相望不相闻，愿逐月华流照君……”这一带（奇怪的是，后来我自己背诵《春江花月夜》也是在这一带磕磕绊绊）。若是杜甫，父亲就都“有始有终”了，最常听到的是“车辚辚，马萧萧，行人弓箭各在腰。爷娘妻子走相送，尘埃不见咸阳桥。牵衣顿足拦道哭，哭声直上干云霄……”他总是把“哭”念成“阔”的音。有时候夜深了，我不得不打断他的“牵衣顿足拦道‘阔’”，说“妈妈睡了，你和杜甫都轻一点儿。”

有一次，听到他在书房里打电话，居然大声说：“这篇文章，老杜看过了，他认为——”我闻言大惊：什么？杜甫看过了？他们居然能请到杜甫审读文章?！这一惊非同小可。却原来此老杜非彼老杜，而是父亲那些年研究的当代作家杜鹏程，长篇小说《保卫延安》的作者。有一些父亲的学生和读者，后来议论过父亲花了那么多时间和心血研究杜鹏程是否值得，我也曾经问过父亲对当初的选择时过境迁后作何感想，父亲的回答大致是：一个时代的作品还是要放在那个时代去看它的价值，杜鹏程是个部队里出来的知识分子，他一直在思考时代和自我反思，他这个人很正派很真诚。

有一天，我突发奇想，有了一个“大胆假设”：杜甫是“老杜”，杜鹏程也是“老杜”，父亲选择研究杜鹏程，有没有一点儿多年酷爱杜甫的“移情作用”呢？说不定哦！

“庾信平生最萧瑟，暮年诗赋动江关”，怎奈去日苦多，人生苦短。“儒术于我何有哉，孔丘盗跖俱尘埃”，可叹智者死去，与愚者无异。十年前，父亲去世，我真正懂得“莫自使眼枯，收汝泪纵横。眼枯即见骨，天地终无情”这几句的含义。可是我宁可不懂，永远都不懂。

父亲是如此的喜欢杜诗，于是，安葬他的时候，我和妹妹将那本他大学时代用省下来的伙食费买的、又黄又脆的《杜甫诗选》一页一页撕下来，仔仔细细地烧了给他。

不过这时，我已经喜欢杜甫了。少年时不喜欢他，那是我涉世太浅，也是我与这位大诗人的缘分还没有到。缘分的事情是急不来的，——又急什么呢？

改变来得非常彻底而轻捷。那是到了三十多岁，有一天我无意中重读了杜甫的《赠卫八处士》：

人生不相见，动如参与商。今夕复何夕，共此灯烛光。少壮能几时？鬓发各已苍！访旧半为鬼，惊呼热中肠。焉知二十载，重上君子堂。昔别君未婚，儿女忽成行。怡然敬父执，问我来何方。问答乃未已，驱儿罗酒浆。夜雨剪春韭，新炊间黄粱。主称会面难，一举累十觞。十觞亦不醉，感子故意长。明日隔山岳，世事两茫茫。

这不是杜甫，简直就是我自己，亲历了那五味杂陈的一幕——二十年不见的老朋友蓦然相见，不免感慨：你说人这一辈子，怎么动不动就像参星和商星那样不得相见呢？今天是什么日子啊，能让同一片灯烛光照着！可都不年轻喽，彼此都白了头发。再叙起老朋友，竟然死了一半，不由得失声惊呼心里火烧似的疼；没想到二十年了，我们还能活着在这里见面。再想起分别以来的变化有多大啊，当年你还没结婚呢，如今都儿女成行了。这些孩子又懂事又可爱，对父亲的朋友这么亲切有礼，围着我问从哪儿来。你打断了我和孩子的问答，催孩子们去备酒。你准备吃的自然是倾其所有，冒着夜雨剪来的春韭肥嫩鲜香，还有刚煮出来的掺了黄粱米的饭格外可口。你说见一面实在不容易，自己先喝，而且一喝就是好多杯。多少杯也仍然不醉，这就是故人之情啊！今晚就好好共饮吧，明天就要再分别，世事难料，命运如何，便两不相知了。

这样的诗，杜甫只管如话家常一般写出来，我却有如冰炭置肠，倒海翻江。

就在那个秋天的黄昏，读完这首诗，我流下了眼泪，我甚至没有觉得我心酸我感慨，眼泪就流下来了。奇怪，我从未为无数次击节的李白、王维流过眼泪，却在那一天，独自为杜甫流下了眼泪。却原来，杜甫的诗不动声色地埋伏在中年里等我，等我风尘仆仆地进入中年，等我懂得了人世的冷和暖，来到那一天。

我在心里对梁启超点头：您说得对，杜甫确实是“情圣”！我更对父亲由衷地点头：你说得对，老杜“着实好”！

那一瞬间，一定要用语言表达，大概只能是“心会”二字。

也许父亲会啼笑皆非吧？总是这样，父母对儿女多年施加影响却无效的一件事，时间不动声色、轻而易举就做到了。

此刻的我，突然担心：父亲在世的时候，已经知道我也喜欢杜甫了吗？我品读古诗词的随笔集《看诗不分明》在三联书店出版，已经是2011年，父亲离开快五年了。赶紧去翻保存剪报的文件夹，看到了自己第一次赞美杜甫的短文，是2004年发表的，那么，父亲是知道了的——知道在杜甫这个问题上，我也终于和他一致了。真是太好了。

作家荆歌的小字非常秀丽，他很喜欢周作人，如果朋友请他随意写一幅字的话，多半是周作人的“且到寒斋吃苦茶”。我对老杜“路转粉”之后，有一天给他写了一封信，说，不要写你亲爱的周作人了，给我录一次老杜的《赠卫八处士》吧。荆歌录完这首诗，也很感慨，写了一个小跋，说此诗“有人生易老，岁月匆匆之感”。

是啊是啊，岁月匆匆！父亲离开已经十年。童年时的唐诗书签也已不知去向。幸亏有这些真心喜欢的古诗词，依然陪着我。它们就像一颗颗和阗玉籽料，在岁月的逝波中沉积下来，并且因为水流的冲刷而越发光洁莹润，令人爱不释手。

读好的中国古诗词，我一向看作是中国人独享的大福利。因为中文实在太难了，而翻译中文古诗，要表达意思尚且顾此失彼，对那些双关、互文、典故、双起单承、顶针、映带就束手无策，弦上的音尚且如此，就不要指望传递什么“精警”“绮丽”“英爽”“超拔”，还有“气骨”和“风调”这些弦外之音了。

作为一个不能免于郁闷和忧虑、时常觉得活得辛苦的中国人，我觉得多读古诗是让自己“平民愤”、寻找心理平衡的一大妙法——他们歪果仁再怎么天蓝水清诚信安全没心没肺，可是他们读不懂中国的古诗词呀。请不要抬出傅汉思那样的外国人来抬杠，那是凤毛麟角。

对那些歪果仁，我绝对不会告诉他们，在我们中国人心情的起伏里，人生的转折处，古诗词可以帮多大的忙；我甚至都不会告诉他们一个小小的秘密，《看诗不分明》这个书名其实就来自我家两代人共读的《乐府诗选》（余冠英选注，人民文学出版社1957年版），出自这两句：“雾露隐芙蓉，见莲不分明。”

这两句诗多好啊——芙蓉就是莲，隐于雾中，看不分明，“莲”又和“怜”同音双关，“怜”者，爱也。这是陷入爱情的人患得患失的心情，用流行歌曲唱出来就是“你到底爱不爱我”？用微信表情表示，就是长草颜团子扯花瓣卜感情卦，这一瓣，“爱我”，再一瓣，“不爱我”。一代代的纠结不会完，幸亏花瓣也是扯不尽的，因为繁花一片，永远开在杜甫的诗里——“黄四娘家花满蹊，千朵万朵压枝低。”

（原载“腾讯·大家”2017年3月15日）

读红细解“三春”意

◎朱增泉

1

《红楼梦》一百二十回通行本中，出现“三春”一词凡八例。以往我所读到的红学文章，均以“三春”一词指代元春、迎春、探春、惜春四姊妹中的某三位，多数情况下指元、迎、探，有时又指迎、探、惜。这样随意组合，内涵不一，笔者难以认同。仅以权威性著作《红楼梦大辞典》（以下简称《大辞典》）一书为例，该书集红学研究之大成，对普及红学知识，为读者提供参阅工具，功莫大焉。但《大辞典》对“三春”一词的解读，则大可商榷。

第一例：第五回贾元春判词：“二十年来辨是非，榴花开处照宫闱。三春争及初春景，虎兔相逢大梦归。”《大辞典》解读曰：“三春争及初春景：隐指迎春、探春、惜春三姐妹的命运远不如元春的荣耀显贵。”（以“三春”指代迎、探、惜）

第二例：第五回贾惜春判词：“勘破三春景不长，缁衣顿改昔年妆。可怜绣户侯门女，独卧青灯古佛旁。”《大辞典》解读曰：“惜春从三个姐姐——元春、迎春、探春的不幸命运中看破红尘。”（以“三春”指代元、迎、探）

第三例：第五回红楼十二仙曲之八《虚花语》：“将那三春看破，桃红柳绿待如何？把这韶华打灭，觅那清淡天和。说什么，天上夭桃盛，云中杏蕊多。到头来，谁把秋捱过？则看那白杨村里人呜咽，青枫林下鬼吟哦。更兼着，连天衰草遮坟墓。这的是，昨贫今富人劳碌，春荣秋谢花折磨。似这般，生关死劫谁能躲？闻说道，西方宝树唤婆娑，上结着长生果。”《大辞典》解读曰：“‘将那三春看破’二句，与惜春判词‘勘破三春景不长’同义，意谓惜春正是从‘三春’（元春、迎春、探春）的悲惨命运中，看透了人世间的荣华富贵，领悟到人生的虚幻。”（以“三春”指代元、迎、探）

第四例：第十三回秦可卿临终赠言王熙凤："三春去后诸芳尽，各自须寻各自门。"《大辞典》解读曰：这里的"三春"一词，"实际上是指元春、迎春、探春三人，死的死，嫁的嫁之后，大观园内女儿们都将遭受毁灭的命运，贾府的末日即将来临"。（以"三春"指代元、迎、探）

第五例：第十八回贾宝玉奉大姐元春之命题大观园五律四首之二："蘅芜满净苑，萝薜助芬芳。软衬三春草，柔拖一缕香。轻烟迷曲径，冷翠滴回廊。谁谓池塘曲，谢家幽梦长。"《大辞典》解读曰："'软衬三春草'二句，承上联，具体写满苑异草，牵藤引蔓，柔软的枝叶衬托着春日嫩草，吐露出一缕清香。"此例解读与人物命运无关。

第六例：第六十八回尤二姐初见王熙凤时，书中对王熙凤的美丽形象有两句描绘："俏丽若三春之桃，清洁若九秋之菊。"（《大辞典》未作解读）

第七例：第七十回林黛玉重建桃花诗社举行《咏柳絮》同题诗会，薛宝琴作《西江月·咏柳絮》词一首："汉苑零星有限，隋堤点缀无穷。三春事业付东风，明月梅花一梦。几处落红庭院，谁家香雪帘栊？江南江北一般同，偏是离人恨重。"《大辞典》解读曰："这首词描绘了一幅东风送走三春，到处落花飘零，江南江北一派晚春景象的暮春残景图。其格调悲怆苍凉，其中当寄托了宝琴对封建大家族夕阳残照、落红遍野的衰败的深深惋惜与惆怅之情。"未涉及具体人物。

第八例：第一一八回，贾宝玉犯疯癫病时与四妹贾惜春对话，脱口将他梦游太虚幻境时读到过的惜春判词念了出来："勘破三春景不长，缁衣顿改昔年妆。可怜绣户侯门女，独卧青灯古佛旁。"（此例内容是第二例的重复，《大辞典》未作解读）

以上八例，前七例均在前八十回，出自曹雪芹之手；第八例在第一一八回，是续作者重复第二例内容，可忽略不计。

2

"三春"一词的首次出现，是在小说第五回贾元春的判词中。它不仅是破解元春个人悲剧命运的关键之词，而且是破解贾府这个封建大家族迅速衰败的一把密钥。

话要从头说起。小说第五回写道：因东边宁国府会芳园内的梅花盛开，贾珍之妻尤氏备好了酒水果品，带了儿子贾蓉和儿媳秦可卿到西边荣国府来请贾母、邢夫人、王夫人等过去赏花。那天吃过早饭，贾母等一行人就去了东边宁国府会芳园游玩，王熙凤、贾宝玉等人以及众丫鬟们也都跟随了去。这是宁荣二府女眷家宴小集，先茶后酒，说说笑笑，人欢花艳，暗香浮动。吃过午饭，宝玉忽觉倦怠，要睡午觉。贾母命人好生哄着，歇一会儿再来。秦可卿便忙笑回贾母道："我们这里有给宝叔收拾下的屋子，老祖宗放心，只管交予我就是了。"于是，秦可卿将贾宝玉领进了自己卧室，亲手抱枕解帐，将宝玉安顿睡下。

贾宝玉睡在秦可卿床上朦胧入梦，在警幻仙子引领下飘然前去游历太虚幻境。他们来到一处名曰薄命司的去处，内藏十二金钗判词。贾宝玉先看了副册上的晴雯与袭人判词，又看了副册上的香菱判词。再看正册，第一篇是薛宝钗与林黛玉的合判词，第二篇就是贾元春的判词。元春的判词上面有一幅画，画着一张弓，弓上挂着香橼。"弓"与"功"同音，隐喻贾元春的曾祖宁国公、荣国公，为国征战立过大功；弓上挂着香橼，暗喻元春因祖上为国立有战功，才有"缘"被选入宫，当上了皇妃。元春的判词是一首七律：

> 二十年来辨是非，榴花开处照宫闱。
> 三春争及初春景，虎兔相逢大梦归。

"二十年来辨是非"：在外人看来，元春进宫做了皇妃，作为一名女子，这是她的无上荣光。但元春的亲身体会，宫内却是个"不得见人的去处"，她入宫后过得并不快乐，内心凄苦无处诉说。第十八回写元春省亲，她回到家中，隔着帘子对父亲贾政哭哭啼啼诉说道："田舍之家，虽齑盐布帛，终能聚天伦之乐；今虽富贵已极，骨肉各方，然终无意趣！"元妃经过二十年宫内生活，终于对入宫封为皇妃的"无上荣光"，与田舍之家"虽齑盐布帛，终能聚天伦之乐"之间，辨明了孰是孰非。

"榴花开处照宫闱"：意指元春被晋封为凤藻宫尚书、又加封为贤德妃，是在榴花盛开的季节。石榴花鲜红艳丽，但花期较晚，暮春盛开。这样的“表面风光”稍纵即逝，并不长久。

“三春争及初春景”：这一句，《大辞典》和其他许多红学文章都把“初春”解读为元春，而把“三春”解读为迎春、探春、惜春。意思是说迎、探、惜三姐妹都不如元春“荣耀显贵”，看似颇通，其实不通。元、迎、探、惜四姐妹是一个悲剧命运的共同体，“一荣俱荣，一损俱损”。“荣”与“损”的关键是元春，元春“荣”则四姐妹俱“荣”，元春“损”则四姐妹俱“损”。因此，不应该将她们四姐妹的命运分割开来、对立起来解读，尤其不应将元春的“荣耀显贵”与迎、探、惜的大家闺秀生活做如此的“贵贱”对比。

问：以上所引，对“三春”一词的误读究竟错在哪里？

答：笔者认为，“三春”一词不是指代人物，而是指代时间。

首先，元春判词的四句诗，都是从时间性上点明她一生悲剧历程的。第一句“二十年来辨是非”，讲的是她入宫以来的时间；第二句“榴花开处照宫闱”，讲的是她被晋封为贵妃的季节，也是讲时间；第三句“三春争及初春景”，讲的是她被封为贵妃后三年间的景遇变化，也是讲时间；第四句“虎兔相逢大梦归”，讲的是她去世在虎年和兔年相交之际，也是讲时间。因此，“三春争及初春景”的原意是说，元春被封为贵妃以来的三年中，第一年风光无限，随后因宫中政治斗争错综复杂，她的处境每况愈下，第三春已无法与第一春相比了！“三春”与“三夏”“三秋”一样，本义是一个时令词。“三春”指农历春季的三个月，“初春”是指春季第一个月。《辞海》对“三春”有两种解释：一说“三春”即农历春季三个月，二说“三春”即三年。

其次，笔者认定“三春”一词是指元春晋封为贵妃后的三年，更有《红楼梦》小说情节发展脉络为证。请读小说原文：

第十六回，写元春晋封为贵妃的消息传到贾府，喜从天降。贾府上下立即行动起来，为迎接元妃省亲做准备。没过几天，贾珍就派儿子贾蓉来向主持荣国府家政的贾琏报告说：“我父亲打发我来回叔叔：老爷们已经议定了，从东边一带，借着东府里花园起，转至北边，一共丈量准了，三里半大，可以盖造省亲别院了。已经传人画图样去了，明日就得。”贾府为迎接元春省亲兴建省亲别院，为什么要由贾珍派儿子贾蓉来向主持荣国府家政的贾琏报告？理由有二：

一是元妃省亲乃贾府宁、荣两房的共同荣耀，宁国府是长房，必须积极参与其事；二是建造省亲别院涉及“东府”（宁国府）地界。按封建时代“哥东弟西”的昭穆排序制，宁国府是贾府长房，在荣国府之东。而荣国府有贾赦、贾政兄弟俩，贾赦是荣国府长房，他从荣府隔出别院，在贾政居住的荣禧堂老宅之东、而在宁国府之西，等于夹在宁、荣两房住宅的中间。兴建省亲别院，需“借着东府里花园（即宁国府会芳园）起，转至北边”，这一带正是宁国府与贾赦居所相邻之处。因此，贾政叫上兄长贾赦一起，主动来到长房宁国府贾珍处，与贾珍共商为元妃建造省亲别院之事。宁国府的贾敬与贾赦、贾政是平辈，堂房兄弟。贾珍比贾赦、贾政小一辈，是他们的堂侄，他父亲贾敬虽然还在世，但他长年累月在道观中迷恋炼丹求仙，从不回家，家事全都交由儿子贾珍做主，所以贾政要和兄长贾赦一起过来同贾珍相商。三人商议毕，立刻由贾珍出面，派儿子贾蓉前去荣国府，向在贾政家里主持家政的贾琏（贾赦之子、贾政侄子）通报：兴建省亲别院之事“老爷们已经议定了”，命贾琏火速筹备动工。这是贾珍做出的一个姿态，表明他主动让出地面，以供荣府为元春建造省亲别院。以上所说，是元春晋封为贵妃第一年春天的事。

第十七回写道：“又不知历几何时（请注意这个时间间隔），这日贾珍等来回贾政：‘园内工程俱已告竣，大老爷（贾赦）瞧过了，只等老爷（贾政）瞧了，或有不妥处，再行改造，好题匾额对联的。’”于是，贾政领着负责监造工程的贾珍、贾琏等人，前往园中一处处踏看验收，并且乘机“试”宝玉之“才”，命他逐一景点当场拟题匾额与对联。小说中写到，当时稻香村土围墙内的几百枝杏花正开得如“吐火喷霞”一般，各色树木都在长出新条嫩叶。这表明，这次踏看验收和“试才题对额”已是第二年春天。贾政踏验后，又叮嘱了许多后期工程要进一步完善之处。小说接着又写道：王夫人等也在内房日日忙乱，直到十月将尽，幸皆全备：各处监管都交清账目；各处古董文玩，皆已陈设齐备；采办鸟雀的，自仙鹤、孔雀以及鹿、兔、鸡、鹅等类，悉已买全，交于园中各处像景饲养；贾蔷那边也演出二十出杂戏来；小尼姑、道姑也都学念会了几卷经咒。贾政方略心宽意畅，又请贾母等进园，色色斟酌，点缀妥当，再无一些遗漏不当之处了。于是，贾政择日奏报皇上，接待元妃回家省亲的条件已经具备。皇上见奏朱批：次年正月十五上元之日，恩准贾妃省亲。贾府接到这道圣旨，阖府上下，兴奋异常，更加昼夜不停地忙碌，“年也不曾好生过的”。以上写的是元春晋封为贵妃后第二年年末之事。这表明，建造大观园的工程进度快得惊人，是一项“急造工程”。

第十八回，写元妃于次年元宵节（即晋封为贵妃第三年的年初）省亲，这时表面上“风光无限”，实际上宫中政治斗争错综复杂，元妃的处境已大不如前。证据之一，她省亲回到家中，面对亲人的一次次哭诉。她见了母亲和祖母“满眼垂泪”，“一手搀贾母，一手搀王夫人，三个人满心里皆有许多话，只是俱说不出，只管呜咽对泣”。过了片刻，元妃安慰贾母、王夫人道：“当日既送我到那不得见人的去处，好容易今日回家娘儿们一会儿，不说说笑笑，反倒哭起来。一会儿子我去了，又不知多早晚才来!”说到这句，不禁又哽咽起来。元春这里所说的宫里是个“不得见人的去处”，这句话颇值得玩味。她所说“不得见人”的这个“人”，是不是指皇上？如是，说明她已被皇上冷落。接着，她父亲贾政前来拜见娘娘（元妃），元春坐在车内隔着帘子对父亲哭诉道，田舍之家虽齑盐布帛却能聚天伦之乐，进宫虽封为贵妃却“然终无意趣”！她为何如此苦恼？最大的可能是她已经感觉到自己开始失宠，这才是“三春争及初春景”的真正答案。证据之二，秦可卿临终前托梦给王熙凤道：“不日又有一件非常喜事，真是烈火烹油、鲜花着锦之盛。要知道，也不过是瞬息的繁华，一时的欢乐，万万不可忘了那‘盛筵必散’的俗语。”秦可卿说的这件“非常喜事”，指的就是元妃省亲，但她对此事的“定位”是“一时的欢乐”，“盛筵必散”。末了，秦可卿赠言王熙凤道：“三春去后诸芳尽，各自须寻各自门。”秦可卿提醒王熙凤：元春封为贵妃这“瞬息的繁华”只有三年。三年一过，元春必将失宠，带来的恶果便是“诸芳”尽摧，迎春、探春、惜春等人便要“各自须寻各自门”了。秦可卿向王熙凤托梦之语，点明了元、迎、探、惜“一损俱损”的因果关系。

元春判词的最后一句是“虎兔相逢大梦归”，是说元春最终死于虎年与兔年相交之际，属于非正常死亡，原因不详。这一句，有的《红楼梦》本子印的是“虎兕相逢大梦归”，“兕”读音“丝”，古代指雌性犀牛。“虎兔”说的是生肖、年份。在天干地支纪年法中，虎年与兔年相连。“虎兕”是两种动物，与元妃去世时间毫无关联，“兕”字显然是小说传抄过程中由“兔”字演化成的错讹，或是抄书人将“兔”字抄错，或是因书籍破损，“兔”字难以辨认而误断为“兕”。小说第九十五回写得明明白白：“甲寅年（虎年）十二月立春，元妃薨日是十二月十九日，已交卯年（兔年）寅月，存年四十三。”这是《红楼梦》续作者对“虎兔相逢大梦归”最清晰的注解，比其他各种“考证”均可靠。元妃一死，贾府这个封建大家族的支柱瞬间垮塌，家境一落千丈，迅速走向衰败。

前面列举的第七例，是薛宝琴所作的一首《西江月·咏柳絮》：“汉苑零星有限，隋堤点缀无穷。三春事业付东风，明月梅花一梦。几处落红庭院，谁家香雪帘栊？江南江北一般同，偏是离人恨重。”《大辞典》解读曰：“这首词描绘了一幅东风送走三春，到处落花飘零，江南江北一派晚春景象的暮春残景图。其格调悲怆苍凉，其中当寄托了宝琴对封建大家族夕阳残照、落红遍野的衰败的深深惋惜与惆怅之情。”这样解读，只是在讲季节变迁与风景变化触发了宝琴对封建大家族败落的伤感，似乎与元春的不幸遭际无关。这就给人以隔靴搔痒之感。其实，这首词中的“三春事业付东风”一句，恰恰同元春暴亡导致贾府迅速败落直接有关。词的上阕提到“汉苑”“隋堤”，均隐喻皇宫，紧接着就说“三春事业付东风”，以此暗指元妃被封为贵妃后三年不幸暴亡，导致贾府迅速走向衰落，给贾府中各色人物命运造成了致命性的巨大冲击，不是表达得一清二楚了吗？

（原载《解放军文艺》2017年第10期）

人的城

◎邱华栋

活体的城市

比人的个体生命长久的东西很多，比如大江大河，大山和森林，还有海洋。而关于这些长久存在物的历史，最好是有相关的传记以供人们阅读，人类才会有一种奇怪的敬畏心的满足。恰好，专门有这一类的传记书，为比人的个体生命长久的存在物作传。我曾专门收集阅读过一些大江大河的传记，比如，路德维希的名著《尼罗河传》，意大利作家克劳迪奥·马格里斯的《多瑙河传》，我还读过中国学者王嵘的《塔里木河传》以及陈梧桐、陈名杰所著的《黄河传》，等等，这些为江河作的传记，都将河流看作是一个生命体，将江河这一生命体的文化记忆和时间痕迹联系起来进行书写，在书写过程中，结合了地理学、人类学、地域文化学和民族宗教等多种内容和因素，成就了江河的传记。因为，江河是人类赖以生存的基础——水——的载体，江河的传记就是人类认识这一母体的记忆。

而为一座城市作传，也有一些相关的书，小说比较多。从文学史上来考察，与一座城市死磕的作家，比如詹姆斯·乔伊斯和都柏林，保罗·奥斯特和纽约，安德烈·别雷和彼得堡，张爱玲、王安忆和上海，以及老舍和北京等，都是和一座城市死磕，写的小说都和一座城市有关，这些大城市又都是世界上最为伟大的城市，因此，能够书写一座城市的独特时间段的记忆，将一个作家的个体生命和一座城市联系起来，也是作家能够不朽的方法之一。

但除了小说，我还在寻找关于一座城市的传记。这方面我曾收集过一些，都不很满意，包括澳大利亚当红作家彼得·凯里写的《悉尼》，就比较小巧和简单。因此，当我拿到译林出版社2016年刚刚推出的大厚本的《伦敦传》，仔细读后，实在是十分的兴奋。

给一座著名的城市作传？没错，《伦敦传》就是一部城市的传记，而且，是伦敦的活体记忆。这本书的作者彼得·阿克罗伊德是土生土长的伦敦人，他1949年出生在这座城市的东阿克顿区。这人除了写了《伦敦传》这本城市传记之外，此前主要是给人写传记的。他出版过《莎士比亚传》《牛顿传》《狄更斯传》等传记，一共出版有五十多部著作，获得了不少传记奖和非虚构文学奖。这部《伦敦传》翻译成中文有八十多万字，厚厚的一大本，精装，看上去让人有些望而生畏。但是不，依照我的经验，有时候看上去很厚的书，其实更加具有亲和力和吸引力。果不其然，我是去过两次伦敦的，知道个大概，但对伦敦并不熟悉，我知道有不少华人熟悉伦敦，这一世界十大名城之一。在我心目中，世界十大名城，我早就排列过，目前大致是伦敦、巴黎、纽约、北京、东京、莫斯科、罗马、柏林、上海、墨西哥城。当然马德里、彼得堡、迪拜、开罗、新德里、加尔各答、香港和首尔也不错。每个人应该有自己心目中的世界十大城市。伦敦，这座城市你怎么数，都是落不下的世界十大城市之一。那么，一个给人作传记的作家，如何给一座生养他的伟大城市作传呢？我想，阿克罗伊德给了我一个最好的答案。

在他的笔下，我看到了一座活体城市。也就是说，伦敦绝对不是一座冷漠的钢筋水泥玻璃幕墙和下水道、大桥、教堂、皇宫城市，伦敦在他笔下，是活体的生命。这就是这部城市传记最大的特点，也是吸引我读下去的原因。八十多万字的篇幅，一共分为了七十九章，分成了三十一个部分，有的部分有一章，有的有两三章。这是全书的结构，这七十九章，每一章在一万字左右，读起来的感觉刚好是一天一章，不累，这一点很重要。因为阅读需要呼吸，需要消化，需要停顿，需要静思。像《伦敦传》这样厚重的书，与时间的长时段相联系的书，在书写和阅读过程中，最好是有一个呼吸的节奏，对于读者的阅读，是很重要的。好在这本书有这样的阅读节奏。

本书开篇第一部分标题是“史前至1066年”，这一部分又分为三章：《海!》《石头》《圣哉！圣哉！圣哉!》，乍一看这几个题目，我觉得实在是一部史诗的标题呢。实际上，我读这本伦敦传记，的确像是在阅读一本波澜壮阔的关于一座伟大城市的史诗。好了，只需要简单列举这本书的章节名称，你就知道阿克罗伊德是多么擅长写传记，不管是人的还是城市的，他很会吸引人的眼球，很会抓住伦敦这座城市的要害，时间节点，重大历史事件，小人物，建筑和建筑后面的人，生命在这座城市的感觉，这些东西林林总总加在一起，就是一部伟大城市的活体历史：

> 大章节题目：《伦敦的反差》《贸易街与贸易区》《伦敦社区》《伦敦大剧院》《瘟疫与火灾》《大火之后》《罪与罚》《贪婪的伦敦》《伦敦自然史》《夜与日》《暴力伦敦》《黑魔法与白魔法》《地下》《妇女与儿童》《城东与城南》《帝国中心》《闪电战》《再造城市》《伦敦预言家》
>
> 小章节题目：《喧嚣与永恒》《沉默是金》《黑暗与拥挤》《泰晤士街的芝士哪里去了?》《表演！表演！表演！表演！表演!》《时间的落款》《愿你得瘟疫》《自杀简札》《悔罪史》《无赖画廊》《一堂烹饪课》《一股臭味》《给女士买朵花吧》《要有光》《围起来！围起来!》《我遇见一个不在的人》《地下世界》《城中野人》《女权主张》《你有时间吗?》（角落里的树》《发臭的一堆》《郊区之梦》《战争的消息》《设计之外的命运》《虚幻的城市》《我将再起》……

这些大章节和小章节名，就是我们进入到这座城市的历史记忆的路标、街牌名和巷道的标志，就是引领我们进去的提示语和指路明灯。而这些章节名，实在不像那些建筑学家写的看上去乏味枯燥的城市建筑史，也不像是民俗学家历史学家写的关于一座城市的历史沿革、分布的学术书写，而是一种文学的表达，文学的书写，我将阿克罗伊德的这种写法称为是新百科全书式的写法，或者是全息写作，打通了文史哲的写作，最重要的，是一种带有深刻生命经验的写作，正是这一点，使他笔下的伦敦活了起来，是一具庞大的、历史长久的生命体，这一座城市那么的亲切、生动、丰富和复杂，人在城市的肚腹里就像是她体内的器官和小细菌，与城市共生在一起，生生死死的是人，不死的是城市的生长。

阅读这样的城市传记，我们会体会到人的生命与一座城市相联系，是一件多么好的事情，因为你将为此成为城市的一部分，并被城市所记忆。

城市的灵魂

一晃我在北京就生活了二十多年了。简直像做梦一样。我也亲眼看见了这座帝都的变化，而这样的变化，很多都化作了文学作品，被以各种方式留存在我的那些文字中。

不光如此，这些年，我还收集了关于北京这座城市的很多历史材料，建筑资料，规划设计，作家随笔，等等。我总觉得，一个作家必须要保持和一座城市的紧密关系。假如能写出一座伟大城市的历史和当下的变化，都凝聚在一本书中，该是多么伟大的事情。但是，这样的一本书，还一直在我的创作计划中，在不断地计划着，丰富着，也不知道什么时候能写出来。

一个朋友说，北京，现在早就不是那个老北京了，连魂都没有了。自从拆掉了北京城的老城墙那天起，旧城及其灵魂，就渐渐不复存在了。

我常常在夜晚开车经过那些变化巨大的城区，去寻找昔日的记忆。的确，今天，在北京老城墙矗立的地方，只剩下了几座城门楼和角楼。完整保存的明清时代的历史遗迹，主要分布在中轴线上，比如天坛祈年殿，比如故宫、景山、北海、钟鼓楼，再有一些零散的遗迹，这座城市的旧物，已越来越少了。

十多年前，有一则报道吸引了我，说的是一个日本人，叫岩本公夫，他在当时正在拆迁扩建的平安大街边的胡同中，收集了很多旧式门墩，并把它们一个个地用自行车运到北京语言文化大学的校园里，集中放到一片空地上，以期有博物馆会收藏它们。门墩蕴含着很丰富的老北京的信息，我当时看到电视上那个日本人在滔滔不绝地讲着这些石头门墩的分类，它们上面雕塑的含义，它们的象征性符号，十分感动。一个日本人对北京旧城的物证如此有研究，叫我吃了一惊。

早年对平安大街的扩建，不少文物专家是反对的，因为那是一条文物街，大到段祺瑞执政府，小到极精致的保存完好的四合院，以及京杭大运河的起点（一座石桥），都在那浓密的国槐掩映下的。但城市的发展要使它的中部再来一条宽阔的交通干线，现实的需要必须要早日修好这条路。还有专家说即使修好了，因为这条路上过多的红绿灯，也会使它变成一个长长的停车场。但是平安大街仍旧修了，而且进展迅速，据说改变了明清时代就有的古旧管线，而且沿街将全按明清时代的灰色主色调来建筑，并且绕开了主要的历史文物。

我有一年采访，去过很多北京的名人故居，发现除了少数如鲁迅、郭沫若、宋庆龄、梅兰芳故居保存修缮良好外，老舍、茅盾、李大钊、文天祥等很多历史文化名人的故居破旧不堪。宣武门外菜市口一带，我去探询清末时代的历史风云人物“戊戌六君子”及康有为公车上书的所在地，那里正在修建通向南二环的一条大街，整个菜市口一带将兴建五十余万平方米的欧陆式风格的，集金融、商务、商住、办公用的中融广场。这一地带的传统回族人寄居地牛街，也在进行着大规模的拆迁改造。

的确，北京这座城市，从旧城的各个角落，四面八方，到处都是工地，是拆迁，是拓宽马路。老北京正在迅速消失，而一座叫作国际化大都市的北京正在崛起。看来这个趋势已是不可阻挡的了。而且，似乎更年轻的北京人，这座城市的未来，他们也许喜欢这样的变化。

那么，旧城的灵魂呢？它在空气污染严重的北京消失了吗？它在玻璃幕墙大楼后苟延残喘吗？或者，它还在一些保存了大屋顶的建筑上，像西客站、交通部大楼、海关大厦和新东安市场上寄居？灵魂是看不见的，一座古老城市的灵魂也是这样，在一环又一环，规划至七环的北京，旧城的灵魂，我们很难一下子看见它了。

但它是存在的，主要是存在于这座城市的气韵中。这是一座都城，有几千年的历史，纵使那些建筑都颓败了，消失了，但一种无形的东西仍旧存在着。比如那些门墩，比如一些四合院，比如几千棵百年以上的古树，比如从天坛到钟鼓楼的中轴线上的旧皇宫及祈天赐福之地，比如颐和园的皇家园林和圆明园的残石败碑。我无法描述出这种东西，这种可以称之为北京的气质与性格的东西。但它是存在的，那就是它的积淀与风格，它的胸怀，它的沉稳与庄严，它的保守和自大，它的开阔与颓败中的新生。

我常常想，为什么大地上会有城市？为什么城市会成为大部分人类的家园和居所？城市，这一人类物质文明和精神文明的聚集地，它的功能是什么？

我想在不同的历史时期里，它的功能也是不一样的。城市一开始是诞生在农业社会。在农业社会更早期的原始社会，以狩猎为生的人是流动的，他们不建造城市。农业社会让人群稳定在农田土地边上，于是渐渐地，城市出现了。它的功能是各种农业产品的物资交流地。从军事上讲，城市是封闭性的，保守的，防御性的，城市都有城墙和堡垒。政治上是一地区的行政中心，政权组织从城市向外发号施令，而传令兵星夜兼程，将统治者的命令由城市迅速地传到各个边区。这一阶段的城市是初级的，它就像是一个大集市，主要由四面八方来的人建立的店铺、饭店、娱乐场所构成，白天喧闹，夜晚沉寂，人们在这里主要进行生活必需的粮食、布匹、用具的交易。

很快，人类进入了工业社会，是由英国发明了蒸汽机而率先进入的。工业时代的来临使人们的劳动生产率提高了，因而各种工业制成品便大量出现，人们的生产与交易渐渐由农产品变成了工业制成品，而且，由于工业化生产，使得农业社会的人口迅速集聚，城市化加快了，规模也扩大了，当时英国的很多城市就是这样形成的。城市取代了农田和山林，成了物质与文化财富的主要创造地。这一时期的城市功能就是工业品制造地与消费地。

这时候城市的景观，已没有了小国寡民的宁静，城市开始有了规划，有了行政中心区、工业区、居住区和商业区，其间由四通八达的道路连接。各种城市病、交通、能源、犯罪、环境问题开始出现。随后人类社会进入了后工业社会，也叫后现代社会。时间大约是二战以后。从20世纪60年代开始，第三产业部各种服务业成了城市物质生产的主办，替代了工业品的生产，变成了创造财富的主要手段，而工业品的生产退居次要地位，大批工厂外迁至郊区，甚至就地转为服务业和商业部门。这一时期城市的功能是商业贸易服务中心地。

这一时期，城市在郊区化，城市中心变成了商业、金融、商务、行政中心区，居民大都搬到市郊居住区去。居住质量与环境受到了空前重视。

北京一直处于这样转变中，一方面，它的传统制造业在衰落中转化提升；另一方面，它的第三产业在全市的国内生产总值中，近年已达百分之七十以上，而且仍以每年两个百分点的速度增加着。四环内的三百二十五平方公里的城市中心区，工业用地由五十五平方公里已变为了二十平方公里，大批土地用于商业、金融、服务和房地产开发。而且，北京在四环和五环之间设计了九个大型居住社区，各个郊区郊县以卫星城镇的形式，目前，北京已经承纳了两千四百万人居住，早就不堪重负了。

而同时，北京作为都城，与欧美一些发达国家的城市一起在进入信息社会，可以称之为第四产业的信息产业与高科技产业异军突起，它的产值将超过贸易与服务业为主的第三产业，成为城市中新的财富生产方式，知识成为经济生产的重要因素。在美国，最新最快崛起的亿万富豪，不再是钢铁汽车和石油大亨，不再是房地产、饮料和商业大亨，而是电脑高科技大亨。这一时期，城市的功能是电子信息产业的大发展。这一时期，中心城市将会社区化，因为电脑和电视系统的发达，商业、居住、大学、金融、行政、贸易各区将进一步电子化、虚拟化，这是城市又一次功能的转变。这种转变，也将在21世纪，全面改变中国主要城市的面貌。所以，我对北京变成了一个庞然大物，在大地上旋转的城市而深感焦虑、震惊和很复杂的期待。

城市天际线

城市天际线是一座城市的轮廓线。每一座城市都有自己的天际线。城市天际线是人造建筑物的轮廓线。

我特别喜欢开着汽车在北京市区的道路上疾驰，尤其是在北京的几条环线快速路和主干道上疾驰，让眼前的建筑物飞一样掠向身后。当然，我不那么傻，不在交通高峰时期这么干，我总是在车不多的时候开车观察和印象北京的城市轮廓，还有天际线的变化。那些新老建筑物在我的眼前便断断续续地形成了一些高低起伏的线条，以及一些块状的结构，这些建筑物的线条，就是北京的城市天际线。

观察天际线不能站得太高。我有一次在上海浦东那座二百多米高的东方明珠电视塔的观光台上，看到了整个市区，看到了这座城市正在密集地、迅速地长高，但城市却是平面的。因为，你所处的位置太高了。所以，观察一座城市的天际线，还不能站得太高，比建筑物高，你就很难看出一座城市的天际线。

北京的城市天际线是中间低，四周高，整座城市依次形成了以二环、三环、四环、五环为环线，以天安门广场为中心原点的“城市大盆地”。

长安街也是，从天安门广场为原点出发，两侧分别向东西方向延伸，建筑物由三十米限高，渐渐到四十五米……六十米，二环边上一般可达一百米，到三环的公主坟立交桥和国贸立交桥，建筑物便达到二百米高了。长安街上的建筑所形成的天际线，是逐渐向东西升高的，形成了一种渐渐升高的起伏之美。当然，也有个别例外，比如应该限高四十五米的地方，像北京饭店东楼，却有十八层，七十米高。因此，向东一侧的长安街的东方广场东楼、恒基中心写字楼、国际饭店则分别是七十米、一百一十米和一百米，做了相应的抬高。这些建筑所达到的高度，都是让一些建筑学家所激烈批评的地方，认为它们都太高了，改变了北京城的天际线。

但是试想，如果这些建筑都是四五十米高的又矮又胖的大胖子，那种美学效果会好吗？我看也不会。在离天安门达两公里以上的地方，建八十米以上的建筑，基本不会破坏以天安门为中心的城市天际线。目前，在三环沿线的建筑设计中，超过一百米的建筑便比比皆是了。尤其是东三环和北三环，分布着北京最高的一批建筑。但由于这些写字楼大都分布在节点上，也就是三环各个立交桥的旁边，还没有形成非常整齐和错落有致的线条。由于北京城区面积大，四四方方，即使是高达二百米、六十层的摩天大楼，也没有给人以压迫感，视线开阔、宽敞是北京市区建筑给人的美好视觉印象。

但是，很多人对北京迅速长高的城市天际线感到不美。那么，北京城市的天际线什么时候最美呢？我曾和一位德国汉学家一起进餐聊天，他是20世纪50年代就在原东德驻中国大使馆工作过的，他认为，50年代的北京最美。“天很蓝，人非常纯朴，有一次，我在东单一条胡同吃饭，饭馆漏找我两毛钱，过了三个月，我再去吃饭，那个老板还记得，就又找给我了。关键是，北京的城市天际线，城内都是灰色的四合院，一眼看上去，特别平缓美丽。当时，北京还没有那么多的高楼，以及工厂的大烟囱，所以，站在景山上向四周看，全是灰瓦的胡同民居，西山的轮廓也非常清楚，非常美丽，50年代的北京最美丽！”我碰到的这个怀旧派，是一个原东德籍的德国人，他的怀旧，有很好的代表性。

也许一些外国人更愿意看到一个完全不同于芝加哥、东京和纽约的老北京。我不能说他们的这种审美诉求是不合理的，但毫无疑问，是一厢情愿的。他们自己生活在极其现代化的世界大都市，而在短期的旅游访问中，却希望北京还是一座极其古朴、有异国情调的东方落后的古都，最好全部是古城墙、人力车，人们依旧穿长袍马褂，不要有大型购物中心，不要有世界名牌奢侈品，不要有玻璃幕墙写字楼和高速公路。这是一种十分古怪的心态。

北京的天际线注定会越来越高了。北京更像一座新都会，在向四周扩展不断，她正在“现代化”，这种现代化是不可避免的，是有得有失的，但是，她的城市天际线也会越来越蜿蜒起伏，如同音符乐谱一样流动不居。

观察北京的天际线，在环路上奔驰是一个法子，在高楼顶端瞭望也是一个办法，此外，站在景山顶端的亭子间里四下看看，绝对是一个好选择。那个时候，北京作为三百六十度扩展的环行城市，会波澜壮阔地展现在你的面前。

虚拟的城市

建筑学家张钦楠先生介绍过美国麻省理工学院建筑与规划学院院士米切尔教授所写的一本新书《比特的城市》，书中全面描绘了未来社会，尤其是即将全面到来的信息化社会的人类城市生活的场景。他的这种场景描述仿佛是虚拟的，犹如电脑空间一样，但它也许真的正在悄悄地逼近我们的生活。

米切尔是一个擅长从信息、电脑网络技术的发展来进行建筑、人与城市发展方向的建筑学家。他认为，全球信息网络的建立，开拓了一个不同于以往的实在与具体空间的电脑空间。这个空间他称之为“电脑控空间”，而在这一空间中漫游的人，则叫“cyborg”，张钦楠译为“稀宝”，而这个电脑控空间，则可称为“稀宝空间”了。

米切尔描述的这个电脑控空间的出现，将使人类的时空概念发生变化。在他的描述下，未来城市人将浑身布满电子网线，衣服中也缝有电脑，每个人的电脑中都可以与地球人造卫星直接联系，这种城市人的肌肉可以发出各种信号，他的这些信号又可以传送出去，比如他可以在千里之外操纵机器人工作，可以坐在家中指挥电脑收发电子邮件、参加未曾谋面的跨洋国际会议、调阅全球开放的各国家主要图书馆的资料、在银行存款取款，点看各个年代创作的电影，等等。一旦出门，汽车也将是全电脑控制的，它自动指挥主人绕过交通堵塞的路口，沿途还可以进行导游等。这种电脑控空间的人的生活将全息化，他的一举一动可以被电脑完全地协调好，人体与思想进一步解放了。每一个人都有电子信箱代码，人们通过这种代码在任何情况下都可以和你联系，无论你在旅行中还是在睡觉，家庭又重新成为类似农业社会中的那样集生产、生活、学习、娱乐于一体的综合空间，人们无论办公、上课、看书、购物，都是在电脑的虚拟空间中完成的。

在这种情况下，城市的建筑空间也会发生变化。比如一座图书馆，它馆藏的几百万册图书，用一套电脑装置一年内可以扫描几万册图书，因而虚拟图书馆就可以代替实体的图书馆。在城市中，一种没有固定场所的虚拟空间出现了，城市的这种因电脑互联网络连接的空间中可以出现很多虚拟商场、银行、餐厅、图书馆、展览馆、大学、商务中心等，它的出口就是电脑显示屏上的视窗，人们在这个虚拟的空间中自由出入，即可完成各种工作活动与交易活动。在这样虚拟空间的形成下，相对于已有的实体城市，也会出现一个虚拟的城市。“这个虚拟的城市全部是电脑空间中的，比如交通网络被电子通信网络所替代，交通法规变为软件使用规范，公共场所变为非物质、非共时的电子虚拟广场。”

在这个虚拟的城市中，以往像摩天大楼之类的城市标志性建筑将不复存在，而会出现一些虚拟性标志。“甚至监狱也可以虚拟，犯人在家中坐牢，身上插入一个信号器，每走出虚拟牢房的范围之外，身上的信号系统就会发出警报同时会打上一支麻醉针，从而让你动弹不得。”在未来的社会中，人、建筑空间与城市者可以另有一个虚拟的系统，它与实体存在的人、建筑与城空同时存在，人们除了在实体城市中生活以外，也在这种虚拟的城市中生活。而实体空间为了配合这种虚拟的空间，也要做很大的修正。比如在居民小区中，每个小区都有与全球通信系统相连的网络，而小区内则布满了各种电子插座开关、遥控器等，用于人在虚拟空间中漫游。

虚拟的城市是正在到来的城市图景。米切尔这本书按张钦楠先生的话说像一本科幻小说，但毫无疑问，这种虚拟城市正在迅速地出现，来到我们的生活中，或者是我们即将生活于其中。

（原载《美文》2017年第5期）

念去去，千里烟波

——《查令十字街84号》与玛赫时光

◎周立民

1

这个天，说变脸就变脸，又下起雨了。

中午去吃汽蒸海鲜，旁边一对男女，老大不小了，说的话黏黏腻腻，像是幼儿园刚毕业。或许，我早已经过了欣赏兑了水的清纯的年龄，总觉得这是海鲜没煮熟就进了口。回来睡了一觉，雨还在下。上午，合上书时，曾经想过，厮混在老旧的时光里，雨天可能更适合，想不到场景这么便宜就来了。

> 我在《星期六文学评论》上看到你们刊登的广告，上头说你们专营绝版书。另一个字眼“古书商”总是令我望之却步，因为我老是认为：既然古，一定也很贵吧。而我只不过是一名对书籍有着古老胃口的穷作家罢了。在我住的地方，总买不到我想读的书，不是索价奇昂的珍本，就是巴诺书店里头那些被小鬼们涂得乱七八糟的邋遢书。

1949年10月5日，从纽约东九十五大街14号寄出的信，是这样的。信寄往伦敦查令十字街84号马克斯与科恩书店，剩下的故事人们早已经耳熟能详了吧？从此，海莲·汉芙小姐（绝不是女士，她自己强烈要求）与这家书店有了二十年的来往，与书店的弗兰克先生更是结为知己。她开出的书单，他倾尽全力为她找书，书信中显示，这是个超级书商，他懂书，更懂得这位顾客的需求。他的同事、家人、邻居都成了她未曾见过面的朋友，在物资短缺的20世纪50年代初，并不富裕的她却给书店的店员们寄来火腿、丝袜，各种伦敦的稀缺物品，让他们在圣诞节里有着温暖的回味……这是被称为“爱书人的圣经”的

《查令十字街84号》（海莲·汉芙著，陈建铭译，译林出版社2016年4月珍藏版）所讲述的故事。

并不是新书，大约今年春天什么时候吧，我去的几家书店居然都在显赫位置摆出它的新印本，这和孙机的书成了畅销书一样让我大为不解，老旧时光和老旧故事成了时代先锋？请教了几个人才明白，一个什么电影里出现了这书，还是根据这个书才怎么的，所以它出柜了、上位了。唉，我这等老土。以前，很久都不看一场电影，近几年因为住处附近有几家电影院，我有时候会拿电影打发夜晚的百无聊赖。那些高大上的艺术片，非我所选；那些人们像老情人一样挂在嘴边的明星，我不认得。什么导演什么流派风格，我木然（一个大众消费品，拿到大学课堂里讲风格，哼哼）。我看的都是粗俗不堪的砰砰咣咣的枪战片，吃一桶爆米花，过一阵瘾，不负任何法律责任，拍拍屁股走人。爽！好几回女儿都吓得提前退场，惹得我头发不短的老婆为“少儿不宜”屡屡抗议。其实，让孩子直面一下现实有什么不好呢？现实，绝对不会是某些好莱坞大片那样温情脉脉。

对了，《查令十字街84号》，1987年也拍成过电影，台湾的译名为“迷阵血影”，简直天才爆表，不知哪跟哪儿。不过，细想一下，现在怎么会是“我现在蜷瘫在安乐椅里，聆听着收音机传出恬淡闲适的古典音乐”（1959年9月2日信，第101页）的时代？海莲说：“《垂钓者言》里的木刻版画太棒了，光这些插图的价值就十倍于书价。我们活在一个诡异的世界——这么漂亮，又能终生厮守的书，只需花相当于看电影的代价就能拥有；上医院做一副牙套却要五十倍于此。”（1952年5月11日信，第69页）她不能理解这个世界的诡异，而这个世界也不会理解她的奇异。（至今很多人还在解读她与弗兰克之间的“恋情”，就让我觉得人们的想象力庸俗不堪，就凭后者妻子的那封信？）幸好，她没有活到今天，否则都是那些粗俗不堪的平装书还不让她恶心死？今天，没有人愿意收她的信，也不再有人给她回信，她还不得忧郁症？此时，我认为《迷阵血影》倒是一个贴切的名字，一个有着古典头脑和生活方式的人，游走在当今街头，岂不正是跌进迷阵血影？

2

海莲·汉芙的世界注定要烟消云散。

译者在此书的注释中，交代了书店的命运：

马克斯与科恩书店起初在老孔普顿街（Old Compton street）开业，先后曾移往查令十字街108、106号；1930年迁至查令十字街84号。马克斯与科恩书店除了经营一般古旧书籍外，其对狄更斯相关书籍收罗丰沛，当时无其他书店能及。1977年，该书店因主事者陆续亡故而歇业。其店面一度由柯芬园唱片行承接。现在，店门口外还镶着一面铜铸圆牌，上面镌着："查令十字街84号，因海莲·汉芙的书而举世闻名的马克斯与科恩书店原址。"（第131页）

海莲长久以来就渴望踏上这片土地，然而在弗兰克生前，她一直未能实现这个心愿。1961年，她曾写道："弗兰克，这个世界上了解我的人只剩你一个了。"八年后（1969年），她给朋友写信说："卖这些书给我的那个好心人已在几个月前去世了，书店老板马克斯先生也已经不在人间。但是，书店还在那儿，你们若恰好路经查令十字街84号，请代我献上一个吻，我亏欠她良多……"（第123页）又过八年，书店也不在了。

这是个忧伤的故事吗？不知道，因为今天的人们哪里有耐心倾听你诉说忧伤。时不时，有朋友发来在查令十字街84号拍的照片，不是傻呵呵在笑，就是志满意得的样子。现代世界因为开放，人类的活动空间和眼界突然变得无比辽阔，辽阔得再也让我们无法细心打量一棵小草一朵小花了，放眼望去，都是不见具象的一片迷茫。在上海这样的城市里，东头顾不到西头，每天消失的、到来的、预约的人、事、店又何其多，多到我们终于麻木，我们看到每一张面孔都是即逝的来不及记住的瞬间。

一个小书店的消失，在浩如大海的城市中又算得了什么呢？就像这两天，朋友圈里传了很多巨鹿路677号玛赫咖啡馆关门的消息。

很多人在追忆那些逝去的时光，好几位新闻界的朋友说：我在那里采访过多少人啊。我的本能反应是，既然一切终将逝去，早早晚晚都不过如此。后来，看到很多人传来的各种照片，又觉得时间宰杀的不仅是这个名字、桌椅、咖啡，还有我生命中的六年时光。这六年，我在这里约过多少人？夸张的时候，同时几拨儿人相聚于此。大多是为了谈公事，因为办公室实在容纳不下一个外人，而这里恰好又在单位大门口，人人都找得到，方便。想到这一节，我不觉得忧伤，而是悲哀，我多少时光浪费在这里啊。我喜欢跟三五知己漫无目的地倾心而谈，不喜欢煞有介事地谈公事。那些乱七八糟的交给国之栋梁好了，盛世伟业中多我一分少我一分又能怎样？所以，我从来都不绕弯子，不喜欢啰里啰唆，甚至觉得电话里、邮件里能够解决的，就不要当面谈。然而，上海，上海，是绝对让人闲不下来的节奏，于是，人来人往，出入玛赫，我们个个衣冠楚楚或者沐猴而冠，自我感觉无比良好，俨然社会要角，全然不觉连只蚂蚁都不是。

这么说好像是迁怒于玛赫，可是谁都清楚，玛赫在与不在，生命中的那些琐事儿都在。

3

有人曾经兴奋地、激动地跟我说：我在玛赫咖啡遇到金宇澄啦（好像后来都叫“爷叔”啦，我不是上海人，还是规矩地叫金老师）！我经常用很配合的表情说：是吗？脑子里出现的画面却是：金老师很霸气地推开门，穿过店堂去后院上班。遇到熟人，会停五秒，很迷人地笑一笑。记不得他戴没戴墨镜了。按照李安的场景要求，大约最好戴一个。

见那少女还沉浸在金爷回眸一笑的甜蜜幸福中，我奚落她：要是你早生六十年，在这里还会遇到……

她迫不及待地问：遇到谁，谁？

我笑了：姚文元。

姚文元是谁？

我彻底无语。只好换个说：好吧，你遇到的不是王安忆，而是王安忆的妈妈。

遇见，是咖啡馆说不完的桃红色主题，其实是人的自我迷幻。

我在这里遇见过谁呢？大多想不起来了，原因是前面说的麻木。

只记得，咖啡馆的老板经常把一些莫名其妙的人引到我面前，我也不得不成为对方莫名其妙的人，我们就这么莫名其妙地讲着莫名其妙的话。那一刻，总觉人生的荒诞时光的确太多了，只是卡夫卡不多。

但是，有一个人却是老板介绍给我的，那就是董岚。当时我们正在招志愿者，而她恰恰在另外一个故居做事，我便成功地策反了她，又鼓励她做一个读书会。这个叫“博悦”的读书会最初就在玛赫咖啡馆活动起来了。他们用一年的时间，按照陈思和老师《现当代文学十五讲》提供的线索，把里面的十几部书都读了，让陈老师都很惊讶。接着又确定了很多阅读专题，单单巴金的，就读过《随想录》《寒夜》《憩园》等。我偶尔也参加他们的活动，结识很多来自各行各业的朋友们，大家在一起，东南西北聊得也算愉快。有一年，沈从文的儿子沈龙朱先生莅沪，已经很晚了，我邀请他来跟读书会的朋友见面，他兴致勃勃地讲了不少父亲的事情。他也很惊讶居然有一群人，不是为了做论文而认认真真地在读沈先生的书。

有一段时间，在作协领导的鼓励下，我还在这里搞过文学下午茶的活动，记得请过丰一吟、陈丹燕等老师。丰老太太已经八十多岁了，居然用手机，嗓门洪亮，为人爽快，与读者的互动也不亦乐乎。这个下午茶让不少读者念想，不时来问下一次是什么时候，后来我瞎忙，加上革命也不是喝茶吃饭，就不了了之了。

还有一件事情，说不定哪一年会被急于自我经典化的人写进文学史。有一年的年末（去问张燕玲老师具体时间吧，反正是从前，once upon a time），在张燕玲老师、李敬泽的支持下，上海作协搞了个青年批评家论坛。轰隆隆，来了一批青年才俊，黄浦江都要起波澜了。记得杨庆祥同志新婚第二天一大早就迫不及待地赶来了，大家还为他准备了蛋糕。玛赫咖啡不是会间的休息地，而是某场讨论的讨论地，在这么乱糟糟的环境里，七扭八歪地开如此庄严的会，有点17、18世纪的巴黎味道？那次会中有个专场，是讨论梁鸿《中国在梁庄》的，那时候梁鸿还不是梁大师，身边没有那么多胡乱恭维她的人；“非虚构”好像还是个带泥的红薯，而不是炙手可热的烤人参，大家也就噼里啪啦地折磨梁鸿或是毫不吝惜地满足她的虚荣心。这是梁鸿的首个研讨吗？我不知道，你们还是去问具有远见卓识的张燕玲吧。反正，“非虚构”大行其道之后，我又觉得这一切都纯属虚构。

玛赫的音响不好，西餐也不好吃，四周的书和墙上的小画还不错——仗着是老板的熟人，我给它贡献了不知多少不合理化建议和苛刻的批评。记得为了搞好活动，老板还有另外一位朋友，为了音响、电脑、投影在头一天满头大汗地改进。这么多年来，我真感激我的那些朋友们对我的宽容，做我这么一个人的朋友真是不容易，真得久经考验。还要抱歉的是，可能因为年末经费紧张（不要问我钱的事儿，我从来都说不清楚），给来宾们住的地方很差，幸好文学让他们头脑发烧，他们都不太在乎。总之，在玛赫难吃的西餐中，该会胜利闭幕。

后来，经常有人向我提起这次会，而且大肆表扬我们领导。时过境迁，当面表扬我毫不奇怪（人和人之间，无话可说的时候，只有剩下相互表扬，就像夫妻间过分无聊，就不断地说我爱你），表扬我的领导，我可真有点儿骄傲了，便也很动情地说：当然，当然，他对文学是真爱。

4

玛赫咖啡不是个神奇的地方，却是个奇怪的地方，因为，总能在这里遇到奇奇怪怪的人。我还想说：这里的老板就是个怪人。

也怪了，我到外地，很多人谈到上海作协，经常会问：你们那个咖啡馆老板娘还好吧？

我还听说，某某大咖出入玛赫，纯粹就是为了老板娘。

这时，我总是首先更正：她不是老板娘，也不是老板他娘，而就是老板。

姿色不浅啊。我经常这么讽刺她。我还经常讽刺她的是，离作家协会太近，脑袋被文学污染了。好端端的生意不用心去做，天天梦想当作家。岂不知，作家早已经是现在社会上的破落户。她说：商场尔虞我诈，实在讨厌。我想对她说：文坛勾心斗角，就为一块没肉的骨头，既恶心又可怜。

我觉得这个人还很拧巴，咖啡店的名字就是例证：招牌上挂的是La Mer，英语不是英语，法语不是法语的，经常有人站在牌子底下问：哪个咖啡店？你不会写中文吗？她却说，玩了个文字游戏，这是法语少了一个副词，读起来有点儿像妈妈又有点儿像苦咖啡的发音，而本意却是大海。有首歌，欧洲人都会唱，就是这个“大海”。我跟人家谈事情，正烦的时候，她会兴致勃勃地跟我说她想写一个什么什么小说……我赶紧一顿瓢泼，一场冰雹，让她熄火。然而，她总是唠叨不已，关于文学的。据说我念过书的学校有基因鉴定中心，我真想介绍她去查一查，是不是祥林嫂的亲戚。后来想，她既然认为自己是文君再世易安附体，做一点儿翻译也不错嘛。她俄语很好，而且一直与俄罗斯人保持着联系，不仅通书面语，大量活的语言也懂。结果，她很不高兴，仿佛我是在贬低她的才华，她认为翻译是替别人换洗衣服，而她要做自己的衣服。好吧，好吧。

可能，她做什么事情都是这样，充满着一往无前的热情吧。对人也是，我经常告诫她：人家上海人不像我们傻乎乎的，文明人士都是矜持的……她总是不以为然，依然故我。有一年圣诞节，张莉南下，我本来要请她吃饭，可是玛赫老板大姐同志，偏偏要她到那里去吃圣诞大餐，不吃不行，看样子接下来许文强就要来绑票了，连张莉都必须得带上。我只好痛苦地接受这个邀请，我知道这是她一贯的热情，而绝不是要巴结张莉，那时候张莉还没有出名呢，但老板的热情之火实在烤人。她就是这样，见了谁都像前生知己似的，仿佛四海之内皆兄弟。可惜，现在早已经不是宋公明的时代，林冲李逵英雄豪杰都在电视剧里，遍街碰到的都是牛二，文雅一点儿也不过是白衣秀才王伦。

尽管我奋力打击，似乎并不影响她的冉冉升起，因为后来遇到好多人，偶然间说到“作协咖啡馆”（很多人都是这么叫的）时，大家都会说：那里的老板娘，就是个作家。

对不起，她是老板。

我又得更正，真烦。

5

一个人的自我认定和社会派给他的角色常常是矛盾的。比如，她更愿意认定自己是个作家，而不是商人；别人认为她是老板娘，而我非要说她是老板。还有，我总觉得自己适合做个宅男，却偏偏总要东跑西奔。更无奈的在于，我们都无法逃脱自己的社会角色，并且还不断努力让自己更加人模狗样——当然，别人又可以把你想象得猪头狗脸。

《查令十字街84号》中的书店店员们对海莲·汉芙的想象也是错位的：“我们都好喜欢读您的来信，大伙儿也常凑在一起揣摩您的模样儿。我坚信您一定是一位年轻、有教养且打扮时髦的人；而老马丁先生竟无视您流露出来的绝顶幽默，硬要把您想成一个学究型的人。”（第15页）海莲苦笑着回答：真是让老马丁先生大失所望了，请转告他：我非但一丁点儿学问都没有，连大学也没上过哩！我只不过碰巧喜欢看书罢了。……至于我的长相，大概就跟百老汇街上的叫花子一样“时髦”吧！我成天穿着破了洞的毛衣跟长毛裤，因为住的老公寓白天不供应暖气。整幢五层楼的其他住户早上九点出门，不到晚上六点不回来，房东认为她犯不着为了一个窝在家里摇笔杆的小作家，而整天开着暖气。（第17页）

就是一个收入不稳定的小作家嘛，连去伦敦的钱都攒不够。然而，一个正常的社会都不会拿钱的数额去评价人生的成功与否，而一个人的精神境界也常常跟他的社会角色并不相关。看看这个破落作家对书的要求，就知道她的修养和品位：斯蒂文森的书真是漂亮！把它放进我用水果箱权充的书架里，实在太委屈它。我捧着它，生怕污损它那细致的皮装封面和米黄色的厚实内页。看惯了那些用惨白纸张和硬纸板大量印制的美国书，我简直不晓得一本书竟也能这么迷人，光抚摸着就叫人打心里头舒服（第4页）。拥有这样的书，竟让我油然而生莫名的罪恶感。它那光可鉴人的皮装封面，古雅的烫金书名，秀丽的印刷铅字，它实在应该置身于英国乡间的一幢木造宅邸。由一位优雅的老绅士坐在炉火前的皮质摇椅里，慢条斯理地轻轻展读……而不该委身在一间寒酸破公寓里，让我坐在蹩脚旧沙发上翻阅。（第24页）

她竟然会这么看待书的价值：“我打心里头认为这实在是一桩挺不划算的圣诞礼物交换。我寄给你们的东西，你们顶多一个星期就吃光抹净，根本休想指望还能留着过年。而你们送给我的礼物（书），却能和我朝夕相处，至死方休。我甚至还能将它遗爱人间而含笑以终。”（第75页）这真是傻得热气腾腾啊，这种老派的人越来越少了吧？当代社会首先破坏了我们的审美，接着让美学成为大学教授的课堂理论，而在海莲·汉芙和她之前的世界里，美就在我们的日常生活里，像空气和清风一样，与我们的心灵朝夕相伴。

她自己也感觉到那个光怪陆离的世界越来越不属于自己，1958年，她平静而又沉痛地写道：我一路活来，眼看着英语一点一滴被摧残蹂躏却又无力可回天。就像米尼弗·奇维一样，余生也晚。而我也只能学他“干咳两声，自叹一句：奈何老天作弄”，然后继续借酒浇愁。（第91—92页）

不知道为什么，我被这几句话深深打动了。我承认，我不曾历尽沧桑，然而我却常常非常失望，常有跟她一样的感觉。单就这几句话，不知道她有多老，掐指一算，她那年不过四十三岁，几乎跟我现在同岁。是什么，让我们那么早就在说“奈何老天作弄”？我没有时间去细想，依旧忙三火四地瞎忙活，这两年因为来巨鹿路时间少了，去玛赫的次数也不多，直到听到它结束的消息。

海莲·汉芙的书，并未让书店起死回生。玛赫咖啡馆，更不能与查令十字街的书店相比，对于巨鹿路677号来讲，做个玛赫还是河马都不重要，而对于这个城市而言，人来人往，一座座高楼起，更是什么都难以留下一丝印痕。多少年后，很少有人能记得在玛赫咖啡中发生的一切吧？然而有一幕我却忘不掉：2012年8月3日早晨，上海在预报中的台风里，我接到爷爷去世的噩耗。仿佛命中注定，多少年前，是爷爷教我认识了第一个字，而那天早晨，我先去领了女儿的小学入学通知书，接着就匆匆奔向机场。天空飘着阴云，雨滴也不时打下来，我不知道飞机能否起飞，然而，我别无选择义无反顾。车在南浦大桥上的时候，我回头望了一眼这个城市，前一夜读过的诗有几句还留有印象：

> 什么也不要问我。我看到当事物
> 寻找脉搏而找到的却是自己的空虚。
> 在无人的空中有一种空洞的痛苦
> 而我眼中的娃娃穿着衣裳却没有躯体！

这是洛尔卡的《一九一〇》，收在他的诗集《诗人在纽约》（赵振江译，上海译文出版社2012年3月版）中。两本洛尔卡诗集是当年3月30日在陕西南路季风书园买的，一直放在我的枕边，断断续续翻读着，直到爷爷去世的前夜。而爷爷去世后，我再也不想看它了，直到前两天，又重读了这首诗。

那天，一路上我差不多都是沉默的。车在大桥上，我能够感觉到风吹得它有些晃动。开车送我去机场的就是玛赫的老板，因为台风，我找不到车，只好求助于她。在这个城市里，我貌似朋友不少，然而在那一刻，能让我打出这个电话的并不多。自然，因为她无所顾忌的一贯热情；当然，有时候我很不喜欢这种热情。

（原载《朔方》2017年第5期）

当机器人成立作家协会

◎韩少功

1

人工智能，俗称机器人，接下来还要疯狂碾压哪些行业？

自“深蓝”干掉国际象棋霸主卡斯帕罗夫，到不久前“阿尔法狗”的升级版Master砍瓜切菜般地血洗围棋界，江山易主看来已成定局。行业规则需要彻底改写：棋类这东西当然还可以有，但职业棋赛不再代表最高水准，专业段位将降格为另一类业余段位，只能用来激励广场舞大妈式的群众游戏。最精彩的博弈无疑将移交给机器人，交给它们各自身后的科研团队——可以肯定，其中大部分人从不下棋。

翻译看来是另一片将要沦陷之地。最初的翻译机不足为奇，干出来的活常有一些强拼硬凑和有三没四，像学渣们的作业瞎对付。但我一直不忍去外语院系大声警告的是：好日子终究不会长了。2016年年底，谷歌公司运用神经网络的算法（algorithm）催生新一代机器翻译，使此前的错误大减60%。微软等公司的相关研发也奋起直追，以至不少科学家预测2017年最值得期待的五大科技成果之一，就是“今后不再需要学外语”[①]。事情似乎是，除了文学翻译有点儿棘手，今后涉外的商务、政务、新闻、旅游等机构，处理一般的口语和文件，配置一个手机APP（应用软件）足矣，哪还需要职业雇员？

教育界和医疗界会怎么样？还有会计、律师、广告、金融、纪检、工程设计、股票投资……那些行业呢？

美国学者凯文·凯利（Kevin Kelly）是个乐观派，曾炫示维基百科这一类义务共建、无偿共享的伟大成果，憧憬“数字化的社会主义”[②]。阿里巴巴集团

① 见俄罗斯2016年12月28日《共青团真理报》。

② 见凯文·凯利著《失控》（*Out of Control*），新星出版社，2010年。

的马云也相信“大数据可以复活计划经济”。但他们未说到的是，机器人正在把大批蓝领、白领扫地出门。因为大数据和“云”计算到场，机器人在识别、记忆、检索、计算、规划、学习等方面的能力突飞猛进，正成为一批批人类望尘莫及的最强大脑；并以精准性、耐用性等优势，更显模范员工的风采。新来的同志们都有一颗高尚的硅质心（芯）：柜员机永不贪污，读脸机永不开小差，自动驾驶系统永不闹加薪，保险公司的理赔机和新闻媒体的写稿机永不疲倦——除非被切断电源。

有人大胆预测，人类99%的智力劳动都将被人工智能取代[①]——最保守的估计也在45%以上。这话听上去不大像报喜。以色列学者赫拉利（Yuval Noah Harari）不久前预言：绝大部分人即将沦为“无价值的群体”，再加上基因技术所造成的生物等级化，“我们可能正在准备打造出一个最不平等的社会”[②]！是的，事情已初露端倪。“黑灯工厂”的下一步就是“黑灯办公室”，如果连小商小贩也被售货机排挤出局，连保洁、保安等兜底性的再就业岗位也被机器人“黑”掉，那么黑压压的失业大军该怎么办？都去晒太阳、打麻将、跑马拉松、玩一次说走就走的旅行？一旦就业危机覆盖到适龄人口的99%，哪怕只覆盖其中一半，肯定就是经济生活的全面坍塌。在这种情况下，天天享受假日亦即末日，别说社会主义，什么主义恐怕也玩不了。还有哪种政治、社会的结构能够免于分崩离析？

数字社会主义也可能是数字寡头主义……好吧，这事权且放到以后再说。

作为一个文学爱好者，不能不想一想文学这事。这事虽小，却也关系到一大批文科从业者及文学受众。

2

不妨先看看下面两首诗：

其一：

---

① 见2017年1月6日《环球日报》。

② 分别见赫拉利著《未来简史》（*Brief History of Tomorrow*），上海社会科学院出版社，2010年；《人类简史》（*Brief History of Humankind*），中信出版社，2014年。

西窗楼角听潮声，水上征帆一点轻。
清秋暮时烟雨远，只身醉梦白云生。

其二：

西津江口月初弦，水气昏昏上接天。
清渚白沙茫不辨，只应灯火是渔船。

两首诗分别来自宋代的秦观，和另一位IBM公司的“偶得”，一个玩诗的小软件。问题是，有多少人在两首诗前能一眼分辨出“他”和“它”？至少，当我将其拿去某大学做测试，三十多位文学研究生，富有阅读经验和鉴赏能力的专才们，也多见犹疑不决抓耳挠腮。如果我刷刷屏，让“偶得”君再提供几首，混杂其中，布下迷阵，人们猜出婉约派秦大师的概率就更小。

“偶得”君只是个小玩意儿，其算法和数据库一般般。即便如此，它已造成某种程度上的真伪难辨，更在创作速度和题材广度上远胜于人，沉重打击了很多诗人的自尊心。出口成章，五步成诗，无不可咏……对于它来说都是小目标。哪怕胡说八道——由游戏者键入“胡说八道”甚至颠倒过来的“道八说胡”，它也可随机生成一大批相应的藏头诗，源源不断，花样百出，把四个狗屎字吟咏得百般风雅：“胡儿不肯落花边，说与兰芽好种莲。八月夜光来照酒，道人无意似春烟。”或是：“道人开眼出群山，八十年来白发间。说与渔樵相对叟，胡为别我更凭栏。”……这种批量高产的风雅诚然可恶，但衣冠楚楚的大活人们就一定能风雅得更像回事？对比一下吧，时下诸多仿古典、唐宋风、卖国粹的流行歌词，被歌手唱得全场沸腾的文言拼凑，似乎也并未见得优越多少。口号体、政策体、鸡汤体、名媛体、老干体的旧体学舌，时不时载于报刊的四言八句，靠一册《笠翁对韵》混出来的笔会唱和，比“道八说胡”也未见得高明几何。

诗歌以外，小说、散文、评论、影视剧等也正在面临机器人的野蛮敲门。上个世纪60年代，美国贝尔实验室早已尝试机器写作。几十年下来，得助于互联网和大数据，这一雄心勃勃的探索过关斩将，终得茧破化蝶之势。日本朝日电视台2016年5月报道，一篇人工智能所创作的小说， 由公立函馆未来大学团队提交，竟在1450篇参赛作品中瞒天过海，闯过“星新一奖”的比赛初审，让读者们大跌眼镜。说这篇小说是纯机器作品当然并不全对。有关程序是人设计的；数据库里的细节、情节、台词、角色、环境描写等各种“零部件”，也是由人预先输入储备的。机器要做的，不过是根据指令自动完成筛选、组合、推演、语法检测、随机润色一类事务。不过，这次以机胜人，已俨如文学革命的又一个元年。有了这一步，待算法进一步发展，数据库和样本量进一步扩大，机器人文艺事业大发展和大繁荣想必指日可待。机器人群贤毕至，高手云集，一时心血来潮，什么时候成立个作家协会，颁布章程选举主席的热闹恐怕也在所难免。

到那时，读者面对电脑，也许只须往对话框里输入订单：

> 男1：花样大叔。女1：野蛮妹。配角：任意。类型：爱情/悬疑。场景：海岛/都市。主情调：忧伤。宗教禁忌：无。主情节：爱犬/白血病/陨石撞地球。语调：任意……

诸如此类。

随后立等可取，得到一篇甚至多篇有板有眼甚至有声有色的故事。

其作者可能是人，也可能是机器，也可能是配比不同的人（HI）机（AI）组合——其中低俗版的组合，如淘宝网上15元一个的“写作软件”，差不多就是最廉价的抄袭助手，已成为时下某些网络作家的另一半甚至一大半。某个公众熟悉的大文豪，一个多次获奖的马先生或海伦女士，多次发表过感言和捐过善款的家伙，在多年后被一举揭露为非人类，不过是一堆芯片、硬盘以及网线，一种病毒式的电子幽灵，也不是没有可能。

法国人罗兰·巴特1968年发表过著名的《作者之死》，似已暗示过今日的变局。但作者最后将死到哪一步，将死成什么样子？是今后的屈原、杜甫、莎士比亚、托尔斯泰、曹雪芹、卡夫卡都将在硅谷或中关村那些地方高产爆棚，让人们应接不暇消受不了以至望而生厌，还是文科从业群体在理科霸权下日益溃散，连萌芽级的屈原、杜甫、莎士比亚、托尔斯泰、曹雪芹、卡夫卡也统统夭折，早被机器人逼疯和困死？

技术主义者揣测的也许就是那样。

3

有意思的是，技术万能的乌托邦却从未实现过。这事需要说说。一位美籍华裔的人工智能专家告诉我，至少在眼下看来，人机关系仍是一种主从关系，其基本格局并未改变。特别是一旦涉及到价值观，机器人其实一直力不从心。据说自动驾驶系统就是一个例子。这种系统眼下看似接近成熟，但应付中低速还行，一旦放到高速的情况下，便仍有不少研发的难点甚至死穴——比如事故减损机制。这话的意思是：一旦事故难以避免，两害相权取其轻，系统是优先保护车外的人，还是车内的人（特别是车主自己）？进一步设想，是优先一个猛汉还是一个盲童？是优先一个美女还是一个丑鬼？是优先一个警察还是三个罪犯？是优先自行车上笑的还是宝马车里哭的？……这些Yes或No肯定要让机器人蒙圈。所谓业内遵奉的“阿西莫夫（Asimov）法则”，只是管住机器人永不伤害人这一条，实属过于笼统和低级，已大大地不够用了。

美国电影《我是机器人》（2004年）也触及过这一困境（如影片中的空难救援），堪称业内同仁的一大思想亮点。只是很可惜，后来的影评人几乎都加以集体性无视——他们更愿意把科幻片理解为《三侠五义》的高科技版，更愿意把想象力投向打打杀杀的激光狼牙棒和星际楚汉争。

其实，在这一类困境里，即便把识别、权衡的难度降低几个等级，变成爱犬与爱车之间的小取舍，也会撞上人机之间的深刻矛盾。原因是，价值观总是因人而异的。价值最大化的衡量尺度，总是因人的情感、性格、文化、阅历、知识、时代风尚而异，于是成了各不相同又过于深广的神经信号分布网络，是机器人最容易蒙圈的巨大变量。哪怕旧变量可控之时，新变量又必定纷纭迭出。舍己为人的义士，舍命要钱的财奴……人类这个大林子里什么鸟都有，什么鸟都形迹多端，很难有一定之规，很难纳入机器人的程序逻辑。计算机鼻祖高德纳（Donald Knuth）因此不得不感叹：“人工智能已经在几乎所有需要思考的领域超过了人类，但是在那些人类和其他动物不假思索就能完成的事情上，还差得很远。[①]同样是领袖级的专家凯文·凯利还认为，人类需要不断给机器人这些“人类的孩子”“灌输价值观”[②]，这就相当于给高德纳补上了一条：人类最后的特点和优势，其实就是价值观。

价值观？听上去是否有点儿……那个？

没错，就是价值观。就是这个价、值、观划分了简单事务与复杂事务、机器行为与社会行为、低阶智能与高阶智能，让最新版本的人类定义得以彰显。请人类学家们记住这一点。很可能的事实是：人类智能不过是文明的成果，源于社会与历史的心智积淀，而文学正是这种智能优势所在的一部分。文学之所以区别于一般娱乐（比如下棋和揪魔方），就在于文学长于传导价值观。好作家之所以区别于一般“文匠”，就在于前者总是能突破常规俗见，创造性地发现真善美，处理情和义的价值变局。技术主义者看来恰恰是在这里严重缺弦。他们一直梦想着要把感情、性格、伦理、文化以及其他人类表现都实现数据化，收编为形式逻辑，从而让机器的生物性与人格性更强，以便创造力大增，最终全面超越人类。但他们忘了人类智能在千万年来早已演变得非同寻常——其中一部分颇有几分古怪，倒像是“缺点”。比如人必有健忘，但电脑没法健忘；人经常糊涂，但电脑没法糊涂；人可以不讲理，但电脑没法不讲理——即不能非逻辑、非程式、非确定性地工作。这样一来，即便机器人有了遗传算法（GA）、人工神经网络（ANN）等仿生大招，即便进一步的仿生探索也不会一无所获，人的契悟、直觉、意会、灵感、下意识、跳跃性思维……包括同步利用“错误”和兼容“悖谬”的能力，把各种矛盾信息不由分说一锅煮的能力，有时候竟让2+2=8或者2+2=0甚至重量＋温度＝色彩的特殊能力（几乎接近无厘头），如此等等，都有“大智若愚”之效，还是只能让机器人蒙圈。

在生活中，一段话到底是不是“高级黑”；一番慷慨到底是不是“装圣母”；一种高声大气是否透出了怯弱；一种节衣缩食是否透出了高贵；同是一种忍让自宽，到底是阿Q的“精神胜利”还是庄子的等物齐观；同是一种笔下的胡涂乱抹，到底是艺术先锋的创造还是画鬼容易画人难的胡来……这些问题也

①转引自贺树龙《人工智能革命：人类将永生或者灭绝》，载waitbuywhy.com。

②见有关前注。

许连某个少年都难不住，明眼人更是一望便知。这一类人类常有的心领神会，显示出人类处理价值观的能力超强而且特异，其实不过是依托全心身互联与同步的神经响应，依托人类经验的隐秘蕴积，选择了一个几无来由和依据的正确，有时甚至是看似并不靠谱的正确——这样做很平常，就像对付一个趔趄或一个喷嚏那样再自然不过，属于瞬间事件。但机器人呢，光是辨识一个“高级黑”的正话反听，就可能要瘫痪全部数据库——铁板钉钉的好话怎么就不是好话了？凭什么A就不是A了？凭什么各种定名、定义、定规所依存的巨大数据资源和超高计算速度，到这时候就不如人的一闪念？甚至不如一个猩猩的脑子好使？

从另一角度说，人类曾经在很多方面比不过其他动物（比如嗅觉和听觉），将来在很多方面也肯定比不过机器（比如记忆和计算），这实在没什么大不了的。但人类智能之所长常在定规和常理之外，在陈词滥调和众口一词之外。面对生活的千差万别和千变万化，其文学最擅长表现名无常名、道无常道、因是因非、相克相生的百态万象，最擅长心有灵犀一点通。人类经验与想象的不断新变，价值观的心理潮涌，倒不一定表现为文学中的直白说教——那样做也太笨了——而是更多分泌和闪烁于新的口吻、新的修辞、新的氛围、新的意境、新的故事和结构。其字里行间的微妙处和惊险处，“非关书也，非关理也”（严羽语），常凝聚着人类处理一个问题时瞬间处理全部问题的暗中灵动，即高德纳所称“不假思索就能完成”之奇能，多是“万象俱开， 口忽然吟，手忽然书”（谭元春语），“恍惚而来不思而至”（汤显祖语），“羚羊挂角无迹可求”（严羽语），“此处无声胜有声”（白居易语），其复杂性非任何一套代码和逻辑可以穷尽。

4

如果事情就是这样，我们就只能想象，机器人写作既可能又不可能。

说不可能，是因为它作为一种高效的仿造手段，一种基于数据库和样本量的寄生性繁殖，机器人相对于文学的前沿探索而言，总是有慢一步的性质，低一档的性质，“二梯队”里跟踪者和复制者的性质。

说可能，是机器人至少可望胜任大部分“类型化”写作。不是吗？“抗日”

神剧总是敌夙我威。“宫斗”神剧总是王痴、妃狠、暗下药。“武侠”神剧总是秘笈、红颜、先败后胜。“青春”神剧总是小鲜肉们会穿、会玩、会疯、会贫嘴然后一言不合就出走……这些都是有套路的，有模式的，类型化的，无非是“007”系列那种美女+美景+科技神器+惊险特技的电影祖传配方，诱发了其他题材和体裁的全面开花。以至眼下某些同类电视剧在不同频道播放，观众有时选错了台，也能马马虎虎接着看，浑然不觉主角们相互客串。街坊老太看新片，根本无须旁人剧透，有时也能掐出后续情节的七八分。在这里，一点儿政治正确的标配，一些加误会法或煽情点的相机注水，这些人能做的，机器也都能做，能做个大概齐。一堆堆山寨品出炉之余，有关的报道、评论、授奖词、会议策划文案等甚至还可由电脑成龙配套，提前准备到位，构成高规格的延伸服务。

机器人看来还能有效支持“装×族”的写作——其实是“类型化”的某种换装，不过是写不出新词就写废话，不愿玩套路就玩一个迷宫。反正有些受众就这样，越是看不懂就越不敢吱声，越容易心生崇拜，因此不管是写小说还是写诗，空城计有时也能胜过千军万马。评论么，更好办。东南西北先抄上几条再说，花拳绣腿先蒙上去再说。从本雅明抄到海德格尔，从先秦摘到晚清，从热销大片绕到古典音乐……一路书袋掉下来，言不及义不要紧，要的就是学海无涯的气势，就是拉个架子，保持虚无、忧伤、唯美一类流行姿态。“庆祝无意义”（米兰·昆德拉语）！遥想不少失意小资既发不了财，也受不了苦，只能忧郁地喝点儿小咖啡，能说出多少意义？脑子里一片空荡荡，不说说这些精致而深刻的鸡毛蒜皮又能干什么？显然，过剩的都市精英们一时话痨发作，以迷幻和意淫躲避现实，这些人能做的，机器也都能做，能做个大概齐。无非是去网上搜一把高雅句子，再搓揉成满屏乱码式的天书，有什么难的？

还有其他不少宜机（器人）业务。

“类型化”与“装×族”，看似一实一虚，一俗一雅，却都是一种低负载、低含量、低难度的写作，即缺少创造力的写作，在AI专家眼里属于“低价值”的那种。其实，在这个世界的各个领域里，“高价值”（high value）工作从来都不会太多。文学生态结构的庞大底部，毕竟永远充斥着我等庸常多数。主流受众有时也不大挑剔，有一口文化快餐就行。那么好，既然制造、物流、金融、养殖、教育、新闻、零售、餐饮等行业，已开始把大量重复性、常规性、技术性的劳动转移给机器，形成一种不可阻挡的时代大势，文学当然概莫能外。在这一过程中，曾被称为“文匠”“写手”的肉质写作机器，转换为机器写作，不过是像蒸汽机、电动机一样实现人力替代，由一种低效率和手工化的方式，转变为一种高产能和机器化的方式，对口交接，转手经营，倒也不值得奇怪。只要质量把控到位，让“偶得”们逐步升级，推出一大批更加过得去的作品也不必怀疑——何况“偶得”还有“偶得”的好处。它们不会要吃要喝，不会江郎才尽，不会抑郁、自杀、送礼跑奖，也免了不少文人相轻和门户相争。

显然，如果到了这一步，机器人的作家协会好处不算少，可望相对地做大做强，但终究只能是一个二梯队团体，恐不易出现新一代屈原、杜甫、莎士比亚、托尔斯泰、曹雪芹、卡夫卡等巨人的身影。这就像制造、物流、金融、养殖、教育、新闻、零售、餐饮等行业不论如何自动化，其创造性的工作，“高价值”的那部分，作为行业的引领和示范，至少在相当时间内仍只可能出自于人——特别是机器后面优秀和伟大的男女们。

5

问题重新归结到前面的一点：人机之间的主从格局，最终能否被一举颠覆？一种逻辑化、程式化、模块化、工具理性化的AI最终能否实现自我满足、自我更新、自我嬗变，从而有朝一日终将人类一脚踢开？……不用怀疑，有关争议还会继续下去，有关实践更会如火如荼八面来潮地紧迫进行。至少在目前看来，种种结论都还为时过早。

在真正的事实发生之前，所有预言都缺乏实证的根据，离逻辑甚远，不过是一些思想幻影。那么相信、或不相信、或半相信这种幻影，恰好是人类智能的自由特权之一。换句话说，也是一件机器人尚不能为之事。

人机差异倒是在这里再次得到确认。

1931年，捷裔美籍数学家和哲学家哥德尔（Kurt Godel）发布了著名的“哥德尔不完全性定理”，证明任何无矛盾的公理体系，只要包含初等算术的陈述，就必定存在一个不可判定命题，即一个系统漏洞，一颗永远有效的定时炸弹。

在他看来，“无矛盾”和“完备”不可能同时满足。这无异于一举粉碎了数学家们两千多年来的信念，判决了数理逻辑的有限性，相当于一举釜底抽薪，给科学主义、技术主义泼了一大盆凉水。

看来，人类不能没有逻辑，然而逻辑是灰色的，生命之树常青；语言、理论、各种知识等人之所言（名），无论怎样高级也是灰色的，言之所指（实）却常青。换句话说，由符号与逻辑所承载的人类认知无论如何延伸，也无法抵达绝对彼岸，最终消弭“名”与“实”的两隔，“人”与“物”的两隔——数学也做不到这一点。这个世界就是这样要命的略欠一筹。牛津大学的哲学家卢卡斯（Colin Lucas）正是从这一角度确信：根据哥德尔不完全性定理，机器人不可能具有人类心智。

这就是说，改变人机之间的主从关系永远是扯淡，因为人类至少知道世界＞智能、智能＞逻辑这个不等式——这也许既是人类之憾，也是人类之幸。

哥德尔出生于捷克的布尔诺，一个似乎过于清静的中小型城市。这里曾诞生过现代遗传学之父孟德尔、小说家米兰·昆德拉等，更有很多市民引以为傲的哥德尔。走在这里几乎空阔无人的小街上，我知道美国《时代》杂志评选的20世纪百名最伟大人物中，哥德尔位列数学家第一，还知道当代物理学巨星霍金一直将他奉为排名最高的导师。我在街头看到一张哥德尔纪念活动的旧海报下，有商业小广告，有寻狗启事，还有谁胡乱喷涂了一句：

上帝就在这里
魔鬼就在这里

这也许是纪念活动的一部分？这意思大概是，哥德尔证明了上帝的存在，因为数学是如此自洽相容；也证明了魔鬼的存在，因为人们竟然无法证明这种相容性。

是这样吧？

当然，并不是所有人都在乎哥德尔。美国著名发明家、企业家库兹韦尔（Ray Kurzweil）就是一个技术主义的激进党，其新锐发声屡屡被大众传媒放大，看来最容易在科盲和半科盲的大多数那里引起轰动，被有些人热议，以平衡自己无知的愧疚感。据他多次宣称，人类不到2045年就能实现人机合一，用计算机解析世界上所有的思想和情感，“碳基生物和硅基生物将融合”为“新的物种”。时间是如此紧迫——这种新物种将很快跨越历史“奇点”（Singularity）[①]，告别人类的生物性漫漫长夜。在他看来，在那个不可思议的新时空里，在科学家们的新版创世论之下，新物种不是扮演上帝而是已经成为上帝，包括不再用过于原始和低劣的生物材料来组成自己的臭皮囊，不再死于癌细胞、冠心病、大肠杆菌（听上去不错），不再有性爱、婚姻、家庭、儿女和兄妹什么的（听上去似不妙），是不是需要文学，实在说不定……总之，你我他都将陷入一个完全陌生的魔法大故事里去。

等一等，请等一等。我的疑问在于，文学这东西要废就废了吧，但关于上帝那事恐怕麻烦甚大，需要再问上几句。

一个小问题是这样：如果那些上帝真是无所不知，想必就会知道一个再简单不过的道理：全员晋升上帝就是消灭上帝，超人类智能的无限“爆炸”（库兹韦尔语）就是智能的泛滥成灾一钱不值。有什么好？相比之下，欲知未知的世界奥秘是何等迷人，求知终知的成功历程是何等荣耀，既有上帝又有魔鬼的生活变幻是何等丰富多彩，人类这些臭皮囊的学习、冥想、争议、沮丧、尝试、求证、迷茫、实践、创造及其悲欣交集又是多么弥足珍贵，多么让人魂牵梦绕。在那种情况下，没有缺憾就不会有欲求，没有欲求就是世间将一片死寂。上帝们如果真是无所不能，如果不那么傻，想让自己爽一点儿，最可能做的一件事恐怕就是拉响警报，尽快启用一种自懵、自停、自疑、自忘、自责、自纠甚至自残的机制，把自己大大改造一番，结束乏味死寂的日子，重新回归人类。

难题最终踢到了上帝的脚下。它们如果不能那样做，就算不上全能上帝；如果那样做了，就自我废黜了万能的特权。

我并不是说，那些上帝是仁慈的——就像不少技术主义者惴惴祈愿的那样。

库兹韦尔先生，我其实很愿意假定有那些上帝，也假定那些上帝并无什么

---

① 库兹韦尔著《灵魂机器的时代》（*The Age of The Soul Machine*），上海译文出版社，2006年。

道德感，甚至心思坏坏的太难搞定。不过它们即便一心一意地追求自我利益最大化，恐怕也只有那种“自私”的选择。

那一种纠结就绝无可能?

（原载《读书》2017年第5期）

假如你没有吃过菜薹

◎池　莉

假如你没有吃过菜薹，无论你是谁，无论享有多么世界性的美食家称号，无论多少网友粉丝拥戴你为超级吃货，我都有一个好心的建议，先，赶紧，设法，吃吃菜薹。

武汉有一种蔬菜，名叫菜薹。如果需要摆明菜薹的正宗血统，就叫洪山菜薹。洪山是武汉市的一个区，在长江以南。武汉人一般懒得把行政区划说那么清楚，凡长江以南，就说是武昌。凡长江以北，就说是汉口。不看南北，只看两江兼得，那就是汉阳了。武汉三镇，都有菜薹，同一个城，价格却完全不同。汉口人家卖菜薹，只要说是武昌过来的就行了，价格就可以很坦然地高于汉口汉阳。过生活的人家，都不会买错。菜薹的品相绝对不一样：肤色深紫且油亮的，薹心致密且碧绿的，个头儿健壮且脆嫩的，香味浓郁且持久的，自然就是武昌过来。武昌土壤呈弱酸性，是黑色沙瓤土。汉口土壤呈弱碱性，多黄色黏性土。汉阳土壤就更复杂，趋于地下矿藏，有些什么石灰岩、铁矿石之类等。最适合菜薹生长的，就是武昌了。虽说作为蔬菜，自然具有相对的普适性，武汉三镇、大江南北，延及整个江汉平原，也都有苗不愁长，也都还是挺好吃，也都深受广大人民喜爱。有趣就有趣在：所有菜薹中，就数武昌洪山菜薹最佳。别处菜薹拿来，万万不可相提并论，相形便见绌，入口便知晓。洪山菜薹就像一武林高手，身手一亮，立见分晓，你只需定睛看它一眼，就可见在芸芸菜薹中，它是如此出类拔萃，卓尔不凡，鹤立鸡群。而且洪山菜薹也就像所有大人物大明星一样，一旦身居某阶层顶端，就会有种种神奇传说围绕你。洪山菜薹的传说太多了。除了当代商业编造了许多矫揉造作、文理不通的广告性故事之外，民间大众口口相传最为久远的版本，恐怕就是所谓“钟声塔影”。说的是洪山宝通寺塔影之中的那块土地、与延及本寺庙钟声可闻的那片土地，出产的才是最最好吃的菜薹。这个传说之所以流传千百年，我想还是有一定的合理性。只因菜薹是顶爱干净的蔬菜，寺庙乃俗世最洁净的净土，菜薹在寺庙环境的庇护下，远离尘嚣与践踏，自然生得最好了。

说菜薹是顶爱干净的蔬菜，还是谦虚的夸奖，菜薹简直是洁身自好到了毅然决然地与众不同，也是孤标傲世到了与其他蔬菜的绝不苟同。一般蔬菜，都会选择气候温暖的季节，菜薹偏偏选择最寒冷季节。纵是千娇百媚的蔬菜，倒生就一副傲雪凌霜的风骨。它也偏偏不是叶子作为菜，它的菜是那段质感最佳、营养含量最高的茎。这样作为蔬菜，菜薹就有效避免了叶类蔬菜的单薄、粗纤维太多、草酸含量偏高的缺陷。菜薹却也并不因此走茎块路线，把自己埋在地底下泥土里，而是酷爱阳光、寒风和雪霜。寒露时节是万物凋零萎谢之始，却是菜薹拔节生长之时。不要搞错，菜薹还不是菜苔。那些油菜青菜一类蔬菜，抽苔主要是为结籽留种，菜薹主要是为食用。如果冬至有幸落一场大雪，你就会看到那脸盆一般大的一兜兜菜薹，菜心的胸怀无比宽阔，怀抱大捧唰唰冒头的菜薹。翌日雪霁，那些昨夜冒头的菜薹已经一根根茁壮挺立，茎粗壮，色嫩紫，冠顶是鹅黄色簇状小花，五六根就是一盘菜肴。而且，这不，今天刚采摘过的，明天又会蓬勃冒出新的一茬，越是雪大，越是喜人，越是独孤，越是丰沛。

菜薹又是典型的时鲜，随采随吃最妙。它冷藏花颜失色，冰冻即坏，隔天就老，它是如此敏感与高冷，如此宁为玉碎不为瓦全。却也不是一味要自己的标新立异，客观上倒是很为他人：人类的寒冬季节，蔬菜原本稀少，还又人生苦短，所以须及时吃喝，也算是蔬菜里头的一首无字的《金缕衣》了，提醒的也还是“劝君莫惜金缕衣，劝君惜取少年时。花开堪折直须折，莫待无花空折枝”。

这就是菜薹，你不踏雪采摘，你不亲手料理，你不尽快品尝，你就得不到真经。唯有你不辜负它，它才不辜负你。虽说菜薹老了也能吃，味道却已是天壤之别。当然菜薹自然也有平易近人通俗易懂之处，尽管它冰清玉洁，纤尘不染，料理起来却十分方便，只需要掐成几段，清水过过就好。还有一点儿可爱的小撒娇：菜薹伤刀、亲人。说的是它不喜金属，喜人手料理。然后放进锅里，翻炒几下，顿时就香气四溢。荤素凉拌，般般相宜。菜薹炒腊肉这道菜肴之所以经典，那是因为有了菜薹而腊肉更香，而不像许多蔬菜，靠肉长香。别忘了菜薹的菜汁，得浇在刚出笼的滚热白米饭上，那龙胆紫的颜色、紫水晶的光泽，美味指数无法衡量，只好用最时髦的养生热词：满满都是花青素啊！

满世界都以为武汉人好辣，其实那要看吃什么东西。对于新鲜蔬菜，武汉人的最高评价只有一个标准，唯一的一个标准，三个字——甜津了。菜薹当真就是甜津了。熟吃生吃都是甜津津的。

这般好蔬菜，现在却是世人难见真佛面了。餐馆饭店全都是物流配送大棚菜了。大棚菜基本都是娃娃菜一类。现在是商人不解煮，富人不解吃，年轻人只喜吃概念。更有懒人宅人，冰天雪地足不出户沉溺刷屏叫叫外卖就好。至于外卖快餐是怎样炮制出来的，就不去想了。相信谁拍拍脑袋都会明白什么叫作以最低成本博最高利润，遗憾的是，当今能够拍拍脑袋再开口的人，已所剩无几。

谢天谢地，我是至今都不肯放弃这一种传统美好这一口饮食福气的。冬季到了，是菜薹季节了，再忙再冷再不方便，我也不管，只管要千方百计挤时间、跑菜场、精心选择采买。回到家里，即刻动手，择菜炒菜，很快，一盘油光水滑的鲜嫩菜薹就上桌了，只是看一眼，就耳目一新，胃口大开。

半辈子，无数次，面对菜薹，我就变成了一个神秘主义者。每当吃到菜薹中的绝佳极品，我都会心生敬畏，总觉得这种蔬菜是一个不可言喻的神迹。菜薹会令我情有独钟不离不弃到即便它们老了也要养着，花瓶伺候，权当插花，它会再为我盛开半个月，左看右看都别致。“……那些／了解／历史真相的人／总会让位给那些所知甚少的人／那些所知更少的人／最后一无所知的人／在那掩没了／前因后果的草丛里／总会有人躺卧／嘴里含着草叶／凝望云朵／发愣（辛波斯卡）”也不知道为什么，看花时，一回回，某些潜伏在记忆中的诗句，会三三两两浮现出来，在菜薹细碎的花瓣中光影跃动，平常日子里头竟会生发出这样一些生动时刻，竟是由于一种蔬菜，怎么能够不叫我心中暗叹：菜薹哦菜薹，真的是我对武汉这个城市最深最深的一份眷恋。

（原载《新民晚报》2017年2月13日）

水银花开的夜晚

◎迟子建

腊月到正月，在哈尔滨还是有花可看的，那是寒流之笔，描画在玻璃窗上的霜花。出了正月呢，即使飘雪的日子还有，但雪魂魄已失，落地即化，霜花也杳然无影了。你若想看花，只能去花店买南方运来的鲜花了。花儿是女儿身，经不起折腾，一路奔波令其花容失色，瓶中的“花娘娘”们，总有种“独在异乡为异客”的落寞感，没有本土应时而开的花儿，那么气韵饱满。

猫冬让北方人筋骨疲弱，所以当积雪消融，埋藏在雪下的枯草出狱似的，瑟瑟缩缩地出现在阳光下时，人们以为摸到春天的触角了，奔向户外的漫步者不在少数。寒风虽是强弩之末，但威力尚存，我不幸被击中，有一日傍晚从江畔回来，咳嗽流涕，身上阵阵发冷。

我便取放在玄关托盘上的体温计，想看看自己是否发烧。

我取体温计的时候，不慎将外壳的护帽朝下，这一竖不要紧，由于对接处咬合不严，护帽叛徒似的落地而逃，将体温计彻底出卖了，它随之坠落，摔成两截。

它这一跌，我家的黑夜亮了。

从玻璃管内径流溢而出的水银，魔术般地分裂成大大小小的珍珠状颗粒，像一带雪山巍峨地屹立在我面前。我先是拿来一块抹布擦拭，以为它们会像水滴一样，迅速被吸附，岂料它们欢欣鼓舞地一分二、二分三、三分四地遍撒银珠，泄地水银非但未少，反而如满天繁星，在白桦木地板上，朝我眨眼。它们近在咫尺，却仿佛远在天边，不可征服。

我少时数理化不灵光，对水银的了解，竟来自当时广为流传的一本小人书《一块银元》，主要情节围绕一块银元展开，写了穷人的苦、地主的恶，其中最让人惊悚的情节，是一个地主婆死了，她的儿子竟让一对童男童女为他老娘殉葬。他们给童男童女灌注了水银。故事浓墨重彩的是那个身世凄惨的童女，在出殡的行列中，她端坐在莲花上，手持一盏纱灯，双目圆睁，虽死犹生。她的亲人在路旁声声唤她，可她无法应答了。那个画面给我幼小的心灵，带来了强烈的阴影，恨地主，也恨水银。水银是毒蛇，它要了如花似玉的姑娘的命！

我们在日常生活中能接触到水银制品，除非是在镇卫生所。那时日子穷，谁家会拥有温度计和体温计呢？如果感冒发烧了，卫生所的护士会神气地甩一下体温计，将它夹在患者腋下。童年时我曾盼着感冒（因为父母会给感冒的孩子买山楂罐头吃），但却怕发烧，万一去卫生所测体温，体温计碎裂了，水银流入我体内，我成了僵死的人，那可怎么好？谁还能在爸爸喝醉时为他取一杯茶？谁还能在妈妈拆洗被褥时为她挑上满缸的水？谁还能在除夕夜姐姐不想吃饺子时，给她烙上两张糖饼？谁还能在弟弟闯祸挨打时，夺下爸爸手中的棍子，让他少受些皮肉之苦？除了亲人，还有那些可爱的动物让我难以割舍，谁能给吃饱了的猪用破木梳刷毛？谁能在黄昏时把游荡的鸡，及时赶回鸡笼？谁能给看家狗偷些它惦记着的人吃的食物？还有夏天时满沟满谷的野花谁去采？冬天时满院子的白雪谁来扫？

我那时感冒了，发烧了，抗拒去卫生所，骨子里是恐惧水银体温计。总觉得我的腋窝藏着火苗，会将爆竹似的它引爆。它灿烂了，我就黑暗了。体温计是恶魔，这在看过《一块银元》小人书的同学心中，根深蒂固。以至于我们憎恨一位班主任老师时，私下议论要是小人书中被灌注了水银的是她，而不是那个女孩，该有多好。好像我们真的掌握了水银，都会沦为施恶的地主婆的儿子。

这位班主任是我们的语文老师，她中等个，微胖，圆脸上生满雀斑，厚眼皮，眼睛不大，但很犀利。她不是本地人，住在学校的板夹泥宿舍里。因为没有食堂，她得自己弄吃的，所以我常在清晨去生产队的豆腐坊买豆腐时遇见她。因为怕她，又因为豆腐坊总是哈气缭绕，人在其中如在雾里，面目模糊，我假装没看见她，溜之乎也。

我们为什么怕这位老师呢？她严厉起来不可理喻。她有一杆长长的教鞭，别的老师的教鞭只在黑板上跳舞，她的教鞭常打在学生手上。期中期末考试总成绩不及格者，是她惯常教训的对象。她会让他们伸出手来，这时她的教鞭就是皮鞭了，抽向落后生。痛和屈辱，让被打的同学哇哇大哭。这种示众的效果，倒是让所有的学生不甘落后，刻苦学习了。但大家心底对她还是恨的，她头发浓密，梳着两条粗短的辫子，我们背地就说她带着两把锅刷；她脸上的雀斑，被我们说成耗子屎；她擦黑板上红红白白的字时，粉笔擦不慎碰着脸，成了大花脸，我们在底下偷着乐，没一个提示她的。

她管理班级严格到什么程度呢？要是教室的泥地清扫不净，值日生的苦役就来了，会被罚连续值日。最让我们难堪的是检查个人卫生，我们上课前她会手持碎砖头，高傲地站在门口，我们则像乞丐一样朝她伸出手去，如果我们的手皴了，或是指甲里藏污纳垢，她会扔给你一块碎砖头，让我们出去蹭掉手上的皴，抠出指甲里的泥，砖头在此时就成了肥皂了。如果春夏秋季，拿了砖头的学生会去溪边洗手（那时大兴安岭植被好，溪流遍布），冬天时只能用积雪清理了。我有一次也被检查出手上有皴，不允许我进教室，我一赌气，到了溪边，把她那堂课都消磨掉了。看山看水，看花看草，不亦乐乎。我面临的惩罚，可想而知了。

这位班主任老师看上去跋扈，但她业务好，很敬业，也有善心。有的同学家贫，她家访时会带上她买的作业本，她还帮助交不起学费的学生交费，并带我们进城，去照相馆拍合影。当然，她还常在我们下午该放学时，给我们加一小节课，讲那些经典的励志故事。如果是冬天，天黑得早，讲台就点起一根蜡烛。烛火跳跃着，忽明忽暗，她的脸也忽明忽暗，那也是她最美的时刻。她不用教鞭，脸上的雀斑看不见了，语气温柔，面目平和。

她离开我们小镇，似乎没有任何预兆。突然有一天，她要调到黑龙江东部的一个小城去，说是她恋人在那儿，是去结婚。这时我们才意识到她是一个女人，是个有人惦念的人。

她要离开了，按理说我们是奴隶得解放了，该同声庆祝的，可大家突然都很沮丧，因为她一点儿狠劲都没了。她带着偿还之意，将自己所用之物，分给常遭她鞭打的人，那多是家庭困难的同学，我听说的就有书本、衣物、脸盆。在她走前，有天我在小卖店碰见她，她还买了一双雨靴送我。从此后，她离开的风雨时刻，穿着雨靴走在泥水纵横的小路上，总会想起她。而她带我们拍的合影，成了同学们最美的珍藏。我们不知她婚后过得怎样，她丈夫会像我们小镇的男人那样，爱打老婆吗？她为师还喜欢手执长教鞭吗？当我们班级的卫生越来越差，同学们随地吐痰，随手丢废纸，教室再也不是窗明几净时，爱洁的女孩子就想念她；而当那些学习成绩差的学生，将书本视为无用之物而放任自流时，学生的家长就慨叹，要是她在就好啦，孩子就有人管了！

四十多年了，我没有她的任何消息，也极少想起她来。但水银泄地的这个夜晚，也过了半百之岁的我，却很热切地思念起她来。不知她是否还在她当年嫁过去的小城。按她的年龄，应是儿孙满堂，颐养天年了。

我不知当年的这位班主任老师的长辈，是否有出自旧学堂的，她的一些教育方式，私塾痕迹明显，教育为主，体罚为辅，在今天可能会遭到众口一词的谴责。但试想在20世纪70年代一个荒僻的山镇，一个有抱负的教师，面对着一群天性顽劣的野孩子，她最直接有效的教书育人方式，也许就是恩威并施。她用教鞭打了那么多孩子，可没一个因之致残或受伤，可见她心里是有轻重和尺度的；当她把砖头抛向你，让你蹭掉手上的皴时，尽管你满心不快，但至少让你从此后注意个人卫生，时常用温水泡手，让它们散发出我们那个年龄的手，本该有的鲜润光泽。

再回到体温计碎裂的那个夜晚吧。夜一点点地黑起来，我见抹布清理水银，起到的反而是推波助澜的作用，赶紧上网查询对付它们的办法。水银有毒，我先是敞开窗子通风，然后用笤帚将它们轻轻扫到撮子里，放到一个新打开的垃圾袋中，之后用纸巾擦拭余下的细碎的水银珠。每片纸巾罩住一两颗，将它们轻轻拈起，包饺子似的封住口，丢进垃圾袋，再取一片纸巾奔向另一处。我就这样朝圣似的趴在地上捉水银珠，足足用了半盒纸巾，直到我认为已把它们消灭殆尽。

我关了厅里的灯，打算回卧室休息一下。借着卧室的微光，我突然发现刚清理过的地板上，仍有水银珠一闪一闪的。我不相信，取了手电筒照向那里。呵呀，这分明是一个微观花园么，我发现了无数颗更加细小的水银珠粒，在白桦木地板的表面和缝隙，花儿一样绽放着。

这不死的花朵，实难相送，那就索性不送，我不相信就凭它们，会让我性命堪忧——将其当花来赏又如何！权当它们是腊梅的心，是芍药的眼，是丁香的小袄，是莲花的罗裙！

因为在黑夜面前，所有的花朵都是无辜的。

（原载《文汇报》2017年4月16日）

理解生慈悲

——关于家训

◎孙惠芬

顺着“家”这棵藤往根处摸，女人都会摸到两个家。这似乎有些悲凉，你在一个家里长得好好的，却要生生地被拔苗移走。我27岁嫁人，经历了漫长的缓苗过程，带着乡村门风讲究的大家庭的优越感，来到没有门风也无所谓家族的小家小院，陷落感无时不在。我那所谓的门风，其实并不来自安详的生活，那时正是凄风苦雨的“文革”，父亲叔叔大爷全被批斗，姥爷舅舅也被批斗。然而正是奶奶在这并不安详生活中的安详，让我自童年起，就领略了奶奶带给家族的威严。那威严不是训诫、不是誓言，它甚至无声，但此处无声胜有声。比如无论外面的批斗口号喊得多响，奶奶每天早上洗脸时，必照例脱了上衣洗身子。冬天天冷，怕披在奶奶身上的衣服脱落，我便是那个帮她不断往肩上拽衣服的人。比如一日三餐，无论外面有什么样的消息传来，每餐后奶奶必照例要漱口。她的儿媳、孙媳——我的妈妈和嫂子忙家里的活计时，我就是那个端漱口盂的人。比如无论街上的人如何对孙家人躲之不及，奶奶三天两头，总要挺直了腰板穿过大街，去大爷和叔叔家串门。她穿着浆洗得板板正正的衣服，里边白色衬褂一尘不染，领口处一定要露在外面，街坊邻居敬佩的眼神从远处朝奶奶望过来时，我就是那个分享了荣耀感的人。

奶奶出身辽南大孤山镇大户人家，读过书，有文化，嫁给乡村的爷爷，心底经历了怎样的挣扎，她从未说过；赶上“文革”，她的儿女们受她国民党战犯的弟弟牵连，生活再一次陷落，她忍受了怎样的苦难，仍然不曾说过，可那从陷落的情绪里长出来的东西，胜过所有语言。当那东西潜移默化成一种无所畏惧的威严和安详，并吐露出荣耀的须芽，你也就希望自己有洁白的领口、清洁的牙齿、笔挺板正的衣衫，“讲排场”，也就成了人们评论孙氏家族的常用词。

如果说我娘家的家还有什么家训，那么就是童年里奶奶通过细节所展示出的“讲排场”的姿态，虽然那排场所吐露的荣耀，是畸形的荣耀，有虚张声势的意思，属硬撑起来的面子，可正是这硬撑出来的畸形荣耀，使爷爷不在、叔叔大爷父亲纷纷被打倒的男人缺席的孙氏家族，得到一种精神的护持——安详的笼罩。二娘和四婶是镇上人，对奶奶的“讲排场”心领神会，发现奶奶从街上走来，也穿着新崭崭的衣服迎出家门。母亲出生于乡村，大字不识一个，可她对奶奶更是配合默契，不但每天都心甘情愿为奶奶端水、洗衣、浆衣服，她侍候了奶奶一辈子，一辈子都一丝不苟。母亲生性贤惠隐忍，柔情似水，与奶奶刚烈不阿的性格完全相反，她的配合不排除有性格因素，可当年父亲卖过膝袜子，奶奶把拿到家里的过膝袜子分给城里出身的二娘和四婶，没给母亲，母亲在油灯下讲这个故事时，眼里满含泪水。很显然，当母亲陷落于奶奶“讲排场”这种既虚妄又实在的荣耀感中，荣誉感也润物无声地潜入了母亲的生命。母亲被移苗孙家，或许不是陷落，是提升，是拔苗助长，虽然要克服漫长的缓苗痛苦，可母亲是幸运的，毕竟，她在精神上找到了“组织”……

排场里的荣耀，无疑含有虚荣的成分，后来的年月，我越来越多地看到奶奶在特殊年代留给子孙特殊礼物所衍生出的问题，可不管你如何自我反省和批判，它都在你的身体里驱之不去，当携带这精神基因来到精神空气稀薄的另一片土地，我经历了长期的水土不服……

婆婆曾是娘家的老大，十三岁就下地干活，她喜欢旷野，喜欢跟大自然在一起，移植到张家，因为公公住供销社，常年在外，这个男人缺席的家需要她一个人承担家里家外的劳动，那个家的物质外壳——房屋，便只是她和孩子们做饭睡觉栖身的场所，一声鸟叫，一声买卖人在旷野的呼喊，都会让她不顾锅底正燃着的火，冲出院子，至于此时，身上的衣衫是不是整洁体面，身后锅底的火是不是烧出来，锅里的菜是不是烧煳，全然不顾，更不用说家里的卫生，过日子的规矩。恰恰公公在外，受文明熏染，希望有规矩，希望家里干净体面，当他偶尔回来，发现这个家并不是他理想的家，吃饭的饭桌就成了他训斥发火的唯一场合。刚结婚时，每餐吃饭，大家低头急慌慌吃几口赶紧撤退，我有些诧异，自动留下来陪公公，可我不知道，我是在引火烧身，因为当公公发现终于可以有一个人听他讲话，讲他过日子的理想，我便成了他的教育对象。虽然后来我也开始撤退，但就是从那时起，我开始思考，思考这个家为什么会是这个样子。

顺着“家”这根藤蔓，我摸到了两个家，却不曾摸到一个跟“家训”有关的瓜。这真的让我有些悲凉。然而最悲凉的是，在历代名人家训榜上，出现的全都是男人名字，不管是皇上还是圣贤，是商人还是科学家，似乎从来就没有女人的事儿。而在我的两个家里，在我的生命中，女人是如此重要，女人不但需要撑起家这片天，女人还要经历拔苗移植、水土不服的痛苦，还有被“家”来“训”……

如果说我从两个家里真正找到了什么，那么只有一点：对生命的理解：如果没有奶奶对当时家境的理解，就不会有那威严的做派，如果没有母亲对奶奶做派的理解，就不会有谦卑的服从，如果没有婆婆对公公发火的理解，就不会有默默的忍受，同样，如果我不是在痛苦中慢慢理解了公公婆婆的人生，从心底生起同情，我的缓苗过程将永无休止……

女人的家训，或许永远只有一个：理解。因为理解生慈悲，而女人的慈悲，是家得以源远流长的真正血脉……

（原载《人民日报·海外版》2017年5月14日）

衣装亦庄

◎邵　丽

前些日子开一个非关妇女的大会，但其间有许多女性参与，各种年龄、各种品位的妇女们。有人注意到魏小姐的腕子上戴了一只冰翠的镯子，一个饭局间，有好多人隔着桌子关注着那只镯子，懂行的都在心中暗估，价格大约得六位数以上了。待脱去大衣，她的颈项上又闪出一粒镶钻的南珠，应该差不多有二十毫米吧。魏小姐已经过了四十，未婚，虽非寻常，却也不是绝色。但由这两件首饰装备，陡然让她升高了几个段数。再去揣摩她的神情，仿佛依然透露出少女的矜持和高贵。比衬得我们这几位整日里相夫教子、已经向生活缴械投降的妇女好像天天都被烟熏火燎似的。她的配饰使她的服饰也显得雅致，让她在整个会议期间闪闪发光，的确让人惊艳。待到次日，再从各自的房间出来，众人不约而同地换了行头，都在暗暗较劲儿，争奇斗艳。

有个名人说，女人只是女人，而男人是猪。话虽然糙了点儿，但与宝玉所谓“女人是水做的，男人是泥做的”也大体差不多。流水不腐，水做的女人就应该多扎堆儿，从彼此身上映照到自己的优长和不足。最近日子稍微有点儿松散，我也能得闲到处转转，因此有了一点儿经验，女人还应该多找些时间逛逛街，看看试衣间里放大的赘肉，在衣服和身体之间明察真相，提醒自我修身的必要。只不过三五年的工夫，有些品牌或者某个款式，已经将某个年龄段的女人删除。不是牌子过时了，过时的是人物。

女人若是有幸成为女儿的母亲，那么母女将成为闺蜜。做母亲的会看上女儿的服饰，兴冲冲地穿在身上，却立马露了馅儿，完全不是那么回事儿。青葱一样的女儿哪怕蓬着头，脸也不洗不抹，T恤凉拖就冲到大街上去，简单到极致的装束，仍旧会收获到无数艳羡的目光。这阵势，母亲只会露怯，对自己严防死守，毫不懈怠，稍微有一点点的疏忽，就堕落成大妈了。这时候，你的闺蜜女儿就提醒你，置办几套有品质的衣裙，漂漂亮亮地出门；虽徐娘半老，当风韵犹存。

于是就摇头。于是就点头。于是就低头。

其实，真正不肯屈服到饶了自己，年龄也未必就是关键。前几年去日本韩国，留心街上的行人。这两国的家庭主妇，去趟菜市也必将浓妆艳抹，穿戴考究。她们很少有机会出入公众场合，每天去超市采买都是一次时装走秀。窃以为，一个注重仪容的人，尤其是女人，是对公众表达一份诚意。曾经历过一次颁奖典礼，临时让几个年轻姑娘充当礼仪小姐。日常的功课瞬间暴露无遗，有的女孩脱去外套就如同轻盈的蝴蝶，飘然走上舞台。却也有两个姑娘，棉衣里面的毛衫皱巴得完全无法示人，直接穿着鸭绒棉袄上来，灯光映照得越加愚笨。这大约就是曹雪芹笔下“上不得台面”的粗使丫头吧。可见，功夫在日常。打量一个人的服饰，虽然不是百分之百的准确，但是学识教养，出身背景，大致是可以探得的。当然，当下的世面，不乏假冒伪劣的“贵族”，但凡有稍长一点儿的接触，仔细观其细节，便会露出底色。经验过一个衣着讲究的女子，偶然与之同途差旅，其内衣尽显破旧驳杂，没有一双不带洞的袜子。再品味她，心中便遍生枝节，有了许多遗憾。

女人到了该对自己负责的年龄，端的就是一个得体，依据自己的经济能力，总是可以让服饰合适自己身份的。过了四十岁，宁可少几套花样，也要选择两件喝茶衣装，大方示人。打扮得细致得体的女人，可以省却一半话语，以独乐乐带动众乐乐。所谓人靠衣装，绝非只是衣帽取人。一个静雅得体的女人，擦肩之间，便会教人多些敬意。

中国女人，大多是职业的，要靠一份工作养家。这是妇女解放运动给女人带来的副产品，是福还是祸，真不好说。很多女人，在外面还是会装点自己，回到家中就极度不周致，一件睡衣已经旧到没了颜色还在穿。地板擦得锃亮，门口的拖鞋却烂污到让人不敢涉足。常常会有同事笑谈，我老公哪看见我化妆出来是什么样子，他早晨出门我还穿着睡衣做早餐，他晚上回来我又换上了睡衣准备晚饭了。这难道不是男人出轨的祸端？首先你自己抛弃了自己，轻贱了自己，怎么让老公待见你？他看别的女人都是俏娇娘，自己屋里却只寻见一个邋遢的厨娘——纵使是厨娘，也该是装扮得体俏皮可爱的。厨房有厨房的活泼，卧室有卧室的妩媚。让自己的男人看到的处处是对他的上心，任凭外面的世界多花哨，心里总还给自己的女人留着最重要的位置。

自零碎文字里，看那些旧时代的名媛，哪一个不是在装点上下足了功夫？秀外慧中，名留史册。五代时期的花蕊夫人，“刻意妆容，艳惊两朝”，先后为亡国之君后蜀孟昶和开国之君宋太祖赵匡胤两君专宠。但不要因此认为她是个花瓶，其《述国亡诗》，即使现在读来也荡气回肠，让多少男人汗颜：“君王城上竖降旗，妾在深宫那得知？十四万人齐解甲，更无一个是男儿！”据宋美龄身边人说，她至死都是要日日装扮的，几十年坚持做护肤按摩，不化妆决不见客人。旗袍一直穿到老去，满翠的耳环手镯从不离身首，环佩玎珰，步步惊心。这样的一个老人，到老也依然肤如凝脂指若柔荑。令小她50岁的人也会忍不住心生爱慕。想当年，她着一袭黑色旗袍，胸前绣一朵金色牡丹，代表蒋公介石会见前来劝降的希特勒的私人代表戈宁。当戈宁拿着希特勒的信件，要求国民政府与日本媾和、合力剿灭共产党时，宋美龄面不改色，字字千钧：“我们中国有一句奉行了几千年的成语：‘兄弟阋于墙，外御其侮’，说的是，两弟兄在家院里斗殴得很厉害，可是外面来了强盗，弟兄立刻停止斗殴，同心协力，去抵御强盗。今天，日本侵略者乃一江洋大盗，要亡吾人之国家，灭吾人之种族，我中华之全体国民，包括本党与中共，除了弘扬弟兄手足之情、同心同德共御日寇之外，别无选择！

古往今来，衣装与时代、与政治有着千丝万缕的联系。子曰：“微管仲，吾披发左衽矣！”可见，服饰也有关国家民族之尊严。赵武灵王推行胡服骑射，被梁启超认为是“自商、周以来四千余年”“第一伟人”。曾几何时，我们举国上下几乎所有的妇女都着蓝黑衣裤。有次王光美随刘少奇出访，穿旗袍戴珍珠竟成为一项罪名。改革开放以后，首先改的是衣装，终于，中国的街道上也走来了佳人。再不似我母亲那个时代，满世界木讷的脸孔，笨拙单一的袄裤，让她们的整个青春像兜在一只没有棱角的包袱里。如此说来，我们真真是赶上了一个好时代。

（原载《人民日报·海外版》2017年6月5日）

跨过一条河流的方式

◎汤世杰

1

“人不能两次走进同一条河流”。赫拉克利特如是说。当我就要跨过家乡那条大河时，想起这句话，心头先是一紧，旋即哑然失笑：那位古希腊人的话尽管经典、哲学得要命，可对那些别说两次，连一次都没走进过同一条河流的人，这话还未必管用。

呵呵，我就是那些人中的一个，于是坏笑一声，踏上旅途。

2

不管有意无意，将聚会选定在家乡那条大河那边，都既让人叫绝，又让人遗憾：到大河那边看看，是从小的梦，梦的年龄跟我的年岁差不多一样大；可生生只让一条伟大河流当一回怀旧聚会的陪客，而非倥偬岁月的见证者、在场者，怎么我都觉着荒谬。记忆中，不管任何时候，在任何地方，那条大河都一直在场，既是我生命的见证者，也是参与者；而把一条时时新、日日新、年年新的河流弄成怀旧对象，是不是过于轻率？都是“怀旧”两个字闹的。这年头，生活总在无形中扭曲、篡改着词的本意，“小姐”成了卖身女人的雅号，“老板”成了官员的代称，“怀旧”一词也变得模糊暧昧。怀旧当然是每个人的权利，谁只要愿意都可以尽情怀旧，不干我事；而当怀旧越来越像某种时尚的群体活动，带有娱乐性的社交生活时，我更喜欢“回忆”，而非“怀旧”。“怀旧”是留恋，“回忆”却是厘清。同乡聚会、同学聚会、同事聚会，大多都有点儿似是而非：处于同一年龄段，或有某些共同经历的人们，借助短暂的聚会，虚拟出一个共同的怀旧目标，然后便开始“怀旧”。那样的怀旧，在某种程度上因少了些对往昔的深刻反思，对当下的深切关注，一不留神就会从某种无厘头的夸张、虚拟和粉饰，变成一场温柔的闹剧可怖的麻醉。而参与者过去和当下真实、严酷的生活一旦被排除在“怀旧”之外，就会变成娱乐性的公共活动，谈论的无非是些严峻现实生活之外的轻松话题，诸如健康、住房、孩子之类的应酬性话题；其实那在任何场合都能谈论，未必要在一次正经八百的“怀旧”活动中进行。那样的怀旧注定是公共性的，浑浑噩噩的，浅尝辄止的；回忆则是纯私人的，清醒明白的，触及灵魂的。“怀旧”因而从来都说不上是扪心自问的心灵活动，“回忆”却是。智者因而远离“怀旧”，很少参与那种看似优雅、欢快的“怀旧”聚会。他们沉浸于对往事的回忆，说到底渴望的是对昔日生命之杯的再次品味与渴饮。相比怀旧时对旧日旧物的无端迷恋， 回忆却试图从看似孤立的旧时事物中找到暗藏的逻辑。“现在”发生的事情只有与过去联系起来，方能透彻地显示出它的意义或荒谬所在。我祈愿的，是大河作为一个在场者出现在游子回忆之中——那样的回忆往往平淡得让人揪心，又快乐得让人流泪——而不是作为一个木讷的旁观者置身事外。真能那样，不管一次还是两次，轻松还是沉重，我都会毅然决然地跨过那条历史的河流。

3

生命总是尴尬。时间不停地向前，生命倒怎么都有些朝后；反过来说也一样，生命总在向前，时光倒总是朝后。将来与往昔，作为岁月长河的两个“终极”，无时不把人往两个不同的方向死命地拽。当时光年复一年地离我们远去，人一边无可逃脱地朝着生命终极的不可知走去，一边又常常沉溺于对往昔的追忆与怀想之中。而艺术，总在有意无意中证实着那样做的价值。除了畅想未来的科幻作品，古今中外，一部真正优秀并堪称经典的文学作品，从普鲁斯特的《追忆逝水年华》，到曹雪芹的《红楼梦》，倒尽皆对往昔生活的追忆：或如前者，是对一段生命历程的轻柔抚摸，梦呓似的怀想；或像后者，是盛宴散尽人去楼空后，对一段花团锦簇般的繁华转眼烟消云散的伤情凭吊。活生生的现世似乎总在让人回想往昔，而沉湎在往昔中的生命又无法拒绝面对现世——就像一场旷日持久、难分输赢的拔河，永难结束。生命的幸运或尴尬，怎么说好像就在这里。

而我，那天遭遇的或许正是那样的尴尬：明知人最多只能在短暂的瞬间沉浸于往事，不可能真正跨过那条时光之河，回到无拘的时光，我还是弄不清往事和现世到底哪个更真实，也更亲切。

4

对预想中那个时刻的到来，我早做好了准备——至少我以为是这样。回忆从来无法避免。现世对往昔的撩拨虽多出于无意，倒总会在骤然中仓惶发生，或轻或重，都会锵然触动人心中那架多年未曾触摸过的古琴。谁心中没有一台那样的琴呢？一台真正的钢琴会有许多牌子，心中的那台琴或许也有许多名字：年少、青春，浪漫、幼稚，聪颖、顽皮，学习、生活、友谊，甚至莫名的忧郁、朦胧的爱恋……恰如歌德在《少年维特之烦恼》中所说："有关可怜维特的故事，凡是我能收集到的，我都尽力汇集在这里，供你们翻阅，我知道你们将为此而感谢我。对于他的精神和性格，你们定会深表钦佩和爱怜，对于他的命运定会洒下你们的泪水。"我不是可怜的维特。可记忆中的往事，照样会展示出那段时光的各个层面，就像一枚钻石被切割出的多个棱面。记忆的古琴再次发出优雅之声的过程果然几近玄秘：揭去往事之琴上厚厚的、落满尘灰的琴缦，小心翼翼地掀开记忆熟悉的琴盖，当思索的手指刚一碰触琴键，稔熟于耳的琴声便与岁月的覆尘一起纷飞而起，新鲜的思索也与敞旧的记忆一齐如花绽放——不知为什么，这样说时，我心里既有些快乐又有些疼。随着那台古琴的奏响，回忆便悄然开始。琴声有着零乱的清新稚嫩的深邃，古雅缠绵得恍若隔世，汹涌而至的激情却将久违的青涩韵律，演绎出春江水多情的喷涌与奔泻。那旋律尽管至清至纯，一如天籁，却会在刹那间让既石头般坚硬又鹅羽般轻柔的人心，在无助中欢快而又慌乱地沉溺，沉溺于记忆，沉溺于童心，沉溺于对现世的无可辨认。快乐的痛苦或痛苦的快乐，就那样不可思议地袭到心头，迅速且不可阻挡地弥漫全身。这时我才惊异地察觉，自以为藏得深之又深、早就不会奏响的往事之琴，其实从来都未沉默过，从来！琴弦依然张弛有度，无须调试，随时都将在战栗中奏响——在某个寞寂的午夜，或某个惬意的清晨，青春的生命突然造访，让人悲喜交集，甚而失声痛哭；这么说来，即便世事沧桑，人生沉浮，支撑那些琴弦的琴柱倒一直完好如初，牢记着自己的使命和职责；黑白分明的琴键既坚实如铁又柔韧有序，既能承受霹雳般猛烈的敲击，也能回应微风般轻盈的抚弄；貌似沉默的悄寂，实则是漫长无声的等待——它知道，那个人迟早终会归来；它在等待，等待斯人离去多年后一朝归来，给那曲早就孕育于心却始终没能完成的乐曲续写一个结尾；即便那不是一支由发酵已久的旧日子酿制出的新故事，也注定会既饱含着往事的古雅陈香，也会散发出新日子的潇洒异趣。

5

事情好像正是如此。当那一天终于来到时，浸淫于回想中的往事，便像一个庞大的乐队，开始了它们激情的演奏——各个音区，不管清晰明白还是混沌模糊，尽皆呈现出它单纯的清新与醇厚的敞旧；固然某些叫人心疼亦心酸的遗憾，也会与清新的纯真敞旧的美丽相伴而至——世事人生，或许都是既相伴又不尽和谐的混合，听上去恍若一部主题复杂得要命的交响乐前奏曲：青春的小号以它稚嫩的圆润透亮的清澈穿透云空，转眼便深深搅彻你的灵魂；细听，历史在那个小号喇叭口塞上的弱音器依然还在，金属质地的坚硬号音于是变得多少有那么一点儿柔软，遥远得如在昨天，又清晰得就在耳边。小提琴是什么时候加入进来的？那声音清丽得近乎尖锐，如一条哧溜溜的小蛇，让人怎么都躲不开它不舍的追逐与纠缠——或许它太小，就像我们曾经太小一样，即便恶作剧也不会伤人，却让人悠然想起懵懂岁月里刚刚发蒙的友情或爱恋，以及那种被异物吸引甚至被它咬噬引发的战栗的欢喜恐惧的快乐。还有些什么声音？多了去了。沉郁的圆号声宽广、辉煌地涌来退去，一如平静的海水舒缓的大波。弦乐窃窃私语般的齐奏成为那片舒缓波浪最好的解说，就像专家评议团在作出最后评判前的小声商议。长笛尽管只在主乐句的间隙小鸟般地飞起，短暂得如游丝云片转瞬即逝，却明亮得像一道穿透云层的阳光。或许还有润泽饱满的圆号、飘曳灵动的长笛、浑厚滋润的双簧管？竖琴多半不会有，那太过优雅与奢侈，在我的青春年代，甚至都没听说过那种另类的乐器。遗憾的是我怎么都没听到沉重一些的乐音。对了，怀旧的致命之处或许就在这里，它总是避重就轻，避实就虚，显出某种盲目的轻松。那或是这年头最容易犯的毛病。怀旧者倒是真忘了，人无法将脚伸入同一条河流两次。不论你的动作有多快，河水都在不停流淌，而在伸脚缩脚的一刹那，脚也已不是原来的脚。幸好我不是在“怀旧”，而是在“回忆”。回忆可以有无数次，而每一次真正的回忆，都会从往事中品尝出早先并没有品尝到的滋味。

哦，倘若我是那支交响乐的指挥，或是那支乐曲的作曲者，定要在乐曲中增添几声轰然作响如惊雷掠空的定音鼓，再伴以夏日江声那样沉郁雄健的倍司，让从琴声中凸凸出来的青春故事，不至于太过缠绵纤弱，太过飘浮游移，失却了岁月真实的品格凝重的秉性。还记得我家后门的那条小街，几乎每次从那里用卡车整车整车拉出去的人，最后都躺在“铁路坝”的血泊里——即便大多罪有应得，其中也难说有冤屈的灵魂。也记得上世纪五十年代初家乡的那次洪水，江水一直涨到家门口，我能一手抓起那条就在我家门口游动的鱼；我蹚水而行，但那决不什么跨越。当我在水中稀里哗啦地走着时，在那条河的下游，由于分洪而几十万人被迫逃离家园。某个酷热的夏天过后，新学期开学时几个教我们的老师突然不知去向，再也不能来到我们的课堂。那个课讲得最好、对学生也最“狠”的老师不在了，他能用粉笔头百发百中地砸向你的鼻子，让正在犯困的同学从睡梦中惊醒。我们总对他又爱又怕。能干人大多这样。从此再不会有他像子弹一样飞来的粉笔头，也没有他叫你起来回答问题常说的那句让同学们大为恼怒的话：“临时起来眨眼睛，2分，坐下！”当然也再也听不到他说：记住我的名字了吗？不是中华的华，是白桦林的桦！他也真像一株白桦，清瘦的高个，挺直的腰板，那双眼睛怎么都会叫人想起白桦树干上的那些“眼睛”——我们是从画报上看到那些眼睛的。那株白桦后来到哪里去了？

多年后当我已成年，才从历史的缝隙中窥见，世相比那几个老师的失踪更为惨烈：那个夏天跟他们一起沦为失踪者的，不下千万。如果人生真是一条河，他们肯定没跨过去。他们会不会在心里说：孩子们，我们没能跨过去，你们能跨过去吗，那条河？

6

当我完全沉浸在那种回忆中时，已置身在梦想多年的那条大河的那边——平生第一次，我到了大河那边，在故乡。

人之一生，到底要面对多少江河？说不清。有自个儿突然出现在我眼前的，你在大地上走着走着，它突然就横亘在你的眼前，要想前行，你还非得跟它作一次亲密接触：从水中涉过，或从空中跨越；有我千辛万苦才找到的河流，先是听到了它的传奇，它的故事，仰慕便油然而生；那样找到的河流，情形差别甚大，有比传说中更汹涌、更磅礴的，也有比传说更柔美、更诗性的。可命中注定， 只有一条大河属于我，我也真正属于它。那条我以身相许的大河，从没给过我任何许诺，有的只是我自己的确认。不是山里的小河小溪，你只消几分钟就能把它搞定：或胡乱卷卷裤腿，便可轻松地蹚过，或踩着溜滑的、长满暗绿苔藓的石墩子，一步步走过，任清白浪花在脚丫子间嬉闹，就是溅湿了衣服，都是一种喜悦；或至少有一座小桥，或用旧木板搭就，看上去风雨飘摇；或以几根粗大的藤条编成，双脚刚踏上去，人便天旋地转，终于晃里晃荡地走了过去，则有一如喝醉了酒那样的惬意；或干脆就是一根溜索，就像我在高原山里看到的，两头连着陡峭绝壁，胡乱找个溜梆把自己往溜索上挂好，双脚一蹬，人虽早已到了对岸，江上风声身边云彩从此都留在心中，怎么都不会忘记……

不，全然不是那种可以纵身一跃而过的小河沟，也不是可以像结识了个新伙伴似的，可以与之随意嬉戏的溪流，那是一条大河，一条真正的大河。它的名字叫长江。那条真正的大河，说到底是一条时光之河。我到过它的上游，两岸山峦陡峭，河水冰凉湍急。在那里，面对它我总有些恍惚，无法理喻一条曾经狭窄的河流怎么会变得那样恢宏，那样浩瀚，而又那样地充满了母性。

而比那条大河和更为深邃雄阔的，是人人心中都有的心河。

7

说来真让人难以置信，打小生在江边长在江边，年年见水起水落，时时闻号子船歌，却一直没去过河的那边。对河那边的神往如对宗教里的天堂，哲学中的彼岸，伴随着我一生的追寻。甚至，当我远离故乡千万里，到了异乡，我还是在那条大河旁边——那是那条大河的上游。说来真是奇妙：我幼时看到的，是那条河的下游，也可说是那条河的壮年，而我成人后看到的，反倒是那条河的上游、孩童期。于是每次靠近那条名为金沙的江，我都会想起流经家乡小城边的大河，事实上它们就是一条江。有段时间，我有空就往金沙江边跑，不定就是出于心里那个潜在的念想，去看看长江——那条既给了我快乐，又给了我沉重的大河。

……那个炎热的中午，我没睡午觉，和几个同学约好，一起偷偷去江边学泅水，为的是有朝一日能游过那条大河。那是校规不允许的，每年都有人在大河里溺死。可大河的诱惑强烈得像万花筒里的明天，一茬又一茬的孩子，都会在老师、父母的严密监视下，偷偷溜到大河去泅水。人太小，只敢选个河岸平缓的河段，在浅水中像只小鸭子那样，胡乱扑腾。而那天，我们常去的那个河段停了好几艘木船。那个姓刘的同学，第二次下水后就再也没有起来。几个小伙伴一阵呼天喊地后，个个面如土色，立马作鸟兽散。

稍长，在北岸，泅水、放风筝，挑水、扛码头，天天对着大河那边，总想知道大河那边到底有些什么。人太小，隔着浩浩一条大江，想过去倒怎么都过不去。以那时的体力，想赤手空拳游过那条大江，亦绝无可能。倒是江对岸那座酷似金字塔的山，晨昏都在眼前，到底叫磨基山，还是磨金山？没查证过，我倒喜欢后一个。磨金山下游不远，一字排开五道山梁，家乡人叫那是“五龙”。遥望中，“五龙”葱葱郁郁的山林，足够一个少年安排他千奇百怪的遐想。河那边就那样神秘起来——神秘总与梦想纠缠得紧。没想几十年后，竟有机会去河的那边看看——如今短短一段江上，建了好几座桥，想去大河那边容易得很，花一元钱，乘公交车就能方便地到达。但横亘在岁月里的那条河，横亘在人生暮年与青春年少之间的那条河，却并不容易轻松渡过。那是一条更大更长也更汹涌的河——美好包裹着沉重、恐怖中夹杂着温情。

终于就到了大河那边。

那真是个好地方，下车往北走，大江转眼隐去，忽悠一下躲到了我的身后；眼前唯青山碧瓦，绿树浓荫。这里那里，到处是干干净净的农家小院。说不上有什么景色——也许最好的景色，就是天设地造的原生山水，寻常人间。原来我梦想过多年的河的那边，竟有那样寻常的恬淡，又有那样出奇的静美。当江声隐约已在山的背后，我意识到我到底已跨过了那条河，到了河的对岸，同时跨越的，甚至还有那条长长的时间之河，这才与儿时的朋友们聚到了一起。聊天，说笑，吃饭，喝酒，照相……一切也都寻常得不能再寻常。

8

我说过，应对那样的尴尬，我该是有准备的，准备经受某种触动、某种喜悦、某种痛楚甚至无奈。事情早在大半年前就已敲定，机票也在一个多月前定好。从那时起，我一直在收拾行装，收拾心情。临出门我还往屋子里有过一次回望，生怕忘了什么。然后我悠然离开，去赴一次往事之约。

但事后想来，对要跨越一条河流那样的事来说，通常的准备无论怎么都会显得太仓促，也太空洞——半个世纪后的一次约定，决非几天、几个月能准备好的。我太自信，也太轻率。事实上那样的准备简直不堪一击。临到事前，预先备好的应对，反复演练的台词，甚至在某些特殊场景应有的表情，就像洪水汹涌而来时匆匆堆垒起来的土堤，刹那间便坍塌瓦解。往事如凶猛的洪流，迅捷而又无情地扫荡一个归家游子的灵魂，进而冲决那道看不见的心堤，怎么都叫人猝不及防——你把它叫作涤荡也未尝不可。

我醉了。

问题绝不止于空着肚子喝了几杯酒。之前，依傍着农家场院简陋的天棚，就在一棵作为中心柱的木柱旁，我们有过一次简短交谈。天棚多少有些透明，从顶棚和四周透过来的光线恍惚不定，让人对现实的确定性难以把握。那并非分别多年后的第一次见面，却是第一次单独面对。早先几次，都是在与众多老朋友一起见面时的远远相视，包括头天傍晚，我应约去赴他特意准备的家宴。

他在忙着做饭。在场的几个老同学多年未曾谋面，饭前和饭中，我们一直在“怀旧”，谈论一些重逢后常常谈论的话题，家庭、孩子、身体等，亲切却无关痛痒。至少，我不是为这些而来。我看到了他的生活，却无法谈论。而在那个农家小院，我们只隔着那根柱子，近在咫尺。可恍惚不定的光线，加上刻意想把紧张变成轻松的思绪，终于把那个场景中的一次寻常交谈弄得更像一个梦。时间大约不到十分钟。我说了许多，他也许说了很多。我记得他说，我一直等着你的解释，却没等到。我突然有点儿蒙：解释什么？我努力回忆着他暗示我该做出解释的某些细节。没有。没有那些细节。于是我陷入更深的恍惚。或许是我把事情弄错了，反正从那时起，我完全失控，就像我乘坐的那条小舢板面对大河突然掀起的波涛，剧烈颠簸而又一筹莫展。事情竟然如此奇妙，就像我已弄不清我原先的那个梦到底是一个真正的梦呢，还是一个真实的记忆？于是，所有早已预备好的话，都没能向他脱口说出。

9

心河波翻浪滚。

再怎么贫穷的年代，青春的富足也足以装点小城的宁静与美丽。几个要好的朋友，似乎正朝我走来——我听见他们正在谈论，“相约”着要去跨越甚至走进那条大河。说那是个“准约定”或更恰切，因为那约定并不成文，怎么都还停留在朦胧的心理层次。可这样想时又觉得，难道心灵的相约不比一纸誓约更珍贵，更让人刻骨铭心吗？常常是，离开学校后，我们在小城的大街小巷漫步而行，一路谈着些乱七八糟的话题。无邪的年龄，谈什么都无关紧要，重要的是我们一直在谈论着，也愉快着。某种隐秘得连我们自己都没察觉的情感，正在心里悄然萌动。说不清那到底是什么，也无须说清。如今想来，那奇怪的情感或许早在那天就已萌生：某天，班上发生了一件非常严重的事，他在他抽屉里发现了一张字条，字条上写着那时一部流行电影《国庆十点钟》里的几句歌词：“有一个年轻的小伙子，他爱上了一个小姑娘，嘴里不敢说，心里总是想……”字条不知怎么就到了班主任老师手里，全班同学立马遭到了一顿狂风暴雨般的训斥。那是谁干的？不知道，尽管我就坐在他的后排，尽管我以为那必出自一个喜欢他的男生之手，那家伙却太胆大妄为了，简直聪明到了愚蠢！从此便记住了：决不能说那样的话。我那该死的致命的错误或许就在这里：到了也没把那种内心的隐秘躁动变成面对面的告白与承诺，和盘托出。实在是太年轻了，年轻到以为只要那样经常谈论着那条大河，谈论着与那条大河相关的某些话题，就是在谈论着我们该怎样、又在什么时候跨过那条大河了。事实上，其中有两个朋友，在某个夏天后不久，便悄然跨过那条大河，远去他乡。多年后，当我与他们再次面对面时，他们已然身在大河的那一边，尽管多少显出了一些疲惫与辛苦，却满脸都是成功跨越那条大河后的喜悦。

10

当我突然明白该向他表白那个愿望时——其实，到底是个什么愿望，什么叫表白，该怎样表白，我仍不清楚——他已沿着那条大河顺流而下，早早去到了我要去上学的另一个地方。

我是坐船离开家乡的——或许他也是。夜晚的大河通体黝黑，码头上，灯光有也不多。那时我还没想到此一去便近五十年。总以为随时都会回到家乡，跟他一起跨过那条大河。那是我的一个牵挂，一个梦，就像我对一条小巷的牵挂和梦一样。小巷短得像半截竹竿，瘦得像另外半截竹竿；但印象里的小巷怎么都深得没底，宽得没边。梦就在那里游荡，像是好多年，又像是好几个钟头，徘徊、游弋，满怀期冀，又满心绝望；脚步无声，生命却愈来愈沉重……梦，从来无形，牵挂，也无非牵挂，想说清其中的缘由，倒怎么都说不清。韶华暗转，人生的景致也不知变换了多少场景，那样的梦和牵挂倒越来越清楚明晰——真感慨一个人年少时的梦，到真能说出的时候，竟然已是两鬓如霜发如雪！当初，到底是为什么呢，那么要死要活地回来？又那么离乡背井地远走他乡，流浪？直到那天站在大河那边，才了然那个牵挂和那个梦，竟让人那样刻骨铭心。不想也罢了，又怎能不想？一旦想起，便会努力回到那个胞衣之地，回到那个牵挂，回到那个梦中。人虽回来了，一切都已成了定局。多年后我听说了他的事，才明白就像下棋，上学时我在他的后排，到那时，我也怎么都已是“后手”。“后手”容易输。其实输，多年前就输定了，总以为是技不如人，以为其中有太多复杂的缘由，太多的恩怨：一旦明白不过是因为“后手”才输，那时的懊恼、后悔便如山而至。

11

记得当初我很犹豫：到底该不该去那里上学。以我的意愿，那并非我想去的地方。我犯了一个错误：我先是在一个地方准备功课，尔后，在中途，我又换了一个地方准备——因为他在那里。他肯定不知道我为什么会做出那个临时的改变。我也没说，心想他或许知道——我们不是相约着一起去跨过那条大河吗？结果却令人沮丧：落在两个相约者头上的命运并不相同。从知道那个结果开始，我就不想去上那个学。他来劝过我：好多人想去都去不了，你为什么不去？一定要去。几天后他走了，顺流而下，去他的亲戚那里了。或许是无法面对命运的残酷？或许是早有预感，提前去那里等我？我及早动身，按他留的地址追到那里时，他却提前返回家乡。我无法形容我按那个陌生的地址找到那个陌生的地方时感到的陌生的孤独。我生着法子要重新回到那条河边，准备着与他一起跨过大河。问题是他突然消失——反正我怎么都再也找不到他了。清晨黄昏，我不知到那条小巷去过多少次，都无法找到他。我怀疑他根本就没回来，还在我去找过他的那个陌生城市。但我知道，他就在那里，在那条小巷，在那道大门里边，哪里也没去。是在躲我吗？我有什么问题吗？他说他等待着解释，我以为无须解释，何况，也没人给我一次解释的机会。

时至今日，已不用解释。就像那天早晨一样，我们已分别地、各自地乘公交车跨过了那条大河——时光最能磨钝人心，将沧桑之变分解成每天的毫厘之变，怎么也会觉得寻常……

就那样，那天我酒多了，话也多了，人就醉了——仿佛是存心。

12

回忆的古琴当然不会无休止地演奏下去，终会重归冥寂——就像人不能生活在昨天。生活总是现在时的。好在我总算跨过了那条大河，能一睹大河那边的风景。可那结局又很模糊——我真跨过去了吗？几天后，我乘火车离开家乡。硬座空调车厢，人很挤，车窗紧闭，却不开空调。我用手机发了几个短信，向朋友们告别。不久就有短信回复，都是朋友们的，无非祝一路平安，有机会回来再聚。唯独他说：上路了，一个人很寂寞吧？我被触动，坦然回复：是啊，很寂寞。可又说不出为什么寂寞。车厢里挤满了人，列车上播放着音乐。寂寞不是周围没人而孤单。寂寞是无处言语，无处诉说。在拥挤的硬座车厢里，面对无数年轻的面孔，我一下就陷入了寂寞。他还真猜对了：在那片怀旧的欢乐中浸泡了两天后再次离去，仿佛偌大一个大观园曾热闹非凡，却转眼便人去楼空。那么，他所说的等你做出解释怎么会出错？列车上在播放一首歌。一个沙哑的男声唱的，正是寂寞——大河又远离我而去了。那时我才想起那天在农家小院他说的另一句话：那么重要的事你都不听我劝，以后怎么办？我想说，那么重要的事情我都可以不管不顾，还能怎么办？可我没说。

回我居住的城市不久，我把在大河那边聚会拍的照片全找出来，一一辨认、整理。所有的照片中都看不到那条大河。一个在大河那边的聚会，一些没有大河在场的照片。我将照片用E-mail分别发给那些朋友，也发给了他。他发短信来说：照片看到了，不管美丑都是一次记录，很珍贵的，只是照得太晚太少了！我对着手机上的那些话发呆：他在说什么？什么叫太晚？太少？是在说“后手”吗？我等待解释。是在说“错过”吗？我也在等待解释。其实所有的解释都已没意义。错过是终身遗憾，聚会却总是一种美丽。聚会中的交谈，短短数语已一释半世情怀，当然也禁不住让人顿生感慨：或许，一切都是命定？记得站在那个农家场院与他面对时，真想紧紧拥抱他一下，不管那是不是他所等待的“解释”，以一泻心中无数说不清的话语；可到底老了，近在咫尺，却有如梦寐。结果一不小心，或有所存心，我喝多了，恍惚中是不是说过这些年一直想说的那句话，终想不起来。如果真说过，老同学们会不会觉得尴尬？果然，他来短信说：你那天下午的表现，加重了我的负疚感，以后再告诉你！“以后”是什么时候？看来我真还要等待。那就是尴尬。其实都老成这样了，真有尴尬也任它去，他既不用“负疚”，我也不用道歉——毕竟，我们已经分别而又同时跨过了那条大河，虽不像青涩岁月想象的那么浪漫、优雅，但比起某个夏天那些突然失踪的、我所尊敬的先生们来，比起那些溺死在大河里的人来，我们到底还是幸运的——这，倒怎么都不需要解释。

13

回忆不是迷恋，而是厘清。“人不能两次走进同一条河流”，我倒一次跨过了两条甚至三条河流，想想就值得庆幸——多少人都没能跨过人生那条大河！跨过内心之河就更难。“后手”也好，“错过”也罢，时代的深深印记，恰如一本教科书，总能让人受益。尽管一切都像时间一样不可重复，我还真愿永远都在他的“后排”，作为朋友，有机会我们照样还可以相约着，去河边看大江东去，看日升月落，不再郁闷、懊悔，而是互道珍惜——想想，在一次大醉中赢得清醒，还真有点儿奇妙。相对而言，自然的河、时光的河好歹都有法子跨过，而要跨过谁人都有的内心之河，却大不易。心河当是静水。静水无形，倒能更真切地照见这个大千世界，照见一生一世所识之各色人等，然后将其细细密密地尽收于倒影中，成为风景。但愿我的心河已是静水。静水无形，却有万千风景。

歌声是后来响起的，一个老同学从网上发来——

别管以后将如何结束
至少我们曾经相聚过……
人的一生有许多回忆
只愿你的追忆有个我

听说那是首很老的歌，我不会唱，还不会学吗？

（原载《大家》2017年第3期）

浮世绘

◎周晓枫

1. 只唱独角戏的独角兽

据说，原本陌生者在聚会之后散场，假如不加微信，是不打算继续来往了，就此别过，相忘江湖。交换微信呢，就像交出电子的印信，意味着从此可以越过时空的阻隔、熟人的牵线，一对一，点对点，彼此如崂山道士般穿墙破壁，应声而来。哪里有什么远方是太远的，千山万水，不过咫尺天涯。

童话里的皇后，每天都希望魔镜照出最美的自己；现在每个人的微信里，都隐藏了这样一面会说“你最美”的魔镜，对着手机自拍，顾盼流辉，女皇就听见那句无声的耳语。我们热衷一闪之下的摆拍和被瞬间所固定的永恒，美颜是重要到必要的手段，我们磨光脸上的皮肤，拉长腿部的线条，修片直到把自己处理成为愿望之中的陌生人。而我们索要的美，带有或多或少的畸形。吃得越来越少，以致患上厌食症，我们尽量减少乃至杜绝食物与自己发生身体上的化学反应，好让锥尖一样的下巴像礁石，坚硬地浮出脸平面，好让玲珑腰线，活活塞进芭比娃娃那比例失真的紧身衣里。咔嚓，咔嚓，镜中人唇红齿白，“美啊美，请你停一停。”学识渊博的浮士德就这样输给魔鬼，浅薄的我们就这样输给自己。

有了网络，每个人都可以盘踞中心。我们变成悬挂网上的蜘蛛精，在任意方向都可以运筹帷幄、进退自如。我们的电子蛛网就是我们的世界地图，不必远游，等着食物和牺牲品前来，我们过着守株待兔般被喂养的生活。自己吐出的话，结出绳结将自身捆绑，我们身中奇怪的圈套。

天地辽阔，我们体量微小如蜘蛛，可每个人都自认是只唱独角戏的独角兽，孤独又独特，并且无人理解我们看似平静实则喧嚣的美。人人都觉得自己说话像加粗的黑体字那么有力，那么引人注目，即使实际上已钝感得丧失穿透力。我们在微信里发出的无聊感叹，哪怕仅只一个语气助词，也希望被频频点赞；他人再精彩的演出，我们也吝于鼓掌，视而不见……除非，为了赢回对我们加倍的关注。

2. 无时不刻地交欢

从微博到微信，我们随时向全世界直播自己的生活，一笑一颦，一举一动。始终站在舞台上，我们的行为和招式渐渐带有表演感。以演技论英雄，出位者得天下。我们忘了，有的美，唯藏身于羞怯之中，如同酝酿在花瓣后面的果实。我们更习惯粗暴地直接摘取结果，没有耐心去等待。知耻近乎勇，假设无耻成为勇气本身，何必舍近求远。

开车时我有时听广播。除了新闻、歌曲排行榜、热线答疑汽车维修和情感挫折，还会听到各类医药专家坐诊。各种神医国药、祖传御用，各种秘籍偏方、膏丹散剂，正通过万能的无线电波悬壶济世。所有发生在眼睛、心脏、肺叶、膝盖和周身气血的疾患，都能被彻底扫荡。搭载其他乘客时，我不敢打开广播，怕尴尬，因为以男性病节目为最——最多，最频繁，最露骨。同一时段，数个频道都在讲解男人塌陷下去的腰力以及由此带来的焦虑。

除了发情季节，很多动物平常甚至远离异性。唯有人类，无时不刻地交欢；且稍事停顿，立即陷入末日般的恐慌。从中草药到动物脏器，只要号称补肾壮阳，应者云集。从治疗男性隐疾的广播里，你会震惊于听到那么放浪的挑逗，那么赤裸裸的意淫狂欢，那么多乐此不疲的暴露癖公然展览自己的私处。他们谈论具体的器官和部位，谈论尺寸和时长，就像谈论发烧多少度、鞋穿多少码一样不以为意。效果、场景和感受，他们知无不言，言无不尽，包括夸张而逼真的形容，只听声音，都感觉他们的眼睛、舌头和性器，处于兴奋状态的涨红里。广播里的专家身份可疑，有一次我听女医师呻吟加撒娇的讲解，瞠目于她简直像用声音唇交。那些所谓的患者，所谓无能为力又枯木逢春的家属，多是医托，很难想象那么多人能以坦荡到淫荡的程度，肆意谈论自己不能或太能进行酣畅淋漓的性交。无论你什么时候收听，都是“大力度的厂家优惠活动马上就要结束”，快，快，快！从此男人雄风威武，女人酥软如泥，能在药力的帮助下，立即颠鸾倒凤地捆绑上天堂。

我们在广播里宣泄生理上的隐私，我们去电视台解决情感纠葛和财产纠纷，在网络直接吃饭、睡觉、自杀乃至杀人的过程，毫不掩饰，没有什么不能公开谈论。除了，银行账户。不过，你以为自己躲得了吗？每个人都被操控的网络随时窥探。手机上的摄像头，马路上的监控仪，无论你是躲在自己的斗室，还是开始史诗般的长途跋涉，亿万只间谍的电子眼，牢牢盯住你的风吹草动。全程，夜视。红外，微距。人人都是新闻记者，都是眼线和卧底，都是掌握现场图片的目击证人。

我们并未因密布的监控而获得安全感。一键之隔，黑客可以轻松逾越禁地，为所欲为。我们的电话、住址、工作、车牌、房产等信息在网上随意被买卖。我们很难在出演的同时不向他人出卖自己。

3. 在他人点点滴滴的损失里

他人，意味着什么？其实，我们的悲喜、恩怨、功过，无不首先建立在他人身上。

路口等红灯的时候。我遇到一个精神不健全的女人。她眼含泪光，述说自己被凌辱的历史，她的悲切，她的肉体被污损的过程……许多过路者因为聆听获得了秘而不宣的快感。她的灾难，是他人的消遣。与此不足二十米，一个男人在车流外面挥动房地产的册页广告，司机摆手拒绝，这个男人毫不气馁地走向下一辆车，下下一辆车，下下下一辆车……在汽车的后视镜里，他的蓝T恤变得越来越小，直至这个失败的蓝精灵消失雾霾里。我们在或大或小的利益里。其实是在他人点点滴滴的损失里，谋求生存之道。

我们每天接到最多的电话，不是朋友，不是同事，而是由陌生人组成的庞大军团。他们询问你是否需要保险、理财或抵押贷款，是否需要买卖楼盘。电话铃一再响起，你的信用卡被冒用、你的包裹未领取、你遭到法院传唤……在诱惑和恐吓的背后，是层出不穷的招摇骗术。

难怪我们无法给予陌生人信赖，他们是险恶的匿名者，随时用温柔的甜言蜜语或凶猛的非法暴力打劫我们的生活。骗子曾经需要勤劳的努力，需要良好的记忆力、稳定的心理素质、出色的表演天赋、克服困难的毅力和重复情节的耐心，才能施展他们的罪恶；今天，只需电话线那端的一块流程板。新手照本宣科也可以上岗作业。骗子已经标准化、系统化、规模化，学会从各处掘取机会，从江河湖海，从公共信息和小道消息里，寻找一切可能……我们被迫步步为营，处处提防。

人生无他，不过皮肉和心肠——那么为了自己的好皮肉，舍弃对他人的好心肠，也许不失为成功的捷径。

4. 猎人的眼中无所谓美

为了中饱私囊，我们不惜在他人碗里下毒。硫黄熏过的姜，工业蜡刷过的苹果，苏丹红泡过的蛋黄，地沟油炸过的丸子，双氧水洗过的凤爪，荧光增白剂染过的爆米花，避孕药喂过的鱼虾，苯甲酸防腐过的海带，明胶注入的冰淇淋，毛发水勾兑的酱油，敌敌畏渗透的火腿，福尔马林腌过的过期肉。黄瓜用药液蘸一下，顶端的花就不会凋谢，成为长久保鲜的“尸体”。掺入香味素、嫩肉粉和种种添加的制剂，食客就不知道自己吃下的是什么，不良商贩完全可以指鹿为马，以老鼠冒充羔羊。有毒的食物，生长在有毒的空气、水、土壤和肥料中，喂养同样有毒的我们。

人心千疮百孔，盛不住一滴忏悔的眼泪。罪人甚至无须在自律与堕落之间承受折磨，因为，利益就是标准和道德。就是全部的正义。

我们习惯了，河水会有血液那样的黏稠度，空气会有固体般的重量和煤烟般的气味。挖沙船的吃水线在下降，河床被啃食得斑驳而贫瘠。山脉被活活炸开，掘墓的铲齿挖进去，就像要从牛腹中剖出牛黄，我们幻想从大地内部掏取它的黄金。我们不惜践踏亡灵依然在其中艰难喘息的大地。我们使用的能源中有五分之四都来自古老的有机物。当自然不需要利用它们令星球运行，就将其安全地深埋地下。亿万年的沉淀，形成了高度浓缩的煤炭和石油——然而在不到三个世纪的时间里，我们挖出沉睡亿万年的财富，烧毁它们。

我们习惯了残忍的农业和血腥的工业。

这样一个瞬息万变的世界，每一秒，心脏跳动了1—2次，人体每个细处已发生近10万次的化学反应。每一秒，4.3个婴儿出生，1.8人死亡。每一秒，全球有890个汉堡被吃掉，16000罐碳酸饮料被喝掉，1600万吨水从地表蒸发。曾经肌肉蓬勃、毛发葱茏的地球，由于一种叫作人类的病菌滋生，导致斑秃和皮炎，甚至被挖心剖肝、喝血吸髓。

猎人的眼中无所谓美和疼惜，就像螳螂不会怜惜蝴蝶的鳞粉，豹子不会欣赏牝鹿的花纹。我们拥有高贵的鉴赏力，美，值得我们亲手去杀戮。只有人，专门以美为由进行猎杀；越稀有的美，越吸引狩猎的号角、捕杀的凶器、滴血的牙。竭泽而渔，坐吃山空，我们出现在哪里，哪里就是一片坟墓里的死寂。世界不再是抵抗风雨的砖石，而是布满孔洞的酥脆易朽的饼干，具有短暂的甜和转瞬即逝的保质期……即使明天沦落到只剩空空如也的饥饿胃囊，今天我们也要撑到爆裂，不剩留一口救命的口粮。

一个物理学家曾做过如下数字分析。

假设某个细菌以一分为二的方式增殖。两个变成四个，四个变成八个，依次类推。如果我们将这个细菌放进瓶子里的时间是早上11点，正午时我们观察到瓶子已满，那么瓶子半满是在什么时候?

答案是11：59?

如果你是瓶子中的那个细菌，会在什么时候预感自己的空间就要不够了?当11：55分，瓶子里还有97%的剩余空间的时候，你根本不会意识到几分钟之后就到来的终极灾难。相反，你会急于扩张自己的领地。

5. 只顾拼命往前跑

快，快，越快越好！我们听不见引爆装置倒计时的读秒声。我们用小聪明的时候多，喜欢至巧的投机，讨厌至拙的气力。因为缓慢，不再是优雅，仅仅等同于笨重。古典表的盘面，有着精细刻度和装饰性的指针，如今垄断手腕的Apple Watch，是简洁而单调的晶体模块。钟表业曾骄傲于精湛的手工技艺，如今不必强调人工——我们不再需要个性的人，也不再需要耗时的工。

我们要快，快得直达目的。

植物被催熟，动物被催肥，我们对待自己同样用快捷手段——饲料以突然暴力强行塞进填鸭的食道，我们接受强奸式的喂养，并由此变得丰腴。占得先机，先下手为强，出名要趁早……我们不断听到这样的催促，愈加丧失定力，只热衷速度、推崇效率。无论是技能，还是财富或地位，希望它们到来得无比迅猛。我们没有耐心等待哪怕是几个小时以后的明天。

甚至是爱情，都懒得酝酿与沉淀。在悠远的中国古代，人们舍得用大量的时间来思念和等待。抑扬顿挫，起承转合。那些古人害羞到笨拙，克制到古板，一生来不及经历几段情感。现在《非诚勿扰》里年轻的孩子，看过几个VCR短片就能决定一起去马尔代夫。

快，快，快！像回音壁的呼喊，后一句能否追得上前一个句子的尾音？那宝贵而诚恳的初音，在无奈递减。当一切都丧失了理由和过程，我们成了只重结果的功利者和势利鬼。快节奏里，什么都是浮光掠影，混乱，动荡，转瞬即逝。一切都是破碎的。认识是破碎的，好奇是破碎的，热情是破碎的，仇恨是破碎的……我们失去了专注的能力，失去了滴水穿石的耐心。

疾走如飞。我们像穿着冰刀，看不清途经的风景；即使滑倒，我们脚下也要靠着这近乎凶器的利器行走江湖。

跑得快，容易丢东西。丢掉家门钥匙一样，我们，丢了灵魂。

6. 灵魂何用，拯救何来

灵魂?

孤楚，病弱，这个词看起来不比影视剧中的鬼魂美人更漂亮。它还值钱吗？灵魂是否轻得，就像一张被抽去防伪线的钞票？这个世界是否无须灵魂介入，只要至嗨至死的娱乐就够了？环境恶劣，我们无法从空虚里打捞灵魂，就像无法从匍匐在地的蛆虫那里打劫一双翅膀。

天使不需要爱情与货币，狗不需要身体里的兽性……如果狼是因为拒绝交出什么而成为狼的，人会因为拒绝交出什么，才能保住“人”这个残剩的定义？灵魂说来玄虚，其实就是尊严和尊重，就是痛感和耻感，就是界线和底线。

在这个只许狼咬、不许羊叫的世界，灵魂形同道德，似乎沦落为一种陈旧的习惯。如果你认同羊的哲学，就必须忍受羊的命运。草食者中，运气好的会成为隐士，运气坏的会成为猎物……羊，无法摆脱身上的膻气一样终身无法摆脱宿命的悲哀。瞧吧，能够坐上王位的，无非狮虎；如果不具备内心的冷酷，就只能出现在牺牲者的行列里。假设没有灵魂，就没有自省和考问，就没有刑罚。

灵魂缺失，信仰缺失。何谓信？是人与人之间的关系，关乎美好；何谓仰，是人与神之间的关系，关乎敬畏。当两重关系都被破坏，难道我们只适应交往鬼怪？还是说连同我们自己，都成了人神共愤的鬼怪？我们每个人都觉得自己不认识魔鬼，也许是没有魔鬼随从，因为我们就是魔鬼本尊。

人们把天使画得脸色红扑扑的，像硬脸颊的塑料玩具娃娃；魔鬼通常消瘦，仿佛灵魂时刻受到困扰和煎熬。奇怪，圣徒的样子竟然更像按照魔鬼的原型塑造，他们可怜的肋骨，像教堂的狭窄台阶。或者说，魔鬼的形象，阴郁而憔悴，简直就是脸色更差的圣徒。为什么？邪恶为什么会像神圣？淫荡为什么会像纯洁？黑最像灰，白最像灰，为什么黑白类似到彼此可以置换，就像它们本身都是混沌的灰？极端对立的为什么长着孪生的脸？判断的混乱乃至颠倒，让人无所信赖，无所适从。我们不知道，哪个方向才隐居着绝对的神，哪个脏器里藏匿着残剩的魂。

我们不再相信虚拟之物，从宗教到哲学，信心已被怀疑所腐蚀——那些抽象的形而上的词语正在消失它们曾经的影响力。尼采曾说："从前他们想成为英雄；现在却仅仅是纵欲者。对于他们来说，英雄是一种折磨与恐惧。"诸如英雄或史诗这样的名词，仿佛古化石，只存在于神话里。这些辉煌之物，仅限在书本上立于不败之地；现实里，它们被迫像墓碑一样固定自己的脊柱，并忍受无人缅怀的漫长的荒凉。困扰我们的，不再是有着饱满亮度的词汇。是小词，一个又一个的小词——在小人一样的词汇里，我们辗转反侧，我们共度良宵。

7. 或轻或重的敌意

……且慢。

每当现实和自己预想的世界不一样，我们易于滋生反感和抵触。我们的批判，是否裹挟对自己逝去韶华的怀念？伴随着代谢能力的降低，我们无法消化变动的一切，当钙化的价值观没有匹配灵活的膝关节，我们能否以僵硬的脊柱象征某种强直？

如今老去的，半个世纪前也是曾经的年轻人，他们一腔热血，不惜把纪念章别进赤裸的胸膛。他们拥有无边的自信，以为自己的力量能够铲起乌云，为世界保持广阔的晴朗。

我们这代中年人，是他们所曾预见的未来吗？最初，他们曾多么厌恶我们的所作所为：穿牛仔裤，听摇滚乐，恋爱的次数和离婚率都居高，没有以政治诉求为表现形式的使命感。他们伤感并愤怒：纪念碑下集合着我们这些漫不经心的掘土者。可谁在意他们的喜怒呢？车轮滚动向前，急于赶路的乘客无暇顾及落在站台的沮丧者。多少誓言融化在时间里，空气中充满背叛的味道。我们沿着自己的理想道路前进，看起来却像在给他们的理想抹黑。只有少数乐观的老者，把我们的表现视作描红练习——描摹着鲜艳的红，却让我们的手沾上墨迹，沾上比原来更多的黑。

我们熬到中年，开始对年轻人口诛笔伐：看似活力充沛，头脑和内心却虚无；看似桀骜，其实也将以谄媚终老，一生磕着多米诺骨牌的头，向财富、地位、制度和舆论。然而，无论我们直言还是腹诽，何曾被现在的年轻人关心？我们在隔阂中暗生猜度和鄙夷。断崖式的社会变迁，使我们之间，仿佛隔着星空那样隔着世界。我们不知道，年轻人的挥霍，是否就是他们在无奈与颓废中保持激情的方式；他们所表达的失望，是否是克制之后接近的愤怒。

是否，每代人都需要对上一代的理想进行某种抄袭和歪曲，才能提升自身的技艺？上一代人看不起下一代人，包含着复杂的心理因素，既是对未来社会的美好期许，也是对自身痛楚的缓释与麻醉。这种怀疑和不满，也包括着某种校正——上一代人的经验向下一代传递，社会运转需要一定的摩擦系数，才能保持安全。

这是最好的时代，这是最坏的时代。像钟摆一样被重述的道路和历史。与其说我们运气坏到遭遇悲剧，不如说，我们始终需要对置身的时代保持或轻或重的敌意。

8. 唯有寒冷中才闪烁童话的光

我们失去了伊甸园。没有神的庇护，世界凶险。铁丝网外面的难民想用被刺结扎破的流血之手，抓住边境官的拯救。幽灵船上漂来堆叠的无名尸体。瞄准的AK47枪让音乐会上的听众来不及发出最后的呼喊。密布的核弹头，让人类比火药桶上睡眠的婴儿还要脆弱。一切，令人想起里尔克的诗句：若我呼喊，谁，将在天使的序列中听到我？

深冬，北方空旷。风吹过光裸的枝条，只有末梢零星的干树叶发出锡纸抖动般的响声。整个冬天被倾空，只剩下微弱之物：微弱的能量。微弱的信念。这是遭到洗劫的世界。

树干底部残留积雪，依然散发寒气，并未随着上升的光照而消融，这些曾经看起来最干净的冰晶，数日之后肮脏不已，仿佛为逝去的时光殉难。什么被积雪掩埋，什么又被积雪所彰显？冰雪和梦想，都是慢慢析出的结晶。据说最美好的东西只能用最深痛的创伤来换取，所以我们沉默地等待下去，濒于绝望，依然怀有信任。

大雪弥漫，即使野兽用蹄爪在雪地留下印记，相信在天上，在层云的远方，依然有无与伦比的雪国的宁静，有教堂般的图书馆，以及图书馆一样的老人。相信在大地，在旷野的远方，有人用冻得僵红却不肯放弃的手，尝试堆积起纯洁的雪人……它有孩子的脸，坚持的站姿，以及唯有在寒冷中才能闪烁的童话般的光芒。

……我们能否重新开始。向几近枯竭的自身深度开采？只要尚存爱意与勇气，内心的伊甸园，能否在爱意的灌溉下暗藏复苏的可能？但愿，每粒冰霜，都是小而幸存的水源。

（原载《红岩》2017年第1期）

中国式吃饭

◎孙贵颂

现在已是饥饿无虞的时代，我们不能为了口舌之欲而做饕餮之徒，吃得狼吞虎咽，吃得丑态百出，吃成一个大腹便便的亚健康。

偶尔读到钱锺书先生的《吃饭》，咂摸再三，品味再四，觉得妙不可言。

钱先生说：“吃饭有时很像结婚，名义上最主要的东西，其实往往是附属品。吃讲究的饭事实上只是吃菜，正如讨阔佬的小姐，宗旨倒并不在女人。这种主权旁移，包含着一个转了弯的、不甚朴素的人生观。辨味而不是充饥，变成了我们吃饭的目的。舌头代替了肠胃，作为最后或最高的裁判。不过，我们仍然把享受掩饰为需要，不说吃菜，只说吃饭，好比我们研究哲学或艺术，总说为了真和美可以利用一样。”

吃饭为了什么？一是为充饥；二是为品味。充饥是生理需要。我小的时候，曾有过一段挨饿的经历。那时肚子里没有油水，三尺肠子闲着二尺半，前胸贴后背，饿得咕咕叫，整天盼望能够吃上一顿饱饭，哪还管吃什么东西和何种滋味！为了充饥，我曾和哥哥到山上去摘柿子树叶、杨树叶，回来以后，母亲反复用清水浸泡、换洗，去掉涩味，然后和上玉米面或地瓜面，做成团子，供一家人填充肚皮。我至今记得，那种柿子树叶还有一股淡淡的香味。民间广泛流传明朝开国皇帝朱元璋喝“珍珠翡翠白玉汤”的故事。朱元璋从小家境贫寒，常年食不果腹，衣不遮体。某年天下大旱，赤地千里。朱父把他送进庙里当了和尚。一天，朱元璋外出化缘，没得收获，饥肠辘辘，眼冒金星。这时恰遇一富家喜庆，有个老厨婆见朱元璋凄惨可怜，趁主人不在，将碗盘中的残羹剩饭和青菜豆腐倒进锅里烧热，端给朱元璋。朱元璋一阵狼吞虎咽之后，舌唇之间还残留着美味余香，问老婆婆：“这是什么山珍海味？”老厨婆答道：“此乃珍珠（米饭粒）翡翠（青菜叶）白玉（豆腐块）汤是也。”朱元璋遂念念不忘。直到做了皇帝，还经常想起那位老婆婆做的美味佳肴，遂把老人家请到京城，让她再做一次“珍珠翡翠白玉汤”。老婆婆如法炮制——这时的食材已非先前可比，不用说全是特供。朱元璋吃后，觉得平淡之极，完全没有从前那般感受了。

有意思的是，当人们解决了温饱之后，对于吃饭，却依然保留着饥饿时的动作习惯。我们常常看到，某些人在享受一种美味佳肴时，就像三天没吃饭一样，吃得飞快。特别是集体就餐，更是如此。哪怕这种东西并无断供之忧，食者依然争先恐后。尽管此时的肠胃，并不需要口舌超速运转、快吃多填，最好是细嚼慢咽，可以减轻消化的负担。然而食者却不管不顾，只管满足口舌之福。有时吃得多了，还容易把肠胃撑坏，肚子疼，跑厕所，甚至上医院，挂吊瓶，得不偿失。理论上说，一张嘴在五分钟之内吃两个苹果与吃一个苹果的滋味，应当是一样的——因为都在不停地咀嚼加咂摸。然而，一些人却首选吃两个而决不吃一个。而在肠胃，明明一个苹果已经够了，但它却无法阻挡嘴巴继续啃食，继续吞咽，继续给自己增加负担。肚子饱了眼不饱，于是就只好接受。

中国人有勤俭节约的美好传统，反对铺张浪费。这个传统当然应当提倡和发扬。但有时也矫枉过正。比如小孩了有剩饭的习惯，当然不好。家长往往要逼着他们把剩饭吃光，理由是不能浪费。但如果孩子确实是因吃饱了而剩下，你再逼着他们吃到肚子里，不但也是一种浪费，而且对身体有害无利。

人选择吃的东西，往往是以“好吃”为标准。只要是好吃，便要千方百计弄到嘴里尝尝。有形容说：有些人天上飞的飞机不吃，地上跑的汽车不吃，水中游的轮船不吃，除此之外，什么都吃。虽说有点儿夸张，但中国人好吃、会吃，却是世界闻名的。沈括在《梦溪笔谈》中说：“吴人嗜河鲀鱼，有遇毒者，往往杀人，可为深戒。”但偏偏有人冒着生命危险去吃，据说味道“有西施乳之称，食者必不肯弃”。（《丹徒县志》）你说这个诱惑有多大！

还有些东西，并不是因为多么多么好吃，而是因为自己没有吃过，就想尝上一尝。就像一个旅游景点，有人说那里多么好玩多么美，大家就一窝蜂似的投奔而去；就像一部电影，有人说真好看，于是就赶快排队买票进电影院去熬上两个钟头。上半年去了一趟新西兰，有一次中午吃饭时，餐馆上了一盘袋鼠肉，团中每个人都排队夹上几块，因为没有吃过啊。尝了之后，普遍反映不好吃——味道倒在其次，有了谈资便觉得满足。

从营养学的角度分析，应当是缺什么，补什么。但中国人往往望文生义。阳痿者就让他吃什么猪鞭狗鞭牛鞭，以为毛病出在物件上。脑子不好就吃核桃，因为核桃仁的结构与脑子相似。前几天在市场上看到一种花豆，表皮形如肾脏，全身布满红色经络花纹，卖者便称它“肾豆”，说是吃了可以补肾。对于这些，我表示怀疑。所谓缺什么补什么，应当是去吃含那种成分的食物，而不是看它长得似是而非的模样。

还有就是，国人在吃上所表现出来的狠毒和凶恶，有时令人不寒而栗。曾看到一个视频，一个长得还算人模狗样的姑娘，对着镜头，洋洋得意地抓起一只正张牙舞爪的螃蟹，就那么往嘴里塞。边吃边念叨：“好吃！”冯小刚有一篇文章叫“在餐桌上发现一个残忍无比的民族”，他以吃某菜系为例：

“开饭前先请来宾围着鱼缸笼子一通端详，分别指出自己心仪的活物，接着就有一批生猛海鲜英勇就义。处决的方式也是十分残忍，龙虾通常是被活着凌迟，肉都吃完了，头上的须子还疼得直打哆嗦。蛇一般会当众剪掉脑袋，挤出血和胆献给主宾。虾的下场有几种：赶上喜欢白灼的算它们上辈子积了德；但大多数会被扔到烧红了的石头上煎熬，美其名曰‘桑拿虾’；更有惨无人道的是活着用酒麻翻，生吞活咽，席间常能听到‘吱吱’的叫声，那是活虾发出的呻吟。”

我们一直标榜自己善良儒雅，但从冯小刚的描写来看，“也很残忍，对弱小动物犯下的罪行也是惨绝人寰、令人发指。”这样的结论虽然有些偏颇，但不能说没有道理，因为有根有据。

回到开头所说的，人类的吃饭，主要还是为了充饥和营养。现在已是饥饿无虞的时代，我们不能为了口舌之欲而做饕餮之徒，吃得狼吞虎咽，吃得丑态百出，吃成一个大腹便便的亚健康。

（原载《解放日报》2017年8月29日）

“饥饿”收藏者

◎苍　耳

热爱自然田园的人，大都希望像黄瓜或者胡萝卜一样生活。这有点儿像我爱好收藏粮票，而不是收藏袁大头。都说世界是多样性的，人也一样。有个官员说他一生最大的嗜好是杀猪。听懂了吗？是杀猪！哪儿有猪供他杀？这个不用愁，他到基层检查指导工作时，下面的头头儿会备好肥猪供他一试身手。显然，有这种嗜好的人，肯定不会长成黄瓜或者胡萝卜。

但日子总是要过的。昨夜秋风刮响了满城树叶，早晨起床一看，一半在地上，一半仍在空中。然而，飞得最高的仍是十几层上撒落的红色纸屑。其实，收藏票据在我几乎算不上一种爱好，因为它们在抽屉中是被时代“缓存”的。那些来不及用掉的票据，诸如粮票布票油票豆腐票便渐渐成了藏品。当我有一天发现，那些逝去的发黄时光正在帮助我成为一个收藏者时，不禁哑然失笑。事实上，在这些票据当中，要数粮票为大，民以食为天嘛。中国人日常串门或见面的问候语是“你吃了吗”，这并不表明问候者多么关心别人的肚子，因为每个人的口粮都是定量的，予人半斤就意味着自己少吃八两。

那时候没粮票寸步难行，买个烧饼没粮票都不行（须两分钱加一两粮票）。母亲怕定量的米不够吃，总是把生米先炒一遍再下锅，这样煮饭更“涨锅”。邻家有个小伙伴经常从米缸里偷生米吃，嚼得满嘴白沫，为此没少挨父母罚跪。更心酸的是，一个同学弄丢了一个月的粮票，竟为此投水自尽！

要命的粮票！狗日的粮票！我的收藏簿上最多的是“伍市斤”粮票。它们大都发行于六七十年代，图案各不相同。比如，70年代的“伍市斤”上，有一架巨大的收割机从稻浪滚滚中驶过来。尽管这些粮票所悬置的粮食已不存在，它显现的一切关系取决于狗日的粮油关系也不存在；或者说，这种要命的粮油关系如同逝友与亡友之间的一场通信，字迹仍在，收发两端却人影杳然。但它的存在仍在暗示：当年我的饥饿被它“绑架”了。

有时候我去古董一条街转转。一个熟人原来在粮站工作，在多次转行后也玩起收藏，倒腾古董。当然，他收藏的各地粮票远比我多——在一块竖立的大面板上印着数百张粮票，竟成了那个饥饿但熠熠生辉的时代的奇特面孔。熟人谈起过去在粮站工作的情形仍眉飞色舞。那是他埋藏在这些汉唐宋元明清之碎片下面的幸福生活。那个年代固然没被他遗忘，却变得更像狼外婆了。如此看来，那个投水自尽的同学，倒疑似被一架从稻浪滚滚中驶来的巨型收割机碾死的。

然而有一天，在附近一个小区，我看到一个捡馒头的驼背老头，彼此有些面熟。老头肤色黧黑，脸上的皱纹像蛛网密布，但衣着并不寒碜，只是走路有些歪斜。老头一边捡，一边向一个大妈絮叨：从过年到现在，从四个垃圾箱捡出来的馒头少说有三百斤。说着他解开塑料袋，里面全是馒头或面包。喏，瞧瞧这三个大面包，超市卖八块多一个，一口没动，一个姑娘就把它扔了，对不住天地“粮”心哪……

这之后，我经常看到他在小区广场的边沿晾晒捡来的粮食：白馒头、花卷、干硬的面包、葱油饼……一字排开。他手中拿一把扇子，驱赶着飞来飞去的苍蝇。少拾点儿吧，垃圾箱里的东西不卫生！广场上好多邻居这样劝他。老伴也反对他每天捡馒头，说他得过脑血栓。但日子一久，也没人再过问。他大约被街坊视为脑子有毛病。有一次我终于问他：这些粮食晒干了怎么办？老头叹了口气：送到乡下，喂猪喂鸡也是好的。说完又叹了口气。我说我拿粮票换你这些粮食怎样？老头一听瞪大了眼睛望着我，然后苦笑起来，你这人有点儿意思，粮票可以换，饿死的人能换回来么？我兄弟三人，饿死两个，只剩我一个。荒年没的吃，男人腿脚浮肿不能走，妇女饿得子宫下垂。哪有大米、白面馒头呵，糠粑、黄荆槎粉、棕树籽、野麻叶、蕨根粉，要不就是捋榆叶、挖野菜、抓麻雀，哪样没吃过呵……那时候到医院看浮肿，医生开的药竟是一小包“糠麸饼”。

狗日的粮食！要命的粮食！老头将干干的馒头摊晒在地上，与摆地摊的粮票藏家倒有某种相似处。然而，没有人停下来打量他的“藏品”。究其实，谁真正看清了他的“藏品”？谁看清了这“藏品”正是那世间可怕而且扭曲着的无形之物——“饥饿”？点破了这一层，你的脑海也许会马上浮现出菜色的面孔，攫取食物的空洞眼窝，摇晃在那青葱的亦禾亦草的深处的弯曲身影，乃至纸张一样薄的胃，蠕动如蚯蚓的细肠子……

在这个世界上，谁见过“饥饿”的收藏家？

我见过。我还听见被一个奢靡的年代迅速忘却的狗日的“饥饿”，在那些慢慢干硬的馒头上所发出的狼嗥似的尖啸！然而老头绝非一个“饥饿艺术家”，况且“饥饿”从来就不是艺术！老头不过是一个幸存者，一个从高烧的天空下挣扎过来的幸存者。在这些散发丰收气息的粮票中，你可能会找到他那劳作的身影，但你不可能看见隐在其后的无名的饿殍。

然而，这并不影响那个驾手开着收割机从稻浪中向我驶来。在这当口，我看到一条性命快速地完成了与它的兑换。不错，我收藏它好多年了。我收藏了他的艳阳天、幸福的收割机以及饥肠辘辘。毋庸置疑，他收割的稻子曾经喂养了我。然而，他作为符号又是谁喂养的呢？是光辉灿烂的饥饿的无尽岁月，还是把天上的雪霰当作炒粉的非凡想象？坦率地讲，这个驾手的表情相当暧昧，看不清是喜乐还是哀怨。我恍惚觉得，他说不定正是捡馒头的老头被饿死的兄弟之一。这个念头让我感到震惊。

至于那个投水自杀的同学，他的生命怎么会像眼前这张粮票一样轻？在轻于鸿毛和重于泰山之间，谁知道有多少卑微如蝼蚁的鲜活生命被无情的暴风所蔑视所摧残？当然，这是过往年代的事，是几千年来被无数次演绎的事，就像这些历经兑换的粮票，已黯淡得不能再黯淡了。我想问的是，这种不可承受之轻是怎样变成可承受的、可遗忘的，以及如何转化成收藏这些粮票所发出的幸福微笑？

我曾做过这样的假设：倘若他没死的话，说不定此刻正在网上遨游呢；也说不定当了官，成了土豪，每日欢宴不断，狂饮五粮液、洋河系列梦6梦9，吃熊掌、刀鱼和河豚，抽真龙、九五之尊呢。他的亡灵可能就是我们的真身，他的真身可能就是我们的见证。然而老头的举动还是引起街委的不安，文明委要求他们立即整改。有一天保安不再允许他晾晒这些狗日的粮食了。还是海勒给出的答案值得玩味：做好黄瓜会被切成片做色拉，做坏黄瓜将被用来做好黄瓜的肥料。

（原载《山东文学》（上半月）2017年第1期）

凤凰的样子

◎龚曙光

外乡人所说的凤凰古城，当地人叫沱江镇，因蜿蜒流经的沱江得名。名虽曰江，其实只是一条山间溪流。大山里的泉水汩汩汇聚至此，便有了十数丈宽窄。水至清，且有鱼。江底水草丰茂，长长地随波飘摇。鱼虾悠游其间，并不十分地惧人。江上有捕鱼的无蓬小舟，舟头懒懒地寐着鱼鹰。清晨，渔佬儿挥舞长篙将鱼鹰扑扑地赶到江心，捕得三五斤杂鱼，便爬上码头，随手往哪个大户人家的伙房一扔，找家茶馆喝茶去了。

小镇的房屋，多依江而筑，临江一面用山里伐得的粗木支撑，江上或对岸望去，似悬半空，故名吊脚楼。湘西乃至滇黔一带，山高水深，大城小镇每每这般依江构筑。沱江水面不宽，两岸吊脚楼依次排开，清冽江水夹在其间，恰似缀玉的带子。密匝匝挤在山窝里的小镇，于是便有了几分灵秀气。

很多年后，有位叫艾黎的新西兰记者说，中国有两个最美的小县城，其中一个便是凤凰。

1

如作考据，古镇大约是因朝廷屯兵戍边而慢慢兴起的。所谓戍边，初衷是威惧苗民，结果还是防范土匪。疆域的勘划，对多数皇帝来说都是一桩纠结的心事。从志向上说，祖上史册上载过的、自己兵马踏过的，都该划归国家的行政版图；从治理上说，桀骜不驯的族群、冥顽不化的部落，又得筑墙阻隔、驻兵布防，难以并入皇上的心理版图。从行政版图上看凤凰不是边陲，与国境隔了莽莽苍苍的十万大山；从心理版图上看凤凰真是边镇，一道逶迤绵延的南长城将生苗熟苗断开。古镇的驻兵，就是为了镇压苗民造反的。只是，当地的土、苗两族，虽系南蛮族群，其性并不悖烈，决无与皇上分庭抗礼的野心。西南各少数民族，虽常与朝廷有隙，偶有兴兵北进之意，大多也就是壮胆吆喝一阵，到头来等朝廷招抚使节一到，授方大印送套官服，也便乐颠颠地扎寨为王了。中国历代的民族纷争，多为土地捐税贡奉之类，像十字军东征那样为信仰打得旷日持久没休没止的，几乎没有过。

当年从中原调来的军队，屯居下来并无战事。偶尔进山清剿土匪，去浩浩荡荡一队人马，捉一两个青壮汉子回来，五花大绑，背上插块标牌，上书某某匪首，耀武扬威班师回营。择日将捉来的人拉到江边滩涂，一刀将头砍下，算是就地正法。满城人看手起刀落，热血喷得一地，觉得有味。久而久之，砍头便成了古镇的一种仪式、一个节日。虽然古镇人能把每一天都过成节日，但砍头这个节日是不能少的。如果隔了一段日子没去江滩看砍头，镇里老少便觉得少了什么，甚至有好事者会跑到城外兵营抗议。兵营里的人照例会施延几天，然后又进山捉人。

兵营是禁地，当地平民闯入，按律也当杀头。但当兵的要娶妻生子，子孙要营商活命，几代人下来，早已兵民“团结如一人”。入乡便随俗，谁还会守着朝廷的规矩过日子?

日子长了，兵营里男丁渐多，镇上的汉族女子不够娶，便只好进山将苗族女子娶进城来。血缘一杂，风俗也便混了。苗年到了，满城人过苗年；春节到了，满城人过汉节。清晨去江边，满江都是石头上捣衣的女子，着汉服佩苗饰，一江的银饰叮当，一江的山歌飞扬。如果不是镇里的居民，弄得清每个妇人的来历，仅凭服饰和长相，是分不清哪个是苗家妹哪个是汉族女的。每年三月三，苗族赶边边场，以歌传情，看对了眼踩踩小伙子的脚背，于是心领神会，一闪便消失在树丛里。其中的小伙子，好些便来自凤凰城里，有些还是在籍的军人或富家子弟。其中一些苗家女子，也因此嫁到城里，相夫育子，没多久便一口汉话。

至于军人们从中原带来的节俗，不仅一样没有落下，往往比在中原老家更加繁缛。好些仪式，因为苗家女子的操持，有意无意添进了一些苗人习俗，更加庄肃和讲究。古镇的日子，过得平缓也过得平淡，天下再大的事传到这里，也便成了谈资和掌故，激不起多少涟漪。平和的时光难免寂寞，镇里人便变着法子把日子过得热闹。先是逢节便过，小节当作大节，苗节当作汉节。过节便是你宴我请，便是走街串户，再寂静的日子，也会闹腾起来。小小一个沱江镇，往上数三代，家家户户都是亲戚，不是姨亲便是表亲，再不济也是结拜亲。反正一过节，便是倾城的串联聚会、恣酒宴乐。每个节都是把一个日子过成一串日子，等到彼此把客请遍，这个节才算过去。细数凤凰一年苗、汉两族的大小节日，镇里人差不多一年到头都在迎节过节的日子里。

黄永玉先生的长篇小说《无愁河上的浪荡汉子》，开篇便是写凤凰城里大户人家过节请客。小说写了四五万字，要请的客人还没有进门，由此可见古镇人过节的讲究。且不说春节这样的大年节，就说端午，那气氛、那排场别处也难得一见。包粽子的粽叶，男人们要去找又宽又嫩的，包出的粽子才有棱有角有看相，蒸出来才有浓浓的青叶香。葛蒲和艾蒿，也要到人踪罕见的深山里去采，要挑又高又硬撑的那种，挂在大门边才会显眼，过完节风干了做药效果才好。至于朱砂和雄黄，则要早早遣人去矿上进，而且去的人要公认的可靠。如果哪年进的货质次价高，满城人都会跳着脚在街上骂，这家人便在镇里待不下去，趁某个日落月未升的傍晚，悄悄地溜出城外。此一去，即便还回来，那也是垂垂老矣的年岁。

端午节女人们头上扎的栀子花也讲究，要清晨刚采下来颜色洁白如玉的那种，要香味又馥郁又幽远的那种，而且要从长得乖的卖花姑娘篮子里去挑。端午前后的古镇上，总有从乡下来的卖花女在青石街上走过，模样乖乖的，声音也乖乖的。夜雨洗过的青石板，映得出姑娘的身影子，花香满街，清亮水灵的叫卖声满街……当然更讲究的还是赛龙舟，鼓要响，舟要靓，桨片扎实人要壮。即使是岸上做啦啦队的小媳妇大姑娘，也要衣鲜脸光身材妖。男人不能在水里输了力气，女人不能在岸上输了样子。赛完龙舟，不论输家赢家，一齐跳进江里捉鸭子，算是赛事的犒赏。一江的当地麻鸭，一江的青皮后生。鸭子嘎嘎叫，女人咯咯笑，满江的热闹傍晚还息不下来。

再说重阳，在凤凰也是一个极庄肃的节日。原本当年的驻军就山外远来，祖屋祖宗都在千里之外，重阳佳节必然置酒设坛叩首遥拜。清中以降，朝廷战事频仍，小镇虽天高皇帝远，并无侵扰，但镇里的青壮后生却三五一邀，乘船经沅水出山，在外当了兵。一方面为报效国家，一方面也是为躲避山里静寂难挨的日子。去的人多便死的人多，不管是否已经马革裹尸归返家乡，家中后辈总要登高祭拜丢在外面的魂灵。背一壶谷酒，抱一捆茱萸，爬上南长城高高的烽火台，酒洒一地，萸插满台。远眺苍山如海、残阳如血，近看野菊满坡、金灿一片。兵营里的号角呜呜吹起，随凉凉的晚风四散开去，那份辽阔与苍凉，侵人骨髓。

2

岁月荏苒，有如山里泉水，不激不湍，悠悠长长一年流到头。

尽管一整年都滚在节庆里，时间长了还是缺少兴味，尤其是血气方刚的少年们。孩提时可以上山采野果，夏天酸酸涩涩的野李、野莓，秋天甜甜爽爽的野梨、野栗，山里的诱惑总让人流连忘返。孩提时还可以下河捉鱼虾，溪水里的硬壳蟹，江滩上的楞子鱼，让你在水里一泡就是一整天。孩子们原本就要上私塾，古镇上有钱无钱的人家，对发蒙读书这事看得重。孩子要贪玩逃学，不仅要小心私塾先生的戒尺，还得仔细家里长辈的竹棍。哪天先生夹个包袱上了门，一顿饱饱的竹棍是躲不掉的，一根青竹棍打成涮把也是常有的事。有时候东家的孩子连累了西家，一连好多家，半边古镇都是挨打孩子杀猪般的哭号。不过孩子没记性，第二天照例是躲先生逃课。

日子在这躲躲逃逃、打打号号里过去，只一晃孩提变作了后生。等到长成翩翩少年，除了少数人家要把孩子送出山去上洋学堂深造，寻常人家就不逼孩子读书了。只要不当私塾先生，读书在镇上的用处并不大，即使上私塾时三天打鱼两天晒网，记账当掌柜那点儿事，哪个私塾生都干得下来。只是想干这活的少年并不多，想着几十年后自己就是老爹老叔的那一副样子，心中很是鄙弃。当然也可以选择去南长城那边的兵营里当差吃饷，但那兵不兵民不民匪不匪的样子，少年们同样看不上眼，谁要真去了，也必定是家有苦衷万不得已。于是只剩了走向山外一条路。从凤凰经麻阳到浦市，眼前便是浩浩荡荡的沅江。那是一条宽阔而又湍急的大水，经常汇入洞庭，走汉口至上海，想去哪便可去哪了。凤凰出来的少年，大多走的是这条水路当兵赴向战场。当然也有出来求学的，老的如熊希龄，少的如黄永玉，但大多数不会选择求学这条路，因为读书一来家里要有钱，二来自己要有才，而当兵只要有胆子就行。凤凰城里长大的少年，打小看惯了砍头，自然不缺出生入死的胆魄。沈从文打小聪颖，且生性文弱，是再好不过的读书料，可他走出家门的第一选择，依然是吃饷从军，跟着地方军阀的队伍，在沅水上游的山地里转悠了好几年。

比沈从文更早的一辈又一辈少年，有的血战东南海疆，有的命殒西南边陲，渐渐挣下了一个响亮的名头——“竿子军”。在血肉横飞的战场，“竿子军”代表骁勇善战，代表视死如归。兵士相见不报名号，只说“竿子军”三个字，便能获得十分的尊敬。追溯凤凰少年的不惜命不惧死，或许与屯兵的历史相关，诸多少年的先辈，原本就是血战归来的勇士；或许与苗汉通婚的血缘相关，诸多少年的血管里奔涌着苗族人彪悍强蛮的血性；或许还与征剿不绝的匪患相关，诸多少年眼看着土匪们赴死的慷慨从容，“过二十年又是一条好汉！”这生死轮回的想法让少年们把殒命疆场看得十分豪壮……

在这前仆后继的人流中，历史只记住了一个田姓的总督，后来镇守云贵延绵不绝的大山，算是朝廷对“竿子军”最重的封赏。那些被历史忽略了的万万千千的凤凰少年，大多没能活着回归古镇。家里人悲恸过后，便想到当地苗族有巫师赶尸的习俗，于是延聘巫师远赴疆场，将家中子弟的尸体赶运回来。据老辈人说，朝廷一场大战下来，无论赢输，月夜里回凤凰的官道上，成群结队都是赶尸的队伍。赶尸由此成为凤凰及周边一个兴旺的职业。不仅民间，史料上也有赶尸的记载，只是究竟如何能让死尸夜行数十里，而且即使三伏天也不腐，其技已不可确考。

沈从文曾在一部小说中写道：“一个战士，不是战死沙场，就是回到故乡。”说的是凤凰人对家乡至死不渝的眷恋。后来黄永玉将这句话作为墓志铭，刻在了沈先生的墓碑上。如依凤凰少年们从军的史实，也为他们写句话刻上墓碑，那应该是：“一个战士，即使战死沙场，也要回到故乡！”

怀了战死之心却并未马革裹尸的也有，如那位著名的陈姓将军，后来拥兵做了湘西王的师长陈渠珍。民国初年的地方军阀，身份十分尴尬，对政府要担保境绥靖之责，对民间要司建设发展之职，而军费粮饷、执政用度政府却又不能保证，大多只能自谋自筹。陈师长绥靖湘黔边区数县，便在此设卡收捐，甚至运桐油贩烟土。土匪猖獗了发兵剿匪，土匪弱小了又歃血结盟，送枪赠弹，不想让土匪绝了踪迹。后来好些学者说将军是湘西土匪王，显然不对，只有他镇得住湘西土匪倒是不错的。陈将军也在凤凰倡新校、设邮局、立钱庄之类，好些文明的生活，都是在将军手上开启的。传统的妓院烟馆、私塾酒肆，新式的邮局剧院、银行学校，混杂在沱江镇里，也是一份特别的繁华。士绅因之视其为湘西家长。民国时代，三湘家长、三晋家长、三桂家长，大都是土生土长、拥兵自重而又荫庇桑梓的地方军阀，其利其弊的历史功过，至今仍难以评说。

就在这位杀人如麻而又爱民如子的将军身上，发生了一段刻骨铭心的恋情。早年将军驻兵川藏，认识了一位叫西原的藏族姑娘。烽火三月，他们却在雪山草地爱得如火如荼。然天不假年，西原早夭，将军痛如剜心。后来在他自撰的《艽野尘梦》中述及西原，依旧如泣如诉，读后让人掩卷唏嘘。由此见出凤凰乃至湖湘少年至真至纯的性情。与陈将军同一时代的倒袁都督蔡松坡，同小凤仙那一曲绝唱，亦惊世骇俗倾倒了几代人。更令人感叹的是湘军大将彭玉麟，自小喜欢外婆的养女梅娘，家中不允，梅娘外嫁，不久抑郁而死。彭将军一生放不下这位亡故的恋人。青灯孤影，夜夜以画梅表达无望而且无尽的追念。戎马倥偬的一代名将，竟在军帐下为梅娘画下整整十万幅梅花，即使只是一万幅，也是世上绝无仅有的苦恋呵！从古至今，还有比这更铁骨柔肠、凄绝哀婉的爱情美谈？

3

一方水土养一方脾性。其心笃实，其情专注，其性刚烈，不唯凤凰男子，女人亦然。不论汉族苗族，心有所许，身有所属，便是一生一世的事。如有变故，那便生是男家人死是男家鬼，必定弄出些节烈的故事来。好些女子并未出阁，只是学堂里、城墙边私订了终身，或者是两家长辈延聘中人换了个八字，一旦男方有变，女子便在城里丢了颜面，只留下寻死寻活一条路。院里的水井、江边的深潭、山顶的断崖，便是她们选择的去处。凤凰的节烈故事，一代一代多如童谣。事发的人家虽然痛惜，却并不失颜面，在城里从此抬不起头来的，反而是情变节失的男家。山城里孩子野，纵然是有钱有势讲面子的大户，闺中女孩也不会像山外人家那样高墙深院地锁着，一天到晚城里城外、山上山下，难免青梅竹马，难免生米煮熟。只要孩子认了，大人也多依从，并不太做棒打鸳鸯的事。只是一旦男家变了，事情就变得十分严重。

凤凰苗族的女子，碰上这等事反倒从容。小姐妹三五个在一起一商量，然后派个长相标致的去约那个变心失节的花心郎。只要出来了，便在劫难逃，茶里酒里乃至凳子上，都被姑娘们放了蛊。放蛊是苗族女儿护身的秘术。将大山里的各种毒虫捉来，用瓦罐在火上焙成粉末，装在随身携带的小瓶子、小盒子里，遇上歹人或花心郎君，用指甲挑一点点在饮食里，那人便被放了蛊。被放了蛊便自此茶饭不思，没精打采，无端地消瘦下去。多厉害的郎中也配不出解药，只能眼睁睁看着病人枯槁而死。放蛊与赶尸，是凤凰周边苗族人秘不示人的技术，发达的现代科技仍未完全解密。赶尸完全绝迹，技艺想已失传。放蛊据说偏远的苗寨还有。早几年听一位朋友说，一个收金丝楠的商人，看上了苗寨里的一棵古楠木，寨里人不卖，他便雇人月黑风高夜偷偷伐了。寨里人没让他把树运走，仍旧当神树供着，但商人不久便病了，大小医院查不清楚是什么病，怎么治也不见好。有人说是得罪了树神，有人说是被放了蛊。

4

沅湘一带，自古乃蛮荒流徙地，中原文化的影响，大多来自几位悲悲戚戚的谪贬诗人。宋明以降，虽有硕儒入湘会讲，但也是在督抚所在之地，与藏在近千里外大山里的凤凰，没有什么牵扯。凤凰与中原文化的融通，还是因为屯兵。当年远道而来的兵士中，也有些读书人，流传下来便成了一条文脉。清中以降，凤凰人才辈出，不只军人，文人也一辈胜似一辈，及至民国，偏安一隅的小镇竟然文事繁盛。大学者陈寅恪的祖父陈宝箴，曾署辰沅永靖道，携家眷寓居古镇，至今凤凰老城里，陈家的宅子还显赫地立着，艳红的夕阳一照，静穆苍老里透着尊贵。陈家尊贵不在其祖父后来官至巡抚，而在父兄数人皆为文化大家。陈先生自己不说，其父陈三立文冠晚清，为名重一时的“同光体”领袖人物。其兄陈衡恪，世人所称的师曾先生，则是国画大师，虽辞世甚早，其艺术成就，亦当时无双。后来成为一代宗师的齐白石，对其一直怀有师承敬意。陈家祖籍不在凤凰，但寓居的这一年多，凤凰对陈家，陈家对凤凰，彼此的影响应是当时后世所少有的。

那时节，凤凰出了很多人。所谓“出”，一是出去，二是出现。凤凰的名人大都是走出山外才出现的。山里的学养与历练，山外的舞台和机遇，让凤凰人不可思议地出名，而且一出便一鸣惊人，熊希龄、沈从文、黄永玉等莫不如此。我至今仍觉得，熊出任民国总理有点儿阴差阳错，在那个有枪便是草头王的时局里，温文尔雅的熊总理，实难有甚作为。但作为教育家和文化人的他，影响却至深至远。他创办的香山慈幼院，培育了一代代国之栋梁，至今还是北京最好的幼稚园之一。在醴陵创办瓷器研究所，专攻釉下五彩，一时间醴陵瓷声名鹊起，几压瓷都景德镇。撰写中国陶瓷史，醴陵的釉下五彩是绕不过去的；说及釉下五彩，熊总理是绕不过去的。

从文从军阀部队出走，跑进北京没有多久，便以小说红透半边天。当时文坛左翼、右翼、新月、鸳鸯明争暗斗，却被一个从山里走来、没有学历没有背景的文青占尽了风头。沈先生以洗练而优雅的文字，和西南白话典丽而鲜活的修辞，洞开了西南山地下层人群的原生相，发掘了苦难人生里的宽容、坚韧和温情，表达了一种顺天由人而又悲天悯人的作者态度，为“五四”以降的白话文学画出了人性的新貌相，奉献了文体的新范本。后来，沈先生放弃创作，专注服饰研究，成为中国服饰史研究的绝对权威。这种中年转行的内在诱因，大抵还是少小时苗族服饰留下的美丽印象。沈家有苗族血统，先生的创作，苗族文化的影响亦是入血入骨的。

沈先生晚年回凤凰，是由家乡子弟萧离陪同的。时间不长，因为家乡人的热情拜访，独处的时光也不多。少小离家暮年还乡，先生的感慨应该良多，但似乎都藏在了心底。先生在京辞世，家人和家乡人将先生葬回了凤凰。在沱江边一片僻静山坡上，立了块青石的墓碑。碑上是黄永玉和妻妹张充和的手迹。张写的是“不折不从，星斗其文，亦慈亦让，赤子其人”，尾字相缀便是“从文让人”，算是对沈先生一生的礼赞！墓及碑其实都小，不经人提示，路人是注意不到的。不想被人打扰，大约是先生和家人共同的心愿，但如今的游客不绝如缕，先生是不得清静了。

与表叔的儒雅敦厚相反，自称为“湘西老刁民”的黄永玉大恨大爱、大俗大雅、我行我素，智慧至极不避小巧，本色至极不避鄙陋，吃自己的饭偶尔也管艺坛的事，画自己的画间或也骂时局的娘，凤凰文化最生猛鲜活的一面，为先生所独得。黄先生少为鬼才，老是精灵，做人作画，担得起放得下，在近百年的人生行程中，无论时局的洪流如何惊涛骇浪，他始终是一根大山里冲下的浮木，纵然随波起伏，却不失一份自己的安定。作为画家，其才华丰沛而诡异，不仅国画油画、木刻雕塑，无不本色当行，而且各类代表作品，总于简洁的艺术表达中透出宽厚而机敏的人生讽喻。作为作家，其才情充裕而质直，诗歌散文、小说杂感均不挡手。《太阳下的风景》《比我更老的老头》等篇什，必当流传久远。长篇小说《无愁河上的浪荡汉子》乃当代中国当代最雍容的小说，《红楼梦》式的气派，《追忆逝水年华》式的节奏，颇具传世大作气象。前几年出版《黄永玉全集》，原定只出美术部分，我坚持要连文学一起出。如今全集十四卷，八卷美术六卷文学，算是等量齐观。先生是大画家，亦是大作家，其文学和艺术的成就，当互不相让。

黄老先生近十数年在凤凰住得多，自己设计的玉石山房和夺翠楼，都建在沱江镇风景绝佳处，其建筑风格与古镇老建筑谐和，似乎意在为古镇补白添彩。先生对古镇的依恋有甚于他人，他确乎并不满足于用画笔和文字为老凤凰记下不衰败、不坍塌、不消失的样子，还希望以自己的呼吁，让古城以其本来的模样，在霁月日影的轮转中存活一百年、一千年……

5

我第一次去凤凰，是一九八二年秋天。那时游客甚少，即使有三两个慕沈先生之名前来的，也侵扰不到古镇的宁静和居民的生活。沱江悠悠一脉，水量虽不丰沛，水质却清冽透亮，诱人掬水直饮。渔舟闲闲地泊在江边，鱼鹰立在船头静静地瞌睡。吊脚楼里住满寻常人家，傍晚炊烟袅袅，继之唤孩子回家吃饭的呼喊和责骂此起彼伏。再后来去凤凰，这些光景就没有了，江边一走，便陷在酒吧酒楼的红尘里。满城褪色的红灯笼，如旧日风华败落的站街女，令人莫名地败兴。

有回过年我去凤凰，为了接待我，叶文智夫妇冒雪驾车，撞在了高速的水泥墙上，差点儿出了车祸，我心中十分歉疚。而他正是凤凰旅游的开发者。我并不迂腐地抵制一切旅游开发，古屋要修缮，居民要生活，一个再伟大的古城，子孙们也不能守着古屋饿肚子。再说，如今的游客，也大多为出行找个由头，并不真对古城有多少兴趣。凤凰被称“爱城”，好些人便为了寻“爱”而来。当然这也无可厚非。我所心疼的，只是古镇像被人用洗洁精一遍又一遍地擦洗过，那点儿岁月的包浆，斑斑驳驳地全被褪去了。分明是一件真古董，现在却怎么看都是赝品。当年因屯兵征剿而兴起的古镇，如今因幽闭美丽而存续，如果擦去了那份岁月积攒的清幽和朴拙，古镇还真剩不下什么了。我也到过欧美好些古镇，像捷克的克洛莫罗夫、卡罗维发利，瑞士的蒙特勒、琉森，虽然都是上百年甚至几百年长热不冷的旅行度假胜地，但走进去、住下来，你还是寻得见一些岁月的光影，唤得起对一些旧时人事的怀想……

其实，我并不知道自己为何要写下这些文字，更没想到过谁会去阅读。只是随手随心地往下写。及至行文过半，才意识到我所记述的，乃是我自己心中的凤凰，是我在史料、掌故、美术、文学中，以及我第一次到凤凰看到的那些人脸、听到的那些呼唤、闻到的那些炊烟中感知的凤凰，是凤凰古城情当如斯、理该如是的样子。

岁月不老，凤凰已非。

情有所系、心有所念的外乡人，现今入城难免会有走岔道路的错愕。撰此旧人旧事，记此往日模样，也算是为今时之古城复旧“包浆”吧。

（原载《湖南文学》2017年第1期）

两个人的战争之楚汉惊尘

◎刘汉俊

自古英雄辈出，每一个时代都有自己的英雄。两千多年来，有两个人物一直被人们念念不忘唏嘘不已，永远有说不完的故事、道不尽的评点。

他们生活在同一个时代，先是为着同一个目标而携手奋斗，后来又为了同一个位置而厮杀争斗，联袂主演了一场推翻王朝伟大斗争的生动活剧，一幕争夺帝位惨烈战斗的经典戏码，大开大阖地改写了中国历史，其波澜壮阔的气势和惊心动魄的程度，史无前例，亦无后例。他们的结局都很精彩：一个登上皇帝宝座，成为中国历史上第一个由农民身份上位的开国皇帝，开创了一个前后长达400多年的王朝；一个虽然壮志未酬、饮恨自刎，但英名流芳千古，成为古来杀身成仁的烈士们所敬重的悲情英雄，也成为历代红颜知己们所倾慕的真心英雄。他们的志向趋同却性情迥异，人生篇章各有异彩。他们曾齐心协力又彼此征伐，既惺惺相惜又恩怨交加。他们相互映衬，彼此成就，成为中国历史天空上一对明亮的双子星。

是的，一个是刘邦，一个是项羽。

公元前223年，秦灭楚国时，楚国曾有阴阳先生预言：“楚虽三户，亡秦必楚！”无论是复仇誓言还是一语成谶，“奋六世之余烈，振长策而御宇内”的大秦王朝果真覆灭于楚人之手。率先发动农民起义的陈胜、吴广是楚国子民，起义军打出的国号就叫“张楚”，意在张大、复兴楚国；最终联手摧毁秦朝政权的刘邦、项羽也是楚国后裔。复兴故国是他们共同的梦想。西汉司马迁的《史记》，北宋司马光的《资治通鉴》，以及大量的典籍诗文、考古遗存、逸事稗史等，复活着两位英雄的形象。

先说项羽。

公元前232年，项羽出身于楚将世家，楚国虽然已被秦灭近十年，八百年楚国雄风不再，但是楚脉不断，项羽正是楚国最后一个战将项燕的孙子，楚将项梁、项伯的侄子。项羽年少时不好学文，虽爱好剑术却是“略知其意，又不肯竟学”，不过从他沉迷于兵法战术来看，还是少有所思的。他说“剑一人敌，不足学，学万人敌”，长辈闻之大喜，觉得孺子可教，便举全家族之力专教他用兵之道。公元前210年，秦始皇巡游过会稽（今苏州），20岁出头的项羽夹在人群中观望。秦始皇的气派让项羽惊羡不已，他的脑海浮现出祖父项燕被秦将王翦所杀的场面，感觉到血管里的反秦基因忽然躁动起来，骨子里有一颗帝王梦想的种子在发芽，他对叔父项梁脱口而出：“彼可取而代之也”，吓得项梁赶紧掩其口。此时，陈胜、吴广斩木揭竿而起抗秦，起义军如燎原之火点燃了被强秦所灭六国的复兴之梦。当起义的浪潮狂飙突进，前锋抵达会稽时，会稽太守想约项梁、项羽一同起兵反秦，没想到一下子触发了叔侄俩久伏的野心，项羽一刀先杀了太守，二人降了太守的全部人马，直接举起了反秦大旗。项羽此举，显示出他作为贵族之后不甘人下的心气和过人胆识，展示出他做事果敢、心狠手辣的风格。

项羽骁勇善战，是打仗的一把好手，有一股子不服输不怕死的拼劲，常令敌军闻风丧胆。《史记》记载了项羽两次瞪眼却敌的故事，一次是与汉军对垒，项羽披甲持戟单骑挑战，汉军著名神箭手楼烦拍马迎战，“项王瞋目叱之”，竟吓得楼烦“目不敢视，手不敢发”，躲进障壁不敢再出来了；还有一次是在项羽生命的最后时刻，在逃往乌江的穷途末路上，数千汉兵围战项羽，汉将赤泉侯追上了项羽，“项王瞋目而叱之，赤泉侯人马俱惊，辟易数里”。英雄就是英雄，目光如电，慑人心魄。公元前208年，项羽与秦国大将章邯鏖战于巨鹿，为达到置之死地而后生的效果，项羽率部渡漳河后干脆一不做，二不休，“皆沉船，破釜甑，烧庐舍，持三日粮，以示士卒必死，无一还心”，结果是“楚战士无不以一当十”。正是凭借这种“破釜沉舟”的绝地反击，项羽所部九战皆胜，彻底击败秦军、迫降章邯，致使秦军主力尽失，从此一蹶不振。要知道，这个章邯正是曾杀陈胜、斩项梁、刀劈楚军诸多名将，使楚军七战皆败，令各诸侯国肝儿发颤的秦军猛将。“巨鹿之战”是项羽在历史画幅上留下的辉煌一笔，也成为秦亡而楚兴的历史转折点，是中国战争史上以少胜多的经典战例。而此时的项羽年仅25岁，少年得志，意气风发。秦末之际项羽的“破釜沉舟”与春秋时期越王勾践的“卧薪尝胆”并列为励志故事，一同进入了中国历史的教科书。后世有对联曰：“有志者，事竟成，破釜沉舟，百二秦关终属楚；苦心人，天不负，卧薪尝胆，三千越甲可吞吴。”

项羽“力能扛鼎，才气过人”，是那个时代的男神。战马与利器，是那个时代男神的标配。他的宝马乌骓“日行千里”，飞快好比闪电，破阵势如劈竹；他的画戟重若千钧、锋利无比，无数遍地被敌人的鲜血擦洗，冷霜锃亮、寒光闪闪。一个人、一匹马、一柄画戟，搅得周天寒彻，年轻的项羽无疑是中国历史上最著名的战神之一。但他像古希腊神话里的英雄阿喀琉斯一样有自身的致命伤，“阿喀琉斯之踵”最终夺去了那位希腊军中最勇猛战士的性命，而诸多的“软肋”使项羽最终完败。

“软肋”之一是心软。秦朝被项羽、刘邦合力推翻后，天下只剩了这两位楚汉枭雄。此刻刘邦屯兵灞上，项羽率四倍之兵峙立关中，本来这是围歼刘邦的极好时机，七旬军师、亚父范增数次力谏项羽不能手软，但项羽妇仁慈心，执意不听。他甚至没有想到他的帐下也演起了《潜伏》的谍战片。那天深夜，刘邦让谋士张良约了项羽的叔叔项伯来密见。一见面，刘邦便信誓旦旦地对项伯说，我刘某人本来就是一个农民，一个无所事事、连父母都瞧不起的混混儿，能有今天这个样子就心满意足了，不像您家项王，本是贵族之后代，在反秦斗争中又立下显赫战功，天下非他莫属，您让项王放心，我没有那个野心。项伯呀，您要是看得上我寒门刘家，我愿意与您结成儿女亲家。项伯听了刘邦的表白，信以为真，回来跟项羽鼓噪一番，项羽果然更加放松了警惕。不但如此，项羽还在距离刘邦屯兵仅几十里处的鸿门请刘邦喝酒。刘邦当时的境遇相当于300年前齐、鲁两国“夹谷会盟”时的鲁国国君，明知不是对手却不得不从，但脚跟发虚、心里有数的刘邦貌似大摇大摆地赴宴来了。二人虚情假意推杯换盏称兄道弟，酒酣耳热之际，范增几次示意项羽杀掉刘邦，还请项羽的堂兄弟项庄以舞剑助兴之名想趁机“一失手”行刺刘邦，共同创演了成语“项庄舞剑，意在沛公”的现场版，但项羽佯装不知。范增之意却被“内贼”项伯识破，项伯拔剑起舞来保护他未来的亲家刘邦，使得项庄难以近刘邦之身。这一切端倪当然都逃不出刘邦谋臣张良的眼睛，他不动声色地呼来大力士樊哙。这个威猛的卫士一手操剑一手执盾，冲破刀丛林立的卫队，旁若无人地进入宴会厅保护刘邦。项羽一见樊哙“头发上指，目眦尽裂”的气势，吓了一跳。刘邦赶紧借口说要上厕所，屁滚尿流地逃出鸿门，惊出一身冷汗。正是这一次，项羽心一软，放走了最终葬送自己性命的对手。回看项羽一生，他似乎没有不敢杀的人，为什么独对刘邦“心软”？想必一是英雄观使然，当面鼓、对面锣，英雄决战在战场，不搞暗事、不使阴招，不背负这个骂名。二是轻敌心作怪，项羽天时地利占绝对优势，灭秦的功劳最大，天下舍我其谁？刘邦不过是瓮中老鳖，能往哪儿逃？三是世界观不同，楚汉相争，刘邦一直想干掉项羽，但项羽似乎没有杀刘邦的念头，项羽自认为不能下没有对手的棋，驱赶着刘邦这个老帅围着九宫田字团团转，这才是项羽的乐事。除掉刘邦，天下无棋，项羽有独霸一方之心，无一统天下之力。四是时机不成熟，秦朝大势已去，但秦王犹在，秦兵未尽，项羽需要刘邦共同制敌，且与楚怀王有约在先，待尘埃落定后各分天下。总之，这场惊心动魄危机四伏的“鸿门宴”，让仓皇中的刘邦摸到了项羽的“软肋”。

“软肋”之二是虚荣。灭秦后，项羽气势磅礴地杀入咸阳，有谋臣说关中地带山势险峻、川流阻隔，易守难攻，而且这里地广物美，整个儿就是您霸王的立都之地啊。但项羽不屑一顾地说，我富贵发达了不衣锦还乡显摆一下，就像穿着绫罗绸缎走夜路，哪个能看得见我？胜利的荣耀贲张了项羽的贵族血脉，烧烤着一颗霸王之心。当那个谋臣犯颜进谏说，霸王您这样做不是真正的英雄，不过是沐猴而冠罢了，我蔑视你。项羽勃然大怒，果真把这人给煮了。而当刘邦派张良通过项伯给项羽送来“霸王您放心，我不会跟您争天下”的“迷魂汤”时，这个傻大个儿竟感觉良好地一饮而尽了。骄横虚荣之心，使他不知道自己贵姓，更不知道今后的天下贵姓。垓下之战，风声鹤唳，四面楚歌，是项羽领兵八年以来的第一次败仗，也是他人生的最后一战。蓄势已久的刘邦积七十万大军压境，而项羽只有区区十万之兵抵抗，最后只带了二十八骑杀出重围，而刘邦的五千精锐还以“宜将剩勇追穷寇”的劲头紧追不舍。项羽逃到乌江边上，气数将尽。想当初，八千江东子弟跟随我项羽打江山，此刻却只剩下这群创痕累累的残兵败将，何颜见江东父老啊！英雄气短，来日无长，唯有一刎谢万罪。一腔热血衷肠，满腹爱恨情仇，凝成乌江风寒霜晨月。历史没有如果，但假设一下也无妨。走到乌江绝路的项羽当时不过31岁，而刘邦时已55岁，乌江对面不远，是项羽的家乡，“江东虽小，地方千里，众数十万人，亦足王也”，留得青山在不怕没柴烧啊。放下面子，项羽未必没有东山再起的机会。

倘真如此这般，楚汉相争的连续剧可能还要上演许多集，司马迁的《史记》也会是另一番表述，项羽留给后世的形象也许要逊色一些。但项羽就是项羽，一刀给自己的青春戏杀了青。

“软肋”之三是残暴。仁义者无敌，残暴者无友。项羽一生打了七十多场仗，除了最后一仗，几乎战无不胜。勇猛是凶残的代名词，项羽杀气腾腾、威风凛凛，令敌军、友军心惊胆战。残暴行径丝毫不亚于被他推翻的暴秦。作为楚军次将，项羽竟然敢一刀杀了自认为说了他坏话的上将军宋义，还追杀了宋义的儿子。襄城屠城，项羽坑杀全城平民；城阳之战，项羽对居民实行“三光”政策；巨鹿之战，项羽杀得兴起，连诸侯国的盟军都“无不人人惴恐”，吓得作“壁上观”，“无不膝行而前，莫敢仰视”；新安之战，项羽一夜之间把秦军20多万降兵全部活埋；攻入咸阳，项羽一刀杀掉早已投降的秦王子婴，继而滥杀平民百姓，像当年秦人一样“伏尸百万，流血漂橹”；秦宫一炬，大火连烧三月，只剩一把焦土。虎狼之师所向披靡，但仁义之师更能天下无敌，项羽没有悟出“牧民之道在于安民”的道理。对弱者、降者和无辜者杀伐成性，使他失去了道义，失去了民心，也就失去了执政的基础。自古没有暴君安天下的先例，历史不会给残暴者一统天下的机会。

“软肋”之四是多疑。猜疑与多心的人必定没有朋友。刘邦身边，文有张良、萧何、陈平，武有韩信、樊哙、彭越，谋臣猛将的辅佐使刘邦如虎添翼；项羽全凭单打独斗，身边仅有谋士范增和那个吃里扒外的项伯，还有那个空有一身武艺却始终无法击中要害的傻堂兄弟项庄。刘邦采纳了陈平的离间计，成功地挑拨项羽与范增的关系，项羽果然以暗通汉军之名，逼走了这位忠心耿耿的老将，使范增“行未至彭城，疽发背而死”。分析项羽的多疑，部分地源自他的贵族血统，对既得利益的患得患失，终日的惶恐不安，必然导致狭隘阴暗、狐疑多端、睚眦必报的心理，不相信任何人。垓下一战，项羽被刘邦亲率韩信、彭越、英布等四路大军围追堵截死捶烂打，孤立无援，无人可求，最后只能仓皇东逃，走上不归之路。

“软肋”之五是自大。少有宏志固然好，但少不读书就可能狂妄自大，缺乏判断能力与人文精神，更别说战略思维了。当范增提醒项羽说：“刘邦在山东时，贪财好色，但是一进了函谷关却不抢财不劫色，必有大计，你还是赶紧灭了他吧！”但项羽不以为然，终留致命遗患。刘邦是政治家，有着必需的天下胸怀和政治韬略，有着必需的深谋远虑和谨小慎微，而项羽只能算作军事家，虽然武功盖世却鼠目寸光，高傲而自负。一个志在天下、想当皇帝，一个满足一役，或者一域，只想做一方霸王，孰高孰低，在楚河汉界两旁一目了然。项羽的屡战屡胜在为他赢得巨大声誉的同时，也带来严重的负面效果，他的刚愎自用、独断专行常常发挥到极致。张狂地排斥他人，无端地猜忌下属，结果是众叛亲离。自古骄兵必败，项羽每仗皆胜却丢了天下。胜利，一旦吞噬了胜利者的理智，失败便在乌江边张开了血盆大口。

性格决定命运，短板决定容量。项羽的这五根“软肋”被刘邦捏在手里，动哪一根都致命。如此看来，项羽是一个“残疾”英雄，还真不是刘邦的对手。古今中外，最后的胜利者不是军事家而是政治家。

这说明了一个道理：真正的敌人是自己。

尽管如此，我们还应该给项羽一个客观公正的评价。无论从哪个角度讲，项羽都是一个精神价值极其富有的人。他既有独霸天下的远大抱负，也身体力行、奋勇当先。没有项羽的楚，就没有刘邦的汉，更不可能颠覆强大的秦；没有项羽的霸业，就没有刘邦的王业；没有项羽的致命伤，就没有刘邦的帝王梦。他既叱咤风云又儿女情长，被重重围困在垓下，仍然字字滴血、行行淌泪地慷慨悲歌：“力拔山兮气盖世，时不利兮骓不逝。骓不逝兮可奈何！虞兮虞兮奈若何！”一首《垓下歌》，何其高贵，几多惆怅！悲痛欲绝的美人虞姬泣泪唱和：“汉兵已略地，四方楚歌声。大王意气尽，贱妾何聊生！”遂拔剑自刎，忠烈殉情，以断项羽后顾之忧。刀光剑影血雨腥风中，堂堂伟岸男儿对爱人既爱且痛的深沉，美艳专情而又刚烈坚毅的女子对夫君以生命相许的贞义，因虞姬的壮烈一刎而成就了爱的崇高与纯洁，令古往今来多少海誓山盟中的爱恋男女们泪奔！坦荡直率不矫情，赴汤蹈火不惜命，爱就爱得深沉，别就别得悲壮，活就活得任性，死就死得壮烈，这就是项羽的性格！饮恨乌江边，引颈向长天，身负十多处创伤的项羽筋疲力尽心灰意冷了。楚地不再，江山易主，美姬不再，情无所依，江东兄弟百战死，东山再起恐无多。男儿柔情，烈士多义，进入生命倒计时读秒阶段的一代枭雄，无不爱怜地把随他出生入死满身血渍的五岁战马乌骓，赐给了欲渡他过江的好心人。然后，项羽凭借一个潇洒的90°转体自刎，把一身戎装满怀雄风凝固成一尊英雄的雕像，铮铮铁骨，铁骨铮铮。乌江一刎，把项羽的高贵定格在最高值。项羽以降，历代英雄豪杰都在他身上寻找自己的影子。

项羽是楚的，是虞姬的，更是历史的。项羽是一位伟大的革命者，与农民出身的刘邦不同，他是站在六国贵族阶级立场上来反对秦朝贵族阶级的。如果不反，项羽作为贵族后代的利益是可以有保证的，要舍弃既得，需要牺牲精神和无畏勇气，这与同样出身贵族，为了维护统治阶级利益的屈原、孔子有着本质的不同。贵族所有的先天弱项在项羽身上都有遗传，最终这些天生“软肋”的集体溃烂和痼疾的集中发作，成了他事业的“短板”和人生的“天花板”。有缺点的战士终究是战士，再完美的苍蝇也是苍蝇。铁血冷戟霸王心，柔肠侠义儿女情，这就是项羽，一个长处与短处都十分鲜明、血肉丰满、可爱可恨的钢铁战士。躬谢司马迁，握如椽之神笔，蘸浓墨与重彩，为我们刻画了一个神采奕然的英雄形象和文化符号。

说项羽，必说刘邦。

与项羽相比，刘邦出身微贱。他与项羽一样，也是胸怀大志，曾见过秦始皇巡游，发出过“大丈夫当如此也”的感叹，这种气魄比项羽的“可取而代之也”略逊三分，但胸怀更宽广、视野更宏阔、城府更高深。他颜值很高，“隆准而龙颜，美须髯，左股有七十二黑子”，既仪表堂堂又奇人异相。他生性仁爱，乐善好施，豁达大度，不是那种专嗜杀伐的草莽英雄。他不拘小节，与民同乐，亲和力强，具备领袖人物的先天条件和群众基础。当亭长时，刘邦奉命往骊山押解囚徒，因逃跑的人太多而完不成任务，干脆一不做，二不休把人都给放了，自己逃亡于芒砀山中。当陈胜率兵逼近，沛县县令想对抗但又害怕，县衙主吏萧何、典狱曹参建议与刘邦联手，县令开始同意又出尔反尔，还要杀萧何、曹参。两人翻墙逃至城外刘邦营中，刘邦向城里射箭携书鼓动百姓造反。民众起来杀掉了县令，开门迎接刘邦，从此沛县成为刘邦的早期革命根据地。这一年，刘邦已48岁。随后，刘邦与项羽奋力攻秦，率先攻入关中，生擒秦王子婴，为推翻秦王朝立下首功。51岁时被楚王封为汉王，率汉军与西楚霸王项羽相持日久、“中分天下”，最后决战垓下，全歼楚军，逼得项羽殒命乌江边。56岁那年，刘邦登上帝位君临天下。

与项羽相比，刘邦有何德何能可以称帝？这是古今之人常常议论的话题。

刘邦与项羽一样，年少时都是不读不耕之流、不安分守己之徒。与项羽相比，刘邦没有一个好的出身，40多岁才谋了个亭长的闲差，大约相当于现在的股级干部，起步并不算早。

但是，时势造英雄，乱世出豪杰。燕、赵、齐、楚、韩、魏等六国虽已不在，但六地民众仇秦久矣。陈胜、吴广领导的农民起义引发了天下同心并力攻秦的愿望，应者云集。神州动荡、天下大乱，为刘邦、项羽提供了舞台。英雄相聚，风云际会，中国历史因此而好戏连台。

《史记》对刘邦、项羽的记载，斗争多于合作，这可能是历史的真实。楚汉相争，既是双方政治、经济、军事实力的大比拼，更是两人谋略智慧和人格魅力的大较量。但命运往往更垂青那些有特质的人，刘邦就有不少过人之术。

一是用人术。这是刘邦的第一大本事。得天下后，刘邦在洛阳南宫设宴与群臣弹冠相庆，酒酣兴至，问左右“吾所以有天下者何？项氏之所以失天下者何”，左右纷说，似都有理，但没有人搔着刘邦的痒处。他终于憋不住了：“夫运筹帷幄之中，决胜于千里之外，吾不如子房（张良）。镇国家，抚百姓，给馈饷，不绝粮道，吾不如萧何。连百万之军，战必胜，攻必取，吾不如韩信。此三者，皆人杰也，吾能用之，此吾所以取天下也。项羽有一范增而不能用，此其所以为我擒也。”这一段深刻、精辟和经典的自白，给历代政治家们以深刻启示。谋士陈平、武将韩信过去都是项羽的手下，因不受重用、颇受轻慢，才投奔了刘邦，韩信最终还要了项羽的小命。将这些人中骄子拢在自己麾下，刘邦的驭人之术不可谓不高明。

二是怀仁术。当初刘邦决定违抗官命放走囚徒时，一些人深受感动，不走反留，百十号人成了刘邦的家底，刘邦可谓起于“仁”。当秦兵以强势逐北，楚怀王熊心想派兵入关，并颁令谁先定关，就封谁为关中王。项羽势在必得，但是多位老将军进谏楚王说，“项羽慓悍，今不可遣。独沛公素宽大长者，可遣”。刘邦的“仁”使他赢得了机会，可谓成于“仁”。刘邦每略一地，一定打开牢狱大赦罪犯，安抚当地父老。这些动作，为他赚得了仁义之名。公元前206年10月，刘邦率先攻下灞上，“秦王子婴素车白马，系颈以组，封皇帝玺符节，降轵道旁”，多位将领建议杀掉子婴，但刘邦说不，人家都降服我了，还杀他作甚？此举可谓王于“仁”。而后来，子婴却被项羽毫不留情地杀了。项羽的残暴，反衬了刘邦的仁心。刘邦虽然没读什么书，还讨厌儒生，曾把儒生的帽子揪下来往里面撒尿，但他登基后听从儒生陆贾“马上得天下，岂能马上治天下”的劝告，开始敬重和尊崇儒学，成为中国历史上第一位亲赴山东曲阜孔府祭孔的皇帝。刘邦颁布休养生息、轻徭薄赋、释放奴婢、招贤纳谏、孝治天下等政策，可谓仁政。当然，这是后话。也有人说刘邦的“仁”是虚情假意，但如果一个人能假装仁义一辈子，你能说他不是真仁义么？如果一介平民能心怀仁心，当了皇帝还能永葆仁德，你能说他是假仁义么？

三是取义术。先有仁而后有义，仁守内而义主外。刘邦怀仁取义，把自己的军队打造成正义之师。在楚汉两军对垒之际，刘邦亲赴阵前搦战，当面历数项羽十大罪状：“始与项羽俱受命怀王，曰先入定关中者王之，项羽负约，王我于蜀汉，罪一。项羽矫杀卿子冠军而自尊，罪二。项羽已救赵，当还报，而擅劫诸侯兵入关，罪三。怀王约入秦无暴掠，项羽烧秦宫室，掘始皇帝冢，私收其财物，罪四。又强杀秦降王子婴，罪五。诈坑秦子弟新安二十万，王其将，罪六。项羽皆王诸将善地，而徙逐故主，令臣下争叛逆，罪七。项羽出逐义帝彭城，自都之，夺韩王地，并王梁、楚，多自予，罪八。项羽使人阴弑义帝江南，罪九。夫为人臣而弑其主，杀已降，为政不平，主约不信，天下所不容，大逆无道，罪十也。”这篇战斗檄文从义出发，为义而战，可谓字字如匕、句句如枪，戳到了项羽的痛处，也激怒了项羽，刘邦借此宣告自己是天下正义的化身。刘邦的举义旗、兴义师、为义战，为他赢得了高分。

四是严法术。刘邦重视制订法律军规，以法治军、以法治民。每略一地，他警告军队不得侵害当地百姓，不得恣抢财物。占领灞上后，他召集各县官员说：“吾与父老约法三章耳：杀人者死，伤人及盗抵罪。”严明的号令整肃了军纪，安顿了民心，树立了刘邦的威信，于是出现“秦人大喜，争持牛羊酒食献飨军士”，而刘邦还不让收受秦人礼物的感人场面，以至于秦人生怕沛公走掉不当秦王了。当上皇帝后，刘邦汉承秦制，颁布了诸多法令，推行依法治国，法制建设保证了大汉王朝的长治久安。

五是隐忍术。刘邦能成帝王之业，与他的能隐善忍有极大关系。刘邦的“忍经”是敢于示弱、决不逞强，表面看似无争，背里磨刀霍霍。最经典的一场戏当是鸿门宴。明知凶多吉少、险象环生，但毅然屈尊前往，能隐能忍的背后是大智大勇。当忍得忍，忍而不发，小不忍则乱大谋。他学越王勾践“卧薪尝胆”，学部下韩信不惮“胯下之辱”。当然刘邦也不是一味地忍气吞声、隐忍无度，“隐”是为了“现”，“先忍”是为了“后发”，该出手时就出手。刘邦韬光养晦、蓄势待发，是在等待时机，阵前宣战、垓下决战，都是大爆发、总动员。

六是造神术。刘邦为自己编写了一部关于“龙的传人”的神话。《史记》里记载，“父曰太公，母曰刘媪。其先刘媪尝息大泽之陂，梦与神遇。是时雷电晦冥，太公往视，则见蛟龙于其上。已而有身，遂产高祖。”刘邦好酒及色，常从王媪、武负那里赊酒喝，醉卧不起，却被人看见有龙附体：刘邦夜行泽地，听说前面有巨蟒挡道，便拔剑斩杀之，被夜哭老妪暗示为赤帝即炎帝之子下凡。刘邦聚义之初，没有什么资本，常常藏匿于芒砀山中。夫人吕雉给他送饭，凭着头顶上方的祥云紫气，一找一个准儿。此闻一传十、十传百，“沛中子弟或闻之，多欲附者矣”。相信刘邦的父母也好，邻居王媪、武负，路上的老妪、老婆吕氏也罢，都不过是刘邦的“托儿”。古代帝王惯用这些小把戏，表明自己命系天赐、君权神授，让天下人臣服。

七是施巧术。奸诈巧取是刘邦的一大才能。早在当亭长时，吕雉的父亲吕公寄宿在沛县县令家中，达官显贵们上门道贺，管事按送礼轻重排席位。没有地位的刘邦一分钱也没带，却诈称“贺钱万”，骗得吕公亲自到门口迎接，这一招果然奏效，喜欢相面的吕公一眼就发现刘邦器宇不凡，不但引为座上宾，还把女儿嫁给了他。可谓施诈成功。俗话说“兵不厌诈”，在与秦兵、与项羽的争战中，刘邦的施诈术、离间术、心理战、情报战运用得十分娴熟、相当频繁。不光施诈，刘邦还擅长巧取。灭秦战进入最后阶段，项羽指挥千军万马展开巨鹿之战，杀得昏天黑地血流成河，却不料刘邦精兵快骑，直取秦王，夺得秦之传国玉玺，算是先入关者。此举必然导致了项羽的不服气。刘邦善于取巧，其实是一种高超的智慧与胆识表现。

八是谋略术。从《史记》里看，刘邦用计远远多于项羽，每到关键必设计，每次用计必灵验。二人都是杰出的军事家，但项羽是以征服对手为目的，刘邦是以征服天下为己任。项羽攻城略地、杀人如麻，几无败绩，每一仗打得都很漂亮，强悍的秦兵主要是被项羽打下来的。所以有人赞曰：“羽之神勇，千古无二”；而刘邦仅有打下咸阳、受降秦王之功，但他擅长从长计议，从战争一开场就筹划好了过程与结局。项羽重谋一役，在乎战斗之胜负，刘邦重谋全局，讲究战略之得失。项羽虽意气风发、斗志昂扬，却常常布局失策、经纬失序。刘邦虽屡遇狼狈与尴尬，动不动就“复入壁，深堑而自守”，却屡屡失而复得、有惊无险。与项羽斗智斗勇，刘邦总是借项羽之勇克自己之难，以自己之长制项羽之短，虽然不道德，却符合兵法，是军事家，更是政治家、战略家的谋略。年龄决定阅历，资历决定资本，一个年轻气盛，一个老谋深算，项羽自然搞不过长他24岁的刘邦。老将克新锐，应验了那句俗话“姜还是老的辣”。项羽是豪情万丈的伟丈夫，刘邦是心怀天下的大丈夫；项羽谋事，刘邦谋势，在对与错、赢与输、得与失、胜与负、成与败这五个层面上，项羽看重前面三个，刘邦则看重后面三个，城府不同，境界不同，结局当然不一样。历史舍项羽而选刘邦，无疑是正确的。在好人中选能人，在能人中选正人，这是兴国兴朝之要。

自古帝王多英雄。毛泽东说，刘邦是“封建皇帝里边最厉害的一个”。这是史家的功劳。

史笔如刀，刀下有情，故事里藏掖着臧否褒贬，史家的价值观决定着民族的历史观。司马迁笔下，项羽虽然没有刘邦的高瞻远瞩、深谋远虑，却活得潇洒与率性、尽情与坦荡，比刘邦高贵。《史记》记载说，刘邦被项羽追击到灵璧东睢水上，楚军骑兵追上来，刘邦为了逃命，情急之下竟把儿女们推下车。历史真相是不是这样，无从考证，但司马迁的爱憎却是跃然于笔端的。司马迁还收录了刘邦为报复嫂子当年对他不好而迟迟不封其侄，不善待功臣，好色无赖、拥戚姬而骑周昌的脖子等故事，想说明刘邦既有仁义表象，也有“两面人”表现的复杂形象。再譬如，《史记》里还说，公元前206年，刘邦与项羽对峙于广武，派彭越数次堵截项羽的援粮，项王急了，抬来高脚桌，扛来大砧板，把刘邦的老父亲绑在上面，派人告汉王说：“你还不赶紧臣服，我就煮了你爹！”刘邦却说：“我与你项羽都面北受命于楚怀王熊心，拜结过兄弟，我爸就是你爸。你如果一定要煮了你爸，就请分我一杯羹。”从中可以看出，项羽以仁义之心度刘邦之腹，而刘邦不但不急，反以流氓嘴脸应对，两个人的心理素质和品质泾渭分明。如果说二人都有流氓习性的话，项羽充其量是一个小流氓，而刘邦则是一个大流氓。《史记》中的项羽形象似乎更加丰满而正面，他既刚烈勇武，又柔情似水、情意缠绵。宁可壮烈牺牲，决不苟且偷生，羞愧感代表了高贵心、纯洁度。直到生命终结，项羽还不忘将自己的头颅馈赠故人。刘邦和项羽都曾以诗言志。刘邦得胜还军路过家乡沛县，宴请父老乡亲时作《大风歌》曰："大风起兮云飞扬，威加海内兮归故乡，安得猛士兮守四方！"项羽被困垓下，夜闻楚歌，心境凄凉，作《垓下歌》。两首诗赋都有气势，但刘诗是起势、开势，心气高涨；而项诗是收势、颓势，其势有衰，其鸣也哀，多少有些匹夫之勇和儿女之情，能赚足女人的眼泪，但时运不济、气数已尽。因此，在司马迁笔下，项羽是一个有精神、有魅力的汉子，各个侧面都很酷，但整体形象是悲剧；刘邦各个场景都不怎么光彩，但最终光彩夺目。

从这个角度上说，历史是司马迁写成的。他有没有把因李陵事件受腐刑而对汉武帝的怨恨，转嫁到汉高祖刘邦的身上，从而削低了刘邦的高度？我认为很难说没有。不但刘邦受损，秦始皇、吕太后等都受到影响。但是，不可否认，司马迁有一双洞察人类社会发展规律的眼睛，让我们看到了以项羽为代表的贵族阶级的没落与以刘邦为代表的农民阶级的崛起。同样是推翻暴秦，项氏集团领导的是一场六国贵族阶级的复国之战、复兴之战，而刘邦是为农民阶级利益而战，是革命的战争。不同的群众基础早就决定了战争的性质、民力的多寡和最终的结局。尽管后来刘邦也形成了新的地主集团，但这不是战争的出发点。项羽的本性，暴露了他作为贵族阶级的软弱性和不彻底性，刘邦的战略眼光反映了无产者的无畏和对社会本质的认知，看到了历史的走向。一定程度上说，刘邦是那个时代先进生产力的代表，推动了历史的发展，也留下了一部厚重的教科书。一个不知道来路的民族，是没有出路的民族，后来的革命者、统治者都试图从刘邦身上找教训、找经验。这叫作"以史为鉴"。

刘邦是真正统一天下的第一个皇帝。秦始皇不算，充其量是预演。秦灭六国，六国虽不存但人心并不归秦，复兴之梦想从未断绝，诛秦之浪潮此起彼伏。秦始皇在位仅11年暴卒，二世胡亥被奸臣赵高所诛，三世秦王子婴只在位46天，"孤立无亲，危弱无辅"，被刘邦约降，后被项羽刀斩，整个秦朝生存不过15年。秦朝的覆灭，内因在于朝纲不振、国力式微，君暴臣奸民反，苛政严刑峻法。刘邦一举平定天下，遂六国之遗愿，延楚国之福祚，施善政良法，济苍生百姓，开创了两汉400多年的基业，为大汉王朝同罗马帝国一起跻身世界强国，准备了足够的政治制度、物质基础和文化条件。此所谓族秦者秦也、兴汉者汉也。

两个人的战争浪激云涌、惊尘蔽天，终结了一个统一王朝，开启了另一个统一王朝。刘邦和项羽，是中华民族史上推动历史、改写历史、创造历史的双雄，不可或缺，缺一不可。

（原载《美文》2017年第4期）

本应是一段佳话

——乾隆六十年恩科会试风波谈片

◎卜　键

秋闱春闱，乡试会试，科举制度曾关乎一代代学子的命运。常见有人批判贬刺八股取士，自有一番道理，但也应考量其在封建等级社会的“穿越”意义，应算是一个推重读书、崇尚知识的相对公平的人才选拔体制，今日之高考当脱胎于此。于穷饿困乏中发奋苦读的士子不知凡几，以之为改变人生的唯一出路，却也是幸运的少，失意者多。缘于此，考场自来都不平静，清代对两闱的管制监察极为严苛，可仍会闹出些大小事端。小的很快过去，大的则酿成政治风波，将一些人吹得东倒西歪，甚焉者万劫不复。

乾隆六十年乙卯科会试，照例在当年三月十六日考完第三场，张榜之际，第一名会元与第二名竟然是亲兄弟。于是议论丛生，传闻四起，一些落第举子前往都察院请愿，喊叫主考官作弊。而因风吹火、借海扬波，唯恐事情闹不大的，便是朝中第一宠臣、大学士兼军机大臣和珅。

1．风波陡起

清代科举沿承明朝制度，通例于丑、辰、未、戌年举行会试，乙卯并非会试之年。为庆祝行将到来的禅让大典（即乾隆帝曾多次提到的在位六十年后内禅，以表达对皇祖康熙帝的尊崇），早在两年前，弘历就专发谕旨，预定乡会试恩科：本年乙卯科是乾隆帝“归政”会试恩科，明年丙辰科则是新帝“登基”会试恩科。清廷入关后为收服读书士子之心，常常将皇室之事与科举相挽结，遇有新帝登基或皇室重大庆典（如皇太后、皇上高龄整寿）举办的恩科即此。不管怎么说，仍是一种嘉惠学林之举，自然使众多士子奔走相告。丙辰本来就是例行的会试年，属于“恩正并科”，只有乙卯才是名副其实的恩科。而所谓“归政”，是乾隆帝从周公那里借来的专门用语，以代称自己的禅让，虽不准确恰切，却也携带出其自视“圣人”“完人”的心态。归政后作为太上皇帝的弘历照旧紧握军政大权，嗣皇帝见习备位；而归政恩科，则是乾隆朝名号下的最后一科会试，是以予以格外的重视。

礼部会试是一个程序复杂、操作精细的系统工程。先要选定礼部满汉侍郎二人（有时也由都察院副都御史选用）知贡举，总摄科场场务，督察受卷、弥封、誊录、对读等执事人员；更为主要的是选择正副主考官，尤其是正考官，负责阅卷录取的是他们。几乎每一届主考官都由皇帝降旨钦定，该科正考官为左都御史窦光鼐。

窦光鼐时年七十六岁，清正耿介，在朝五十余年间多次担任学政和典试，素有“识才”“得人”之美誉。两年前的癸丑科，正考官为吏部尚书刘墉，为避嫌实行分省阅卷，正副主考回避本省之卷。即便如此谨慎，仍遭到严旨申饬，斥为逃避责任，赋予房考的权力过大。这次选择窦光鼐总裁会试，乾隆帝一是看重其学问人品，二是认为他敢于承担，敢于坚持己见。礼部侍郎铁保和副都御史方维甸知贡举，翰林学士瑚图礼与礼部侍郎刘跃云任副主考，资历名望虽不如光鼐，却也都是满汉大员中学养深厚、做事较为认真者。

参试举子要在试卷上开列姓名、籍贯与父祖三代之名，但为防止舞弊，试卷在揭榜之前封固甚严，仅能知晓考生属于哪个省，以与“中额”（各省的录取数额）相合。最后一道环节为排出取中者名次，窦光鼐所定第一卷、第二卷都是浙江人，副主考等认为不妥，建议将其中一个换到二甲，避免招致物议。老窦偏来了书生意气，对这些慎重圆熟之词根本不想听，慨然曰：“我论的是文章，不论试子是哪个省的。”

礼部会试开榜，会元是浙江举子王以铻，第二名是他的亲哥哥王以衔。老窦也有些意外，而已然无法更变。一些落榜举子呼喊过市，聚集在都察院外，闹嚷不休。和珅紧急向皇上奏报，说窦光鼐曾三次任浙江学政，不能不让人怀疑，说他借主考之权将兄弟二人定为卷头；且一意孤行，根本不听同考各官劝告，更可能是接受了请托贿赂。

乾隆皇帝的好大喜功，也体现在晚年的反贪上。那是一个赞歌嘹亮的时代，可皇上也对各级官员的贪腐严重略知一二，是以一经发现便出重拳打击，以儆效尤。今人所说的大贪官和珅，曾是一个热衷反贪、勇于也擅于办案的干员，被乾隆帝倚为股肱。遭到查处的不少督抚藩臬，与和珅都有千丝万缕的联系，也没有见他为哪个遮掩辩解。大学士、云贵总督李侍尧深受皇上赏识，誉为封疆大吏中第一，案发后钦派和珅率员赶赴昆明，领衔查办，很快将之查清定罪。那次办案后和珅由侍郎升为尚书，李侍尧在京的大宅子也被皇上赏赐给他，这次又看准时机，要出手了！

对于窦光鼐的执拗简傲，乾隆帝过去曾多次降谕申饬，而内心却颇有几分喜欢。他的学识与诗文，他的持正敢言，包括他的认死理儿，在皇上看来，都与一般唯唯诺诺之辈不同。可听得和珅添油加醋的一番讲说，也不由得大起疑心（老皇帝自视天纵聪明，的确也是一生英察，然身边宠臣自有“导引之术”），下旨将所有榜上有名者加试一次。

2. 复试与廷试

清代科举史上，由皇上决定的复试并不罕见。顺治十四年丁酉乡试，先是十月间北闱科场案发，同考官李振邺、张我朴与行贿举子田耜等七人传谕立斩，同时命所有举人至京复试。考场设在中南海瀛台，顺治帝圣驾亲临，温谕要考生不必惊惶，安心答卷。他还说自己并非喜欢这样做，因为发现了考试不公，为选拔真才实学者，只好如此。一番话使士子心绪稍定。后有八人被革去举人，其中有冒滥者，但也有发挥不正常考砸了的。

一个月后，江南科场案爆发，落榜士子闹得更凶，“哭文庙，殴帘官”，甚至编了一本《万金记》传奇，将主考方猷、副主考钱开宗作为受贿主角。顺治帝震怒，传旨将两主考立斩，叶楚槐等十六名房考处绞，并再次在瀛台设场复试。但凡舆论汹涌，必有推波助澜者；而骈诛之下，自也不乏冤狱。素有“江左三凤凰”之称的才子吴兆骞被人诬告，刚到京师即被缉拿，押往瀛台参试，“试官罗列侦察，堂下列武士，锒铛而外，黄铜之夹棍，腰市之刀，悉森布焉”（《鹤征录》）。“每举人一名，命护军二员持刀夹两旁，与试者皆惴惴其慄，几不能下笔。”（《柳南随笔》）兆骞战栗难以握笔，未能终卷，草草一审即流放宁古塔。吴梅村等一批文人为之声冤，仍被遣发极北之地，二十三年后才得友人援助赦还。清初查办的科场案，一则被民间舆论胁迫，再则欲借以打压汉族文士，故处置极为酷烈，如吴兆骞之类蒙冤者不在少数。

会试与乡试不同，还要经过廷试、朝考，才算功名落定。乾隆帝传旨，命在廷试前先行复试。传闻飞布，禁卫环列，王氏兄弟当然知晓复试的原因，惊惧之下，考得都不怎么样。哥哥以衔列二等第四名，弟弟以铻居然成了三等第七十一名。疑点大增！王以铻的会试卷被专门提出，再加磨勘（即由多人逐字逐句复核试卷），参与磨勘者为翰林院官员，怎敢不从严挑剔？卷中如“一日万几”“一夜四事”等语被指粗率，整篇试卷被斥为“肤泛失当”。乾隆帝也调阅了试卷，倒未认定其中有弊伪，仅罚停廷试四科。《清高宗实录》卷一四七六：

> 朕办理庶务，往往天牖朕衷，几先洞烛。本年会试榜发，第一名王以铻系浙江人，二名王以衔亦系浙江人，朕披阅之下，以各直省应试举子不下数千人，岂无真才足拔？王以铻、王以衔同籍联名，俨然兄弟，恰居前列，殊觉可疑！兹据钦派大臣将复试各卷分别等第进呈，第二名王以衔复试列在二等第四，高下尚不相悬；其王以铻，竟列在三等七十一名。朕亲加披阅，疵纇甚多，派出大臣校阅甚为公当。且据磨勘大臣奏称，王以铻会试中式之卷，第二艺参也鲁比内用“一日万几”“一夜四事”等字样，于先贤身分尤为引用不切。似此肤泛失当之卷，何以拔置第一？且所拟策题，纰缪处甚多。该考官等于抡才大典漫不经心，殊非慎重衡文之道。

漫不经心，是窦光鼐的罪名，两年前的刘墉也是这个罪名，皆有冤枉。两人为小同乡，一出寒门，一为官二代，然对主持会试都呕心沥血，煞费苦心。和珅本意要搞出一些作弊情节，找不到材料，便弄出个“漫不经心罪”。以乾隆帝之聪察，岂不知其间之差别？但晚年的老皇帝，的确格外重视臣下的忠诚和认真，喜爱由日常细事抉发隐曲，将态度升格为品性，劈头盖脸便是一通责斥。和珅顺势那么一拨，自个的乌龙球仍算射入对方网窝。

与其同时，乾隆帝命大臣搜阅落卷，以免遗失有真才实学者。皇上发话，臣下也是个个用心，挨卷检读排查。老窦主持的会试阅卷实在是认真的，经过仔细复勘，也只有萧山傅金、天津徐炘、山西李端三卷尚可，得授内阁中书，后来皆不见有什么作为。

廷试之日，和坤为读卷官，王以衔获准参试，得中第一名。这次是在保和殿应试，阅卷大臣以前十卷进呈御前，拆开第一卷弥封，乾隆帝吃了一惊，问：这不就是原来的会元吗？和珅也有些讶异，更有几分尴尬，回称是会元之兄。问：谁取的？纪晓岚回说是自己判的卷子。又问由谁核定，和珅答曰“臣定”。乾隆帝不由得哈哈大笑，问：“尔二人岂有私者？外间传闻固不足信。”（《清朝野史大观》卷六，兄弟同榜）如此折腾了一大通，居然还是王氏兄弟做了状元，也印证了光鼐主考之公正无私。

3. 主考官的故事

由于落榜举子的请愿，和珅盯上了这场会试，将矛头指向主考官窦光鼐，折腾出一场政治风波。有人说老窦曾经得罪过他，倒也没找到根据，应只是和大人想出政绩罢了。

窦光鼐出身于山东诸城一个清贫农家，因禀赋极高、读书勤苦而踏入宦程。曾有过一阵子“春风得意马蹄疾”的顺境，复因意气用事、性情急躁，难为官场所容。性格就是命运。他的人生故事，也是清中期朝政的一个映像。作为朝野公认的饱学之士，光鼐六任典试、四掌学政，最后担纲礼部会试总裁官，何等荣耀，其志向却不在于此；他居官廉直清正，目光如炬，敢于讲出一些实情，常也褊狭执拗，与人争闹不和。二十六年秋谳（即秋审，三法司堂官合议各地报来的死刑监候案件，分别“实、缓；矜、留”，最后由皇帝批行），光鼐时任左副都御史，因对两个案件的定性意见相歧，又争辩不过通晓律法的刑部与大理寺官员，羞怒之下竟然破口大骂。他衡文甚严，对翰林晚辈评鉴较为苛刻，对下属更是动辄羞辱。乾隆南巡时某县训导要往御前献诗，先呈送学政大人阅看，期望得到鼓励支持，窦光鼐看后嗤之以鼻，禁止其进献，令此人衔恨入骨，数年间诬告不休。他在官场的几上几下，翰詹大考列于第四等，似都与锋芒过盛、得罪人太多有些关联。

而作为复杂个性的另一面，窦光鼐一生都在努力博取皇上好感，认真做好皇上嘱办的事情，恪尽职守；也不断撰文题字，献诗献颂，对皇上极尽吹捧之能事。他的《省吾斋古文集》大量收录颂圣之作，如《平定西域颂》《恭请皇上八旬万万寿颂》《恭跋御制新乐府》等，篇什甚长。表露忠心兼卖弄才学，是那时许多文臣的通病，只是光鼐病较重些。他的《省吾斋诗赋集》，也是连篇累牍的奉和御制之作，了无情致。乾隆帝一生爱惜人才，器重学识渊博者，对光鼐亦多有关注欣赏，两次钦赐诗章，擢为内阁学士，命入直南书房，选派赴湖北主考……古代将帝王对臣子的关怀称为“特达知”（特达之知）。若说光鼐为乾隆帝的“特达知”，应无大错。试拈几例：

十三年他在翰詹大考时考砸，依例必须降级调离翰林院，乾隆帝传谕留任，次年升为左中允。

二十二年被训导章知邺讦告，皇上验看其诗赋后，赞同光鼐的说法，命将缠控不休的章知邺遣发新疆。

二十六年秋审争端，实属有失体统，“部议降三级调用”，皇上“命销去二级仍降一级留任”。

三十五年顺天府地面出现蝗灾，光鼐时为府尹，奏报皇庄旗庄不派田丁灭蝗，以“偏执邀名”被革职，很快用为通政司副使，又晋升光禄寺卿、宗人府丞……

老窦性情坚执，嫉恶如仇，敢于硬碰硬，在贪腐滋蔓、人情往还的社会显得有些异类。指控旗庄之举开罪于不少王公大臣，千夫所指，也加重了乾隆帝对其性格偏狭的印象，尤其厌烦他的“哓哓置喙”，但对其学问人品的看法并无改变。这之后，命他往吉林告祭、主持福建乡试、再次督学浙江，也在南巡时再次赐诗与他，宠眷不衰。

五十一年正月，窦光鼐在浙江学政任上升为吏部右侍郎，有旨询问地方亏空实情。时浙江前后两任巡抚因贪赃接连被正法，一省中官心惶惧。老窦得圣上指名垂询，再次兴奋和认真起来，很快列举数款上奏：如说新任浙抚伊龄阿出行排场很大，所到之处，家人收受门包；藩司盛住回京时带了许多银两，行囊沉重，招致物议；知县黄梅母亲已死，还要借庆寿演戏敛钱等。此类信息大多出自传闻，即使有也很难落实，“风闻奏事”仅限于科道官，光鼐有些不够审慎。皇帝派出户部尚书曹文埴、侍郎姜晟前往“清查严参”，也请光鼐具体举证，结果是老窦举不出来，调查也不属实：伊龄阿家人收门包，经逐地查询无法认定；盛住所带银两，系进京应缴官项，已经内务府收纳；所称各县亏空与黄梅母丧期间演戏等情，也以查无实据驳回。窦光鼐科名早于文埴十八年，根本不把这个翰林晚辈放在眼里，当场怒喝咆哮。后再命大学士阿桂前来审理，老窦心中不服，干脆跑到千里之外的平阳去收集证据。这些场景都被奏报上去，各大员行文有别，却都写到窦光鼐之偏激荒唐，绘声绘色。皇上很生气，先降谕申饬，再降旨革职，后来干脆命“拿交刑部治罪”。而就在这时，窦光鼐的密奏到了，附有黄梅派发苛捐杂税的官印田票，证据确凿！光鼐在这场政治角力的最后出奇制胜，黄梅被正法，总督福崧、布政使盛住革去翎顶，阿桂、曹文埴、伊龄阿、姜晟“交部严加议处”。可谁都能看出这是一次“惨胜”。老窦回任宗人府丞，他所得罪的阿桂仍是内阁首辅，而盛住乃皇十五子永琰福晋喜塔腊氏（后来的孝淑皇后）的亲兄，在他这里栽了面儿，日后也会找补的。

窦光鼐何尝不愿意与皇帝身边人搞好关系，比如阿桂，而一旦较上了劲，也就不管不顾了。至于和珅，在朝野虽声名不佳，光鼐也乐意交往。昭梿《啸亭杂录》卷九：

> 余幼时闻韩旭亭先生言，当代正人以窦东皋为最。时阅其劾黄梅匿丧奏疏，侃侃正言，心甚钦佩，以为虽范文正、孔道辅无以过之。后入朝，闻成王言公过暗不识政体……其议论殊为怪诞。又晚年以仕途蹭蹬故，乃拜和相为师，往谒其门，至琢姓名于玉器献之，以博其欢……

这位王爷叙述了对窦光鼐认识的改变，后面还举了两例，有些“妖魔化”：说他希望皇上能赏赐“紫禁城骑马”，每日在家中跨在马扎上练习；又传说他卜得诸城应出两位大学士，闻知刘墉降黜，“大喜过望，置酒欢宴终日”。而最有损窦光鼐形象的，是说他极力巴结和珅，竟要拜和珅为师。这件事传闻甚广，甚至在光鼐病逝后仍不放过。洪亮吉于嘉庆四年的奏折中，罗列朝中大员趋附和珅之种种丑态，“十余年以来，有尚书、侍郎甘为宰相屈膝者矣；有大学士、七卿之长，且年长以倍，而求拜门生，求为私人者矣”，求拜门生者，指的就是窦光鼐。

其实洪亮吉与光鼐颇有几分相近，学问均优，生性皆傲，都是自视甚高、耿直敢言之士，又都有些小心眼。亮吉曾遭光鼐当众责斥，耿耿于怀，此时似有报复之嫌。光鼐弟子秦瀛详记亲历情形，力驳之。《碑传集》卷三六：

> 公自浙江学政以左都御史召还，一日富阳董公手执公所书金字扇，大学士和珅见而语董公曰："写金字，善用金，无如窦东皋者。"遂取一扇属董公乞公书。余适趋过，董公曰："秦君固善东皋先生者，盍属之？"因以属。余请于公，公书就授余还之，书款称"致斋相国"，自称"晚生某"，盖遵旧例。致斋，和珅号也。又一日，和珅召见出，语余曰："子见东皋，告以有御制文命其制序，散直后即来领。"是日，公随诣和珅宅领归，谨撰序文，越日进呈。公没后，编修洪亮吉上书言事，以前在尚书房被公指斥，附劾公交结和珅，书扇，称师相，身称门生，其诬公实甚。此事关系公生平大节，不可以不辨。

两件事似能读出一些关联：先是和珅以扇求字，老窦不光是认真书写，题款也恭谨有加；接下来和珅传旨命为御制文书序，就有些投桃报李的意味了。秦瀛曾长期任军机章京，所记远比洪亮吉的道听途说可信，但也反证了光鼐与和珅的确有所过往。乾隆晚期，和珅备受宠信，执掌枢机要密，拍马溜须的争先恐后，是他找上门来，老窦岂有拒绝的道理？然这种泛泛之交对和珅本也算不得什么，需要的时候，变脸也是快得很。

倒是乾隆帝对这位相随五十余年的老臣始终评价如一：早年就责斥其偏执偏激，晚年亦然；早年即称许其学问严正，经过许多波折后亦无改变。五十七年五月，窦光鼐擢为左都御史、上书房总师傅；五十八年四月，为殿试读卷官；五十九年八月，为顺天乡试正考官；六十年三月，命总裁礼部会试。信任依赖当有目共睹！或也正因为如是，皇上对会试发生风波很生气，谕曰：

> 窦光鼐人本拘迂，不晓事体。朕夙闻其于时艺一道尚能留心讲习，是以派为正考官，不意其糊涂错谬一至于此。且初九日主考出闱复命，召见时窦光鼐不特奏对不明，跪起兼至倾跌，是其年老昏愦，岂可复膺风宪之任？除副考官刘跃云、瑚图礼及荐卷不当之同考官等即照和珅等所请交部严加议处，余著照所拟分别办理外，窦光鼐著即解任，听候部议。

圣上恼怒之下，连光鼐的衰惫老态都觉得厌憎，但毕竟与科场弊案不同，命以四品衔休致。对张大其事的和珅，乾隆帝也略示责备。

“讵意中阳照，偏荣小草心”，是老窦早年所写纪恩诗。这位心高气傲的学者把皇帝比作中天红日，自喻为一棵小草。他与乾隆帝的关系大致相类，半个世纪中，不管经历几多风雨，天子的辉光总能时弱时强地照临，直到小草变为老草，直到那最后的枯黄萎灭。

五个月后，窦光鼐在京师病逝。

4. 王氏兄弟的人生余绪

中国科举史洒下一路悲喜剧，也洒下不少精彩故事。如“连中三元”“三代五进士”“一秋二解元，一科十五举”等，这次的亲兄弟联袂会试榜首，也属于一个典范。乙卯恩科出现这个结果，本由试卷决定，毫无情弊，应是科举史上一段佳话。设若从正面渲染烘托，论为盛世祥瑞，老皇帝必然欢喜，或赋诗以贺之，那就是另外一种走向了。

平正而论，窦光鼐还是太书生气了。科举考试自然首先看试卷，最后排序则要斟酌各种因素，要懂政治。乾隆二十六年辛巳恩科，皇帝钦命将第三卷改为第一，原来的状头赵翼降为探花，来自陕西的王杰成为状元，省籍便是重要因素。一则清朝立国以来大西部尚未出过状元，二则西域新定，故有御制诗云：“西人魁榜西平后，可识天心偃武时。”（《四月廿五日御殿传胪纪事》）副主考等虽不知二王为兄弟，但以省份相同、姓名相近为由，建议作一些调整，是有道理的。而老窦那句“论的是文章，不论试子是哪个省的”，就有些逞能使气的意思了。

廷试阅卷完毕，例将前十卷进呈御览，虽已排出名次，皇上要改则理所当然。和珅提议将王以衔的名次往后面调一下，乾隆帝不同意，认为属于天意。老皇帝的精神境界，毕竟与一肚皮机巧诡诈的和珅不同，爱惜人才，衷心为之高兴。乙卯榜终于尘埃落定，王以衔做了状元。

这之后，以衔授修撰，入庶常馆，散馆留在翰林院。他也同许多状元郎一样，踏入仕途后庸庸碌碌，做过日讲起居注官，入直南书房，终是无所建树，在礼部右侍郎一职上病逝。同乡兼同僚姚文田为撰墓志铭，除叙说其仁厚谨慎外，印象较深的就是“公素善啖，饮食常兼人，体丰硕不能任劳苦，故心亦颇安之”，呵呵，一个知足常乐的胖子。

更让人牵挂的是那位铩羽而归的弟弟。说来他已算是幸运之人，卷入这样一场政治风暴，复试卷子又答得不好，搁在顺治朝早被拿下，遣发尚阳堡甚至宁古塔去也。而他遇上的是有书生情结的乾隆帝，仅予停止廷试四科，给他保留了做进士的机会。嘉庆帝亲政后，受过和珅欺凌压抑者多予翻案，窦光鼐不在此列，对王以铻却未忘怀。六年春，是原定的太上皇帝九旬恩科，父皇虽已长逝，颙琰传旨恩科仍然举行，王以铻直接进入廷试。

六年前的失利已成挥不去的噩梦，以铻的居乡岁月应多有煎熬，在考场上或止不住心猿意马，考列三甲第一〇三名。不知是皇上的怜惜，还是出于读卷官力荐，王以铻虽名次甚后，仍选为庶吉士。然一年后散馆考试，他再次考砸，列在三等之后，不要说入翰林与分部任主事，就连做知县也不可以，只能是等待分配（“归原班铨选”）。这时候又是皇上发话，《清仁宗实录》卷九七：

> 朕恭阅高宗纯皇帝实录，乾隆十六年考试戊辰科散馆庶吉士，内有林明伦一员，曾再留馆教习三年。因思此次散馆之庶吉士王以铻，考列名次在后，引见时著归原班铨选。但念其会试中式第一名，平日文理尚优，昨日散馆试卷，只系字画拙率，文义尚无大疵，王以铻著加恩仍以庶吉士留馆教习三年。

皇恩浩荡！然而“佛度有缘人”，王以铻终是命运不济，不数月便故去。什么病症？什么时日？一概失详，史籍中只有“寻卒”二字。

（原载《书城》2017年第9期）

大师之间的敌视和蔑视

——章太炎与王国维之一斑

◎伍立杨

王国维是孙诒让之后甲骨文研究划时代的集大成者，他的殷周金文、汉晋竹简也具有拓荒的意义。

但是章太炎不吃这一套。

他于辛亥前写就的《理惑论》谈到甲骨文，尝谓：“国土可鬻，何有文字？而一二贤儒，信以为质，斯亦通人之蔽……假令灼龟以卜，理兆错迎，衅裂自见，则误以为文字，然非所论于二千年之旧藏也。夫骸骨入土，未有千年不坏，积岁少久，故当化为灰尘，龟甲蜃珧，其质同耳。”他这根据的是物质必会朽坏的常识，然而却未注意到事情每有例外。

到了1935年盛夏，他已在苏州讲学，他给金祖同写了四封信，仍持异议：“文字源流，除《说文》外不可妄求，甲骨文真伪且勿论，但问其文字之不可识者，谁实识之？非罗振玉乎？其字既于《说文》碑版经史字书无徵，振玉何以能独识之乎？非特甲骨文为然，钟鼎彝器真者固十有六七，但其文字之不可识者，又谁实识之？”

另一封信又写道：“考古之士，往往失之好奇，今人之信龟甲文，无异昔人之信岣嵝碑也……往古之事，坟籍而外，更得器物以相比核，其便于考证者自多。然器之真伪，非筦遮覈实，则往往为作赝者所欺。前人所谓李斯狗枷，相如犊鼻，好奇无识者尚或信之。近世精于鉴赏者推阮芸台、吴清卿，然其受人欺绐，酿为嘲笑之事甚多，况今人之识，又下于阮、吴甚远耶？器果真，犹苦于文字难知也；文果可知，汉碑、汉器存于今世者尚多，然岂裨补汉世史事者几何？君子为学，固当识其大者，其小者一二条之得失，不足以为损益也。足下果有心为学，当先如此。”

他不信甲骨文，自有其理由。虽然不大站得住脚。晚年仍坚持之，理由就是《说文》都不认得，罗振玉如何认得？这当然是太炎的局限，然而他表露其局限都如此大气，视彼等如无物。

明明是太炎自己错了，他还那么大声，那么理直气壮，而且持续很长时间，而且显得他似乎也有道理。当然，太炎对于疑古派的怀疑，也确有根据，不完全是脾性使然。

吕思勉先生说："人多以为古书必多窜乱，伪造，其新发现者必真；书籍或不可信，实物则不可疑，其言似极有理，然古物及新发现的书籍，亦尽多伪品……又如近代所谓甲骨文，其中伪物亦极多，此等材料，取用不可不极谨慎。"（《吕思勉自述》，314页《读旧史入手的方法》，安徽文艺出版社）

而太炎针对的不仅是甲骨文，源于史学界一种挟洋自重、又仅得皮毛的不良之风。他的矛头始终对准此类不良之风，未尝稍戢。1935年的秋天孙思昉到苏州看望他，谈到顾颉刚等人，太炎很不客气，就说对于此类后进，当示以正轨，不能"教猱升木，如涂涂附"，"今则以今文疑群经，以赝器雠正史，以甲骨黜许书，以臆说诬诸子，甚至以大禹为非人类，以尧舜为无其人，怪诞如此，莫可究诘……绝学丧文，将使人忘其种姓，其祸烈于秦皇焚书矣。好奇之弊，可胜慨哉"。

他的理由是这样充足，那些人的毛病仅出于好奇，越走越偏。他是在大处把握，他觉得阁下大处出了问题，小善他也打包忽略了。

虽说他错了，但也错得那样有气概，睥睨当世，目无余子，可见他在学界震慑力之一斑。他致金氏书信发布后，郭沫若评曰："……甲骨文真伪为主题，所见已较往年大有改进……此先生为学之进境也。"

王国维于1927年的6月2日，独自前往颐和园昆明湖，投水自戕。他在遗书中说"五十之年，只欠一死，经此世变，义无再辱"，此事在文教界及整个社会，引发极大震动。避往天津的废帝溥仪下诏封其为忠悫公。

然而章太炎对此毫无反应，全然是置若罔闻，公然的一副"事不关己，高高挂起"的样子。

原来当三年多前，清华筹办国学研究院，校长曹云祥欲请胡适之掌门。胡适推荐梁任公、王静安、章太炎这三位。其后吴宓出掌研究院，欲聘章太炎，章公坚拒之。

最后定聘王国维、梁启超、陈寅恪、李济、赵元任为导师，五星魁聚，极一时之盛。当初王国维也不欲就聘，胡适又去拜会废帝溥仪，由溥仪劝驾，王国维乃奉诏就聘。1924年年底，溥仪被逐出宫，王国维镇日忧伤惶恐，辄欲自戕，家人密切监视乃免。

从清华研究院筹办，到次年二月实施，其间看不到章太炎与其有任何交集。王国维以研究甲骨文的新史学闻世，而太炎对此极为反感，以为系作伪。对于梁启超，他们之间曾经又打又骂，章老也长期藐视之，可以说他对研究院的人与事，皆视作无聊。加之那段时间他忙于联省自治筹备会，往南京讲学、推荐中学国学书目、就江浙战争发表弭兵宣言、对于直奉战争冯玉祥倒戈发表国是主张……可以说忙到焦头烂额，故而在其履历中看不到丝毫对于国学研究院的意见。且在研究院筹办的1924年秋，公开发出《为溥仪出宫致冯玉祥电》："念自六年复辟以后，优待条件，当然消灭。此次修改，仍留余地，一二遗臣，何得复争私见……"同时又有致王正廷电，"清酋出宫，夷为平庶，此诸君第一功也"。

差不多在王国维去世半年后，太炎在致李根源的信中，无限直白地自称民国遗老："老夫自仲夏还，终日宴坐，兼治宋明儒学……蔡孑民辈欲我往金陵参预教育，张静江求其为父作墓表，皆拒绝之，非尚意气，盖以为拔五色旗，立青天白日旗，即是背叛中华民国……一夺一与，情所不安，宁作民国遗老耳。"

王国维先生1927年投水自尽，国人念之惜之而又疑之。此前的1924年，他有《筹建皇室博物馆奏折》："窃自辛亥以后，人民涂炭，邦域分崩，救民之望非皇上莫属，非置圣躬于万全之地无以救天下……近者颇有人主张游历之说，臣深知其不妥……且皇上一出国门，则宗庙宫室，民国不待占而自占，位号不待削而自削，宫中重器拱手而让之民国，未有所得而全尽失，是使皇上有去之日而无归之年也……"（《王国维年谱长编》，401页），以下还有千余字，都是替皇帝考虑的。最后说明系秘密之奏，希望领他的忠贞之情。

高级知识分子这样不堪，那么，只能礼失而求诸野。

所以，孙中山先生早就看清了，民族复兴的种子，往往要到草泽江湖的帮会里头去钩沉探求、刮垢磨光。

所以，王国维死了，章太炎不理不睬，而没有大呼拿酒来开怀庆祝，这算是很给他面子，很客气的了！

王国维对于西方的看法："西人以权利为天赋，以富强为国是，以竞争为天然，以进取为能事，是故挟其奇技淫巧，以肆其豪强兼并，更无知止知足之心，浸成不夺不餍之势。"（《上逊帝溥仪书》，转自钱基博《现代中国文学史》）

如此见识，和郑观应、林则徐差得天远地远，和章太炎自然也形成鸿沟。

不知他是否记起了清初大屠杀的血光之灾，章太炎倒是血脉贲张地痛斥，他们两个，好像南北的两极。而章太炎虽然也乱闹，但他的目标非常清楚，他的批判锋芒指向中国社会的现状，即清朝专制的率兽食人的野蛮统治。"为天下之大害者，君而已矣"，他承继了黄宗羲等先贤的看法，更予以谩骂痛斥。他不但指出新的溃疡，也掀开了去之不远的被清朝征服的旧伤口。近代英国外交官，在中兵也体察到汉人官员对他们必须臣服于粗鄙却专权的满人一事感到不耐。清兵入关时，顾炎武不说亡社稷和亡国而说亡国和亡天下，着眼点不仅在政权的沦亡，更忧虑文化的澌灭坠毁，从此人群沦为"禽兽"，因而痛入骨髓。

结果呢，国维搞成了"我思故我不在"，他这一心疼皇帝的动作，也竟然使他"两次踏进同一条河流"。愁眉苦脸，把生活搞成连串痛苦的累积，实在也是自己给自己套上枷锁，成为恶制度的祭品。国维的死虽然在于时局的悲观，和盲动肆虐的刺激，但他寻找的寄托却是帝王，而不是辛亥党人那些他的同龄人，因这一旁逸斜出，遂滑向不可收拾的死胡同。

吕思勉以为，在历史的转型期，过于纯粹的书斋学者不大为人所知，大众所注目者，大概是那些和社会、政经关系密切的。在近代学术史上，最特出的有三人，就是康有为、梁启超、章太炎。

康有为，他是"可称为最大的空想派社会学家，而且具有宗教家的性质……梁任公，是多血多泪的人……其效力还是以感情方面为大。章太炎的感情，也是极激越的，然和康梁比较起来，则其头脑要冷静些"。

梁任公的善变，确实是古今所罕见的。

至于章太炎的侃侃直节，非常明显。太炎最看不惯取巧立名的浮华之人。"最提倡甲骨文之人，就是伪造甲骨文的人。他在《国故论衡》之中揭发，更使人见得自命亡清清忠臣遗老之流，没有一个是端人。背叛民族，靦颜事仇之人，其言行岂有可信之处?!”（《吕思勉自述》，337页，安徽文艺出版社）

这是吕先生所下的一个非常沉重的针砭。王国维就在这当中，反而康有为都比他强。吕先生以为，康氏参与复辟之际，已经重度精神错乱，即俗称生理上的神经病。乃是病理问题，尚非人格问题。

当1924年，冯玉祥将废帝驱赶出宫时，王国维就曾寻死觅活，邀约了几个遗老，要去跳河自戕殉情。他后来真死了，废帝溥仪赐谥号为“忠悫”。事后，罗振玉邀集中日名流、学者，在日租界日本花园里为忠悫公设灵公祭，宣传王国维的“完节”和“恩遇之隆，为振古所未有”。这种谄媚和雌伏，可能是清廷长期精神施虐的结果，也可能是自身基因的变异所为。

难道顾炎武、黄宗羲、王夫之、史可法、张苍水……只是章太炎的精神和种族的祖先，而不是他王国维的祖先?

赵元任对修建王国维纪念亭，不出一钱，或以为怪事，实则，赵元任饱受西方思想熏陶，对王国维愚忠，不以为然，认为没有值得纪念之处。亦别有怀抱，并非一毛不拔。

王国维、章太炎，年相若、道相似（学术概念范畴而言），且为浙东同乡。然而两人从生到死，竟素无往还。一个要推翻清朝，一个要护卫清朝；他俩的心理悬殊，他们之间的差异，大过死人和活人的区分，大过人与兽的区分，一个是前清遗老，一个是同盟会原始派的民国遗老，他们之间所有的只是敌视和蔑视。

（原载《随笔》2017年第5期）

宋美龄：早期中国空军的灵魂人物

◎李美皆

写作《小王子》的安东尼·德·圣埃克苏佩里首先不是一位作家，而是一位飞行员，他一生喜欢冒险和自由，热爱飞行。他出版的不多的作品都与飞行有关，《小王子》的叙述者也是一位飞行员，他因飞机故障迫降在撒哈拉大沙漠，才遇见了来自外星球的小王子，并听来了小王子的故事。

飞行是危险悲壮的事业，但飞行也非常漂亮迷人！尤其在军人群体中，难道还有比空军飞行员更起范儿的军人吗？

中国空军在初创阶段，跃动着一个漂亮女人的身影，这恐怕是很多人没想到的。这个人就是宋美龄，她是早期中国空军的灵魂人物。

由谁主政空军？是蒋介石决定建立空军后面临的一个难题。他选择了自己的夫人宋美龄。宋美龄在美国上的是女子学院，学的是文学艺术哲学，完全不谙军事，也没有军职，而且严重晕机，却成了“空军之母”。蒋介石这样做并非全出于“私淑”，而是找不到可以信任的人了，只能“举贤不避亲”。购买战斗机需要动用大笔款项，那些贪污成性的幕僚显然让蒋介石很不放心。空军在宋美龄手里，也利于蒋介石对空军的控制。宋美龄和孔祥熙宋子文没有太大矛盾，而且谙熟英语和美国国情，便于购机交流。

1934年，国民党军事委员会的航空署改编为航空委员会，蒋介石为了亲自领导空军建军，兼任航空委员会委员长。1936年，周至柔就任航空委员会办公厅主任，恭请宋美龄担任秘书长，宋美龄同意——当然不能由老蒋直接任命自己的夫人，程序上的体面还是有必要的。当时航空委员会编制尚无秘书长一职，这个职位是专为宋美龄增设的。这是宋美龄生平唯一的公职，实际上相当于国民党空军司令。从此，作为秘书长的宋美龄的旗袍衣领左右各佩一个空军领章，左胸前佩戴一枚荣誉飞鹰胸章。飞鹰胸章只有飞行员才能佩戴，航空委员会特地呈献给秘书长，由蒋委员长为其佩戴，宋美龄引以为荣，在各种重要集会、庆典场合常常佩戴。秘书长有专属办公室和秘书，但宋美龄并不像一般公务主管一样开会和坐镇办公室。据统计，航空委员会自1936年2月24日至11月9日，共召开二十八次会议，另三次临时会议，秘书长出席了七次。空军存有派系之争，暗潮汹涌，宋美龄可能告知蒋介石空军高层人事龃龉，蒋对空军进行了几次改组。1939年，宋美龄辞去秘书长职务，只留任委员，但仍对空军的人事、采购甚至训练和作战握有大权。宋美龄辞职后，秘书长的职位即不再设立。宋美龄主政空军三年有余，担任航空委员会委员十年之久。航空委员会多次改组，委员多所更替，而宋美龄始终担任委员，可谓与空军共进退。

1

为了做好秘书长的工作，宋美龄在购机时做了大量关于航空和飞机的功课。宋美龄虽是外行，但她善于驾驭内行，借他山之石，又化石为玉。她首先雇用了美国陆军航空队的驾驶员罗伊·霍勃洛克作为顾问，罗伊后来又推荐了克莱尔·李·陈纳德。陈纳德在美国是一个平凡的退役上尉，而在宋美龄主政的中国空军，却成了世界闻名的飞虎将军。

陈纳德是应宋美龄之邀而来，宋美龄给了他优厚的待遇和特别的权力，他的英雄战功也足以证明其当之无愧。陈纳德1936年5月抵上海，与曾在美国读书的宋美龄一见如故。宋要他担任她的专业顾问，并给他两架教练机，请他先考察一下中国空军的状况。陈纳德即将完成考察时，抗日战争爆发了，陈纳德是第一位表示愿意忠诚协助中国抗日的外籍人士。可见，宋美龄的激赏与信任不是凭空产生的。美国政府对日本侵华战争持“中立”态度，日本人得知陈纳德在华担任军事顾问，曾要求美国令其离开，美国国务院将情况转告陈纳德，陈纳德说：等到最后一个日本人离开中国时，我会高高兴兴地离开中国。

陈纳德对中国先前所聘意大利顾问的飞行训练不以为然，他对中国航空学校的飞行训练注重实用，对抗日空战帮助很大。抗战初期陈纳德还协助中国建立保护首都南京的空中警报网。抗战开始不久，有外籍飞行员来投效，组成空军第十四队。该队只对陈纳德负责，而陈纳德只对宋美龄负责，前敌总指挥命令亦无效。该队后因战绩平庸、纪律不良而被撤销，陈纳德调至昆明中央航空学校。陈纳德先后参加了淞沪会战、南京保卫战和武汉会战，与中国和苏联空军司令官共同指挥战斗。武汉失守后很长一段时间，中国几乎没有空军，宋美龄要求昆明航空学校加紧训练中国飞行员，以美军标准迅速训练出一支新的中国空军，一批优秀的美国空军预备役军官被招募到航校任教。

苏联飞行志愿队又来华参战助阵，战果亦不佳，中国制空权沦丧日军手中。1920年孙中山就提出了“航空救国”的口号，然而直到抗战爆发，国民党空军依然极其弱小。卢沟桥事变后，中国的空军力量远远不能抵挡日机持续的狂轰滥炸，这是中国抗战初期失利的重要原因之一。中国抗战需要空中力量，但中国自身的空中力量是不堪倚重的，只能寻求外国尤其是美国的支持。

1940年11月，蒋介石派毛邦初与陈纳德赴美求援。陈纳德在罗斯福政府的暗中支持下，以私人机构名义，重金招募美军飞行员和机械师，连人带机来华，以平民身份参战。宋美龄组建一个外籍兵团的设想实现，1941年8月，中国空军美国志愿航空队（即飞虎队）成立，由受雇于中国的美籍飞行员组成，陈纳德上校担任指挥官兼大队长。由于形式上并非正规军，陈纳德的战术研究和训练反而得以自由挥洒。飞虎队利用灵活而出神入化的战术，奋勇作战，在昆明首战便对日本战机予以痛击，连创击落日机的佳绩。以后屡次以弱胜强、以少胜多。飞虎队在空战中的胜利，鼓舞了中国军队在抗战相持阶段的士气，有效地调动了中国人民的抗战情绪。

1941年12月8日，美国对日本宣战，东方战场对美国变得重要起来，陈纳德的机会来了。1942年2月，宋美龄致电陈纳德，要他出任驻华空军指挥官，军衔升为准将。1942年7月，陈纳德根据美国陆军部和蒋介石的命令，解散美国航空志愿队，而以志愿队部分队员为主组建隶属美国陆军第10航空队的第23大队。陈纳德的飞行队成了美国的正规军。1943年3月，美国陆军航空队将驻华特遣队编为美国陆军第14航空队，陈纳德晋升少将司令。陈纳德上任后，强烈要求罗斯福总统加强驻华空军力量，夺回中国战场的制空权，并伺机攻击日本本土。1943年7月陈纳德应聘中国空军（而不是中国战区）参谋长，指挥权限的扩大使陈纳德开始发动计划中的攻势作战。7月下旬起，美日双方为争夺制空权在华中展开了激烈的空战。除了对日作战外，14航空队还协助飞越喜马拉雅山，从印度接运战略物资到中国，以突破日本的封锁，人称“驼峰航线”。日本驻华中部队司令官高桥中将说，日本在中国面临的有效反击的百分之六七十是陈纳德的第14航空队发动的，如果没有第14航空队，日本军队可以为所欲为地推进到中国任何地方。1943年10月，中美空军混合联队组建，陈纳德任总指挥。

陈纳德本来就以敢于顶撞上司而著称，这也是他升不上去、选择退役的主要原因。这次，在自己叱咤风云的中国战场，陈纳德还是没能和自己的美军上司建立和谐关系，他因此带着遗憾于1945年8月8日离开了中国。陈纳德在中国生活了8年多，与八年全面抗战共始终。陈纳德回国几天后，日本投降了，他为自己没能等到受降仪式而难受。他说："8年来我唯一的雄心就是打败日本，我很希望亲眼看看日本人正式宣称他们的失败。"陈纳德指挥的航空队运送物资和人员的数目，击落敌机、击沉或重创敌商船、军舰的数目，打死打伤日军的数目，以及自身损失的飞机数目，牺牲的人员数目，因为看不到公认的统一的答案，暂且不说，但绝对是非常可观的！他们确乎为中国的抗战做出了不折不扣的贡献和牺牲。

1945年12月，陈纳德重返中国。1946年10月，陈纳德受命组建了中国民航空运队，为中国民航事业的发展也做出了重要贡献。

陈纳德可能从来没有这么爽地为美国军队效劳过，因为他没有机会。而宋美龄是无条件地信任和支持他，给他一切可能的机会。比如，在一百架战机的配置问题上，有人建议七十五架给志愿队，二十五架给中国的3大队。陈纳德则要求一百架全部给他。宋美龄发话：一百架都给他。有人说，中国的年轻飞行员没飞机练飞，会影响战斗意志，中国空军也没有了缔造战绩的机会。宋美龄解释说："我们只有多给他们一对翅膀。"陈纳德和飞虎队的战绩很大程度上是宋美龄成就的。

陈纳德是一匹野马，在美国军队因不被赏识而退役，但宋美龄使这匹野马变成了千里马。陈纳德建功立业的雄心是在中国实现的。宋美龄之所以成为陈纳德的伯乐，与她的身份地位有关，更与她的性别有关。陈纳德的牛仔加骑士精神，与宋美龄的贵妇身份正好相合相生。陈纳德很好地诠释了骑士的内涵，他对于中国的报答，很大程度上是对于宋美龄的报答。誓与中国的抗日共进退，这是以生命来报答！这报答的力度，关乎宋美龄的知遇之恩，也关乎陈纳德无比看重的男人的荣誉。陈纳德的桀骜不驯，只有在宋美龄面前会变成俯首帖耳。

不仅陈纳德，飞虎队队员的勇士风范，也是与宋美龄的激发分不开的。宋美龄为飞虎队提供的是贵宾待遇，关怀与服务非常到位：专设招待所，提供食宿洗衣等服务，勇士们完全不必为生活操心，只需潇洒驾机出征。宋美龄对飞虎队非常慷慨，她在巡视时允诺：击落一架敌机发五百元奖金。其后果然兑现，甚至击毁地面敌机，都发五百元奖金。而据陈纳德回忆：招募合同上并无击落敌机一架发五百元奖金这一项。如此慷慨仗义，又出自一个女人，勇士们怎能不竭诚相报？

宋美龄可以用英语与队员直接交谈，当然使身处异国的他们感到亲切。蒋介石夫妇数次宴请立功归来的飞虎队队员，都是宋美龄用英语传达蒋对飞虎队的赞誉和嘉许。宋美龄的语言艺术也是非常出色的。当陈纳德和队员们出于尊敬和爱戴，将宋美龄誉为飞虎队的“荣誉队长”时，宋美龄说了一段话：“我对于这个头衔，较我现有的任何其他头衔，更引以为荣，因为我知道各位非但以躯体和技术来战斗，而且是用你们的热心和精神来战斗的。”这样热诚的赞美，出于一位美丽的贵妇人，怎不让男子汉们热血沸腾雄心勃发？

据记载，1942年2月28日，蒋介石夫妇在昆明举行晚会，陈纳德及飞虎队队员们受邀参加。他们为受到这样的礼遇激动不已，郑重其事地正装出席，但有两名队员缺席了。当中国女歌唱家正在演唱时，这两名飞行员出现了，醉醺醺地鼓起掌来，演唱被打断。宋美龄在晚会开始时已经批评说，飞虎队需要加强纪律。此时，面对这不礼貌的行为，宋美龄说：“孩子们：没有纪律，我们将一事无成。我和你们尊贵的指挥官一样，也将对你们絮絮不休地谈论纪律，我指的是我们在内的自觉的纪律。然而，我并不是要求你们装成泥塑木雕的小圣贤。我自认也有人情味，不喜欢刻板的人，但我的确希望你们这些孩子记住一件事，全国都在关心着你们，我要求你们的行为举止配得上由你们建立起来的那些伟大的传统。我要求你们给我的人民留下一个美好印象，一个美国人的真实形象的印象……”这番话充分体现出宋美龄高超的语言技巧，既有人情味，又带激将法；既有涵养，又不无力度，飞虎队队员们不可能不受触动。

为了回报宋美龄，可能也为了挽回男子汉的自尊，飞虎队队员们出其不意地来了一场漂亮的空中表演，想要给蒋介石夫妇一个惊喜。在蒋介石夫妇的座机起飞前十分钟，大家在跑道上告别之际，飞虎队队员们突然驾机升空，俯冲过来，排成一列纵队表演翻滚动作。小伙子们充满炫技的快乐和冲动，但飞机呼啸过那些大人物的头顶时，却把他们吓得狼狈不堪。这个“惊喜”太大了！蒋介石夫妇确实受惊不小，事先并不知情的陈纳德也吓出一身冷汗。但此时他对这些调皮捣蛋的家伙也无可奈何。蒋介石夫妇离去后，气得发疯的陈纳德好好地给队员们上了一堂纪律课。

战斗飞行是高危中的高危，能够志愿跨国参战的，绝非凡夫！飞虎队队员们本来就是一群喜欢刺激、富有冒险精神的美国“空中牛仔”，若非如此，他们也不会做出如此非凡的选择，更拿不出如此可观的战绩。他们知道宋美龄不会真的生他们的气，因为，这些孩子的调皮捣蛋的另一面，不正是勇敢帅气吗？

飞虎队确实与传奇与浪漫相连，它注定会成为一个永恒的传说。陈纳德在中国收获了一段唯美的跨国忘年之恋，1947年，他与年轻的中国女记者陈香梅结婚，相爱到老。半个多世纪之后，关于飞虎队的浪漫想象还在开花，电影《西藏往事》讲的就是飞虎队一名美国队员在“驼峰航线”执行任务时发生事故，飞机坠落在西藏一处偏僻之地，为一位年轻美丽又善良的藏族单身母亲所救，两人言语不通，心却逐渐相通了。这当然是一个传奇的爱情故事。

宋美龄钟情于旗袍世人皆知，穿旗袍的宋美龄是最美丽的。但在战争视野中看宋美龄美丽的旗袍，就会给人以受伤感了。关于她旗袍上的一个翡翠纽扣就值几架战机的说法一直在民间流传，她美得让国民心痛。即便在战争中，宋美龄也基本保持着高贵的仪态，不改本色。对此我也曾有过一些腹诽，直到看了江青在大寨头扎白毛巾的“劳动秀”照片后，才顿感释然了。与江青反差极大、故作朴素的政治“作秀”相比，还是宋美龄的本色更让人放心一点儿。作为第一夫人，宋美龄不可能不高贵，那仪态对她来说是很正常的。保持正常，才不可疑不可怕，才会平安无事。是什么就是什么最好，别闹幺蛾子。

抗战中的中国人看宋美龄的旗袍，会感觉刺目。可是，在西方军人的眼里，那恰恰成了奋勇战斗的动力。希腊神话里，不乏为美人而战的英雄，为美人而战的英雄是最出彩的；或者，战争直接是为美人而起。西方人有骑士为贵妇而战、死也荣光的传统。当然，首先必须保证是美人、是贵妇，在这种事上，西方人并不讲究朴素的劳动人民的感情。美国传记作家汉娜·帕库拉写的

《宋美龄新传》中，有一些宋美龄的八卦故事，一篇《宋美龄最得意自己的身材　穿旗袍迷倒英国军官》的文章转述："宋美龄非常懂得运用女性自身的魅力，比如她在开会时穿旗袍，腿一露，年轻的英国军官都在看她的腿。随后她两手一遮，军官们看不到了，纷纷叹气。"一位飞虎队队员在日记中这样描述宋美龄："她是我们的荣誉队长，穿着完美得体的中国旗袍，显得雍容华贵而动人，有外交家的练达与迷人的气质。"很显然，这也是深感于宋美龄的魅力。

不管是不是一厢情愿，我都宁愿把空军骄子们为男子汉的荣誉而战，想象为骑士为女王而战。男人的英雄气概需要女性魅力的催化，如同雄性荷尔蒙需要雌性激素催化。宋美龄的风采令飞虎队的男子汉们折服，从而转化为他们战斗的激情和动力，这不是宋美龄之"祸水"，而是宋美龄之荣耀——这是我要特别强调的。

贵妇慧眼识英雄，与一般的伯乐之于千里马自是不同。旗袍闪闪亮，照我去战斗！

2

如果说，飞虎队队员感受到的是宋美龄女性的魅力，中国飞行员感受到的则是宋美龄母性的恩泽。这也非常符合中西方文化的差异。

当时的中国空军，好似一个母亲统领的大家族。中西文化中都可以找到一条微妙的规律：母亲独自支撑门户的家庭，儿子会格外优秀，胡适、鲁迅都是这样。原因可能在于：如果男性在意某个女性，他就会格外自勉，坚韧地为她奋斗，绝不能让她丢脸。彼时年轻的中国空军飞行员之于宋美龄，似乎也适用于这一规律。

宋美龄的母性力量，当然不是苦口婆心的中国传统母亲那般，而是渗透着女性魅力。宋美龄钟爱旗袍，以至于有个御用男裁缝张瑞香一年到头不停地为她做旗袍，但宋美龄穿旗袍，并不刻意追求凹凸有致，以至于用现在的眼光，都能够看出她胸罩效果不佳的问题。宋美龄的旗袍照中，只有一张笑着斜在蒋介石身前的，旗袍是少有的性感，性感得简直不像张瑞香做的。这张照片因此也罕见地显现出夫妻之间的亲昵神情，"达令"似乎脸红了，因此更加像"达令”，让人不由不揣测当时是一种什么情形。大多数照片中，蒋氏夫妇是“床下君子”的状态，看不出老蒋如何把她当女人。但宋美龄并不拒绝彰显自己的女性魅力，也不拒绝被当作女神膜拜，即便是被低自己多少阶层的男性。据说，蒋介石携宋美龄到南京黄埔军校视察时，宋的倾国倾城令黄埔军人倾倒，一男生众目睽睽之下情难自已地拉住了宋美龄的纤纤玉手。蒋介石让宋美龄自己处置此事。该男生说，“夫人……实在……太美了！”宋美龄一听，不仅留他在府上谈心，而且亲自为他下厨做饭，还打电话让黄埔军校长官不要为难于他。餐后，宋又用钢琴为他演奏一支小夜曲，并赠英产镀金全钢手表一块，用雪佛兰轿车送他回校。该男生如此奇崛又幸运地缠绕上一根好裙带，升迁比同窗快了许多。宋美龄还以他在抵御日军的太行山战役中立了大功为由，把他调到了自己身边。因放不下宋美龄，此人后来选择了退役去美国经商；而且终身未娶，原因是未能遇上像宋一样品貌风度俱佳的女人。以宋美龄的西方文化背景，她并不认为那是对她的非礼，可能还感动于他比老蒋更把自己当女人呢。宋美龄端庄但不森严，统领空军而不泯灭女性性别魅力，应该是她认可的比较理想的状态。

抗战中最为英烈的国民党军就是空军，他们在与日本空军力量极其悬殊的情况下，仍逆风起飞，拼死以搏。蒋介石亲自兼任中央航空学校的校长，蒋校长曾手谕航校师生：“非有牺牲之决心者不能救国，而非决心救国者，不能来学空军也。唯有至高无上之德性，百折不回之精神，强健坚实之体力，乃能成为空军之军人，故空军必须具备智仁勇三者。”这段话成为航校的校训，飞行员们确实履行了这一校训。他们不畏强敌、敢于牺牲的精神，打击了敌人，也鼓舞了国军士气。1937年8月14日，中国空军出其不意空袭了日本的码头和陆战队司令部、纺织厂，炸毁了日本“出云号”旗舰。在周家口飞往杭州途中与日机相遇时，亦当场击落日机六架。宋美龄提议，8月14日定为空军节。飞行员都有着“人在机在，机亡人亡”的决绝，即便处于不利条件，仍奋勇向前，与日军共存亡，飞行员的折损因此越发惨烈。从抗战开始到1938年10月武汉失守，仅一年多的时间，空军飞行员殉国人数达202位，平均年龄未超过23岁！这些年轻的飞行员，个个都是英雄男儿，令人疼惜！飞行员匮乏，飞机也匮乏，先天不足，后继不力，组建不久的弱小的中国空军，哪里经得起这样的损耗。但飞行员们为国尽力了，真正是“苟利国家生死以，岂因祸福避趋之”！

万里长空且为英魂舞，感天动地的爱情亦为英雄生。1941年3月14日，第5大队在成都上空与12架日机发生遭遇战，大队长等8人坠机。从此第5大队被撤销番号，队员戴“耻”字臂章，两年后才以出色战绩恢复番号——这是后话。话说当时，黄荣发中尉的未婚妻杨全芳得知他牺牲的消息后，于3月16日饮弹殉情。航委会感其忠烈，将二人合葬于成都北郊的空军烈士墓。中国年轻而英烈的飞行员当得起这样的爱情！

中国空军飞行员的义无反顾，也是与宋美龄的关怀与激励分不开的。宋美龄关怀空军官兵，泽惠空军眷属，可谓慈晖普照。

宋美龄在担任秘书长之前，就常以校长夫人的身份出席中央航空学校的毕业典礼、恳亲会等重要活动，并多次偕同蒋介石莅校巡视，与教职员、学生见面。宋美龄像心疼自己的孩子一样心疼年轻的飞行员。飞行员阵亡比例很高，宋美龄亲自为牺牲的烈士家属发放勋章和抚恤金。宋美龄还泽被遗眷，召见殉国飞行员的母亲，款待抚慰；为烈士抚孤育幼，抗战胜利后在南京创办遗族学校。

飞行需要绝对保证体力与脑力，当时飞行员和飞行生的伙食水平是比较高的，另外每人还特供一瓶牛奶补充营养，喝牛奶在当时是奢侈的事。飞行健儿在“八一四”空战中打头仗，立头功，宋美龄非常高兴，通令空勤人员加伙食津贴三十元。飞行员的物质生活是最有保障的，空军军饷是所有兵种中发放最全面最及时的。不言而喻，宋美龄关怀的力度与她的特殊地位、无形权力是密切相关的。

宋美龄不仅是飞行员物质上的有力保障，而且是他们精神上的强心剂。宋美龄经常看望飞行员，在出征时为他们鼓劲，不吝赞美，令他们热情倍增信心满满。她还取出私房钱20万元加上5万美金奖励作战有功的飞行员。

空军总司令代表空军在宋美龄寿辰前夕敬奉一束鲜花，她都会客气地以毛笔手书谢函，飞行健儿们非常珍惜宋美龄给予他们的荣光，将谢函陈列起来以自勉。1938年4月28日，日机偷袭武汉空军机场。当晚，蒋介石夫妇对驻汉的第4大队飞行员进行了训话。宋美龄说，日军的轰炸暴露了我们空军在预防和反应方面存在的问题，如果再这样下去，我们的空军就不起作用了。训话给飞行员很大的刺激，大家心情沉重，默然无语。第二天，震惊中外的“4·29空战”打响，飞行员们憋着一股劲儿，痛击日机，战果卓著。这不仅是在为中国而战，也是在为男子汉的荣誉而战。

宋美龄的勇敢，也给了抗战中的中国空军巨大的勇气和力量。宋美龄不仅发动难民修筑飞机起跑道，还在日军疯狂轰炸时，换上军装，巡视前线，慰劳官兵，召见和嘉许空战有功人员，为优秀飞行员颁奖。在使抗战前线官兵大受鼓舞的同时，宋美龄也数次遇险。一次是去上海前线慰劳官兵的途中，突遭日军扫射和炮击，汽车冲进一条水沟，宋美龄当即受伤昏迷。醒来后虽走路困难，仍坚持前往上海慰问伤兵。事后一检查，发现摔断了肋骨。还有一次是被震昏过去。另有一次，日军炸弹的落点距她藏身的防弹洞只有几米远。宋美龄的勇敢行动，使她无愧于那枚空军军徽。

1938年5月20日，中国空军两架飞机成功飞往日本国土空投传单，宋美龄非常自豪，很长时间把空军称为“我的空军”。宋美龄以空军为荣，空军亦以宋美龄为荣。空军专机队因对宋美龄的感念与报答，特地将一架专机命名为“美龄”号。空军还将荣誉飞鹰胸章呈献宋美龄，献词曰：“……举凡建军大计之策划、航空救国政策之倡导，以及空军士气之鼓励，莫不悉心襄赞，周切指示，实开创我空军奋发迈进之始基，嗣后虽因组织变更，夫人辞去本职，但对我空军人员之爱护，仍一本初衷，视同子弟，如安抚遗族、保育幼孤、辅导眷属生产、兴建眷舍等，无不关怀备至，躬亲推行，实为激发我空军高昂士气之重大因素，我空军全体官兵、眷属及遗族，仰承恩眷，感切铭心，誓必竭智尽忠……借图报称夫人德意慈怀于万一……”其中当然有奉承恭维刻意拔高的成分，但宋美龄一生心系空军，也是事实。宋美龄一生中最喜欢的胸针就是当时的中国空军军徽，出席很多重要场合都会佩戴，1986年蒋介石冥诞100周年时，宋美龄从纽约回台湾出席纪念大会，旗袍上还佩戴着这枚空军飞行徽章。宋美龄纽约寓所的客厅里一直悬挂着抗战初期她与空军功勋飞行员的巨幅合影。

虽然身为“达令”，宋美龄对于委员长的器重也要拿出值得检阅的绩效。1936年蒋介石五十岁生日，宋美龄给出的生日礼物是空军发起的“捐款献机”活动——实际上是“献机祝寿”。虽然蒋介石到洛阳避寿去了，南京依然举行了盛大的献机仪式和飞行祝寿活动——全国各地捐赠105架飞机，空军出动了50

架飞机在天空以喷气烟云排出“中正”“五十”的字形。这份别出心裁的生日礼物，充分体现了宋美龄刚柔相济的实干才能：对下体现了女性的号召力，对唯一的“上”则体现了女性的柔美实力。

抗战爆发前，蒋介石对宋美龄治理空军的业绩应该是满意的，因为不到关键时刻，问题是不会展现在他面前的，谁敢去捅这样的娄子呢？但抗战一爆发，蒋介石要用空军时，问题就无可避免地暴露了：国民党虽然对空军投入不菲，飞机却少得难以想象！养兵千日，却不能用兵一时，空军军费哪里去了？问题确实出在宋美龄身上。她认为飞机更新速度快，不如先把购机经费存到美国银行里生利息，战事起时再拿来购买最先进的飞机，好钢用在刀刃上。不管宋美龄是否从经费利息中获取私利，这都是一个战略性失误。抗战猝然全面爆发时，飞机根本来不及补充。中国空军被迫驾驶老旧战机升空作战，与日本空军差距实在太大了！——当然，即便没有宋美龄这一失误，中国空军的实力与日本相比也远远不能望其项背，中国空军组建的时间太短、力量太薄弱了！宋美龄这一失误，不过是雪上加霜而已，不是胜败的决定性因素。为数不多的战机和飞行员很快消耗殆尽，中国空军后期基本是整建制地消失了。面对此种窘境，宋美龄才派陈纳德以十余倍于中国飞行员的薪水聘请成熟的美国飞行员，并花重金保障他们的生活，高价采购战机供其使用。虽然事实证明，这聘金花得很值，飞虎队给出了超值的回报，但聘请飞虎队仍属无奈之举，中国的空中力量要依靠高薪聘请外国雇佣兵，是可悲的。飞虎队的作用再大，也无法代替一支精良的空军部队。但一支精良的空军部队绝非一日之功，这是任谁也无法回天的。宋美龄这一失误，确也对空军产生了不小的负面影响，她在抗战期间的竭诚尽力勇敢作为，大概可以视为一种歉意的弥补吧？即便委座不怪罪，她也自觉有愧；何况还有空军各个层面的牺牲，她不能不感到沉痛。

在对宋美龄作为女性主政空军给予这么多女性特质的肯定之后，我也不能不问：这个战略性失误，是否由宋美龄抓军事的感性特点和“头发长见识短”所致呢？这是否也构成女性特质的软肋？

（原载《山花》2017年第9期）

北京的树

◎肖复兴

地坛公园的银杏树

老北京以前胡同和大街上没有树，树都在皇家的园林、寺庙或私家的花园里。故宫御花园里有号称北京龙爪槐之最的“蟠龙槐”，孔庙大成殿前尊称“触奸柏”的老柏树，潭柘寺里明代从印度移来的婆罗树，颐和园里的老玉兰树……以至于天坛里那些众多的参天古树，莫不过如此。清诗里说：前门辇路黄沙软，绿杨垂柳马缨花。那样街头有树的情景是极个别的，甚至我怀疑那仅仅是演绎。

北京有了街树，应该是民国初期朱启钤当政时引进了德国槐之后的事情。那之前，除了皇家园林，四合院里也是讲究种树的，大的院子里，可以种枣树、槐树、榆树、紫白丁香或西府海棠，再小的院子里，一般也要有一棵石榴树，老北京有民谚：天棚鱼缸石榴树，先生肥狗胖丫头。这是老北京四合院里必不可少的硬件。但是，老北京的院子里，是不会种松树柏树的，认为那是坟地里的树；也不会种柳树或杨树，认为杨柳不成材。所以，如果现在你到了四合院里看见这几类树，都是后栽上的，年头不会太长。

如今，到北京来，想看到真正的老树，除了皇家园林或古寺，就要到硕果仅存的老四合院了。

在南半截胡同的绍兴会馆里，还能够看到当年鲁迅先生住的补树书屋前那棵老槐树。那时，鲁迅写东西写累了，常摇着蒲扇到那棵槐树下乘凉，“从密叶缝里看那一点一点的青天，晚出的槐蚕又每每冰冷的落在头颈上”（《呐喊》自序）。那棵槐树现在还是虬干苍劲，枝叶参天，起码有一百多岁了。

在上斜街金井胡同的吴兴会馆里，还能够看到当年沈家本先生住在这里就有的那棵老皂荚树，两人怀抱才抱得过来，真粗，树皮皴裂如沟壑纵横，枝干遒劲似龙蛇腾空而舞的样子，让人想起沈家本本人，这位清末维新变法中的修律大臣，我国法学奠基者的形象，和这棵皂荚树的形象是那样吻合。据说，在整个北京城，这么又粗又老的皂荚树屈指可数。

在陕西巷的榆树大院，还能够看到一棵老榆树。当年，赛金花盖的怡香院，就在这棵老榆树前面，就是陈宗蕃在《燕都丛考》里说“自石头胡同而西曰陕西巷榆树大院，光绪庚子时，名妓赛金花张艳帜于是”的地方。之所以叫榆树大院，就因为有这棵老榆树，现在，站在当年赛金花住的房子的后窗前，还可以清晰地看到那榆树满树的绿叶葱茏，比赛金花青春常在，仪态万千。

西河沿192号，是原来的莆仙会馆，尽管早已经变成了大杂院，后搭建起的小房如蘑菇丛生，但院子里有棵老黑枣树，一直没舍得砍掉。在北京的四合院里，种马牙枣的枣树，有很多，但种这种黑枣树的很少。那年夏天，我专门到那里看它，它正开着一树的小黄花，落了一地的小黄花，真的是漂亮。当然，我说的是十多年前的事情了。

北京八道湾胡同一角

尽管山西街如今拆得仅剩下盲肠一段，但甲十三号的荀慧生故居还在。当年，荀慧生买下这座院子，自己特别喜欢种果树，亲手种有苹果、柿子、枣树、海棠、红果多株。到果子熟了的时候，会分送给梅兰芳等人。唯独那柿子熟透了不摘，一直到数九寒冬，来了客人，用竹梢头从树枝头打下邦邦硬的柿子，请客人带冰碴儿吃下，老北京人管这叫作“喝了蜜”。如今，院子里只剩下两棵树，一棵便是曾经结下无数次“喝了蜜”的柿子树，一棵是枣树。去年秋天，我去那里，大门紧锁，进不去院子，在门外看不见那棵柿子树，只看见枣树的枝条伸出墙头，枣星星点点，结得挺多的。老街坊告诉我，前两天，刚打过一次枣。

离荀慧生故居不远的西草厂街88号的萧长华的故居里，也有一株枣树，比荀慧生院子的枣树年头还长。同荀慧生爱种果树一样，这棵枣树是萧长华先生亲手种的。

在北京四合院里，好像只有枣树有着这样强烈的生命力。因此，在北京的四合院里，枣树是种得最多的树种。小时候我住的四合院里，有三株老枣树，据说是前清时候就有的树，别看树龄很老，每年结出的枣依然很多，很甜。所谓青春依旧，在院子里树木中，大概独数枣树了。我们大院的那三株老枣树，起码活了一百多年，如果不是为了后来人们的住房改造砍掉了它们，起码现在还可以活着。如今，我们的大院拆迁之后建起了崭新的院落，灰瓦红柱绿窗，很漂亮，不过，没有那三株老枣树，院子的沧桑历史感，怎么也找不到了。

“西三条胡同21号”鲁迅故居的枣树

如今，北京城的绿化越来越漂亮，无论街道两侧，还是小区四围，种植的树木品种越来越名目繁多，却很少见到种枣树的。人们对于树木的价值需求和审美标准，就这样发生着变化。老北京四合院的枣树，在这样被遗忘的失落中，便越发成为过往岁月里一种有些怅惘的回忆。

在我所见的这些树木中，最容易活的树是紫叶李，最难活的是合欢树，亦即前面所引清诗里说的马缨花。十多年前的夏天，我的孩子买房子时，看中便是小区里有一片合欢树，满眼毛茸茸绯红色的花朵，看得人爽心悦目。如今，那一片合欢树，只剩下六株苟延残喘。记得我读小学的时候，离我家不远通往长安街的一条大道两侧，种满合欢树，夏天一街茸茸粉花，云彩一般浮动在街的上空，在我的记忆里，是全北京城最漂亮的一条街了。可惜，如今那条街上，已经一株合欢树也没有了。

在离宣武门不远的校场口头条，那是一条很闹中取静的小胡同，在这条胡同的47号，是学者也是我们汇文中学的老学长吴晓铃先生的家。他家的小院里，有两株老合欢树，不知道如今是否还活着。那年，我特意去那里，不是为拜访吴先生，因为吴先生已经仙逝，而是为看那两株合欢树。合欢树长得很高，探出墙外，毛茸茸的花影，斑斑点点地正辉映大门上一副吴先生手书的金文体的门联“弘文世无匹，大器善为师”。那花和这字，才如剑鞘相配，相得益彰。如诗如画，世上无匹。

吴晓铃故居门联

曾经有一段时间，我着了迷一般，像一个胡同串子，到处寻找老院子里硕果仅存的老树。都说树有年轮，树的历史最能见证北京四合院沧桑的历史。树的枝叶花朵和果实，最能见证北京四合院缤纷的生命。尤其是那些已经越来越少的老树，是老四合院的活化石。老院不会说话，老屋不会说话，迎风抖动的满树的树叶会说话呀。记得写过北京四合院专著的邓云乡先生，有一章专门写“四合院的花木”。他格外注重四合院的花木，曾经打过这样一个比方，说京都十分春色，四合院的树占去了五分。他还说：“如果没有一树盛开的海棠，榆叶梅，丁香……又如何能显示四合院中无边的春色呢?”

十多年过去了，曾经访过的那么多老树，说老实话，给我印象最深的，还都不是上述的那些树，而是一棵杜梨树。

那是十二年前的夏天，我是在紧靠着前门楼子的长巷上头条的湖北会馆里，看到的这棵杜梨树，枝叶参天，高出院墙好多，密密的叶子摇晃着天空浮起一片浓郁的绿云，春天的时候，它会开满一树白白的花朵，煞是明亮照眼。虽然，在它的四周盖起了好多小厨房，本来轩豁的院子显得很狭窄，但人们还是给它留下了足够宽敞的空间。我知道，人口的膨胀，住房的困难，好多院子的那些好树和老树，都被无奈地砍掉，盖起了房子。前些年，刘恒的小说《贫嘴张大民的幸福生活》，被改成电影，英文的名字译作“屋子里的树”，是讲没有舍得把院子的树砍掉，盖房子时把树盖进房子里面了。因此，可以看出湖北会馆里的人们没有把这棵杜梨树砍掉盖房子，是很不容易的事情，也是值得尊敬的事情。

那天，很巧，从杜梨树前的一间小屋里，走出来一位老太太，正是种这棵杜梨树的主人。她告诉我已经87岁，不到十岁搬进这院子来的时候，她种下了这棵杜梨树。也就是说，这棵杜梨树有将近80年的历史了。

那位老太太让我难忘，还在于她对我讲过这样一段话。是那天我对她说您就不盼着拆迁住进楼房里去？起码楼里有空调，这夏天住在这大杂院里，多热呀！她瞥瞥我，对我说：你没住过四合院？然后，她指指那棵杜梨树，又说，哪个四合院里没有树？一棵树有多少树叶？有多少树叶就有多少把扇子。只要有风，每一片树叶都把风给你扇过来了。老太太的这番话，我一直记得，我觉得她说得特别好。住在四合院里，晚上坐在院子里的大树下乘凉，真的是每一片树叶都像是一把扇子，把小凉风给你吹了过来，自然风和空调里制造出来的风不一样。

日子过得飞快，十二年过去了。这十二年里，偶尔，我路过那里，每次都忍不住会想起那位老太太。那棵杜梨树已经不在了，我却希望老太太还能健在。如果在，她今年99岁，虚岁就整一百岁了。

（原载《文汇报》2017年8月31日）

一生情结，一身清风

——梅贻琦与清华

◎王雪瑛

万物生长的四月，我走在水木清华的校园里，阳光洒向屹立了近百年的建筑，洒向一路芬芳的花朵，洒向郁郁葱葱的新绿。我走过端庄古朴的科学馆，走向气度不凡的大礼堂，温润的春风一阵阵地吹拂着我的衣襟，一遍遍地提醒我，听，春天的交响来了……而我分明听到了他的声音，在我的心里分外清晰，“真正的清华大学，仍在北平清华园”。字字铿锵，表明心迹，他一生坚持，只有一个清华，清华是他一生的情结，他是清华终身的校长。

在无数人的心里，他就是清华，清华就是他。他执掌清华十七年，一手将清华大学带入世界一流学府行列，他刚毅坚卓、清俊英锐，他磊落大气、谦逊仁厚，他以身垂范、行胜于言，打造出清华百年不朽的风骨与校格，他就是梅贻琦，谨言慎行的端方君子，坚守学术的教育大家。

所谓大学者，有大师之谓也

清华四大建筑之一的大礼堂，赫然在我的眼前。这是一座罗马式和希腊式混合的古典柱廊式建筑，古城堡风格的大圆顶凸显着古罗马拜占庭风格，门前四根汉白玉爱奥尼柱透出典雅的气息。厚重的大门紧闭着，我停下脚步，想象着梅贻琦校长八十五年前的就职演说。

1931年10月14日，故都的秋天，湛蓝的天空下，清华大学的学生们走进了大礼堂，端坐在悬挂着“人文日新”匾额的大厅里，等待着新任校长梅贻琦的就职演说。“我希望清华在学术方面应向高深专精的方面去做。办学校，特别是办大学，应有两种目的：一是研究学术，二是造就人才。我们要向高深研究的方向去做，必须有两个必备的条件，其一是设备，其二是教授。”“相对而言设备不难，教授可就难了。”“一个大学之所以为大学，全在于有没有好教授。孟子说：‘所谓故国者，非谓有乔木之谓也，有世臣之谓也。’我现在可以仿照说：‘所谓大学者，非谓有大楼之谓也，有大师之谓也。’”这就是他有关大学与大师的名言的由来。“我们现在，只要紧记住国家这种危急的情势，刻刻不忘了救国的重责，我们做教师做学生的，最好最切实的救国方法，就是致力学术，造成有用人才，将来为国家服务。”

梅贻琦一千八百字的演讲内容，原载于1931年12月4日《国立清华大学校刊》第341号，从清华的宗旨、办学的方法，到学校的风气、师生的职责、校长的义务，可谓提纲挈领、求真务实、字字精要、句句在理，历经八十多年的风雨冲刷，依然让我感觉到恒常的温度和力度，那是一腔热血的温度，那是思想清明的力度。

梅贻琦是著名教育家张伯苓先生的高足。1909年，他考上庚子赔款第一期赴美留学生，在参加考试的六百三十多名考生中，梅贻琦名列第六。他选取了当时在中国并不知名的伍斯特理工学院学习电机工程专业。他在伍斯特学习勤奋刻苦，他还曾做过很多社团部门的秘书长，代表伍斯特理工学院在众多场合发言，在校报*Tech News*上发表很多文章，是一个全面发展的高才生。

他在获得学士学位后，因为家庭经济条件所限，放弃了继续攻读研究生的机会，于1915年回到中国后，二十六岁的他进入清华学校担任物理系主任，教授物理和数学。

20个世纪20—30年代的中国，山河破碎，时局动荡，政治驯化和学术自由的博弈，不同政治势力的较量影响着高校的稳定与发展。从1910年至1931年，清华大学在二十年间更换了十三位校长。1928年清华学校成为国立大学，罗家伦被国民政府任命为清华校长。但罗家伦依然无力驾驭好清华这艘教育的大船，他提出辞呈离开清华时，竟然没有学生挽留。清华出现了连续十一个月都没有校长的空窗期。一个大学不能没有校长，而清华的校长难求！清华的师生们在疑虑与期待中等待新校长的到来。梅贻琦临危受命。

清华大学的前身是一所留美预备学校，颇有名气但无学术地位。那时的清华，报名人数不算太多。梅贻琦的就职演说，是他向清华师生直抒胸臆、坦诚告白，也成为他日后管理学校的基本准则和举措。

仁厚儒雅与斯文之气

梅贻琦执掌清华后，开始一生专心致志地做一件事，成功构建清华发展的坚实路径，形成清华延续的刚健校格。这集中体现在两个方面：一是师资人才的严格遴选和延聘，这是“所谓大学者，非谓有大楼之谓也，有大师之谓也”的具体表现；二是推行一种集体领导的民主制度，成功地建立了由教授会、评议会和校务会议组成的行政体制。由此他在清华建立起“教授治校”的民主制度。他既讲民主，又法度严明，清华校务开始井然有序。

梅贻琦提倡勤俭使用经费，希望学生保持俭朴学风。他以身作则，掌管着丰厚的庚子赔款，但分文不取。他辞去司机，自己开车，辞去厨师，让夫人下厨，甚至连学校供应的煤也不要。梅先生妥善管理清华基金，力求基金保值和增值，以充足的资金为学校添置设备和聘请教授。当然邀请到好教授需要的不仅仅是经费，还需真正地有眼光和识见，能理解和尊重。

梅贻琦主张“师资为大学第一要素”，在他管理清华的十七年里，清华延聘了国内外著名学者来校执教，全校设有文、理、工、法、农等五个学院二十六个系。他一方面广揽博学名师，一方面以不唯学历，不唯资历，只凭真才实学来用人。他破格提拔聘请资历浅、学历不高的钱锺书、华罗庚、吴晗等为教授。

华罗庚原先只有初中学历，他先做小学教员，后为店员。他因为出类拔萃的数学才华，被清华大学破格录取，加以培养；他又破格从一位系资料员转升为助教；他在清华修习大学课程，又被送到英国剑桥大学去“访问研究”，最后又破格提拔，未经讲师、副教授而直接被聘为教授。华罗庚这些不同寻常的发展之路是在梅贻琦的亲自引领下走通的。而梅校长却谦虚地说，他的工作只是帮教授搬搬凳子、端端茶水而已。

梅贻琦认为“学子自身之修养为中国教育思想中最基本之部分”，而修养抵达的境界外在表现便是一个人的文雅与斯文之气。在他的“厚德载物”“止于至善”“刚毅坚卓”的理念中，就蕴含着斯文的内在精神，彰显着一种中国文化的仁厚和儒雅。

清华众多优秀教师的言传身教和人格魅力，让学生们终身受益。梅校长开阔的胸襟、高洁的品格、博雅的学识、务实的作风也给学生留下了深刻印象："梅校长手上有技巧，写字秀气，画图干净；衣着床衾和书报用具，都整齐有序，生活在简朴中有艺术。饮食茶酒，既节省又懂得考究。听音乐，看评剧，鉴别书画，欣赏诗词，都有极高的修养。"

由于梅贻琦的办学理念和治校有方，校园内汇聚着各家各派的学术思想。20世纪30年代有近百位知名教授学者就聘于清华，而外籍学者的到来，更是促进了中外学术和文化的交流和沟通。出身清华的林从敏表示："梅师一生尊重学术自由，不干涉教授与同学个人的政治思想。"冯友兰称赞，此时"清华的进步真是一日千里，对于融合中西新旧方面，也特别成功。这就成了清华的学术传统"。

梅贻琦倡导"学术自由、教授治校、中西融汇、古今贯通、文理渗透、名师荟萃、鸿儒辉映"等理念，奠定了清华大学发展的基本路径，使得清华摆脱了涣散困局而迅速崛起。

以刚毅坚卓对惊涛骇浪

正当清华犹如青青乔木郁郁葱葱生长的时候，中国陷入了"平津告急！华北告急！中华民族告急"的险峻时刻，日本侵华的战火蔓延在华夏大地上。

1937年7月9日起，蒋介石分别邀请各界知名人士在庐山举行关于国是问题的谈话会。清华大学梅贻琦校长与北京大学校长蒋梦麟、南开大学校长张伯苓等应邀参加。就在会议召开前夕，爆发了"七七事变"。

8月14日，教育部决定清华、北大、南开三校迁至长沙组建临时大学。会后梅贻琦立即下庐山，迅速北返。但他行至南京后，由于平津交通中断，无法北上。他积极向南京各方探听消息，依靠函电与学校保持联系。8月底，梅贻琦奔赴长沙，参加筹备临时大学工作。1937年10月25日国立长沙临时大学开学。

1937年年底，南京沦陷，武汉危急，战火逼近长沙，长沙临时大学被迫再度迁校至昆明。1938年2月，长沙临时大学第一学期结束后，师生准备启程奔赴云南昆明。二月的黑夜战火不息，二月的北风凛冽刺骨，二月的天空阴云密布，师生们的心头沉重压抑，"万里长征，辞却了五朝宫阙。暂驻足衡山湘水，又成离别”。这些歌词和旋律犹如湘江的浪潮在师生们的心中起伏奔流。

出发前一天，梅贻琦面对临行的师生们说出了自己的肺腑之言：“在这风雨飘摇之秋，清华正好像一条船，漂流在惊涛骇浪之中，有人正赶上负驾驶它的责任。此人必不应退却，必不应畏缩，只有鼓起勇气，坚忍前进。虽然此时使人有长夜漫漫之感，但我们相信，不久就要天明风定。到那时我们把这条船好好开回清华园，到那时他才敢向清华的同仁说一句‘幸告无罪’。”

艰难困苦玉汝于成，信心，信心，越是战火纷飞危急艰难的时刻，信心越是重要，越是迁移工作千头万绪的重要时刻，沉着热切地鼓励大家的信心，凝聚大家的力量，尤为重要。梅贻琦以身作则，他向师生们展示了他作为清华的校长、中国知识分子在危急关头不辱使命的责任担当。他的讲话不是在风和日丽的和平岁月的演说，而是在血染中华的战争年代中的誓言，让战火中的师生们，看见他无所畏惧的勇气，刚毅坚卓的精神，坚忍不拔的信心，恪尽职守的使命意识。

1938年4月2日，国立长沙临时大学更名为“国立西南联合大学”。建校初期，三人共同主持校务，但蒋梦麟和张伯苓多在重庆参与政府要事，另有公务，管理西南联大的重担就落到了梅贻琦的肩上。梅贻琦兼任西南联大常委，在艰苦卓绝的环境中主持校务，为抗战时期的中国高等教育史留下了浓墨重彩的一笔。

清华严谨，北大自由，南开活泼，三所学校风格各异。其中清华大学的人数比另外两所大学的总和还要多，且拥有庚子赔款来支援联大的日常支出，似乎有某种优越感。梅贻琦温文尔雅、公正无私的办事风格则获得了全联大的尊重和信服，因此三所高校虽有竞争，但做到了有机地融合。在西南联大主持工作的梅贻琦没有辜负大家的信任，把学校管理得井然有序。

那是一段在警报和烽火中，在饥饿和寒冷中，探寻真理、研究学问、学习知识、关心时政、报效祖国的日子。校长夫人、梅贻琦的妻子韩咏华也要到大街上售卖自己做的“定胜糕”，渡过难关。梅贻琦在校办公，经常和师生们一起跑警报。但梅校长在警报声中还是那样绅士，那样从容不迫。在他的心里西南联大是抗战的。第二战场，教授和学生都是战场上的战士，他们有使命感和责任感，他们在奋力保存、传播和发扬着中国文化和学术的命脉。他们坚信，只要这一命脉不断，中华民族就不会消亡。

1940年，西南联大三校之中的清华，特意为梅贻琦任教二十五周年举行庆祝。梅贻琦在美国的母校伍斯特理工学院也把名誉博士学位送给了这位杰出校友。各方名流政要、专家学者纷纷莅会，无数校友、学生的问候也纷纷飞到昆明。在庆祝会上，曾任教育部长的李书华高调地宣称：清华有今日的成绩和地位，与梅校长的努力分不开。当初推选梅先生做清华校长，“是我在任内最满意的一件事”。面对如此的殊荣，梅贻琦谦逊而幽默地把自己比作京戏中的“王帽”，他说：“他每出场总是王冠齐整，仪仗森严，文武将官，前呼后拥，‘像煞有介事’。其实会看戏的绝不注意这正中端坐的‘王帽’，他因为运气好，搭在一个好班子里，那么人家对这台戏叫好时，他亦觉得‘与有荣焉’而已。”

这当然是梅校长的自谦之词，其实在日军的炮火下，艰苦的环境中，是他带领着西南联大的师生，共同铸就了中国高等教育雄浑瑰丽的篇章。他的“大师论”“通才教育论”“全人教育论”“体育论”等，构成了延绵不断的清华财富。他不愧是西南联大的“船长”。

针对当时教育部所提倡的“只重专才，不重通才；重实科不重文理”的教育方针，梅贻琦明确表示了不同意见。1941年，梅贻琦在《清华学报》上发表了蕴含他教育理念的重要文章《大学一解》，文中指出，“大学期内，通专虽应兼顾，而重心所寄，应在通而不在专”；“大学虽重要，究不为教育之全部，造就通才虽为大学应有之任务，而造就专才则固别有机构在”。他阐述大学教育的精要，“格物，致知，诚意，正心，修身，属明明德”，他明确提出大学教育要培养“一人整个之人格，而不是人格之片断。而整个之人格，则至少应有知、情、志三个方面”。他尤为强调学子的全面修养，还以足够的篇幅论述教师在高等教育中的作用。他认为，教师不单要能“以己之专长之特科知识为明晰讲授”，而且要为学生的“自谋修养、意志锻炼和情绪裁节树立楷模”。其中的一段话至今被广为引用，“学校犹水也，师生犹鱼也，其行动犹游泳也。大鱼前导，小鱼尾随，是从游也。从游既久，其濡染观摩之效，自不求而至，不为而成”。梅校长认为，大学教育归根结底是儒家经典著作《大学》里所说的“在明明德，在新民，在止于至善”。

1941年清华大学建校三十周年校庆时，有欧美著名大学的校长称赞清华

“西土一千年，中邦三十载”，足见清华大学在国际上的声誉和地位。面对侵略炮火的威胁，面对民族救亡的危机，面对学校自治受到的干预，面对办学经费的不足，面对动荡时局的人心，就在这样复杂艰困的条件下，他依然严谨地经营清华基金、理性地处理学潮、真心地保护教授和学生等，这些都展现出求真务实的原则和灵活应变的治校策略，让西南联大，让清华大学在良性循环中壮大起来。在中国国势危难的风雨飘摇时刻，中国高等教育却昂然跻身世界先进水平，这堪称中外教育史上的奇迹，这是梅贻琦创造的奇迹。直到今天，梅校长的教育思想，依然是每一个谈清华大学、论高等教育的人都绕不开的话题。

梅贻琦对自己如何管理清华，曾经有如此的总结：“对于学校时局，则以为应追蔡孑民先生兼容并包之态度，以恪尽学术自由之使命。昔日之所谓新旧，今日之所谓左右，其在学校，应均予以自由探讨之机会，情况正同。此昔日北大之所以为北大；而将来清华之为清华，正应于此注意也。”

在梅贻琦主政清华的十几年里，清华为世界贡献了李政道、杨振宁、李远哲三名诺贝尔奖获得者，为新中国培养了十四位“两弹一星”功勋科学家（共二十三位），涌现出梁启超、王国维、陈寅恪、赵元任、吴有训、叶企孙、顾毓琇、陈岱孙、陈省身、钱锺书、华罗庚、钱学森、钱三强、钱伟长……这些学贯中西、文理兼通的学术大师。

梅贻琦敏于行而慎于言。他“嘴里不说，骨子里自有分寸”。他的座右铭之一是：“为政不在多言，顾力行何如耳。”他主张：人活一世，若能留一句于世人有益的话，也就不虚此生了。他智慧通达，幽默诙谐，待人做事颇有情趣。他一生著述不多，但他阅读广博，涉及理科专业的书刊，他对物理学、工程学等研究发展的动态与成果了如指掌，他对人文科学的史学、文学、哲学等也有扎实的功底和学养的积累。

梅贻琦兴趣爱好广泛，爱听音乐，吟诵诗词，欣赏字画，收藏邮票。他的床头常年放着英文版的《读者文摘》与王国维的《观堂集林》，他讲起话来引经据典，见解独特；他对打球等活动也十分喜欢。由于他知识广博，兴趣多样，使他与不同学科、不同领域的学者、教授都能相谈甚欢，相交融洽。学界巨擘陈寅恪对梅贻琦颇有好感，他说：“假使一个政府的法令，可以和梅先生说话那样谨严，那样少，这个政府就是最理想的。”当然，那时的大环境非常不“理想”，然而，梅贻琦就是在这极其不理想的时代中，引领着清华大学师生上下悦服，学术上突飞猛进。

直到1948年梅贻琦赴美，他前后担任了十七年清华校长。他是清华任期最长的校长。此前，没有哪位校长能在清华长治久安，唯有梅贻琦稳坐校长的位置，当被问到有何秘诀时，梅贻琦幽默地回答：“大家倒这个，倒那个，就没有人愿意倒梅（霉）!”其实是他的领导和管理能力得到了全校师生的一致拥护。

勋昭作育与一身清风

1955年，他从美国前往台湾，在台湾筹办了清华原子研究所。这是台湾新竹清华大学的前身，诺贝尔奖获得者李远哲曾在这里就读。梅贻琦始终不同意把“研究所”升格成“大学”，他坚定不移地说，“真正的清华大学，仍应该在北平清华园”。梅贻琦生前坚守中国只有一所清华大学，坚持台湾只能有清华的研究所，不能再建一所清华大学。

1958年梅贻琦出任（台湾地区）“教育部部长”，兼“原子能委员会”主任，次年兼任（台湾地区）“国家长期发展科学委员会”主席。众多的事务和工作的劳累，让他积劳成疾。1961年2月，他奉准辞去“教育部部长”之职，仍兼“原子能委员会”主任委员。1962年2月当选“中研院”院士。1962年5月担任“中央大学”地球物理研究所筹备委员会主任委员。1962年5月19日，梅贻琦在台大医院辞世。“行政院”院长于右任为他的墓园书名“梅园”，蒋介石也亲书“勋昭作育”以缅怀他卓越的功绩。梅贻琦下葬后，蒋的手迹等比放大后被填金镌刻于碑墙上，供人缅怀。

梅贻琦远行后，秘书把他的提包封存。不久，各方人士齐聚一堂追思梅贻琦。秘书将提包放在桌子上，要在众人面前打开。梅贻琦从北平到昆明，从昆明回北平，到南京，到广州，再到欧洲，到美国，最后到台湾……关山万里尘与土，卅年家国云和月，他始终不忘随身携带这皮包。这必定是他此生最珍视、最看重的物品。校长夫人与他风雨相守几十年，也不知道包里究竟装着什么。打开后一看，众人无不动容。

这皮包里，全是清华基金的账目，一笔笔，规规矩矩，分毫不差。

梅贻琦在晚年谈到1948年天地玄黄时，他为什么选择离开北平，离开北平的清华园，梅贻琦解释道，“我一定走，我的走是为了保护清华的基金。”当最后一班飞机抵达南苑机场时，他才从容不迫地提着一架打字机，拿着两本书登机。梅贻琦之后辗转来到了美国，掌控了清华在美的全部庚款基金。

浊浪翻腾几曾歇，但他一身清风，纤尘未染，清清白白的账目让所有的人心灵震撼：梅贻琦数十年来独自掌握着巨额的清华基金，而他自己过着清寒的生活。他为清华的发展大计日夜操劳东奔西走，却没有动用清华的任何钱，而是把自己的一生都奉献给了清华，为了把清华建成世界一流的大学，为了替祖国培养杰出的英才，梅贻琦不遗余力！

梅贻琦去世两年后，1964年，台湾恢复了清华的大学部，正式招收本科生。清华的研究所成了后来位于台湾新竹的“清华大学”的前身。每年的岁末年初台湾“清华大学”的梅园内，两百多株梅花凌寒而开，迎春怒放。梅花坚韧的幽香和“清华大学”不绝的书香相伴着梅贻琦校长的长眠。

清华情结与精神故乡

我离开了清华的近春园，在晚霞的柔光里走向清华大学的图书馆。图书馆由美国著名建筑师墨菲设计，1916年4月始建，1919年3月完工，老馆东部是清华建校初期“四大建筑”中最先动工和建成的。

红砖青瓦古朴典雅的图书馆，背依着青黛的天空，感觉到近百年的时光之河在它的身边默默地流过，而它有着温润的厚重、质朴的高深、静谧的魅力，散发着百年清华的高贵气质。早期的清华学生将泡图书馆称为“开矿”，杨绛先生在《我爱清华的图书馆》中告诉读者，“我在许多学校上过学，最爱的是清华大学；清华大学里，最爱图书馆”。

嫩绿的青藤爬满了红色的砖墙，橙色的灯光点亮了图书馆的内心，而梅贻琦就职演说中的话，在暮色中点亮了我的内心，“本人能够回到清华，当然是极高兴、极快慰的事。可是想到责任之重大，诚恐不能胜任，所以一再请辞，无奈政府方面，不能邀准，而且本人与清华已有十余年的关系，又享受过清华留学的利益，则为清华服务，乃是应尽的义务，所以只得勉力去做，但求能够尽自己的心力，为清华谋相当的发展，将来可告无罪于清华足矣”。

他无愧于清华，他对清华功绩卓著。清华是他一生的情结，清华是他青春专列的始发，清华是他生命河流的归宿，清华是他的故国，是他的精神故乡。“生斯长斯，吾爱吾庐”，梅贻琦真情告白了他与清华的血缘之亲，他对清华一生的挚爱，他对清华一生的奉献。他在清华园中体悟到的人生境界，也恰如清华园工字殿内对联所书“槛外山光，历春夏秋冬、万千变幻，都非凡境；窗中云影，任东西南北、去来澹荡，洵是仙居”。

在历史上，清华大学培养的人才各具特色。清华既培养出博通今古、学贯中西的大师，也培养出处于行业一流水平的尖端人才。博通与专致两种精神都渗透在清华大学的理念与风骨中，清华的精神风骨历经百年大潮而越发挺拔葳蕤，在时代的风云变幻中，在历史的荡涤演进中，清华始终屹立在时代的前沿，保持着自强不息与厚德载物的本色。

梅贻琦之于清华，犹如蔡元培之于北大，他为清华，他为北大，他们开拓创新、殚精竭虑，他的身上凝聚着水木清华的刚健和卓越，他的身上散发着北大的自由和宽容，他们心忧天下，他们继往开来，他们都为中华民族的高等教育孜孜不倦、锲而不舍，他因北大而流芳百世，他因清华而名垂青史。

（原载《上海文学》2017年第3期）

哈瓦那的清晨

◎赵　玫

美丽的哈瓦那

凌晨，从巴西利亚起飞，途经巴拿马城。在浩瀚的晴空下，前往梦寐以求的古巴。飞行中，《美丽的哈瓦那》的旋律始终回环在脑海中。舷窗外，蔚蓝色的大洋，好像昭示着某种神秘的密码。飞机在降落时轻轻晃动，一团团清澈的浓雾，风一般地袭来。紧接着，你便看到了云团下青绿的庄稼，壮丽的海湾，眼前，就是我们儿时梦寐以求的美丽国家吗？

是的，这就是古巴，这就是哈瓦那；这就是我们曾经歌唱过的那片丰饶的土地。记得那时，我们对这个梦一般的国家怀了很深的感情，但又对这个遥远的国度其实并不真的了解。

记忆中，记住的，只有红、白、蓝三色相间的国旗，却从不曾看到那战旗是怎样在大西洋海岸猎猎飘扬的。当然我们也记住了那位勇敢而英俊的卡斯特罗。尽管那时我们只能在报纸和画报上领略他的风采，但我们还是深深爱上了这位古巴英雄。

于是，我们很快就学会了那首《美丽的哈瓦那》。几十年过去，竟然依旧不曾忘却优美的歌词和旋律。那歌声，伴随着我们的向往，承载着我们的梦。但这梦，又是那么虚无缥缈。直到，几十年后梦想成真。

回望1962年

小时候，我是在天津人民艺术剧院的舞台前，慢慢长大的。因父母从事话剧事业，我得天独厚地，几乎看遍了剧院上演的所有剧目。无论是历史剧、现代剧，还是外国戏剧，我都会乖乖地坐在排演场下，悄然无声地看着叔叔阿姨们在舞台上表演。

记得那年，我刚刚上小学。放学后，我总是首先来到排演场。在那里，我能一边看排演，一边做作业。那时我始终迷恋于表演，想象着某一天，自己也能站在戏剧的舞台上。

不记得，那时的剧院在排演什么剧目，却记得正在排演的那出戏突然被叫停。后来知道，剧院将举全力，将一位古巴剧作家的作品《甘蔗田》搬上中国的戏剧舞台。那时我尽管懵懂，却还是感受到了剧场的气氛，在莫名的紧张中，感受着某种炮火硝烟的气息。

是的，《甘蔗田》，为什么是《甘蔗田》?

还记得，当年的那位古巴剧作家，是的，阿尔丰索。他每天都会坐在排演场前，与翻译、导演、演员不停地交流着。他看上去很纠结也很愤然的样子，和他一道前来的是他美丽的妻子。他的妻子，是古巴最著名的女演员玛利亚·欧菲莉亚·狄业斯。她所以和剧作家一道从北京赶来，是因为玛利亚曾经在古巴的舞台表演过《甘蔗田》。于是她来到天津，对中国演员的表演给予指导。而这部不朽的杰作《甘蔗田》，据说也是他们爱情的见证。

紧接着，天津人艺开始紧锣密鼓地排演《甘蔗田》。布景背后，已然是一片旖旎的加勒比海的风光。壮丽的大西洋，妖娆的甘蔗田，舞台上的风情，戏剧中的故事，很快就吸引了我们这些坐在舞台下的孩子们。还记得，排演中，很多群众演员的脸上和身上都涂抹上黑色的油彩，扮演当地的土著。演员们学着古巴那种有节奏的舞蹈。他们不停地敲击着鼓点，跳着非洲黑人的舞步。而我们这些孩子，也伴随黑非洲的鼓点旋转了起来，不约而同地融入了叔叔、阿姨那灵动的舞姿中。

后来听说，上海戏剧学院的师生，在学习了党的八届十中全会的公报后，便立刻掀起了反对美帝国主义侵略的热潮，且当下就终止了独幕剧的表演计划，赶排《甘蔗田》，以无比高涨的政治热情，支援古巴人民的革命行动。

紧接着，声援古巴打倒美帝国主义的浪潮，在华夏大地风起云涌。而萧三，则以他的文字，回顾了他和古巴诗人的交往。他深切地同情古巴人民在革命前的厄运，他激情飞扬地宣称，我的心，已经飞向了那遥远的加勒比海岸了。

是的，古巴，这个加勒比海上的一个轻柔荡漾的岛国，它被人称为“加勒比海的珍珠”，抑或“安第列斯群岛的珍宝”。1492年，伟大的哥伦布航海至此，紧接着，这里就沦为了西班牙的殖民地。在这片丰饶的土地上，年轻的古巴共和国的历史并不长，却在反抗帝国主义侵略的斗争中，取得了独特的胜利。于是哈瓦那，卡斯特罗，都成了我们的向往。

从机场出来，湿热的气候，看街上喧喧攘攘的人群，竟蓦地有了种亦真亦幻的感觉，仿佛真的又回到了《甘蔗田》。

那一刻，不知是遥远的童话，还是恒久的梦……

年深日久的呼唤

湿热的大街上，蒸腾着夏日的炎热。哈瓦那街头的人们却显得很欢快。据说这里的幸福指数始终居高不下，因为对古巴人来说，金钱，确乎不是他们生存中的唯一。

大街上，一座座古老的房舍，昭示着城市的沧桑。蓦地置身于美丽的哈瓦那，竟仿佛回到了我自己的城市。之所以会有这种回家的感觉，是因为哈瓦那街道两旁的老房子，竟和我生活的环境大同小异。

于是慢慢思忖，恍然意识到，我所以如此熟悉哈瓦那，是因为我的城市和哈瓦那一样，都曾沦为他国的殖民地。只不过西班牙人更早地就占领了当地土著人的家园，而我的家乡，则是在1860年至1900年的四十年间，才先后设置了九国租界。于是，我生活的城市变得很丰富，也很斑驳，岁月间，至今杂糅着多国文化的积淀。这再一次旁证，一个殖民的城市，自然会有殖民地的风情。

是的，眼前的这些几百年前的老房子，始终伫立在大西洋沿岸。于是你便会想到当年的那些淘金者，是怎样依照故乡的模式，营建起他们不朽的家园。完全可以想象出，他们远涉重洋，颠沛流离，既怀着悲凉的乡愁，亦充满征服者的傲慢。眼看着那些殖民地时期的老房子，怎样慢慢地衰朽破败，在炽热的风中，追寻那曾经的绚烂。

沿着哈瓦那大街向前，你仿佛能听到路两旁的悲歌。那满眼皆是的衰败建筑中，尽是斑斑驳驳的断墙。无论是地中海的风情，还是哥特式的阴森，都曾是随风而逝的伤痛。总之这类古老的建筑，在哈瓦那几乎触目皆是。于是你无论走到哪儿，都能看到那寂寥的衰败，哪怕透过车窗，也依旧能望到那些忧戚的房舍，挽歌一般地，在做着岁月的凭吊。

明媚街道的不远处，我竟然看到了，正在如火如荼进行翻修的一些老房子，这让我心头一亮。工人们穿着工装，在炎热的骄阳下，一丝不苟地完成着他们的使命。慢慢地，那一座座辉煌的院落，似乎已开始修葺一新。让曾经壮丽的那些房舍，再现昔日辉煌。

是的，这就是为什么，我总是会那么在意那些古往今来的老房子，因为我一直觉得，那年深日久的呼唤，不单单是在还原它曾经的繁盛，也在支撑着它的当下与未来。

幽深的小巷，仿佛昨日……

小街里的妖娆，让我蓦地想到了戴望舒。是因为在悠长的小巷中，走来热烈而又奔放的古巴姑娘。她们铜色的肌肤，妖娆的身姿，欢快地行走在繁华的老街上。在这里，没有蒙蒙细雨中的惆怅，只有灿烂骄阳……

是的，那迷人的午后。

这一刻，我们终于走进了老街。只是匆忙间，难以追寻老街迷人的历史。只觉得，在老街中慢慢行走的那种感觉，是安逸而又恬淡的。行进中，就仿佛你真的回到了哥伦布的时代，迷人的小巷，停泊的渔船……

如今，老街两旁到处是年久失修的房子，已不见当年风采。斑驳的石阶，尽管已凋零惆怅，却依旧浓郁着古巴人的风情万种，那唯有古巴人才能感知的，浓浓的诗意。

16世纪，无疑是西班牙人最为鼎盛的时期。他们很快就占领了原本属于土著人的浩瀚疆域。从此他们在土著人的土地上进行开发，从草原，到海港，伴随着哥伦布到此，这里就更是成了西班牙人的领地。他们疯狂地掠夺原住民，将别人的土地变成自己的乐园。

早在1519年，哈瓦那就被确立为永久性的城址，从此土著人永失家园。

殖民者的到来，无疑改变了当地人生存的方式。那些骄傲的西班牙人，自踏上新大陆，就开始在老街中建造他们的家园。宏伟的建筑，壮丽的房舍，无疑拷贝了欧洲不同时期的蓝本。于是，我们才得以在老街中看到那些古老房舍，如议事厅、教堂、城堡。如今这些汇集在老街上的建筑，大多虽已衰微破败，却始终傲然挺立，陪伴着老街昔日的不朽。

走在熙熙攘攘的街上，放眼看去，不同肤色的人种，构图成奇异的景观。在古巴，白人占大半，小半人为黑人或混血。混血，让原本不同肤色的人种，伴随着岁月沧桑，慢慢地亲和了起来。肤色，在这个国度，在某种意义上，已几乎不再带世俗偏见的符号。

老街承载的古老沧桑

云集在老街上的人们，大都显得很悠然。但据说古巴人的手边真的没有多少钱。然而他们看上去，却很笃定，唱着他们的歌，跳着他们的舞，朗姆酒和雪茄，如此昂扬着那种美好而自得其乐的境界。于是人们与世无争，彼此关照，反而让窘迫的生活变得有滋有味，活色生香。

老街上，几乎每一幢房子都年久失修，又都承载了古巴悠久的苍凉。那深深的街巷，斑驳的门楣，你会觉得这里的一草一木，都像是年深日久的文物。而老街的格局，却始终延续着旧有的风格，撑持那古往今来不朽的文化。探身凝望，一重重幽远的庭院，让你相信，这里的人们，依旧生活在哥伦布的年代。

老街上临街的房舍，大都被装饰得极为光鲜。那是种漂亮的，又与众不同的，某种想象和夸张。街心公园里，到处摆售着精美的艺术品，从不曾雷同。总是能出人意料地，幻化出别样的风采。

而路两旁的院落，总是能透过阳光，让人们看到，那庭院深深深几许的蕴藉。弄堂里的老人，酒吧里的读书人，与背后的残垣断壁，共同度过那散乱而又古旧的时光。我们在老街的深巷中慢慢行走，仿佛能听到几百年前的空谷回音。那回音，应和着当下古巴人平静的日子，而又摒弃着种种不切实际的奢望。

一位在酒吧读书的姑娘，深深地吸引了我。是的，那个读书的姑娘，纯真而优雅。她始终心无旁骛地读着那本书，安安静静地行走在书页上。她明亮的眼睛，纯真的目光，让我永远记住了这个读书的古巴姑娘。

老街是古巴艺术的天堂

告诉我，是谁在这里撩拨着老街的艺术，又是谁在装点这古往今来的文化。

总之，一踏上老街，就有了种想要亲近艺术的愿望，因为你无论走进怎样的厅堂，都能在道路两旁看到那些完美或不完美，但始终充满想象力的艺术品。

沿着蜿蜒的街巷，想象着这里的艺术品诞生的来龙去脉。不经意间，你便会眼前一亮，立刻停下脚步，欣赏那些充满着灵性和创造力的作品。不知这些哈瓦那的艺术家们，是怎样在老街上获得灵感的，而那些充满了艺术冲击力的作品，又是怎样在老街上问世的。

老街上五花八门的艺术品，可谓琳琅满目。但最让人眼前一亮的，应是那位青铜艺术家与众不同的作品。这位我行我素的雕塑家，显然已有了自己独特的风格。而他那与众不同的青铜雕像，悉数写意。总是以大胆留白的方式，将一件又一件镂空的青铜雕像塑造。他的作品，以其光怪陆离的味道，被镌刻于古巴的角角落落，以至于我们踏进机场的候机大厅，都能与他杰出的作品再度相遇。

哈瓦那是座高贵的城市，于是充满了高贵的创造力。一路上，俯拾皆是的，尽是些令人匪夷所思的大胆创意。譬如，教堂前神父高举的十字架，或是坐在长椅上的勇士，或是倚靠在教堂廊柱上的男人。又比如，一位做钟的匠人，如何用声音打造出古往今来近似不朽的钟声。另有小丑的雕塑，以及突如其来的掠夺者。那庄严的，而又谐谑的，哪怕是一扇门，一片窗，都能感受到哈瓦那浓烈的艺术气息。即或是木门中间一片狭小的部位，古巴的艺术家，也能在墙体上描摹出有趣而又吸引人延伸想象的男人……

总之，这些艺术品，即或在很小的空间里，都让人见出大智慧、大情怀。艺术，对他们来说，当然不是刻意的，就像是大西洋岸边吹来的灵魂的风。而老街，就像是一个活动的博物馆，是的，它本身就是珍贵的艺术品。

前方是壮丽的教堂

视线中，你最先看到的，当然是教堂的尖顶。在哈瓦那，教堂建筑可谓比比皆是，所以你才会蓦地有了种回返中世纪的感觉。

是的，这些云集老街的教堂，大多就是中世纪的建筑。岁月间，已经在此坚守了四百多年。尽管这些古老的建筑年深日久，难以翻修，但破损的墙体，斑驳的雕塑，却始终坚守在钟楼上，一任大西洋上的海风，锈蚀着那些再也看不清的眉目……

这些历经坎坷的建筑风格，显然是从欧洲大陆移植来的。伴随着远离家园，教堂成了他们最温暖的依靠。他们虽然是人上人的统治者，但远离故土的漂泊，依然产生难以忍受的孤独。教堂的钟声，便是他们疗治心灵创痛的某种慰藉。

哈瓦那教堂多，几乎一座紧临着一座，然而在建筑风格上，也各自独出心裁。那些古老的教堂，抬眼望去，便是那飞扬的拱券，曲折的回廊，在苍凉与悲伤中的，古老的幽怨。置身于如此锈迹斑斑的建筑中，蓦地有一种今夕何年的沧桑感。

教堂前的空地上，到处是起落翻飞的灰鸽。门廊前，那位高举十字架的传道士，始终在凝望辽远的天空。几百年前的老教堂，好像并没有什么人前来翻修，任凭岁月的锈蚀。而教堂顶上的那尊雕像，虽然已看不清面部，但身姿却始终是伟岸的。

教堂前那扇斑驳的门，似乎已无意开启。在幽深的小巷中，任凭人们坐在古老的石阶上。石阶上，你会看到漂亮的古巴姑娘，全神贯注地玩着她的手机。她并且极为友好地，让我拍下了她恬静的微笑。

在姑娘身边，是一位老人。他如入无人之境地，骄傲地吸着雪茄。他的姿态，是那么从容不迫，随心所欲。就那样坐在教堂的阶梯上，吸自己的雪茄，从不留意别人，仿佛活着，就应该像他那样地，了无牵挂地放松……

为什么，总是在追逐那个疯狂的海明威

那是一个春天，我再度来到美国，就为了能在佛罗里达享受迈阿密的阳光。于是一行人来到了美丽的基韦斯特，并专程拜谒了海明威在基韦斯特的故居博物馆。

海明威无疑是美国最优秀的作家。他是用自我的生命倾注于写作的那种任性的作家。他总是用他的小说折射出自己的人生，从而让他的人生也变成自己的传说。

其实我并不喜欢海明威这种疯狂的性格，事实上，我可能更喜欢南方的那位深邃的福克纳。但不知为什么，我竟然始终在追随着海明威的足迹，甚至在七八年之后的哈瓦那这座美丽的城市中，都似乎漂泊着海明威的魂灵。

于是我只好追踪着他。他的魂灵，始终在莫名其妙地环绕着我。而我们刚刚走进的这家酒店，其实并不是海明威的家，但他又确乎在这家酒店的511房间驻留过。这座始建于1923年的酒店，看上去依旧完好。因海明威的光顾，酒店在大堂里特意悬挂了他不同时期的照片，因而这里也成了酒店的骄傲。

海明威所以驻留古巴一段，因为他从来都是四海为家。他显然喜欢古巴这种刺激而又放浪的生活。当然，他喜欢古巴，还因为他喜欢古巴的雪茄和朗姆酒。在古巴，他依旧像在基韦斯特那样，写作，喝酒，换女人，而这些连同写作，也就是他的人生。

海明威离开基韦斯特后，便移居九十海里以外的古巴。那时，住在基韦斯特的海明威，经常驾着游艇到岛外捕鱼，而他捕鱼的海域就在古巴。或者从那时起，卡斯特罗就向海明威伸出了他的橄榄枝，显然，菲德尔和海明威是惺惺相惜的。于是他穿越海峡，来到了哈瓦那，他显然喜欢这个美丽国度，所以才会一住多年。

据说，海明威在古巴的居所并不在老城，而是在哈瓦那东南郊圣弗朗西斯科的一座小山上。那里有三间平房和一座三层的小塔楼，很像是我们在基韦斯特参观过的那座海明威故居。海明威在基韦斯特的居所，身后有灯塔，还有酒吧，这对于海明威来说，显然是必需的，当然还要有女人。于是，海明威于1939年买下了哈瓦那这座原建于1888年的房子。在此他一直住到1960年，直到身患绝症，回归故里。

在这里，他在他的打字机上，敲出了获得诺贝尔文学奖的《老人与海》。

又一个美丽的清晨

清晨，与我一样来到海边的，还有一对老夫妻。他们总是并肩站立着，深情地眺望着大西洋。在古巴，游客大多是西班牙人，毕竟这里曾经是他们先辈的殖民地。于是从西班牙前来缅怀的游客，总是趋之若鹜。对他们来说，在某种意义上，这里就是他们古老的家园。

这对老夫妻说的显然是西班牙语，所以他们能毫无障碍地，和当地人随意交流。他们见我在海边独自一人，便十分友好地用手势示意，意思是，他们想帮我拍下身后是大西洋的照片，还有那些叫不出名字来的绚丽的小花。

令人感动的示意。我听从了他们。留下的照片中，那些粗粝的礁石，摇曳着堤岸明媚的小花。你听不到它们的呼吸，却能感受到它们不离不弃的共存。平静的水岸，灿烂的清晨，青葱的杂草中，拖着我自己长长的影子，消失在欢乐的寂寞中。是的，你不再是哈瓦那的那个陌生人。

于是，你会觉得，海边会生出什么美丽的故事。是的，天上有云，还有翻卷着的浪漫与迷惘，或者无端的柔情。总之，清晨对我来说，总是最欣喜的时刻，因为它总是能为我开启别样的又一天。

墙体上折射出金色的光

在黑暗中，打开窗，蓦地看到墙体上折射的金色的光芒。那金色，把窗外所有的建筑都包裹了起来。那太阳仿佛才刚刚升起，天空是一片鱼鳞般的斑驳。慢慢从海上漫上来的阳光，让天空美到了无与伦比。然后是棕榈树和天上的云。那云也是美到灵魂中去的，地上的棕榈树算得上是天然的美的搭配。

于是我再度想到了亲爱的伍尔芙。我那时已经读完了第三遍《到灯塔去》。我觉得我能在大西洋沿岸想到伍尔芙，是我的幸运。因为我一直在重读着这个美丽的女人，无论在何处。然后我走过酒店的玻璃幕墙，在幕墙前，如同对着镜子，看到了我自己。

如此跳跃着，那无法衔接的思绪。不过，我想说的，当然还是这个美丽的城市。在古巴，你尽管并不富有，却也是快乐的。对古巴人来说，很可能，快乐着就是幸福的，哪怕不富有。

沿着海堤，我慢慢向前。寂静中，总觉得有谁在陪伴着我。那时的海岸已明亮了起来，海堤上到处是凶猛的秃鹫。它们不仅会发出惨烈的嘶叫，还会像鹰隼般上下盘旋，疯狂地掀动起它们黑色的翅膀。它们或在水中觅食鱼虾，或在岸边寻找腐肉。它们时而悄无声息，时而又会疯狂地让翅膀掀动起猎猎杀声。总之它们相互掠夺，又疯狂撕扯，只为着那顿丰盛的早餐，紧接着，那些秃鹫凯旋般地就飞上了蓝天。

这美的清晨，飘香的花，摇曳的树影间，我的迷人的哈瓦那。

沿着海滩，追逐天上的云

天上的云，就像是悠远的歌。它斑斓而壮丽地，沐浴在金色阳光下。那清晨的烈焰，火一般地燃烧着，烧向天边的云彩。那壮丽的感觉，在某种意义上，就像在疆场。血一般的云霞，天空湛蓝，还有大西洋的风。

我沿着宁静的堤岸，亲近着浩瀚的海。寂静中，寻觅着美丽的清晨。平静的海湾，不熄的路灯，这就是大西洋的早晨。近着堤岸，那清风一般地安宁，不远处，几个莫名的身影，看上去，几乎每个人都显得很有来历。

几年来，我一直不曾和当地人搭讪。我只是喜欢观看堤岸上那些形形色色的人，看他们怎样在海边慢慢消费这灿烂的黎明。

让我觉得蹊跷的，是海边的那个女人。她始终浸泡在海水中，有时她又会独自坐在冰冷的礁石上，遥望着某个莫名的远方。

于是我慢慢走向她。我不知她来自何方，亦不知，她为何要独自沉浸在冰冷的大海中。她从不和任何人对话，显然已心无旁骛。走近她，才看到她周身湿漉漉的，看上去并不美。但她却始终执着地朝着一个方向，很像是安徒生的美人鱼，永久地坐在礁石上，纹丝不动，凝望着迷乱的远方。

慢慢地走近，才发现这女人竟穿着一件水手服，这就更是让人匪夷所思了。为什么一个湿漉漉的女人，要穿着水手服浸泡在海中呢？是的，她始终在海边的礁石上，望着遥远的远方。是的，水手服。蓝白相间的路子。那水手服，让我蓦地想到了托马斯·曼的小说，那永恒的《魂断威尼斯》。在那部小说中，漂亮的男孩穿的就是这种漂亮的水手服，当然，还有永恒的马勒和托马斯·曼。马勒的音乐始终挣扎于狂喜与绝望之中。而让我不忘的，还有北戴河海边的一段记忆。黄昏中，一个穿着水手服的外国男人，在海边，吻着他漂亮的新娘，在沙滩上浪漫地舞蹈。没有歌声，也没有音乐，天地间，只有他们的欢笑和吻……

这个穿着水手服的女人，是的，我无法知道她的创痛。以至于她的目光，也是绝望而迟滞的。她只是继续遥望着那虚无缥缈的远方。呆滞的目光，纹丝不动的身体，就像是一尊青铜雕像。有一刻，我甚至想到如何帮助她，但身边的人，却仿佛见怪不怪，熟视无睹……

你终于看到了迷人的海滩

是的，这里就是美丽的巴拉德罗海滩。这海滩，让我蓦地想到了北方不远处的基韦斯特。记得此前我们从迈阿密出发，很快就远离了美国大陆。也还记得，那条被一个个岛屿连缀起来的公路。记得那时，我们在路上，怎样赞美着那连续延伸，深达大海的旖旎风光。

然而，此刻所看到的不再是美利坚的基韦斯特，而是古巴迷人的巴拉德罗海岸。还从未见过如此之蓝的天空，和澄澈的海。大海的颜色，瞬息万变，却是一种蓝绿之间温柔的转换。因光照的不同，而呈现出各种不同的颜色，碧蓝，或青绿，再洒下金色的光斑，闪闪烁烁……这使人只能惊呆，只会想起“仙境”这样老套的比喻。

我好像已经很久没见过这大海的颜色了，是的，那海。那是你几乎无法描述的那种，大海的博大与精深。是的，海，它永远能带给你刻骨的感动，铭心的欲望，那种，你情不自禁想要倾诉的生命的欲望。

是的，那就是海。

后来知道，巴拉德罗海岸，是世界上最美也最风情的海岸。这里有明媚的沙滩，灿烂的骄阳，浪漫的游客。所以，古巴人才会骄傲地说：“不到巴拉德罗海岸就不知古巴的美。”

爱的大道

置身于哈瓦这条宽阔的长街，处处都能方便地看到浩瀚的大西洋。大道紧临加勒比海，所以被称为海滨大道。那海，在不同的光照下，会闪烁出不同的波光粼粼，像碎银般地洒满水面。

那海，在大西洋的涛声中，始终陪伴着久远的岁月，亦仿佛在传诵着那恒久的传说。于是这长街，久而久之，就成为一条爱的大道。无数谈情说爱的情侣，从这里开始了他们或甜蜜或艰辛的爱情跋涉。街边一座座庄严的古堡始终审视着他们修成正果或半途而废。

无比骄傲的莫洛城堡

在转弯处，蓦地看到了那座壮丽的城堡。而那时，我们才刚刚踏上古巴的土地。斑驳的外貌，可以显现出骄傲的历史，让你毕生都难以忘怀的巍峨的建筑。

循着城堡的踪迹寻觅，仿佛就是为它而来。那时候，我其实还不了解这座城堡的前世与今生。但它壮丽的轮廓，高傲的姿态，瞬间就印在了我心中。

原以为，这城堡是一座辉煌的宫殿，后来才知道，这里其实是一座固若金汤的要塞。自1519年，哈瓦那成为西班牙人的殖民地，伴随着繁华与富足，大西洋上的海盗开始觊觎古巴的宝藏。于是在1589年，西班牙人开始建造这座坚固的军事要塞，历时四十年，才最终完工。

这座壮丽的城堡修建于卡巴那山脉的峭壁之上。虽无高耸入云的姿态，但那厚达二十米的城墙，足以令它难以攻克。据说当年，每当海盗来袭，莫洛城堡和对岸的圣萨尔瓦多城堡之间，便会架上粗重的锁链，以扼守企图进入运河的通道。

这道坚不可摧的防御线，让哈瓦那成为牢不可破的福地，保障了安居乐业，促使古巴在很短的时间内，就成为加勒比海上的一颗璀璨的明珠。直到1762年，西班牙人打败了荷兰人，成为海上霸主，并由此主宰了北美贸易。之后又相继打败了法国，进而成为那片区域最强大的霸主。

然而，三十年河东三十年河西，西班牙终于开始走麦城。而那时的英军斗志昂扬，一往无前，将哈瓦那足足包围了四十天。最终英军以火炮轰炸城池，终于突破了西班牙人的防线，进而占领了哈瓦那。最终，西班牙人以墨西哥湾的佛罗里达作为交换，以此换回了他们美丽的哈瓦那。

英军撤离后，根据防卫需要，西班牙人耗巨资在莫洛城堡的东侧，又修建了圣卡洛斯城堡，二者之间，形成策应之势。

如今，要塞中只留下了海角处的那些灯塔，一如往昔地凝望着一望无际的大西洋。

而古老的西班牙人，骄傲地为这座城市留下了如此不朽的遗产。这座高贵的建筑，在某种意义上，就是哈瓦那最后的守望者……

这古堡，对哈瓦那人来说，就像是他们生命的屏障。古往今来，在此生活的人们，显然都离不开这座辉煌的建筑。古堡高傲地挺立在山岩之巅，从任何角度，都能感受到它泱泱的气概。

记得，还不曾走进城堡时那满心的期盼。也就是从那刻起，便远远地领略到了它在峭壁上的雄姿。只是不知道，我们的汽车为什么总是围着城堡转，就仿佛大西洋上的这座壮丽的建筑，始终就在我身边。

这一天，我们终于踏上了通向莫洛城堡的路。远远望去，大西洋湛蓝的海水，浩瀚的波澜，仿佛在诉说它的身世。在残垣断壁中，就仿佛，你已经周身铠甲地站在了陡峭的山崖上。在古老的石阶上，我们攀援那数百年来的灿烂与沧桑。如今这城堡的样子，始终保持了旧时模样。一排排古老的兵营，一处处陈旧的房舍，在墙体的缝隙中，竟顽强地滋生出一簇簇骄傲的青绿，仿佛传递出古老要塞青春的期待。

沿石阶向上，一尊尊古老的火炮。红墙白瓦中，吹来的都是古老的风。尽管当下的城池，已没了当年的壮阔，但古堡至今雄风犹在，让人眼前出现猎猎战旗，不息的长风。

不远处，明亮的灯塔，依旧在引导着海上的航船。

夕阳下，壮丽的城堡，罩满血一般的光……

（本文有删节）

（原载《作家》2017年第2期）

紫灯记

◎李修文

离开东京的前一天，连日的重感冒和花粉过敏终于止住了。虽说凉风一吹，我仍然头疼欲裂，但是，为了一桩说不清楚要紧还是不要紧的事，我还是坐上了去府中的电车。一路上人迹稀少，沿途所见和十五年前并无什么分别：高楼，小店铺，广告牌，奔涌的人流，选举车的噪音，一张一张漠然的脸，满世界的樱花都开得像心如死灰的人正在自杀。

唯有到了府中车站，往外走时，站台上突然想起了《秋樱》的调子，我的心里还是震颤了片刻。

十五年前，我曾经每日里在这车站进出，一草一木无不烂熟于心。所以，一旦在站前的小广场上站定，那些埋伏在身体里的记忆，霎时间便全都复活了：往东是绿町，往西是晴见町，更远的地方，还有天神町和分梅町。

我要去的地方，正是分梅町，也不知道算不算矫情：我去那里，是要找一盏灯。

那盏灯，有半人高，悬挂在一座狭小神社的门口，因为是用紫色的油纸包裹，到了晚上，它便通宵散发着紫色的光芒。每逢下雨的晚上，光影在雨雾里散开，弥散了半条街，看上去，就像一场召唤。如此，哪怕隔得远远的，我也总想快跑两步，好去靠近它。

在神社的门口，紫灯照耀之处，有一间电话亭，几乎每隔两三天，我都要去那里给国内打电话。如果下雨或者落雪的夜晚，神社的屋檐下总会三三两两聚着些躲雨躲雪的过路人，过路人里自然也有中国人。这样，我一边打着电话，一边就能听见屋檐下有人说中文，当然也有心上去攀谈几句，但终于还是没有。

——那应该是在圣诞节前后吧。其时，东京虽然没有像往年那样陷入大雪，雨水却是终日不休，下了整整半个月。那天晚上，我从打工的地方回到府中时，已经都快要到了凌晨时分了，终于没能忍住去神社前的电话亭里打个电话。电话却坏了，拨了半天都没拨通，我只好推门而出，颓然离开，却被一个人扑面拦住了。

对方说的是中文，径直告诉我，天气实在太冷了，如果我有钱的话，他想找我讨一点儿，好去买酒喝。见我不知所以，他又接着告诉我，他知道我是中国人，因为他听见我一直在电话里愤怒地呼喊着“喂喂喂”。

当时，我在东京已近穷途末路，终于下定了回国的决心，只是一直没有凑齐回国的路费。我早在心里对自己说了好多遍：一旦路费凑齐，一分钟也不要停，立即打道回府。可是，这一晚也不知道怎么了，可能是因为某种莫名的怨怼，可能只因为同是天涯沦落人，我竟然毫不心疼自己口袋里一点儿所剩无几的钱，痛快地答应了找我讨钱买酒的人。而且还提议，先去把酒买来，而后，就在此处，两个人一起喝。

他显然没有想到，笑着连声答应。这时候，透过那盏紫灯散出的光晕，我这才看见，他的双眼其实是坏掉的，什么也看不见。我倒是没有多想，只想着赶紧来一场放纵。既然他的眼睛看不见，我就狂奔到了街角还没关门的最后一家小店，掏出所有的钱，全部买了酒。

说起来，还是青春好，手起刀落，不管不顾。

酒买回来，雨也下大了，我们端坐在紫灯之下，一人一瓶，身上也就热烘烘地暖和了起来。有时候，当我抬头望见头顶上的紫灯，竟然生出了今夕何夕之感，甚至怀疑自己不是在异国，而是在故乡的家门口，母亲和方言，都近在咫尺。多少有些伤感的时候，我便问他所为何来，又何以至此。他其实知道，我是在问他的眼睛，也就如实告诉了我。

原来，他是云南人，早我八年就到了东京，一直没能混好，只好四处给人打工，服务员，看门人，在马路上刷油漆，在车站和学校卖电话卡，这些生计，他全都干过。两年前，他在一家垃圾处理公司打工的时候，从吊车上坠进了一处山丘般的玻璃堆，当即，两只眼睛都被玻璃碴刺瞎了。近几年，他一直在忙着和那家垃圾处理公司打官司，但时至今日，他还没有收到一分钱的赔偿款。

听完了他的出处和来历，除了默不作声，我也不知道说些什么好。终了，还是只能跟他继续干杯。又迟疑了一会儿，我问他，还想不想回国。他却让我去看头顶上的灯，然后告诉我，从前，他眼睛还看得见的时候，这里一共有三盏灯，一大两小，看上去，就像一家人。这么多年下来，两盏小的早就不知所终了，只剩下了最大的一盏还在这里。他的情形跟这盏灯差不了多少：国内的妻子带着孩子早就消失了，不管写了多少信也不回。所以，他也就不回去了。

好吧，往事不要再提，且让你我再干一杯。

突然间，他似乎想起了一件什么事情，将酒瓶放到一边，如梦初醒般，热切地告诉我，他其实还有几瓶从云南带来的酒，地底下埋过十年以上，是他这辈子喝过最好的酒，堪比琼浆玉液。他一直舍不得喝，这两年，因为打官司，居无定所，所以，他把这几瓶酒存在一个朋友处。莫不如，就在最近，找个时间，他和我二人将那两瓶好酒喝掉，也算了却了一桩念想。

我当然说好，他便愈加兴奋，不断搓着手，一半是因为穿得少，一半是因为即将到来的一醉方休。

有酒不觉夜长，但酒总有喝光的时候，虽说雨水更加猛烈，可是为了第二天的生计，我终须和陌路上相识的朋友说再见了。临走前，我留了电话给他，又问他是不是住在附近，我可以送他回去。他却笑着并未回应，说来惭愧，哪怕他没地方住，我也没办法帮上他，因为我自己也寄居在别人的方寸之内。我还记得，当我走到巷子口，回头去看他，在紫灯的照耀下，他静止端坐，就像一个入定的僧人。

而今十五年过去，我又来了，却总是止不住地迷路，越往前走，越发现自己的记忆并不可靠。原来，往西走才是绿町，往东走才是晴见町。每户人家门口的樱花都开得好，所以，每户人家看起来都是一样的，好不容易，越过了几条沟渠与铁路，都已经快要入夜了，我总算到了分梅町的地界，分梅町却也是樱花遍街遍地，那家神社，那盏紫灯，我始终都没找到。

类似的情形，十五年前我曾遇见过一次——那是在我回国的前几天，终日里东奔西走之后，我离凑齐路费已经越来越近了。恰好这时，那个曾经和我一起痛饮的朋友打来了电话，约我再去那盏紫灯之下，将他的琼浆玉液喝完。说来也是怪，那一天，我恰好发了高烧，下了电车就开始跌跌撞撞，站在街上茫然四顾，竟然觉得自己身在九霄云外，怎么也找不到那盏灯。到了后来，实在支撑不住，也就回了自己的寄身之地。

事实上，自从那晚相逢之后，我的朋友，每隔两三天就要约我一回，说是那两瓶酒早就被他从朋友处取回了。现在，只等着我去跟他一饮而尽。可是，我却没有心思，回国的路费已经使我几近癫狂，四处找零工，又在每一个零工里恶狠狠地计算着归期。下了零工，就守在旅行社的外面，盯着电子显示屏上的便宜机票信息，再恶狠狠地渴望着一张可以买得起的便宜机票从天而降。

哪里知道，好运气真的来了，忽有一天，我刚走到旅行社门前，只一眼，便看见了一张便宜机票的信息出现在了电子显示屏上。有那么短暂的一刹那，我心脏狂跳，镇定了再三，才确认自己真的没有看错。随后，几乎是手脚颤抖着走上前去，订下了机票。

也是凑巧，正在买机票的时候，那个紫灯下的朋友又打来了电话。只是这一回，他的邀约都还未再次说出口，我便径直告诉了他，我要走了，归期就在两天之后。其时情境，说是欣喜若狂也毫不过分，这样，我的朋友便不再邀约，转而还劝我说少喝些酒，多省点儿钱，以备回国路上的不时之需。

而我已经根本无心在东京多停留一天，以至于，在归期的前一天晚上，我就向着成田机场出发了，我打算去机场里过夜。一来是可以少一天再在府中寄居，二来是早一点儿到机场也更令我不再陷入莫名的恐惧与焦虑。不过，我未曾想到的是，电车已经快要进入东京市区的时候，我朋友的电话又来了。他告诉我，为了不麻烦我，原本他是想带上酒直接去机场找我喝掉的。可是，他的眼睛实在不好，转了一下午也没有转出府中地区，所以，如果时间来得及，他想还是请我去到那盏紫灯之下，再将那两瓶好酒喝完，就当给我送了行。

真的是好酒。他在电话里接连说了好几遍：真的是好酒。

一时之间，某种悲痛竟然在瞬时之间将我席卷了，这悲痛，首先是我对自己的厌倦：我和朋友的相逢，以及其后的邀约，看似只是一桩不足道的小小机缘，但实际上，它们就是从天而降的情义，好像被雨水或河水冲洗过的石头一样清清白白，却被我置若罔闻，全然忘在了脑后。而后，这悲痛也和我的朋友有关：一桩小小机缘，被他看得如此认真和重大，而我却要走了，明朝巴陵道，秋山又几重。接下来，他一个人的异国生涯又当如何度日呢？

所以，电车到了下一站之后，我下了车，再重新上了回府中的JR山手线。是啊，无论如何，也要陪他把酒喝完。

实际上，也不知道为什么，那天晚上，我的醉意都来得特别快。大概是因为临别，也可能是因为地里埋过的酒格外的烈，半瓶还未喝完，我的身体里便生出了酩酊之感，再看头顶那盏紫灯，只见它随风飘摇，忽近忽远。然而，天上却并没有起风。

既然醉了，我便说起了醉话，告诉他，如果我再有来东京的一天，一定带上正在喝的这种酒，到时候，可别忘了不醉不归。他听了只是笑，笑着笑着，又剧烈地咳嗽起来。这才跟我说，上一回时间太短，他没来得及告诉我，他的肺上长了东西，只怕等不到我再来找他喝酒的那一天了。

好像一盆冷水浇淋，我的醉意醒了一半，迟疑了半天，终于还是问他，何不就此回国，哪怕死在家乡，也总比死在这里好。他却还是一笑，像上回一样，他让我去看头顶上的灯，再对我说，从前这里一共有三盏灯，一大两小，看上去，就像一家人，这么多年下来，两盏小的早就不知所终了，只剩下了最大的一盏还在这里。他的情形跟这盏灯差不了多少：国内的妻子带着孩子早就消失了，不管写了多少信也不回，所以，他也就不回去了。

直到这个时候，我才发现，他也醉了。他一边说着话，一边仰起头去，就像是在认真地凝视着头顶上的那盏灯。当然，一如既往，他什么也看不见。

“走了！”突然间，他站起身来，径直朝前走，又对我说：“好好活！”

——十五年了；我当然没有忘记我朋友的叮嘱，他要我好好活。可是，世事就是如此吊诡，在绝大部分时间里，他的叮嘱又每每被我忘在了脑后，就像当初忘记了他的邀约。我得向他承认：十五年里，我未能脱胎换骨。相反，每到一地，我都把它过成了当初的东京，迷路，莫名焦虑，又心猿意马。渐渐地，甚至对这心猿意马的生涯不以为耻，反以为荣。

好在是，今天，此刻，在被樱花们篡改的街巷里兜兜转转了小半个夜晚之后，偶然的一瞥，我竟然如遭电击——是啊，我终于看见了那盏紫灯，它就在离我不到五百米的地方。越往前走，紫色的光芒便离我越近。终于，手脚颤抖着，我来到了光芒的中间，盯着它，看了又看，看了又看，好久不见，它还是原来的样子，只是街对面的樱花被风吹拂过来，落了满身的花瓣。

亲爱的朋友，我来了，你在哪里呢？紫灯做证，我没有食言，不仅带来了你我曾经喝过的酒，而且，这酒也在地底下深埋过十年以上，不多不少，一共两瓶，一瓶给你，一瓶给我，我也不管你是死是活。

（原载《大家》2017年第3期）

敬　告

由于编选时间仓促、工作量大，未及与所选作者一一取得联系，请见谅。

现仍有部分作者地址不详，为及时奉上稿酬和样书，请有关作者与责任编辑赵维宁联系。

地址：沈阳市和平区十一纬路25号

邮编：110003

电话：024—23284306

E-mail：249972579@qq.com

微信号：zhaoweining10

辽宁人民出版社

2018年1月